故事会

2012 · 51

(5月－6月)

合订本

I0553134

STORIES

上海故事会文化传媒有限公司　出品

图书在版编目(CIP)数据

2012《故事会》合订本.51/《故事会》编辑部编.
上海:上海锦绣文章出版社,2012.9
ISBN 978-7-5452-1170-2

Ⅰ.① 2… Ⅱ.①故… Ⅲ.①故事－作品集－中国－当代 Ⅳ.Ⅰ①1247.8

中国版本图书馆 CIP 数据核字（2012）第 210213 号

责任编辑: 鲍　放
封面设计: 李宝强
责任督印: 张　凯

2012 故事会合订本 51
(5 月 –6 月)
《故事会》编辑部　编
上海锦绣文章出版社·上海故事会文化传媒有限公司出版
地址: 上海绍兴路 74 号
电子信箱: gushihui@263.net
网址: www.slcm.com
中国图书进出口上海公司发行
地址:上海市广中路88号
电话:36357888
ISBN 978-7-5452-1170-2/Ⅰ·391

510
2012
SEMIMONTHLY
上半月刊
5月
STORIES

欢迎登录本刊主办的"故事中国网"(www.storychina.cn)

2012 年 5 月
上半月刊·红版

社 长、主 编：何承伟
副社长：夏一鸣
常务副主编(兼绿版负责人)：吴 伦
副主编(兼红版负责人)：姚自豪
本期责任编辑：吕 佳
电子邮箱：lujia411@yahoo.com.cn
红版发稿编辑：
姚自豪 叶小萌 石莎莎 丁娴瑶
美术编辑：李宝强
电脑制作：郭瑾玮
本社办公室电话：021-64375030
上半月刊编辑部电话：021-64332325
下半月刊编辑部电话：021-64336469
(上海市绍兴路 74 号 邮编：200020)
主管、主办：上海文艺出版(集团)有限公司
出版单位：《故事会》编辑部
发行范围：公开

出版、发行总监：张 凯
电话：021-64313938
广告业务：上海故事会文化传媒有限公司
广告总监：张 淮
广告业务：021-34010383
广告投诉：021-64333738
广告经营许可证
沪工商广字 3100320080016 号
发行：中国图书进出口上海公司

特别提示：凡本刊录用的作品，即视为本刊已获得该作品与《故事会》相关的网上传播、汇编出版、电子和录音录像制品等权利。本刊向作者支付的稿酬，已包含了上述各项权利的报酬，如有特殊要求，请提前说明。

·笑话·

隐藏证据

有个女人正在减肥，她告诉朋友，自己实在太缺乏意志力了，朋友就问怎么回事。女人说，周末她给家人做了一个大蛋糕，他们只吃了半个。看着那吃剩的半个蛋糕，女人忍不住了，半夜里她偷偷起来，一口接着一口，把剩下的半个蛋糕全都吃掉了。她知道，丈夫发现后一定会失望的。

朋友就问："那你丈夫知道后怎么说？"

女人叹了口气说："他根本就没发现。我又做了一个蛋糕，然后吃掉了半个。"

（花无痕）

（本栏插图：包丰一）

特　征

唐僧师徒四人坐在草地上休息，两个小妖远远地观望着。小妖甲对小妖乙说："大王叫我们抓唐僧，却不知这四个哪个才是？"

乙答道："我也不认识，不过听说唐僧是这四人里的领导！"

甲松了口气："你早说嘛，某些领导的特征太明显了！"

于是，猪八戒被抓走了。

（张有军）

早有防备

有个大学生，一向大手大脚，周末他和一帮哥们出去玩，把钱都花光了。大学生没办法，就打算像往常一样讨好讨好老爸，再多要点零花钱。这天他一早起来，做好了早饭，然后给老爸端上一杯热茶。

老爸没有接茶杯，而是警惕地看了看大学生，接着叹了口气，掏出自己的钱包，慢悠悠地问道："这茶，多少钱一杯？"（汪　杰）

时间充足

教授陪老婆逛商场，老婆让他在男士休息区等着。教授坐了一会儿，觉得无聊，找到一个也在等老婆的人下棋。教授拿出一盒象棋正准备摆上，想了想又换成了围棋，并对那人说："我老婆逛商场的时间很长，应该有时间下完一盘围棋，我没见过有谁比她还能逛。"

那人听了，慢条斯理地说："咱玩三局两胜吧。"

（赵世英）

鲨鱼为什么要转圈

两条大白鲨在海中寻找沉船上的幸存者，很快它们找到了一群在海水中挣扎的人。鲨鱼爸爸对儿子说："首先，我们围着他们游几圈，只露出一只鳍来让他们看到。"它们这样做了。

接着鲨鱼爸爸说："现在我们再游几圈，把我们的鳍都露出来让他们看到。"它们也这样做了。

最后鲨鱼爸爸说："现在我们把每一个人都吃掉。"吃饱之后，儿子问："爸爸，我们为什么不一开始就把他们给吃掉？为什么要围着他们一圈一圈地游？"

爸爸答道："因为把他们的屎尿吓出去之后，他们的味道要好得多。"

（常　心）

如此善良

甲乙两个闺密在聊天，甲问乙："你当初怎么看上你老公的？他跟你一点儿都不配，又没钱，长得又难看。"

乙说："我俩相亲那天，路边一个老太太摔倒了，他想都没想，背起来就往医院跑。我问他，不怕被赖上吗？他说这是应该做的。当时我想，这么善良的人太难得了，就和他交往了。"

甲听后点点头说："是挺难得的。后来那老太太怎么样了？"

乙愤愤地说："怎么样？现在她是我的婆婆……"

（凌　霄）

不白之冤

吃午饭的时候，经理有事去找一个下属，下属赶忙放下筷子。经理见他正在吃饭，冲他做了一个"继续吃"的手势就走了。经理走后，下属刚要吃饭，一个客户打来了电话。这个客户特别能侃，足足说了一个多小时。好容易安顿好客户，下属拿起筷子准备接着吃，正巧这时经理又来找他。

经理看着下属手中的盒饭，意味深长地来了一句："小伙子，细嚼慢咽是好习惯，但也不要把宝贵的时间过多地浪费在一日三餐上！"

（赵世英）

意外回答

老公被朋友约出去吃饭，三个小时后接到老婆电话："你在干什么？"

老公说："在吃面包。"

老婆惊讶道："你真行，刚吃完饭又吃面包。"

老公苦笑道："不是啊，路上堵车，我现在还没到饭店呢，先吃点面包垫垫……"

（于林娜）

所谓人生

一群同学40岁时决定以后每10年就聚会一次。第一次聚会，他们选了一家餐厅，选这家餐厅的原因是：这里的服务小姐身材最好。

10年后，50岁的他们再次聚会，还是选了这家餐厅，因为这家餐厅菜单上的字最大。又过了10年，60岁的他们又一次选了这家餐厅，这回是因为：这家餐厅有养生餐。10年后，他们70岁了，还是选了这家餐厅，因为只有这家餐厅提供轮椅。

10年又匆匆过去了，80岁的同学们一致决定还是去这家餐厅，原因竟然是："因为以前从没去过……"原来大家都得了健忘症！更精彩的还在后面，聚会那天，同学来了三桌，结账时却要付六桌——多出的三桌是保姆和护工。

（张有军）

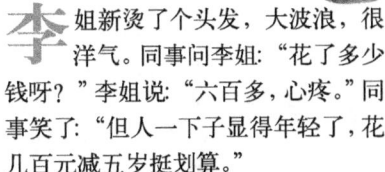

不一样

有个男人，他老婆特别不爱做饭。这天，男人的妈妈来看他，闲聊时问男人："早上吃的什么？"男人说："烧饼夹鸡蛋。"妈妈又问："中午呢？"男人说："烧饼夹鸡蛋。"

妈妈叹气道："怎么两顿吃得一样？"男人摇摇头说："不一样。"妈妈就问："有什么不一样？"男人解释道："早上那个是热的……"

（万青青）

巧 合

两个同事在公司门口聊房价。强子说："现在房价这么贵，如果我有块地，那真是发达了！"同事笑道："你要是有块地，我马上认你做干爹！"

话音刚落，只听前台的小姑娘喊道："强子，你有快递（块地）！"

（右 衣）

急中生智

那天公交车上特别挤，有个男生被挤得实在受不了了，他央求边上的人稍微让一让，却没人理睬。男生急中生智，大声喊道："别挤了，别挤了，把我的手都挤到别人兜里啦！"周围的人立刻齐刷刷地看着他，然后纷纷退后一点，和他保持距离……

（赵 燕）

划 算

李姐新烫了个头发，大波浪，很洋气。同事问李姐："花了多少钱呀？"李姐说："六百多，心疼。"同事笑了："但人一下子显得年轻了，花几百元减五岁挺划算。"

李姐叹道："可我老公说，本来可以更划算。"同事好奇地问怎么个划算法，李姐说："我老公说，要是六百多块钱全用来买肘子吃，吃下去那油能把鱼尾纹都撑开，能年轻十岁！他和儿子也能跟着解解馋，骨头还能让我家小狗啃上好几顿。"

（汪 杰）

本栏欢迎来稿，读者、作者可将有新鲜感、有精彩细节的笑话佳作投寄给我们。来稿一经采用，最高稿费为一则100元。本期责任编辑电子信箱：lujia411@yahoo.com.cn。

人小鬼大

□ 雁 翎

大虎喜欢收藏古董，这个周末，他下乡去收古董，十岁的儿子小虎吵着也要去，大虎拗不过，就带上儿子同行。到了乡下，大虎在一户人家看中了一只两尺见方的古董檀木箱，就花了几千块钱买下来，然后把木箱装上小货车，开车回家。

货车行驶不久，来到一片山林，这里的山路又窄又陡，大虎忽然觉得车身一滑，还来不及刹车，便连人带车翻下了山坡。货车连翻了几下才停下来，大虎只觉头痛得厉害，一摸额头，全是血。他忙去看身边的儿子，还好，儿子小虎只是胳膊受了点皮外伤，没有大碍。大虎拿出手机报了警，这时他觉得自己快要晕倒了，就挣扎着对一脸惊慌的儿子说："小虎，别怕，警察马上就来了。"然后又指了指后面车厢上的那只檀木箱，说："你看

住它，别让人抢走了。"说完大虎就晕了过去。

大虎不知昏迷了多久，迷迷糊糊中，他听到耳边传来一阵沉重的脚步声，不由心想，难道警察这么快就来了？想着他用力睁眼一看，发现是两个山民跑了过来。这两个人不看车里的伤者，却直奔车厢而去。大虎心里一惊，自己担心的事果然发生了——以前就听说过，有些无良的山民趁着车翻了来哄抢东西，这个檀木箱子式样别致，十分难得，如果这些人把木箱抬走了，以后再想找到这样的可就难了。想到这里，大虎想站起来阻拦，可他挣扎了两下，发现浑身一点力气都没有。

这时，小虎跳上了车厢，张开双

8

手护住木箱，那两个山民像抓小鸡似的把他拎起来丢到一旁，然后伸手就要打开木箱。不料小虎又扑上去，紧紧地护住箱子，哭喊道："不许看，不许看！"

大虎有些奇怪，檀木箱里是空的，小虎为什么不许他们打开呢？那两个山民见状也起了疑心，越发想打开箱子看个究竟。两人狠狠地拉开小虎，一下掀开了箱盖。小虎还要扑上前去，大虎赶忙用尽力气喊道："儿子，算了，你人小，斗不过他们的，咱们破财消灾吧。"小虎听了，这才停下脚步。

这时，大虎发现那两个山民的神情有些复杂，他顺势望去，也一下子

愣住了——原来木箱里面竟有两块大石头。大虎看了看儿子，只见他稚气的脸上有一丝不易察觉的笑容。大虎一下明白了，石头是儿子刚才放进去的，可他还是猜不透儿子这么做有什么用意。

看着箱子里的石头，那两个山民愣了一会儿，胖些的山民问瘦山民："你说这些石头是做啥用的？"瘦山民想了想道："这些石头一定不简单，说不定里面有玉石。"

胖山民疑惑地问："有玉石？看不出来啊，我怎么觉得和这山上的石头差不多呢？"瘦山民听了斥责道："你傻呀，普通的石头会特地拿箱子来装吗？你没看到这两个人的表情有多紧张？"胖山民听了忙点头，于是两人一人搬起一块石头，迅速地走了。

大虎恍然大悟，原来儿子在木箱里放石头就是为了转移别人的注意力，如果木箱是空的，这些人一定会怀疑木箱的价值，想不到儿子还有这样的鬼点子。正想着，远处响起了鸣笛声，救护车到了……

几天后，大虎出院了，他和儿子来到街上，经过一家珠宝店时，忽然听到店主在大骂："想钱想疯了吧，这破石头也能卖钱？"大虎和儿子往店里一看，原来正是那一胖一瘦两个山民，父子俩不禁笑弯了腰。

（题图、插图：安玉民 梁 丽）

杭州是座有故事的城市，当地的名菜也蕴含着一个个美妙的传说……

东坡肉

传说"东坡肉"是苏东坡在杭州做官时发明的，当地百姓品尝后觉得肥而不腻、酥香味美。一时杭州大小菜馆，家家争相仿制。

这天，京城里一位权贵来到杭州，在一家菜馆吃饭。跑堂递上菜单，权贵接过来一看，头一道菜就是"东坡肉"。苏东坡为人正直，以前得罪过这位权贵，于是他心生一计，把杭州所有菜馆的菜单都收集起来，回京面见皇帝，启奏道："皇上，苏东坡在杭州贪赃枉法，老百姓恨不得要吃他的肉呢。"皇帝问："你有什么证据？"权贵就把那一大摞菜单呈了上去。皇帝一看菜单，也不分青红皂白，立刻传下圣旨，将苏东坡革职，发配到海南去了。

苏东坡被发配以后，杭州的老百姓就把"东坡肉"一代代传了下来。

西湖醋鱼

苏东坡在杭州时，和佛印和尚十分交好。佛印虽是出家人，却不避酒肉。这天，佛印做了西湖醋鱼，正巧苏东坡来访，佛印忙把鱼藏在一口大磬下。苏东坡一进门，就闻到了西湖醋鱼那特有的酸中带甜的香味，又见到桌上反扣的磬，心中就有数了。苏东坡有意和佛印开玩笑，就装着一本正经的样子说："在下今日遇到一个难题，特来向长老请教。"

佛印问是什么难题，苏东坡说："今日在一家门前看到一副春联，上联是'向阳门第春常在'，下联却被撕去了，不知是何句子，请长老赐教。"佛印不知是计，脱口而出："居士才高八斗，今日怎么这样健忘，这是一副老对联，下联是'积善人家庆有余'。"

苏东坡闻言，不由哈哈大笑"既然'磬（庆）有鱼（余）'，那长老就积积善，拿出来一起大饱口福吧！"

（本栏插图：安玉民　梁　丽）

一张收入证明，牵动着两家父母的心，映照出不同的教育观……

□焦松林

收入证明

多写两千

物业公司的财务王小玉这天遇到了一件怪事，小区保安赵青到她这里来开收入证明。赵青家是特困户，他老婆患有糖尿病，赵青本人左腿还有点残疾。一家三口靠着赵青每月一千多块钱的工资过日子，一买不起房二买不起车，他要收入证明做什么呢？

王小玉淡淡地问赵青："你想开多少？"

赵青有点尴尬，答道"开多了我不敢，开三千吧，成不？"

王小玉拿出物业公司的工资表，"啪"的一声丢到了桌上，反问："三千？你看看你有三千吗？"

赵青的脸"腾"一下红了，他嗫嚅了半天，说："王会计，我工资是没有这么多，可我以前做过裁缝，现在抽空替人家修修衣服拉链，也能挣些钱的。"

王小玉听到这话，心有些软了，就问赵青："你要收入证明到底做什么用？"

赵青讪讪地答道："我儿子在读高中，成绩挺好的，可是前几天他突然说不想上学了。我再三问他，孩子才说他是担心家里条件差，想早点工作挣钱。我想来想去，就想到开个收

入证明，证明我能供得起一家的开销，也好让孩子放心，好好上学。"

王小玉听了心里一动，她忙问赵青儿子的情况。得知赵青的儿子赵小树在省示范中学读高二，成绩在理科班名列第一，王小玉很不是滋味儿。她叹了口气，拿出一张纸来，"刷刷"地写了一张收入证明，上面证明赵青每个月收入五千块，然后递给他说："我特地多写了两千，拿去给你儿子看吧，你儿子成绩这么好，不上学可惜了。"

赵青连声道谢走了，王小玉望着

他的背影，不由长叹一声。她的儿子小刚也上高中，心思根本就不在学习上，王小玉说他两句，儿子就不满地撇嘴，说反正家里钱也够用了，书读得再好，不就是为了挣钱？王小玉差点没被气死，可是搞房地产开发的丈夫却不以为然，不但支持儿子的说法，还让儿子学了驾驶，买了辆车给他开上了。王小玉心想，一定得好好教育教育儿子，把赵青家的情况说给他听听，让他好好发奋读书。

赔偿方案

想到此，王小玉就拨通了儿子小刚的手机。小刚放了学，约了两个女同学，正要载她们出去兜风，这时他接到了妈妈的电话，没听上几句就恼了："妈，我不是说了吗，书读得再好有什么用？还不是上个大学，拿张文凭，满世界地找工作？找工作的目的又是什么，不就是挣钱吗？行了，行了，你就别再说了。"

挂了电话，小刚还有些恼火，他索性约了几个要好的同学，去了一家餐厅吃饭。饭桌上，小刚还喝了二两酒，酒足饭饱，这才把同学们依次送回家。这时天色已经完全黑下来了，王小玉又打了个电话过来，小刚听出了母亲话语里的怒气，不敢再违拗了，猛地加大了油门，奋力往家开去。

进小区大门的时候，小刚的车速

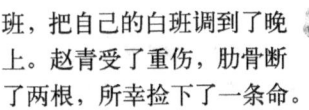

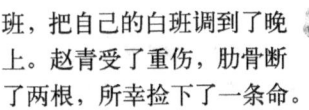

还没有完全减下来。这时，有个人从门卫室里一瘸一拐地出来，小刚想踩刹车，却已来不及了，一下子将那人撞倒在地。小刚慌了神，忙打电话报警，接着又打电话给自己的父母。两口子一听说儿子在小区门口出了车祸，忙不迭地问他有没有伤着。小刚答道："我没有受伤，倒是把一个瘸子撞倒了，他从门卫室那边出来。"

王小玉听到这话，呆了一呆，问道："瘸子，是赵青？"

果然，被小刚撞倒的人正是小区保安赵青。这天晚上本来不是赵青当班，他从财务室开了收入证明后，为了送给儿子赵小树看，特地和人调了

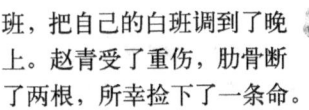

班，把自己的白班调到了晚上。赵青受了重伤，肋骨断了两根，所幸捡下了一条命。

赵青在医院里住了几个月，王小玉前前后后给了十万元医药费。这时，交通事故的鉴定下来了，小刚负全责，而且因为是酒驾，保险公司不予理赔。

很快，事故进入了理赔环节。因为小刚撞的只是个保安，所以王小玉一家人都没当一回事儿。保安工资低，再怎么赔，也不会超过十万元。

果然，赵青听到这个赔偿价，想也没想就表示同意了。出于怜悯，王小玉准备再给他五千块钱营养费。不料这个时候，赵青的儿子赵小树主动找到了王小玉，明确表示，他不能接受这个赔偿方案。

上门道歉

王小玉看着眼前这个一脸倔强的少年，奇怪地问道："你是赵青的儿子赵小树？你爸爸都答应了，你还有什么话说？"

王小玉家财大气粗，物业公司一帮人向来都看王小玉的眼色行事，现在见王小玉面色不善，就一个个站出来帮腔道："小孩，你家条件差，也不能因为这事来讹诈呀！你爸又没死，赔你家十万块算多了。你王阿姨心肠好，还准备给五千块钱营养费，再说下去，只怕那五千块没有了。"

赵小树气得满脸通红，大声道："不要再说了，反正只赔十万块我不同意，我爸爸一个月收入五千块呢。"

听赵小树这么一说，屋里的人哄堂大笑起来。"五千块？就算你爸爸是物业公司经理，也不一定挣得到五千块呢。你这孩子是在说梦话吧？"

王小玉也想笑，可是她忽然想起自己给赵青开过的收入证明，不由呆了，好半天才问赵小树："那你想要多少？"

赵小树斩钉截铁地说道："我有个老师是律师，他说了，按我爸爸的收入和他的伤势，起码应该赔偿二十万。你不愿意给，大不了上法庭。"

王小玉原以为赵小树会狮子大开口，听到他只要二十万，沉默了一会儿答道："好，二十万就二十万吧。你在读书，我家小刚也在读书，以你们的学业为重，就不要上法庭了。"

由于王小玉的让步，事故处理得很顺利，很快，二十万元赔偿就打到了赵青的工资卡上。赔了钱，王小玉忍不住数落儿子小刚："你这个臭小子，一次事故，医药费加赔偿，三十多万元就这么没了。再这样下去，有多少钱也被你败光了。"

小刚鼻子里"哼"了一声，道："赵青是穷人，他们没见过世面。妈你也真是的，干吗给人家那么多钱呢？"

王小玉气得好半天说不出话来，正在这时，门铃响了。打开门一看，赵青在儿子赵小树的搀扶下走了进来，赵小树的手里还提着一个黑色塑料袋。

赵青清了清嗓子说："王会计，这事怪我，我没有和小树说清楚，那张收入证明是假的，我一个月挣不到五千块钱。小树，还是你来说吧，向阿姨道歉。"赵青说着，把目光转向了儿子。

赵小树向王小玉鞠了一躬，说："对不起王阿姨，我没想到爸爸为了我，到你那里开了虚假的收入证明，所以才会向你多要了十万块。现在，我把钱带来了，对不起。"说着，赵小树打开了塑料袋，里面是一沓沓百元钞票。

王小玉愣了半天，才默默地接过了袋子。赵青父子俩又再三向她道歉，然后慢慢走了出去。

他们一走，小刚就笑了："我说他们穷，没见过世面吧，到手的钱又给送回来了。"

王小玉再也忍不住了，伸手给了小刚一巴掌，道："我宁愿家里穷一些，养个像小树那样上进的孩子。我真是不明白，到底是什么害了你呀？"说着，王小玉的眼泪"哗"的一下流了出来。

（**题图、插图**：安玉民　梁　丽）

当双眼看不见时，爱会引领你找到心灵的航向……

爱的味道

□ 蔡美美

邂逅

陈怡是个导盲犬训导员，这天，她带着导盲犬悠悠去一个盲人家。这是一幢带院子的小楼，看来主人家境很不错。保姆把她带上楼，小声告诉她："主人心情不大好，和他说话要注意语气。"

陈怡进了客厅，觉得眼前一亮，客厅四壁挂满了巨幅照片，照片上，一个帅气阳光的小伙子昂首站立在雪峰之巅。细看照片下面的说明，那些山峰都是世界上排得上号的险峰。陈怡手里有这个盲人的资料，知道他名叫刘磊，失明前是登山运动员。

客厅里，一个男人背对陈怡坐着。保姆向他介绍陈怡，他一声不吭，陈怡向他问好，他也毫无反应。陈怡觉得气氛有些尴尬，她想了想，轻轻地放开了导盲犬悠悠的绳子，对它做了个手势。悠悠心领神会，立即走向了刘磊。它摇着尾巴，嗅了嗅刘磊的脚，然后走近蹭蹭他，这是友好的表示。刘磊却吸了吸鼻子，厌恶地说："这是什么味道？"说着突然踢了一脚，吓得悠悠叫了一声，夹着尾巴退回了陈怡身边。

陈怡觉得自己的心好像被针刺了一下。上周家里给她介绍对象，那男的也说过这句话。她做这行有几年了，和导盲犬朝夕相处，身上有一种味道，鼻子灵的人很容易嗅出来，而不喜欢狗的人可能会非常厌恶。

也许是心里有气，陈怡的话像机关枪一样脱口而出："你眼睛受了伤，

我能理解你的心情，但你不能把气撒在狗身上！悠悠不是普通的狗，它是一条导盲犬，它不会给你带来光明，但如果你好好和它相处，它会改变你的生活。它可以带你出门，去商场、去上班，它还可以像朋友一样和你玩耍。你知道培养一条导盲犬有多难吗？它在训练中心学习导盲的基本技术，每个动作都要重复几百次！今天它能来到这里，背后花了多少人的心血你知道吗？算了，不说了，导盲犬要成功，必须主人配合，看来你还没有做好准备，我们还是先回去吧。"

陈怡带着悠悠就要离去，身后却传来一个怯怯的声音："别走，我道歉。"陈怡回头一看，刘磊已经转过了身，戴着墨镜的脸抽动着，"眼睛看不见后，我把自己关了大半年，几乎没和别人说话。如果你们走了，我可能真的要疯了——"

从刘磊家回来，陈怡向训练中心的领导作了汇报。领导说："刘磊的队伍遭遇了雪崩，他的眼睛是为了营救队友受伤的，为他配导盲犬是登山协会申请的。不过，如果他还没准备好，可以终止。"

陈怡想了想，说"他已经表现出接受的意愿了，我有信心！"话虽这么说，其实陈怡心里是没底的，但她忘不了雪峰之巅那张帅气阳光的脸，她想试一试。

相　知

刘磊开始和悠悠一起配合训练，在陈怡的鼓励下，刘磊屏住呼吸去触摸悠悠，就像一个胆怯的孩子，陈怡看得又好气又好笑。刘磊这才告诉陈怡，他小时候被狗咬过，所以有些怕狗，讨厌狗的气味。于是，每当刘磊紧张时，陈怡都会走上前去，握住他的手鼓励他。刘磊每次都把陈怡的手握得紧紧的，仿佛抓住了一根救命稻草。渐渐地，刘磊和悠悠的配合默契起来。一个月后，训练基本结束，刘磊把悠悠领回了家。

一个周末，陈怡很想念悠悠，也想看看刘磊有什么变化，虽然不是约定的回访日，她还是去了刘磊家。保姆告诉陈怡，刘磊和悠悠上午就出去了，现在还没回来，也联系不到他。陈怡不由有些担心，会不会发生了什么意外？

她回到单位，打开了导盲犬跟踪系统，原来，每只导盲犬的项圈里都植入了一个芯片，以便随时找到它的下落。陈怡惊讶地发现，悠悠的信号竟然在凤台山！凤台山在城郊，刘磊眼睛不方便，怎么会去那么远的地方？陈怡立刻叫了辆车赶去凤台山。

凤台山一面是绝壁，另一面有一条陡峭的石阶直通山顶。陈怡爬到山顶时，已是气喘吁吁了。她一看山顶上的情景，不由屏住了呼吸——山顶上风呼呼地吹着，刘磊和悠悠一人一狗矗立在悬崖边，摇摇欲坠。

陈怡不知道刘磊想干什么，不敢惊动他。她正想用什么办法悄悄接近他，却听刘磊说道："出来吧，别躲躲藏藏了，我已经嗅到你身上那股味儿了。"

陈怡又好气又好笑，问："你跑到这儿来想干什么？"刘磊指着前面的绝壁，平静地说："今天如果不是悠悠，我已经从这儿跳下去了。这是我征服的第一座山峰，我一路询问，在好心人的帮助下，才来到这里。我想在这儿结束自己的生命，但悠悠挡在我腿前，不让我迈出那一步，除非我抱着它一起跳……"

陈怡心里一紧，问："你为什么要这么做？"刘磊摇了摇头"你不理解生活在黑暗中的痛苦……不过你放心，我不会再有这样的想法了。在这个世界上，我至少还有悠悠——"

"还有我。"陈怡忍不住脱口而出，停了一下，她有些不好意思地补充，"我们已经是很好的朋友了，不是吗？"

刘磊愣了一下，摸索着握住了陈怡的手，说了声："谢谢。"陈怡觉得有两滴滚烫的泪水掉到了自己的手背上。

此后，陈怡定期去刘磊家回访。刘磊常常跟她说以前登山的故事，雪峰、绝壁、神鹰，听得陈怡悠然神往。有一次，刘磊问陈怡为什么会选择这么辛苦的工作，陈怡的眼里涌出了泪花："我是外婆带大的，外婆老了，眼睛就看不见了，出门总要扶着我，她说，我就是她的眼睛。可是有一天我贪玩，独自跑出去，外婆摸索着出来找我，结果掉进了一个坑里，再也没有起来……从那时起我就想，长大后一定要帮助那些眼睛看不见的人……"

渐渐地，陈怡的回访超出了工作性质，变成了一种心照不宣的约会。有好几次，陈怡都觉得刘磊想对她说什么，但终于没有说出来。陈怡知道，刘磊家境很好，亲属大多在国外，他现在对自己很依恋，但他能一辈子不介意

自己身上的那种味道吗？

重　逢

　　一天，陈怡像往常一样去刘磊家，却觉得气氛有些异样，院子里静悄悄的。保姆告诉她："主人的亲戚回来，把他接到国外去了。临走的时候，他让我把狗还给你，说可以给其他需要的人。"说着交给陈怡一封信。

　　刘磊在信里说，自己将在国外生活一段时间，何时回国还不知道。陈怡觉得自己的心一下掉到了冰窟窿里。悠悠被牵了出来，看见陈怡，它摇了摇尾巴。陈怡不禁想，难道人的感情，还不如一条狗？

　　一晃一年过去了，陈怡一直在努力忘记刘磊，却发现很难做到。一天，陈怡训练一条新的导盲犬，教它下楼梯的时候，陈怡心不在焉，不小心一脚踏空，从高高的石阶上摔了下去，把腿摔骨折了。陈怡住进了医院，这一住就是两个多月，好在同事常常带悠悠来看她，才让寂寞的病房多了一丝欢乐。

　　这天，陈怡正在做康复练习，突然悠悠跑了过来，陈怡四处看了看，却没看见同事。怎么能让狗乱跑呢？这时悠悠蹭着她的腿，嘴里发出"呜呜"的声音，陈怡低头一看，才发现它嘴里竟然叼着一枝鲜艳的玫瑰！

　　陈怡的心狂跳起来，她又向四周看了看，还是没看见人，但空气中有一种淡淡的熟悉的味道。陈怡住院以来很少和狗接触，所以她可以确定，这不是自己身上的味道。陈怡想了想，对着墙角说："出来吧，我已经嗅到你身上的味儿了。"话音刚落，一个人从拐角处走了出来，正是刘磊！

　　刘磊摘下墨镜，陈怡惊讶地发现，他的眼睛有了神采。刘磊注视着她说："我去训练中心找你，是悠悠把我带到这儿来的。亲戚在国外给我安排了一种新手术，我的眼睛恢复了部分视力。虽然我不能像以前一样看得那么清楚，但我终于看见你了——"

　　陈怡冷冷地说："你回来就是为了看看我？"刘磊说："我在国外一年多，除了医院，去得最多的就是他们的导盲犬训练基地。我曾经是盲人，和导盲犬生活过，这种独特的经历让我学到了很多东西。这次回来，我想加入你们。我知道这工作不容易，这是我下半生要征服的一座高峰。"停了停，他又说："在国外一年多，我几百次想给你打电话，但都忍住了。因为我知道你的顾虑，我不能在时机还不成熟的时候向你表白。现在，我身上也有和你一样的味道了，你不会拒绝我了吧？"

　　这时，悠悠撒着欢跑到了两个人中间，陈怡伸手去抚摸它，刘磊也刚好伸出手来，两人的手紧紧地握在了一起……

　　（题图、插图：谢　颖）

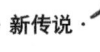

失踪的红豆杉

□ 碧 水

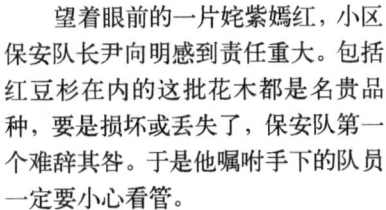

如今人们过日子都讲究"绿色环保"，爱养花种草的人不少。这不，市里一个高档住宅小区为了吸引住户，引进了一批名贵花木，其中，最引人瞩目的当属一盆红豆杉。

红豆杉是濒危的珍稀植物，它不但能净化空气，还能防癌抗癌，不少有身份的人都喜欢在案头摆上一盆。可是红豆杉极为难养，小区物业这次专门请了人精心照料这盆红豆杉，把它伺弄得枝繁叶茂，艳红的果实挂满枝头，好像漫天红霞。

望着眼前的一片姹紫嫣红，小区保安队长尹向明感到责任重大。包括红豆杉在内的这批花木都是名贵品种，要是损坏或丢失了，保安队第一个难辞其咎。于是他嘱咐手下的队员一定要小心看管。

这天，轮到尹向明值早班，天还没亮他就赶到了小区。来到小区花园巡视时，他突然惊呆了：那盆珍贵的红豆杉不见了！

尹向明立刻叫来昨晚巡夜的保安小张了解情况。小张听说丢了红豆杉，惊慌起来，说："尹队长，我昨晚一直在小区里巡视，没有离开过呀！"他想了想又说"凌晨的时候停车场发生了一点纠纷，我过去调解了一下，小偷肯定是那个时候动手的。"小张在小区里工作很长时间了，人很实在，尹向明相信他没有说谎。

此时，尹向明已渐渐冷静下来，陷入了沉思：到底是谁偷走了红豆

杉？小区门禁森严，外人不可能随意出入，也就是说，这桩案子很可能是小区内部的人干的。接下来尹向明又查看了大门口的监控摄像记录，发现凌晨过后并没有人搬运重物出去，也不见有车辆外出，于是断定，那盆红豆杉很可能还在小区里，想到这里，他稍稍放宽了心。

可是小区里有上百户人家，偷红豆杉的究竟是哪一家呢？尹向明看着地上几片零落的叶子，忽然心头一动，对小张说道："红豆杉的叶子细小如茶叶，极易掉落，小偷搬走时说不定会在路上留下一些线索，我们现在就去找找看。"说完他就和小张在小区里的各条道路上分头寻找起来。从小区花园出发，一共有四条道路分别通向旁边的楼房。不一会儿，只听小张在前面叫道："尹队长，我看到这里有一片红豆杉的叶子。"

尹向明抬头一看，小张正站在通向A座楼的路上。他赶忙走过去，只见地上果然有一片碧绿色的细长叶片。两人继续往前走去，到了楼梯间前，又看见一片叶子，看来小偷一定是这座楼里的业主了。尹向明很兴奋，现在只要进大楼看看哪家房门前有叶子，就能找到最后的答案了。

尹向明和小张走进楼去，这栋楼是一梯一户式，共有六户人家，此时天色尚早，大家都还没起床，楼道里十分安静。两人一层楼一层楼地走上

去，可一直来到顶楼，也没看到地上有一片叶子。

这下尹向明愣了，他和小张面面相觑，没了主意。尹向明想了想，分析说，也许是红豆杉搬进楼道后没经过太大摇晃，所以没有叶子掉下来；还有一个可能，那就是即使掉了叶子，偷窃的人做贼心虚，害怕被人知道，已仔细地捡拾干净了。

线索中断了，怎么办？小张咬了咬牙道："既然目标已锁定在这座楼里，我们现在就挨家挨户去敲门查看。"说着抬手就要敲旁边的门。尹向明见了，急忙制止道"不行！我们这是高档小区，住在这楼里的人非富则贵，没有确凿证据就去查问，业主一定不高兴，会向公司投诉的。"小张听了，缓缓地放下手来。

两人默默地走下楼来，尹向明低着头似乎在思考什么。出了楼道，他突然对小张说："去做你该做的事吧，这件事先别声张，离天亮还有一会儿，兴许我能想出办法来。"

小张对尹向明道："尹队长，你可一定要帮帮我，花是我值班的时候丢的，我赔不起啊！"尹向明点点头："放心吧，花丢了，我也有责任的。"说完，尹向明又来到小区花园，望着地上那一片片红豆杉的叶子出神……

小张听了尹向明的吩咐，只好先放下红豆杉失窃的事，去门卫室值班。过了一会儿，尹向明走进了门卫

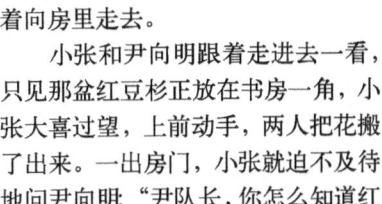

室，小张急忙问道："尹队长，有新的线索了吗？"尹向明点点头，面色凝重地说："我已经布好了局，如果不出意外，很快就会有结果了。"小张有点疑惑，不知道尹向明究竟使出了什么计谋，不过小张知道这位尹队长的性格，他不想说的事情问了也白问，还是安心等待吧。

渐渐地天色亮了，陆续有居民走下楼来。小张着急地对尹向明说："尹队长，怎么办？物业经理马上要来了，咱们可怎么交代啊？"

尹向明头也不抬地道："再等等。"又过了将近一个小时，尹向明终于站起身往外面走去，临走时他对小张道："我先去看看情况，如果找到了红豆杉，我就叫你。"说着出了门卫室，径直往A座楼走去。

小张不知道尹向明葫芦里卖的什么药，心里七上八下，这时他忽然听到对讲机里传来呼叫："小张，红豆杉找到了，就在三楼，快点过来搬吧。"小张听了大喜，忙飞快地往A座楼跑去。来到三楼一看，只见屋门敞开着，尹向明正在里面同一个男人说话。

这个男人小张认识，正是三楼这套房子的业主。此时，男人收起了以往趾高气扬的神情，低着头红着脸对尹向明解释说："对不起，我觉得这盆红豆杉很漂亮，就想独自欣赏一下。"尹向明冷冷地道："一个晚上过去了，我想你也欣赏够了，我可以搬走了

吗？"男子忙点头说："我本就打算今天还回去的。"说着向房里走去。

小张和尹向明跟着走进去一看，只见那盆红豆杉正放在书房一角，小张大喜过望，上前动手，两人把花搬了出来。一出房门，小张就迫不及待地问尹向明："尹队长，你怎么知道红豆杉就在他家里？"

尹向明淡淡一笑道："咱们先下楼，我再告诉你。"小张忙点头。两人走到二楼时，尹向明指着旁边的门口对小张道："你看看，地上有什么？"小张一看，那扇门旁边有几片绿色的红豆杉叶子。

尹向明道："刚才我在这幢楼的每家门口都放了几片叶子，一般人出门时不会留意，即使见到叶子也不会急着动手清理，反正等会儿有保洁员来打扫，但小偷就不同了……"

小张听到这里恍然大悟，接过话道："我明白了，你扔下叶子，过一会儿回来，看谁家门前的叶子不见了，那多半就是做贼心虚，怕留下痕迹，把叶子捡起来了。"尹向明点点头道："没错，这一招就叫做'引蛇出洞'！"

此时天色已大亮，红豆杉又回到了小区花园。它那美丽的风姿赢得了晨练居民的交口称赞，但没有人知道，在这个黎明它经历了怎样的一番风波。

（题图：谭海彦）

旧挂历上的
秘密

□ 洪美姜

三种价格

孙小军在教育局工作多年，一直没挪窝，最近副处长的位子空了出来，他终于有了升职的机会。为了抓住这个来之不易的机会，孙小军积极地四处活动起来。

这天，孙小军参加完一个饭局回到家，刚坐在沙发上休息，门铃响了。妻子小梅开门一看，一个穿着破旧的老头眯着小眼，往屋里直瞅，说："你家有废纸不？俺是收报纸的。"

小梅上上下下把老头打量了一番，看着不像坏人，就让他进了屋，自己到书房拎了半麻袋报纸出来。老头称完报纸，点清了钱，正要走，突然他被客厅角落里的一堆东西吸引住了，问小梅："那是挂历吗？我看着像是去年的，你们也当废纸卖了吧，3毛

一斤怎么样？"

小梅一听挺高兴，丈夫孙小军在教育局工作，每年都能收到不少别人送的挂历，那些旧挂历自己正不知怎么处理呢。于是小梅把那堆旧挂历都给了老头。老头看到那么多旧挂历，高兴得合不拢嘴，这挑挑，那捡捡，很快把挂历分成了三拨。老头说："这拨4毛一斤，这拨3毛，这拨2毛5。"小梅瞅了瞅地上的挂历，好不奇怪：都是硬纸壳子，怎么还分三种价？

小梅仔细看看挂历，说："我知道了，是不是越老的挂历越值钱？"老头摇了摇头。孙小军的好奇心也被勾

起来了，他站起身，拿着挂历研究了一番，哈哈大笑道"我知道了！这拨为什么4毛钱呢？因为挂历上面都是穿泳衣的明星，这拨2毛5，因为上面是些主持人，主持人咋拼得过明星呢？"

老头"嘿嘿"一乐："你可真会说笑话，我一大把年纪了，哪能想那么细哟。"小梅就问："那你是靠啥标准分类的？"老头摆摆手，说："俺不和你们唠嗑了，俺还得去收废品呢。"

老头出了屋，小梅还在想这事，她对孙小军说："这老头有些奇怪，你觉得呢？"孙小军笑了笑，说："人家一个收废品的，有什么奇怪的？"

刚说完这句话，孙小军心里突然"咯噔"一下，想起一件事来：前不久自己看新闻，有一个当官的在日记上写情人的事，老婆发现后一气之下举报了他。现在不少当官的都是因为没注意细节才坏的事，刚才卖的那一堆挂历上自己没写什么重要信息吧？现在是争取升职的关键时刻，一点差错都出不得啊！

想到此，孙小军一拍大腿"还是把挂历追回来放心。"于是他飞速出门，终于赶上老头，把挂历要了回来。

回到家里，孙小军把那些挂历翻过来掉过去检查了几遍，发现上面果然有些信息：自己曾在几本挂历上圈出了一些领导的生日，以便按时送礼，而其中有一位领导，最近已经被

双规了！虽然圈出生日算不得什么"重要信息"，但孙小军还是想小心一些，于是他顺手把旧挂历都塞进了床底下。

定有蹊跷

这天，孙小军回到家，刚要进门，就看到一个收废品的老太太从自己家走出来，老太太手里正提着那堆旧挂历！孙小军进门就问妻子小梅："你怎么又把旧挂历卖了？"小梅答道："那些旧挂历放在家里，实在太占地

方，你不是觉得那老头古怪，卖给他不放心吗？这个老太太在咱们小区收了好多年废品了，卖给她，总没问题了吧？"

孙小军摇摇头，心想既然卖了，也只好算了，于是他信步走到阳台上给花浇水。正浇着，他突然发现楼下不远处，收废品的老太太把旧挂历交给了一个老头，那老头不是别人，正是几天前上门收废品的那个人！

那老头又把自家的旧挂历要回去了，这里面一定有蹊跷！这下孙小军呆不住了，等那老头走远了，孙小军下楼走到老太太身边，问："老人家，刚才你从我家收的旧挂历，怎么给了那个老头？"老太太一乐："那个人说想收挂历，每斤让我赚1毛，他爱要就给他呗。"

孙小军听罢更不解了，他身在机关单位，早已练就察言观色的绝技，这会儿他想起老头的种种奇怪举动，从把挂历分三拨，再到"斥巨资"回收老太太手中的货，孙小军已经可以断定，这人不一般。旧挂历落到他手里，孙小军实在不放心，他决定跟随老头，看看到底怎么回事。

于是孙小军开着私家车出了小区，还没到路口，就看见老头正在前面蹬着三轮车呢，他忙开车跟了过去。不一会儿，来到一处废品收购站，老头把报纸什么的都卖了出去，唯独把旧挂历留在了车上。孙小军眉头一

皱：看来老头收旧挂历不是为了赚钱，那究竟是为了什么呢？

这时老头又上了三轮车，东拐西拐，在一个修鞋摊前停了下来。老头把旧挂历抱下车，挑拣后分成三拨，然后他和修鞋师傅磨了一阵嘴皮子，就拿了一个小马扎坐了下来。修鞋师傅拿过一幅旧挂历，用一个不知什么工具，在旧挂历的边上又修又磨，半天才能翻过一页。一幅挂历十几页，修鞋师傅忙得满头大汗。过了一阵，修鞋师傅又从另一拨旧挂历中拿过一幅，另找了一个工具轻轻一挑，把挂历上面的薄膜给揭了下来……

孙小军在一边看得一头雾水，老头这是要翻新旧挂历吗？他费这劲干什么？修鞋师傅忙忙了好半天，老头把几张零钱交到修鞋师傅手里。修鞋师傅扯着嗓门说："要不是和你认识多年了，我才不帮你这忙呢，就知道耽误我干活赚钱。"老头笑了笑没说啥，抱着旧挂历上了三轮。

无言真相

孙小军赶忙发动车子，继续跟在三轮车后面。老头七拐八拐，终于停在了一条小路上。孙小军赶紧把车停了，刚一下车，他就听到一阵读书声，附近好像有学校。往前走了一段路，孙小军终于看清了，前面真有一个学校，校门破旧狭小，老头正背着旧挂历往里走呢。孙小军越发好奇，也顾

那老师点了点头，说："麻烦你了老杨，要不是你，孩子们的课程就耽误了。"老头咧着嘴，嘿嘿直乐："应该的，应该的，孩子们太可怜了。"

这时，老师把收来的旧挂历分给学生，盲人孩子们手拿一根小细针，把挂历铺在桌子上，一针一针地刻着。孙小军看到这里，恍然大悟——

小细针是盲人孩子的笔，而收来的旧挂历就是他们的"练习本"。盲人孩子眼睛看不见，要想学知识就得靠触觉，用手触摸文字。而盲人用纸非常贵，市场又窄，只有大城市才卖盲人教辅资料。旧挂历的厚度、硬度与盲人用纸差不多，盲人孩子可以拿来练字。带薄膜的挂历，用细针刺起来费劲，边角太锋利的挂历也容易刺破孩子的手，所以，老头把这些挂历先送到修鞋师傅那里处理一下。当然，因为有"手续费"，带薄膜的、边角锋利的旧挂历，他收的时候出价就便宜一些。

看着看着，孙小军真想抽自己嘴巴，他在教育局工作，盲校教育正在他的分管范围内。这些日子，他迎合上级，排挤同级，提防下级，就是为了跑个官，盲校申请教育资金的文件却一直被他扔在抽屉里睡大觉。想到这，他转身离开了教室，他想，自己已经知道了回去该怎么做……

（题图、插图：谭海彦）

不得被发现了，在后面跟着老头进了校门。两人一先一后来到一间教室门口，往教室里一看，孙小军傻了，屋里的学生全是盲人，原来这是一所盲人学校。

教室里，一个老师模样的姑娘看到老头，显得很高兴，对老头说："老杨，太谢谢你了！又给孩子们送挂历来了吧。"

孙小军在门外愣住了：这个收废品的老头把挂历当成宝贝，就是想交给盲人孩子？只见老师接过老头的旧挂历，一本本翻看着，老头说："不用看了，全都处理过了，孩子直接能刻能画了！"

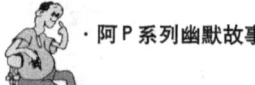

阿P 当保镖

□ 郭振宇

暗度陈仓

阿P失业了，天天忙着找工作。这天，阿P看见一则广告：招聘临时保镖，要求头脑灵活，精明能干，工作时间十天，报酬一万。阿P觉着报酬不错，赶紧去应聘。

面试官有三个人，一对中年男女，还有个年轻男人。中年男人看了看阿P，点点头说："看着挺精神的。"

阿P赶紧说："本人身体健康，脑筋灵光，选择我，没错的。"

这时那个年轻人给阿P介绍，中年男人是他们的董事长，姓黄，女的是董事长夫人。这次招聘保镖，任务就是护送董事长的儿子黄笛上大学。黄笛考上了广州的一所大学，快开学了，黄笛死活不让家里人送，非要独自去报到。董事长夫妇没辙，只好同

意了，可还是不放心，就想找保镖一路暗中护送。黄笛经常来公司，不能让公司的人去，怕他认出来生气，所以对外招聘。

阿P一听，拍拍胸脯："这事交给我吧，保证完成任务。"

年轻人又告诉阿P："黄笛不是你一个人保护，我们出动四组人，你是其中一组。记住，你后面还有人盯着你，干好了有奖，不好好干，回来没工资。"

阿P连连点头，年轻人拿出几张照片，说这就是黄笛的照片，让阿P好好看看，又给阿P一张火车票，说："这是你的票，你的座位在黄笛斜后面，正好能盯着他。火车是大后天的，你回去准备准备，准时出发。"

阿P看看车票，问："这么远，要

走好几天呢，怎么是硬座？"

年轻人说："黄笛说要和普通大学生一样，非要买硬座不可。"

阿P顿时觉得黄笛这小子挺有意思。回到家，他花血本买了一身运动服。穿上运动服后一照镜子，阿P不禁暗自得意：我阿P长得就是年轻啊，这么一打扮，完全就是个学生，穿成这样去保镖，保准引不起怀疑。

到了出发那天，阿P上了火车，看见黄笛已经在车上了。一路上，黄笛安静地坐着，一会儿听听音乐，一会儿看看书。阿P心想，这小子不淘气，挺省心。

火车走了小半天，到了一个小站，要停二十分钟。阿P的烟瘾犯了，他见黄笛还在安静地看书，就想，这小子挺老实，离开一会儿没事，于是下了车。抽完烟，阿P扭头往回走，一转身，和一个卖货的撞个满怀，卖货的脖子上挂的货箱一下掉到地上，几瓶饮料打碎了。

卖货的一把抓住阿P："你瞎啊！看这东西都碎了，赔！"旁边立刻过来几个人把阿P围住了，阿P不敢纠缠，说："我赔，我赔，多少钱？"

卖货的说："一千！"

阿P吓了一跳："你这几瓶破饮料能值一千？"

"一千就是一千，一分不能少。"

阿P哪吃过这个亏，瞪着眼睛就喊："不给！"

"你不给就别上车了。"旁边几个人过来抓住了阿P。

阿P明白了，这些人是一伙的，是碰瓷的，自己必须以大局为重，火车马上就开了，于是说道："好，我给你们一千。"

阿P赶紧掏钱，可发现钱包里只剩一百多元现金了。那伙人一看只有这点钱不干了，拽着阿P不让他上车。正推推搡搡呢，火车鸣笛了，阿P扭头一看，车门已经关上了，火车也慢慢启动了。阿P一下傻了，他猛地推开众人去追火车，那几个人见状都赶紧跑了。

火车还是慢慢开走了，阿P呆呆站着，心想：这下完了，人跟丢了……正郁闷呢，突然阿P眼前一亮——只见前面的站台上站着一个小伙子，正是黄笛！黄笛冲着远去的火车大喊："各位保镖，辛苦了，回去告诉我爸，别再派人跟着我了。"

阿P明白了，黄笛这小子挺贼，他发现车里有保镖，便在火车要关门时突然跳下来，保镖来不及下车都被甩了。这下阿P"悲极生乐"，别提多美了：现在只剩自己一个保镖了，护送的功劳也是自己一个人的了，那几个蠢货都挨骂去吧。

移花接木

阿P跟着黄笛出了车站，黄笛进了站前商场，阿P也跟了进去，只见黄笛买了一辆自行车,出商场骑上自行车走了。阿P呆了,赶紧在后面跑着追,追了一会儿就跟不上了。这时阿P看见旁边有个骑自行车的,这辆自行车破破烂烂,阿P一把将那人拉下来,把钱包里的一百多元钱都塞给他:"我有急事,这车卖给我了。"

那人觉得划算,把自行车给了阿P,阿P连忙骑上车追黄笛。

黄笛骑着车就奔城外,到了城外直接上了公路。阿P看懂了,原来黄笛要骑车去广州啊!阿P在后面跟着黄笛,黄笛买的是赛车,骑着很省力,阿P可就不行了,这破车脚蹬子上的蹬板都掉了,车座也坏了,把阿P的屁股颠得火辣辣的疼。骑了不一会儿,阿P就累得满头大汗。

这样下去不是办法啊,阿P急中生智,想出了一招。他使出吃奶的劲

撵上了黄笛,跟黄笛搭讪,问黄笛去哪。黄笛说去广州,阿P假装惊喜地说:"我也去广州,我今年考上大学,家里穷,我骑车去学校,这样能省好几百元钱。"

黄笛以为遇到了知音,很高兴,两人聊了起来。这时,黄笛看了看阿P的自行车,说:"你这车也太破了,骑到广州还不得累死。"

阿P假装不好意思地说:"家里穷,没舍得买新的,没事,我有的是力气。"黄笛看不下去了,说:"等一会儿到了郑州,我给你买辆新车,我们结伴走,一起去广州,你骑这车跟不上我。"阿P心中窃喜,自己等的就是结伴这话,这小子上当了。

两人骑着车说着话,很快到了一个小镇。阿P借着上厕所,给董事长发了短信,说自己跟着黄笛呢,让董事长放心。董事长很快回了短信,表扬了阿P,说干好了给加薪。阿P很得意,看来这一万元是到手了。

两人接着赶路,晚上,阿P和黄笛到了郑州,住进了宾馆。阿P找了个借口就溜出去给董事长打电话,把今天的事简要说了。董事长一听黄笛骑车上大学,急了,问清两人的详细住址,告诉阿P,他明天一早让郑州的朋友去接黄笛,强行送往广州,让阿P晚上看好黄笛,阿P连声答应了。

第二天,阿P醒得挺早,一起床就发现黄笛不见了,他连忙穿好衣

服，发现自己的手机也不见了。过了没多久有人敲门，阿P一开门，就见门外站着几个凶神恶煞的大汉……

调虎离山

再说董事长这边，他和阿P打完电话，不由心急如焚，骑车去广州，这多危险啊！于是他立刻联系郑州的朋友，告诉他们黄笛住的宾馆房号，请他们帮忙把黄笛送到广州。第二天一早，朋友打来电话，说已找到黄笛，正带着他开往广州呢，开的是房车，很舒服，请董事长放心。董事长夫妇都长长出了一口气，他们立刻飞到广州，准备迎接儿子。

等了两天，从郑州来的房车到了。董事长夫妇看见车赶紧跑了过去，打开车门一看，车里有个人正在呼呼大睡，这人根本不是黄笛，却是阿P！

黄夫人惊讶地问阿P："怎么是你？我儿子呢？"

阿P揉了揉眼睛，说："你儿子跑了，他玩了个金蝉脱壳，把我甩了。那天早晨我刚醒来，房间的座机就响了，黄笛打来电话，他说我的身份暴露了，他一个人走了。为了惩罚我，他把我的手机拿走了，让我来广州取回手机。我急了，得赶紧找黄笛啊，刚要出门，这时这几个草包来了。"阿P指着车上的几个彪形大汉说，"这几个蠢货把我当成你儿子了，不由分说把我带上车，我跟他们解释他们不信，我说要给你们打电话，他们不借给我手机。"

董事长听了，瞪着阿P："你可真够笨的，这点事都办不好，让一个孩子给耍了。"说着他忙给黄笛打电话，对方却关机了。黄夫人满脸焦虑"我儿子去哪了？真急死人了。"

这时阿P说"我能找到黄笛。"他把计策一说，大家都说行。

阿P借了个手机给黄笛打电话，问他到哪了，黄笛告诉阿P，他快到株洲了，他准备在株洲逛两天。阿P赶紧说"我也到株洲了，我的钱被偷了，现在饭都吃不上了。求你给我送点钱来吧，否则我得沿街乞讨了。"黄笛答应了。

挂上电话，董事长一行人和阿P赶紧往株洲赶。到了株洲后，阿P给黄笛打电话，问他在哪，黄笛说了自己住的酒店，一行人立刻赶了过去。

到了酒店，服务台的一个员工确认他们的身份后拿出一张字条，说是黄笛留给他们的。董事长接过一看，字条上只有四个字：雕虫小技！

董事长摇摇头，把字条给了阿P，阿P看后直皱眉，不过他马上又有了主意。阿P领着大家来到酒店监控室，调出录像，在录像上他找到了黄笛，然后让董事长夫妇看。董事长指着录像问："这就是你找到的黄笛？"

阿P说："是啊，你看你儿子多精

神!"

董事长哭笑不得，黄夫人却翻来覆去看了好几遍，点点头说："是挺精神，这样我也放心多了。"

董事长说："黄笛这小子把我们骗到株洲来，自己却不知跑哪去了。"

阿P说："据我估计，黄笛玩的是调虎离山，他现在一定到广州了。你再给他打电话，他准接。"

黄夫人刚要打电话，手机铃响了，收到一条彩信，彩信是一张照片，照片上黄笛正笑嘻嘻地用手做出"V"字，背景是他的大学，照片下有文字：我到大学了！黄夫人忙把彩信给董事长看，董事长呵呵笑了，说："这小子，还真到大学了！走吧，我们也去广州。"

到了广州，黄笛来接大家。黄夫人一下车就把儿子抱住了："可把妈妈惦记坏了，你这混球！"

黄笛嘿嘿笑着说："我说我一个

人来广州没事，这回你们相信了吧。"

董事长点点头说："我儿子长大了，也该放手了。"

这时黄笛看见了一旁的阿P，忙把手机还给他，笑着说："谢谢你。"

董事长有点发懵，就问儿子干吗谢阿P，阿P这才红着脸说出实情。原来在郑州，董事长在电话里要强行带走黄笛，阿P就思想斗争上了，最后他做出了一个艰难的决定——成全黄笛，让他完成独自上大学的梦。于是他把自己的身份告诉黄笛，让黄笛先走，并拿走自己的手机，这样自己就不能给董事长打电话了。郑州那伙人果然中计，把阿P拉到了广州，黄笛却跑了。

董事长听罢，看了看阿P，说："原来是这么回事。这次你没完成任务，让黄笛跑了，工资就免了吧！"

阿P听了挺沮丧，可嘴上还硬撑着"嗨，钱算什么，黄笛把我当朋友，我可不能出卖他。"

董事长笑了笑，又接着说"你还算有脑子，也讲义气。如果你不嫌弃，我的公司正式聘用你。这次你让我儿子得到了锻炼，奖励你一万元！"

天啊，这真是天上掉下大馅饼，而且是两块！阿P一下跳了起来，董事长慧眼识珠，这不正说明自己是匹千里马吗？阿P撇了撇嘴，他又牛了起来。

（题图、插图：顾子易）

无论天子还是平民、恶霸还是善人，每个人心里都有自己的梦。当梦也可以买卖时，故事就发生了……

一文钱的梦

□ 王乃飞

卖梦

很久以前，也不知哪个朝代，在天子脚下的京城里，突然出现了一个卖梦的老者。老者身穿破旧的粗布衣服，怀里抱了一个瓷枕。他说，这可不是一般的枕头，这叫"寻梦枕"，枕上它，晚上想做什么梦就做什么梦，买梦的价钱也便宜，一文钱一个梦，没有比这更便宜的东西了。

刚开始大家都不相信：梦还能卖呀？这老头八成是个疯子。老者却毫不介意，依旧每天在闹市街头喊着："卖梦，卖梦，一文钱一个梦！"

这天，老者正吃喝得起劲，突然一个人脚下带风地走了过来，气势汹汹地对老者说："老头，你的枕头果真什么梦都能做吗？"老者不卑不亢地回答："正是！"那人说："我想梦见死去的娘，能行吗？"老者点头说行。那人接着又问："要是梦不见我娘，又怎么说呢？"老者还是不温不火："如果梦不见，听凭客官处置。"那人好像等的就是这句话，说："好，如果梦见我娘，一文钱少不了你的；如果没梦见，这瓷枕你就别想要了。"老者点点头，没说什么，随后画了一道奇怪的符，贴在瓷枕上，约那个人第二天还在这里相见。

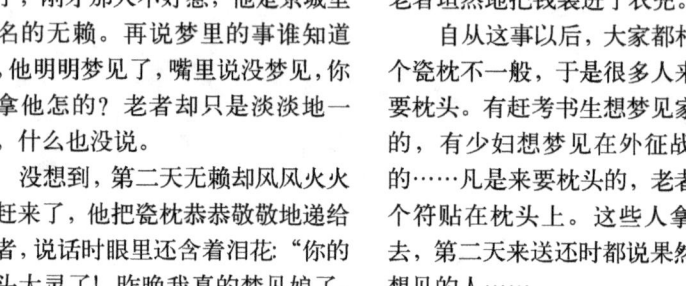

那人拿着瓷枕前脚一走，周围看热闹的百姓就对老者说，这个瓷枕他是甭想要回来了，刚才那人不好惹，他是京城里有名的无赖。再说梦里的事谁知道呀，他明明梦见了，嘴里说没梦见，你能拿他怎的？老者却只是淡淡地一笑，什么也没说。

没想到，第二天无赖却风风火火地赶来了，他把瓷枕恭恭敬敬地递给老者，说话时眼里还含着泪花："你的枕头太灵了！昨晚我真的梦见娘了，娘和活着时一模一样，她还嘱咐我要好好做人，别霸占人家的东西。"说着

眼泪就流了出来。原来这无赖虽然霸道，却是个孝子，看来他真的梦见娘了。临走，无赖没忘了给老者一文钱，老者坦然地把钱装进了衣兜。

自从这事以后，大家都信了那个瓷枕不一般，于是很多人来找老者要枕头。有赶考书生想梦见家乡妻子的，有少妇想梦见在外征战的丈夫的……凡是来要枕头的，老者都会画个符贴在枕头上。这些人拿了枕头去，第二天来送还时都说果然梦见了想见的人……

老者卖梦的事很快传遍了京城。这天，老者又在街头叫卖，几匹高头大马停在老者跟前，从马上跳下几个穿官服的人，为首的对老者说"你就是那个一文钱卖一个梦的人吗？"老者点头称是，那人就说"跟我们走一趟吧！"说着拎小鸡似的把老者拎到马上，掉转马头便走。

老者糊里糊涂地在马上走了一段路，等停下来才知道，自己竟然进了皇宫。皇上亲自召见了老者，还让太监赐坐，接着就细问老者的来历。

老者战战兢兢地说道："回皇上，草民姓袁，名叫袁梦，因家乡闹饥荒，出来混口饭吃。没什么本领，就靠祖上传下来的这个寻梦枕，好歹没饿着。"皇上听罢沉吟半晌，说："朕想做一个梦，你能否卖给朕？"

袁梦道"草民斗胆问一句，皇上想做个什么梦呀？"皇上想了想，说

"朕想在梦里见一个人。"

袁梦又问:"皇上要梦的那个人叫什么名字,住在哪里?"

皇上叹道:"不怕你笑话,朕也不知那人叫什么名字,现在哪里。"接着,皇上就对袁梦说了一件事:

最近,皇上心爱的淑妃死了,他心里很难过。正赶上七月七庙会,皇上就想去庙会散散心。庙会里拥挤不堪,皇上坐的轿子行进缓慢,他不耐烦地掀开轿帘往外看,只见轿外人山人海,但女人大多其貌不扬。皇上想起了过世的淑妃,禁不住叹息。正在这时,一个女子在他眼前一闪,只见她身姿曼妙,回头向轿子轻轻一笑,就挤进人群不见。这一笑就把皇上的魂儿给勾了去。从庙会回来,皇上脑子里老是闪着那女子回头一笑的情影,竟茶饭不思起来。这时,一文钱卖梦的事传进宫来,传得很神,皇上心中一动,就让人把袁梦找来了……

袁梦听了皇上的叙述,想了想说:"我尽力吧,一定让皇上今晚梦见那个女子。"说着他画了一道很奇怪的符,贴在了瓷枕上。

一夜无话,第二天一早袁梦还没起床,就被人从被窝里拖了出来,五花大绑押到了金銮殿上。皇上高坐在龙椅上,满面怒气地说:"好你个袁梦,竟敢戏弄朕,你可知罪?"袁梦跪在地上瑟瑟发抖,他实在不知道自己犯了什么罪。

寻 梦

原来,昨晚皇上枕着寻梦枕入睡,半夜果然做梦了,梦里真的出现了一个女子,不料那女子长得十分怪异:单看半边脸,那是娇美无双,可再看另一半脸,简直就惨不忍睹。皇上一见到那副样子,连话也没说就吓跑了……

袁梦听了经过,说:"恕草民直言,这瓷枕从来没有梦错过人。皇上怎么就肯定,梦中那人不是在庙会上见到的女子呢?"

皇上一想也是,庙会上的女子侧身一笑,自己并没见到她的正脸呀,想到此,气也消了些,不由失望地说:"看来淑妃这一去,朕再也找不到合意的佳人了!"

袁梦大着胆子说:"既然皇上与那女子有缘,我可再送皇上一个梦。今晚再梦见那女子,皇上何不问个清楚呢?"皇上想了想,说:"好,朕就再做一个梦。"

一夜很快过去,袁梦等着皇上召见自己,却一直没有音讯。又过了几日,终于有太监召袁梦去面圣。皇上一见到袁梦就说:"袁先生,多亏了你的枕头,让朕找到了意中人!"

接着皇上便说了他这次做的梦:他这次入梦见到那个女子,并没害怕,坐下来跟她谈了很久,觉得她虽然面貌古怪,却心地善良,谈吐之间与自己心意相通，便有心纳她为妃，于是在梦中问清了她家住哪里。第二天醒来，皇上派人按梦中的住址去找寻，竟真的找到了那个女子，于是立刻把她接进宫来，封为惠妃。

皇上说完，对袁梦笑道："先生是朕与惠妃的大媒，来人，请惠妃过来谢过先生。"

惠妃很快来到殿上，袁梦一见惠妃，不由暗暗一惊，随即对皇上奏道："恕草民直言，我行走江湖多年，从未见过一半脸美一半脸丑的人。今日一见娘娘，我敢断定，娘娘丑的那半边脸是假的，是把一种叫人皮草的草根煮熟了糊在脸上才成了这样。"

皇上一听愣了，直直地看着惠妃，问："他说的是真的吗？"

惠妃没答话，慢慢地低下头，再

抬起头来，手上就多了件酷似人皮的东西。再一看，惠妃哪里是丑女，简直貌若天仙。皇上看着惠妃的真面目惊呆了，半晌才说"你、你是淑妃！"原来，取下假面后的惠妃跟死去的淑妃长得太像了，简直就是一个人。

圆　梦

此时，惠妃缓缓跪倒在皇上面前，说："启禀皇上，淑妃正是臣妾的姐姐。"皇上奇怪了："你为什么要把自己扮得如此丑陋？"

惠妃说："我若不这样，恐怕连皇上的面也见不到呀！"说着看向皇上身边的太监。太监知道瞒不住了，这才跪下来招认说，上次皇上去庙会，皇后下令，稍有姿色的女子那天都不准出门。惠妃若不戴上丑陋的假面，是不会被准许进入庙会的。

皇上听罢有些恼怒，正要开口，惠妃突然跪下道："皇上，臣妾千方百计去了庙会，却没有机会和皇上说话。此后接连两天，臣妾都在梦里见到了皇上，不料皇上竟真的派人来接臣妾入宫了。其实臣妾一心进宫，并不是为了荣华富贵，而是为了我那屈死的淑妃姐姐——求皇上为我姐姐伸冤！"

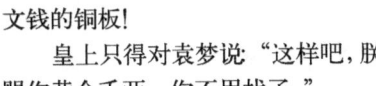

皇上有些意外，皱了皱眉头说："难道你姐姐有什么冤情吗？"

惠妃从容道："我姐姐并非病死，乃是中毒而亡，她是被害死的呀！"

皇上惊得从龙椅上跳了起来，惠妃接着说："不仅淑妃，还有以前的郑妃、萧妃……她们都是得宠不久便离奇死去了。"

皇上回忆了一下，果真如此。他不禁回头怒视着身边的几个太监，那几个太监早已吓得腿肚子转筋，他们跪倒在地，连声喊道："皇上饶命，不关我们的事呀……"

经那几个太监招认，事情终于水落石出：原来皇后生性嫉妒，凡是美貌受宠的嫔妃，她就吩咐皇上身边的太监，让其喝下慢性毒酒。淑妃等人都是被毒酒毒死的，唯独惠妃，皇后见她如此丑陋，暂时就没让她喝毒酒，总算逃过了一劫……

真相大白后，皇后服毒自杀。皇上再次召见袁梦，说："你的寻梦枕，为朕破了一宗大案，还为朕找来一个好妃子，现在朕该好好谢你了。说吧，你要什么赏赐。"

袁梦想了想，说："皇上，草民早已说过，一个梦只要一文钱，皇上只要赐我一文钱便是。"

皇上听罢不由拍手叫好："袁先生真乃奇人！"于是吩咐赏袁梦一文钱。不料太监下去后，赏钱却迟迟没有拿来。原来皇宫里奢华无比，就是买个小物件，也要上百两银子，偌大皇宫，竟找不出一文钱的铜板！

皇上只得对袁梦说："这样吧，朕赐你黄金千两，你不用找了。"

哪想到这袁梦却是个倔种，他说："皇上，草民行走江湖多年，每个梦只要一文钱，从不多贪，可不能破了规矩呀！"

这下皇上为难了，到哪里给他找一文钱去呀？袁梦就说："皇上既然拿不出一文钱，不如写一张借据吧。"

皇上无奈，竟真的写了一张借据，写明欠袁梦一文钱。袁梦拿了借据便离开了皇宫。

等袁梦一离开皇宫，皇上才拍着脑袋说上当了。你想呀，皇上富有四海，他欠过谁的钱？现在他却欠着袁梦的钱，并且是一文钱，这事要是传扬出去，让皇上颜面何存呀？于是，皇上紧跟着就下了一道圣旨，告喻天下州县的官员，只要袁梦到了他们管辖的地方，就要好生接待，千万别让他缺钱花，免得他拿出那张欠条来。

袁梦离开皇宫后，还是行走江湖，到处卖梦，一个梦还是一文钱。不过，他的身价却提高了许多，那些地方官员见了他就如见了亲爹似的，变着法子巴结他。袁梦却并不贪心，他还是穿着那身破衣服，衣兜里老是只有一文钱。

（题图、插图：谢 颖）

夏树静子(1938年—)，日本著名推理作家，文风细腻深沉，擅长编织悬念，代表作有《W的悲剧》等。本作品根据其同名小说改编。

致命三分钟

深夜车祸

这天深夜十一点多，报警中心的值班人员接到一个求助电话，一个年轻男子说，他不小心开车撞了人。

五分钟后，救护车到达了现场。救护人员下车后，见一个胖胖的男人倒在地上，边上停着一辆小汽车，一个瘦小的年轻男子正站在车旁，想必就是肇事者了。救护人员向躺在地上的男人走去——只见他的头被压扁了，鲜血流了一地，早已断了气。

见此情景，一同赶来的交警开始询问肇事者。肇事者脸色苍白，结结巴巴地说他叫津川，三十八岁，是个销售员。说起事发时的情况，津川似乎还没从惊吓中回过神来，他颤声说：“我开车过来时，那人就躺在马路上，像死了一样一动不动，等我看到，已经来不及刹车了……”

交警皱了皱眉，正要继续询问，这时，传来一个女人的尖叫声：“啊，出车祸了……”只见一个三十来岁的女人朝这儿跑过来。

两名救护人员已经将死者放上了担架，一听到女人的叫声，又停了下来。女人走过来呆呆地看着担架，突然跪在地上痛哭起来。救护人员同情地问：“这位是你的丈夫？”

女人抽泣着说“是我丈夫，他说去自动售货机买包烟，可半天还没回来。我听到救护车的鸣笛声，就赶快出来看看，没想到……”

交警见状，就朝女人走过去，问

"你丈夫是什么时候出门的？"

女人说，自己就住在几百米外的小区里，丈夫是十一点半出门的。交警想，从小区走到这里的马路上，大概要五分钟，这和肇事者津川轧了人后马上报警的十一点三十八分倒是一致的，于是交警又问女人："你丈夫出门前喝酒了吗？你知道有什么原因会使他突然躺倒在马路上吗？"接着把事发经过告诉了女人。

女人听后，立刻死死地瞪着津川，津川惊慌地辩解道"我开车过来时，您丈夫已经躺在……"

女人愤怒地喊道："胡说八道！精精神神出门的人，怎么会说倒下就倒下了？是你杀死了我丈夫！"

这下警察也没辙了，为了搞清死者的真实死因，警察局让法医北坂满平负责尸体解剖。北坂满平四十五岁，慈眉善目，是个热心人。在尸检方面他经验丰富，是公认的专家。

双方求情

解剖前，北坂满平找到负责此案的警察了解情况。警察告诉他，此案的关键在于，要查出死者是否在车祸前已躺倒街头。北坂满平想了想，说："会不会死者得了什么急病倒在地上？他有心脏病吗？"

对北坂满平的问话，警察有些得意地点了点头："为了慎重起见，我向死者的妻子富士子询问了，我感到她犹豫了一下。后来我再三追问，她才承认她丈夫有心肌梗塞的病史。"

北坂满平听后点了点头："知道了，明天就进行尸体解剖。"

然而还没等到明天，北坂满平的办公室里就先后迎来了两位不速之客。第一位进门的是个瘦小的年轻男人，他就是车祸的肇事者津川。

津川进门后一脸紧张的样子，北坂满平问他找自己有什么事吗，津川突然深深鞠了一躬，说"我想对先生说一句真话：死者当时真的躺在地上，肯定是心脏病发作死了。"

津川热切地看着北坂满平，继续说"如果能证明他死于心脏病，我就什么罪都没有了，不然我将被定为过失致死罪，死者的遗属会向我索取赔偿的。可我没有钱啊，如果从我微薄的工资里扣除，恐怕要扣上一辈子，这样一来，我的一生就完了！"

津川说着又朝北坂满平靠近了几步："这关系到我的一生，先生一定要认真处理……我只有求求您了！"说完又深深地鞠了一躬。

津川走后不久，死者的遗孀富士子也来拜访北坂满平了。她两眼红肿，边哭边告诉北坂满平，她丈夫去世前买了一种保险，如果病故可以得到三千万日元保险金；而如果死于意外伤害，当然也包括交通事故，那就能得到九千万日元。听到这里，北坂

满平明白了对方上门的真正意图。

富士子的眼睛里满是泪水，说："先夫为了保障我以后的生活，才在生前投了这么高的险额……所以，如果能证明他被津川的车轧到时还活着，就可以获得三倍的保险金。先生，请您公正地证明吧！"

北坂满平叹了一口气，一天之内，他听到了来自肇事者和受害者双方不同立场的"求情"……

轧死还是病死

第二天，北坂满平进行了法医学解剖，可让他失望的是，根据解剖结果，并不能判断出死因是心肌梗塞还是车祸。不过，他发现了一个不同寻常的地方——死者血液中检测出一种

成分，叫做洋地黄，而且含量特别高。这是怎么回事？北坂满平知道，有些治心脏病的药物里含有洋地黄，只要不超量，药物对心脏是有好处的，可是万一服过了量，洋地黄反而会诱发心脏病。死者血液里的洋地黄含量已经达到了饱和状态，这是十分危险的，在这种情况下，只要死者稍微运动一下，很可能在几分钟里就诱发心脏病！一般来说，心脏病人都知道这一常识，死者为什么服过量了呢？难道仅仅是因为不小心？北坂满平决定要搞清楚。

他向负责此案的警察要来了死者生前的医生的电话。那位医生接到电话，听说自己病人血液里的洋地黄含量那么高，也十分惊讶。"什么？他怎么会服用了这么多药呢？我提醒过他好几次，对他夫人也讲过，这种药能治病也能要命，他们都说记住了啊……"

打完电话，北坂满平陷入了沉思：津川的车轧到死者时，他是活着还是已经死了？死者生前服药过量，严重的发作可在三分钟内致死。从死者离家时推算，早已超过了三分钟，那心脏病到底是何时发作的呢？

这三分钟的戏剧性变化，对肇事者和遗孀来说，结果大不一样……事到如今，只好把所有情况上报了。警察听了北坂满平的报告，又告诉了他一个新情况——最近他们一直在调查

死者身边的人，想了解一下死者最近的健康状况。死者的几个同事反映，死者夫妇之间的关系并不好。死者的妒忌心特别重，有几次因为太太和别的男人交往，对她大打出手。

北坂满平心中一动："和别的男人交往？"

警察点点头说："是呀，我们决定彻底了解一下富士子的人际关系。刚才听您说，死者有洋地黄超量的迹象，这样一来，说不定是他夫人故意在饭里加了药物，让他超量服用呢！"

可是，调查展开了几个星期，警方还是一无所获，虽然他们在富士子家附近进行了监视，但既没有发现她外出与什么男人约会，也没有任何证据能证明富士子故意给丈夫多服了

药；更糟糕的是，富士子几乎每天都给津川的公寓打去诅咒和威胁的电话，非要津川承认是他轧死了自己的丈夫。津川向警方报告说他已经神经衰弱了，要求警方出面阻止。不得已，警方只好停止了调查，让北坂满平出具最后的鉴定书。

这下，北坂满平可遇到了职业生涯中的大难题：津川轧着了死者肯定是事实，但先轧还是先死……从解剖的结果来看，无法确认哪一个在先。经过反复周密地研究后，最终，他写出了这样一份鉴定书——

"死者在被汽车轧着时，津川证明说他已经躺在了公路上。死者血液中洋地黄类物质已达到饱和状态。综合以上情况可以推断：死者离开家后，由于室外天气寒冷，他小跑驱赶风寒，不料引起心脏病发作，倒在了地上。此时正好津川驾车通过，车轧过其头部致使其当即死亡。"

这样一来，津川的责任就很小了。因为现场光线阴暗，死者又穿黑色衣服倒在地上，要司机及时观察到这种情况很困难，这样，就不好判津川有罪，当然也就免除了大部分的赔偿责任。而在死者的人寿保险方面，保险公司会考虑支付介于病故和意外死亡的中间额给富士子，以前有过这样的例子。

可以说，这份鉴定书充分考虑到了双方的"求情"，可谓皆大欢喜。不

过，北坂满平却没有以往完成工作后的欣慰感，心里总有些空落落的。不知为什么，他脑海里总也拂不去死者的面容，死者似乎总在瞪着自己，想诉说什么。

另有隐情

很快半年过去了，这天，北坂满平去参加一个聚会。他刚在停车场下车，突然看到从另一辆车上下来了一位身穿碎花裙的少妇。少妇走到饭店门口时，北坂满平正好看到了她的侧脸，他不禁轻轻地"啊"了一声——这位秀丽的少妇正是富士子。

富士子今天看上去神采奕奕，容光焕发。北坂满平抑制不住好奇心，跟着她进了饭店。饭店内光线昏暗，只见富士子来到一张双人餐桌旁，一个男人已经等在那里。北坂满平找了个角落悄悄坐下，漫不经心地看了那男人一眼。他的记忆中，渐渐浮现出一个人的面容，那是在自己的办公室，这个男人曾深深地鞠躬求情……不错，坐在富士子对面的，正是肇事者津川！

这时，两人的对话不断传入了北坂满平的耳中，富士子对津川诉说道："半年没见面了，我想你都想疯了！"

"我也是，不过已经不要紧了，警察也死心了！"

"是啊，我和你的日常生活一点联系都没有，我们只要慎重见面，他们要查出来比登天还难！"

"太好了，下星期我打算乘特快卧铺回一趟老家福冈，你也和我一块儿去吧？这次我们可以堂堂正正地睡在一个车厢里了……"

听到这里，北坂满平站起身来，走到饭店外，拨通了警署的电话。幸好，负责此案的警察在办公室，北坂满平简洁地将情况说了。警察听后沉默了片刻，道："我们会秘密跟随他们两人，此案将作为谋杀案重新进行调查……"

北坂满平点头道："也许富士子平时就偷偷地给丈夫多放洋地黄类药物，在这种状态下再让津川开车轧死他。因为不知道他们两人的真实关系，事件的焦点就被转移到了是心肌梗塞还是被轧死的争论上。两人像仇人一样针尖对麦芒，又都来向我'求情'，富士子给津川打骚扰电话，都是为了加重这一误导。请务必抓住他们在事故之前交往的证据，给他们的罪行立案！"

说完，北坂满平挂断了电话，朝餐厅走去。这时，死者的面容又浮现在他的脑海中，不过这次死者没有像以前那样瞪着他，北坂满平的心中又感到了以往工作完毕时那种深深的欣慰。

（推荐者：顾　诗）

（题图、插图：佐　夫）

计降山寇

□ 佘远香

赌 约

清朝初年，永安县的鸡爪山上有一伙强盗，头领叫陈定威，三十来岁，武艺高强。不过他劫道从不伤人命，还有一个规矩，只抢价值百两纹银以上的财物，而且每人身上只夺一件，多也不要，这叫做"穷不出手，富不杀绝"。知县也曾派官兵来围剿过几次，无奈鸡爪山地势险要，易守难攻，官兵都徒劳而返。

这天，陈定威听说知县因无力攻山，已被撤职离任，于是摆上酒席庆贺。酒酣耳热之际，看守山门的兄弟忽然来报，说山下来了一人，自称是新任知县李淮，要进山求见。陈定威怔住了，不知李淮此番前来是何用意，不过他孤身一人，谅也耍不出什么花枪，就吩咐打开山门放他进来。

不一会儿，一个气质儒雅的男子走进了聚义厅，陈定威上下打量着李淮，说道："李知县好胆量，单枪匹马上山，就不怕我杀了你吗？"

李淮朗声笑道："听闻陈头领是个英雄，从不伤人性命，何况我今天来乃是有要事与你相商。"陈定威一听就明白了，李淮定是来招安劝降的，他"哼"了一声道："今天任凭你巧舌如簧，我是不会动心的。"李淮微微一笑道："下官口拙舌笨，也深知英雄不能为三言两语所打动，我此番前来，是想和你下一个赌约。"

陈定威一听，立时来了兴趣，问李淮要打什么赌。李淮道："明日我会

派一个人带着宝物过山，如果这人能顺利把宝物带到县衙，你便输了；如果被你夺去，便算你胜。"陈定威一怔，问道："胜又如何，输又怎样？"李淮道："若你胜了，在我任期之内，绝不派兵围剿 若你输了，便要到县衙投案自首。"

陈定威低头思忖，心知李淮能下此赌约，必有些心计，宝物不会轻易到手，可是如果赌胜了，就能换来几年太平日子。他权衡一番，还是答应了。

李淮站起来道："好，就这样定了，明天日落后，你就到衙门来见我。"说罢起身欲走，陈定威突然叫住他"慢，不知你这宝物价值多少？寻常之物我是不会出手的。"

李淮道："这东西价值不菲，对有些人来说，更是无价可估。"陈定威点头，又问："如果你派出的人身上并没有宝物，事后却说是藏得深我未发现，我岂不着了你的道？"李淮道："说得好，我正要告诉你，此人所带宝物一定会被你亲眼看到，宝物就是在你的眼皮底下带过去的。"

陈定威一听哈哈大笑起来，暗道这个李淮真是狂妄，明日自己一定要得到宝物。

迷 阵

转眼到了第二天，一大早陈定威就下山守在路口，每有行人经过，他都要亲自搜查。中午时分，路口慢腾腾地走来一个老头。陈定威带着弟兄们拦住路口，老头吓得脸色苍白，连声叫道："好汉饶命，好汉饶命！"陈定威厉声喝道："我只要财不杀人，你

慌什么？"他看这老头肩挎一只破烂的柳筐，身上别无他物，就问他筐里装的是什么。老头忙把筐子放下，陈定威一看，里面是一盆盆栽榕树。

老头颤声道"我是个花农，前几天山那边有户人家订下了这盆榕树，我今天给送过去。"陈定威仔细看了那盆榕树，觉一切寻常，就点点头示意老头走人。老头长吁一口气，挎起筐子就要走。就在这时，陈定威突然看到地上洒落了几片发黄的叶子，他心里奇怪：这盆榕树既被人挑中，理应茁壮茂盛，可现在榕树叶子都枯黄掉落了，实在不合常情。想到此他追上前去，一把夺过了老头的筐子。老头哀求道："好汉，我是穷苦之人，身边除了这盆树，再没有其他财物了。"

陈定威也不答话，忽然把整棵树抓起来，果然榕树竟是没有根须的，难怪树叶会枯黄。陈定威看了看榕树粗大的枝干，冷冷一笑，掏出匕首，把树干剖开。不料树干竟是实心的，里面并没藏什么东西。

陈定威有些意外，他又看了看花盆，发现盆中好像埋着什么，他掏出来一看，竟是一块拳头大小的人形何首乌！这就对了，斩断榕树的根须，就是为了在小小的花盆中藏下这个东西。

这时老头央求道："求求你把何首乌还给我吧，这药要送到前庄救人。"陈定威不屑地道："吃得起这种

何首乌的，必是有钱人，有钱还怕买不到其他好药吗？"

老头无奈，只得说"那我只能去告诉人家，叫他别等了，赶紧另寻良药。"说完唉声叹气地朝前走了。

陈定威望着老头的背影，忽然心中一动，莫非这老头就是李淮派来的人？也只有他才能想出这么刁钻的主意。正思索时，忽然感觉手上黏糊糊的，原来何首乌不知什么时候破了一道口子，汁液流了出来。这时，旁边有个叫何三的兄弟叫道："头领，我看这块何首乌是假的！"

陈定威一惊，忙问怎么回事。何三答道"我有个郎中朋友，听他讲有人用薯类冒充何首乌，两者外表相似，但假的汁多肉脆，表面光滑，真的何首乌表面皱褶不平。"陈定威还是疑惑："既是薯类，又怎会长成人形？"何三道"在薯类生长的时候放下人形的砖模，就会长成这个样子。"

陈定威恍然大悟，大叫道："不好，那老头定是李淮派来的，枯榕树和假何首乌都是他布下的迷阵，真正的宝物还在老头身上，我们赶快去追！"

智 斗

陈定威带领手下飞奔追赶，转过一道山坳，果然见那老头一改颤颤巍巍的模样，正健步往前走。陈定威追上去挡住了他，老头见了陈定威，脸

色一下子白了，问道："你们已夺了宝物，还追上来做什么？"

陈定威微微一笑："李知县果然有心计，幸好我身边能人多，不然真让你金蝉脱壳了。"老头知道身份已暴露，也不隐瞒，叹口气道："陈头领有勇有谋，鸡爪山藏龙卧虎，我真是佩服。陈头领想必已知道真正的宝物是什么了？"

陈定威道"没错，宝物一定就是那只花盆。"说完从柳筐中拿起花盆。这只花盆是瓷的，如果是御窑烧制，那可价值不菲。官窑烧制的器物都有

铭款，于是陈定威端起瓷盆朝底下看了看，可盆底光光的，什么都没有。陈定威心想，莫非铭款刻在盆内？于是他把盆里的土倒掉，果然看到里面有几个字，看来是正品无疑了。

陈定威拿起盆就要走，这时何三又在旁边道："头领，我感觉咱们还是上当了。"陈定威一愣，忙问原因，何三指着老头远去的背影，道："你看，柳筐是用来装花盆的，现在花盆都被咱们拿走了，老头还背着那个破筐回县衙干啥呢？"

陈定威一听，猛拍脑袋，忙又追上老头，道："任你们诡计多端，都难逃我的法眼，快把柳筐拿过来！"老头怔住了，有些不敢相信地问："陈头领怎知这柳筐是宝物？"陈定威冷笑道："正所谓百密一疏，你把一只没用的破筐带回县衙，不是不打自招吗？"老头听了长叹道"陈头领真是神机妙算。实话对你说，这柳筐名叫金丝柳筐，李大人以为最破的东西是最安全的，没想到仍被识破。"

陈定威拿着柳筐仔细端详，心想顾名思义，宝物起了这个名字，必是匠人在编筐时掺进了金丝。这么大一个筐子，里面当然有许多金丝，肯定很珍贵。这时陈定威看看太阳已偏西，就拿着宝物，骑马直奔县衙而去。

宝 物

此时，永安县衙前人头攒动，李

淮已把自己和陈定威打赌的事告知全城，百姓们都来看热闹。不多时陈定威赶到了，他提着柳筐来到李淮面前，大声道："李知县，你派出的人已被我拦下，宝物现在我手中，你说话可得算数。"围观的百姓一听此话都愣了，一个破柳筐算什么宝物呢？

李淮道："君子一言，驷马难追，本官当然不会反悔，只是，你手中拿的并非宝物。"陈定威一怔，说："你想抵赖吗？那老头已告诉我，这个筐子叫金丝柳筐，里面一定掺有金丝。"李淮笑道："是否有金丝，一试便知真假。"说完他叫人拿来火折，点着了柳筐。不一会儿柳筐便烧尽了，地上除了一堆灰烬，根本看不到什么金子。

陈定威吃了一惊："难道我被老头骗了？"李淮摇头道"他并没说假话，这筐子是用一种叫金丝柳的柳条编织成的，所以才叫这名字，只是这种柳条并不值钱。"

陈定威呆住了，茫然道："那宝物究竟是何物？"李淮摇摇头道"我可以告诉你，榕树、何首乌、花盆、柳筐全都是寻常之物。"陈定威道："可行李中只有这些东西了，你不是说宝物就在行李中，而且是我能亲眼见到的吗？"李淮道："没错，宝物不仅为你亲眼所见，更已被你亲手丢弃。"说完回头冲衙门内喊道："王师爷，快把宝物呈上来。"

一个人应声从里面走了出来，陈定威一看，原来王师爷正是那老头。此时他手拿着一个袋子，袋子松开后，陈定威迫不及待地探头一看，里面竟是一包泥土！

陈定威失声叫道："难道宝物竟是花盆中的泥土？"李淮点点头道："这可不是普通的泥土，是海底泥，因采集困难，非常珍贵，是皇家贡品。这是本官上任前皇上赏赐给我的。"

陈定威愣了愣，不服气地说："皇家贡品又怎样？我可不信这泥土有什么妙用。"李淮点头叹道："我问你，你家里是不是有个身患重疾的老母？"陈定威听了忙道："对，母亲染了癣疥，四处寻医问药都不能根治，整日痛苦不堪。"李淮道："海底泥对此症有用，你拿回去给你母亲涂敷，不久必会痊愈。"陈定威听罢，半信半疑，过了好一会儿才说："好，若我母亲的病能治愈，我一定回来归案，是杀是剐，悉听尊便！"说完拿起地上那袋泥土就走。周围的官兵拥上来，李淮却挥挥手让他们退下了。

陈定威把海底泥拿回山上，为母亲敷上，果然不过十数天，母亲身上已不痛痒了。她问陈定威是哪里找来的泥土，陈定威就把打赌的来龙去脉说了。陈母听完说道："难得李大人宅心仁厚，儿啊，你还是下山投案去吧。"陈定威点点头，第二天把山上的兄弟解散，直奔县衙而去……

（题图、插图：黄全昌）

家庭搞笑对话

◇ 女儿放学回家说："妈妈，明天秋游，我们班组织烧烤。老师说每人都带一样东西去。"妈妈问她："那你想带什么？鸡翅还是香肠？"女儿眨眨眼说："带那些多累啊！我带餐巾纸去擦擦嘴就够了。"

◇ 妈妈教五岁的儿子看动物图片，指着长颈鹿问："长颈鹿最害怕什么事？"儿子想了想回答说："脖子疼！"妈妈又指着蜈蚣问："它最害怕什么事？"儿子答："得脚气！"

◇ 中考结束后爸妈去考场接女儿，问女儿考得怎么样，女儿说不错，妈妈就说："你看我女儿学习多好！"爸爸不甘示弱，说："我女儿也不差，还会弹琴呢！"妈妈说："我女儿还会做饭呢。"爸爸说："我女儿羽毛球打得还好呢……"这时一旁的出租车司机忍不住了，问："你们说的难道不是同一个女儿吗？"

◇ 亲戚来家里做客，问三年级的小宝："在班里排第几啊？"小宝回答："第三。"亲戚赞叹道："成绩不错嘛！"小宝牛气哄哄地说"就俩打不过！"

（推荐者：何　飞）

新俏皮话

◇ 百年修得同船渡，千年修得上下铺。
◇ 独在异乡为异客，每逢佳节胖三斤。
◇ 几年前踏上火车那一刻还没有意识到，从此故乡只有冬夏，再无春秋。
◇ 男生就像食堂里的菜，虽然难吃，但是去晚了居然没了！
◇ 我不是骨头，不能让每条狗都追着跑。
◇ 太斤斤计较的人适合卖菜，不适合恋爱。
◇ 人生就像烙饼，得翻够了回合才能成熟。
◇ 众里寻他千百度，蓦然回首，那人一直堵在二环路。
◇ 你又不是我的美瞳，我凭什么把你放在眼里？
◇ 曾经有一段真挚的爱情摆在我面前，我没有珍惜，现在想起来，还好没有珍惜。

（推荐者：若　闻）

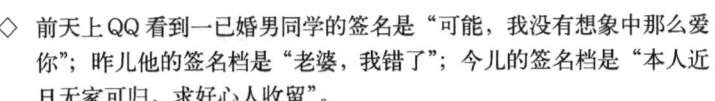

◇ 前天上QQ看到一已婚男同学的签名是"可能，我没有想象中那么爱你"；昨儿他的签名档是"老婆，我错了"；今儿的签名档是"本人近日无家可归，求好心人收留"。

◇ 今天在办公室闲着没事，玩一块磁铁，被领导看到了。领导伸手就来拿，结果"嗖"的一下，磁铁吸在了领导的"金戒指"上面，好尴尬……

◇ 今天听到一个五六岁的小朋友在唱"找呀找呀找朋友，找到一个女朋友，亲亲嘴呀拉拉手，今晚生个小朋友！"原来还有这个版本啊！

◇ 我原来一直认为自己是她的"备胎"，还挺高兴，至少还有机会。直到前几天我才幡然醒悟，我就是一个千斤顶——她只有在换备胎的时候才想到我，备胎换上了，又没我的事了！

◇ 下班途中，有人在车厢里睡着了，突然其手机铃声响起："启奏皇上，有一刁民求见，是接了还是斩了……"顿时，地铁里鸦雀无声。

◇ 一个时尚女生穿着新买的斗篷去面包店，因为冷，就把胳膊缩在斗篷里。面包店老板以为她是失去双臂的残疾人，坚决不收钱，还体贴地把面包袋挂到了她的脖子上。为了不让老板失望，女生用肩膀顶开门，走了出去……

（**推荐者**：史顺利）

雷人语录

◇ 如果有一天，你在街上碰到你的前任男友和他的新欢在一起，请不要心酸。记住妈妈说过的话——我们要把不要的旧玩具，捐赠给比我们更不幸的人。

◇ 听说大学里要是不谈恋爱的话，工作后就只能等着相亲，然后看个电影吃个饭就结婚了……

◇ 有人说，香蕉买回来要挂起来放，这样容易保存，因为香蕉会以为自己还没被从树上摘下来……

◇ 穿棉毛裤可能有两种原因：一是天冷，二是你妈觉得你冷。

◇ 本想在这次考试中咸鱼翻身的，没想到又粘锅了。

◇ 天将降大任于斯人也，必先盗其QQ，封其微博，收其电脑，夺其手机，致其焦躁无聊，只能专注学习，使其不挂科也！

◇ 寒假作业，其实就是你写一个月，老师写一个"阅"。

◇ 香烟相亲回来，经过一番思考，终于下决心嫁给火柴。热恋多年的打火机不服，问："我们才是绝配啊，你为何选择土得掉渣的火柴呢？"香烟说："因为你的爱只是一刹那，一旦我香消玉殒，你肯定会移情别恋；而火柴一辈子燃烧一次，只为我一根烟……"（**推荐者**：熊　宝）

（**本栏插图**：安玉民　梁　丽）

同事一箩筐

不愿回家的

父亲

□卞永刚

杨茂礼在市政府担任接待主任之职，处在事业的上升期，现在正是组织考察他的关键时期，不容有任何闪失。

在平时的工作中，杨茂礼总结出一套经验，他把接待任务分门别类输到手机备忘录上，提前三天做好准备；对客人也按级别设计了一套接待指南，哪一级领导考察，要准备什么级别的车，安排什么级别的宾馆，都在备忘录里记得清清楚楚。时间久了，杨茂礼觉得这样办事效率挺高，干脆把私人的事儿也记入了备忘录，比方说，家里谁生日，需提前买礼物，还有老父亲独自住在乡下，每星期需打电话问候等……

这天，杨茂礼打开备忘录，发现三天后就是父亲六十二岁的生日。按往年的惯例，杨茂礼总会买些礼品，开车回到乡下，探望一下父亲，今年当然也不例外。于是他拨通电话，对父亲说："爸，后天是你的生日，我回家给你祝寿。"

杨茂礼以为父亲会像往年一样答应，不料父亲说话却有些慌张："你、你不要回来……"

"怎么了？"杨茂礼以为家里出了什么事，自从五年前母亲病逝后，家里就只剩下老父亲。

父亲沉思了片刻说："没什么，这次，我想到你家过这个生日。"

杨茂礼想了想，说："好的，我派

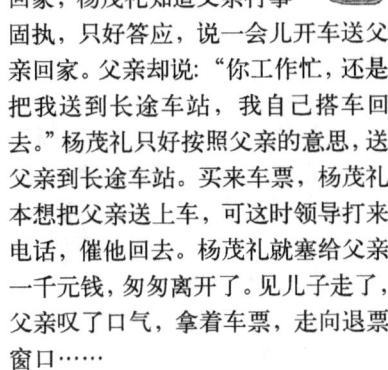

车来接你。"他知道，父亲有半年没见到孙子了。

"不用，我坐长途客车，明天你到市长途客运站接我就行了。"父亲说完，就挂断了电话。

第二天下午，杨茂礼开车来到客运站，找到父亲，只见父亲大包小包，包里装满了各种土特产。开车回到家，杨茂礼和父亲拎着东西进了家门，就遇上妻子何纹娜那张冰冷的面孔。杨茂礼知道，父亲和妻子很难相处。母亲死后，他本想把父亲接到城里住，可妻子嫌弃父亲，说父亲不注意卫生。有一次，因为父亲在客厅随地吐了一口痰，两人吵了一架。父亲一生气，就回到乡下，再也不到他们家来了。现在两人见了面，杨茂礼忙打圆场说："爸明天要过六十二岁大寿，我专程把爸接来的。"杨茂礼这样说，是想让妻子跟父亲打个招呼。

让杨茂礼没有想到的是，父亲竟给何纹娜先打了招呼，说："纹娜，我来了。"见公公给自己打招呼，何纹娜才放下脸，笑着说："爸，坐了那么长时间的车，辛苦了。"

第二天晚上，杨茂礼在酒店为父亲摆了两桌庆寿宴，为了让父亲觉得热闹，杨茂礼还请来了一些好友作陪。父亲果然很高兴，在各位亲朋好友的祝福下，多喝了两杯，很快喝醉了，对在场的人嚷嚷道："我儿……我儿子……是个真正的孝子。"

过了生日，父亲就说要回家，杨茂礼知道父亲行事固执，只好答应，说一会儿开车送父亲回家。父亲却说："你工作忙，还是把我送到长途车站，我自己搭车回去。"杨茂礼只好按照父亲的意思，送父亲到长途车站。买来车票，杨茂礼本想把父亲送上车，可这时领导打来电话，催他回去。杨茂礼就塞给父亲一千元钱，匆匆离开了。见儿子走了，父亲叹了口气，拿着车票，走向退票窗口……

又过了几个星期，杨茂礼为工作上的事去了一趟家乡镇政府。工作安排妥当后，杨茂礼见天色尚早，就想顺道回家看看父亲。车开到家门口，却发现门上挂着锁，父亲不在家。杨茂礼正在纳闷，就在这时，邻居李婶走了过来，见到杨茂礼，说："礼子，回来啦。"

杨茂礼就问："李婶，你看见我父亲了吗？"李婶听了，疑惑道："他不是跟你到城里去了吗？"

杨茂礼还以为李婶说父亲到自己家过生日的事，就说："是呀，过完生日就回家了。"

李婶说："那就不清楚了。"

杨茂礼前两天还和父亲通过电话，父亲说自己很好，杨茂礼觉得不用太担心，就把车开了回去。走在路上，杨茂礼接到一个电话，打开手机一看，是好友董总的电话，董总对他

说"我告诉你一件事，我今天在一个刚竣工的建筑工地给客人设计装潢，遇见一个工地看门人，很像你的父亲。"上次父亲生日，董总给父亲敬过酒。

杨茂礼不相信。晚上，他打通了父亲的电话，问道："爸，你到哪儿去了？今天我回家了。"父亲笑着说："哦，在家里没事，我就到你三姑家去玩，我过两天就回家。"

杨茂礼的三姑嫁在另一个乡镇，父亲去他妹妹家里玩上一个星期，也

没什么稀奇的。弄清了父亲的去向，杨茂礼这才放下心来。

又过了一个月，杨茂礼陪领导去乡下调研，完成任务后，就又顺道回家，但这次依旧没有见到父亲，而且门口杂草丛生，一看就知道父亲很久没有回家了。见到邻居李婶，李婶还是说："你父亲不是到你那里去了吗？这都快半年了。"

杨茂礼有些纳闷，就打通了父亲的电话，问父亲："爸，你到底上哪儿去了？"父亲说："我在家呀！"

杨茂礼说："爸，你别骗我，我在家门口呢，李婶说你都离家半年了。"父亲听了，沉吟了片刻，说："你别管那么多，我人好好的。"任杨茂礼怎么问，父亲也不说他的地址。

杨茂礼突然想起，董总上次告诉自己，在工地上遇见一个非常像自己父亲的人。于是，杨茂礼找到董总，让他带自己来到那个工地。在工地门前，果然见到父亲戴着一顶安全帽，胳膊上佩着一个红袖箍，上面写着"执勤"两个黄色的大字。这时，父亲正在收拾工地上的废旧铁丝，老胳膊老腿，显得很是笨拙。

杨茂礼忍不住冲上前，叫道："爸，你这不是在丢我的脸、出我的丑吗？"

见到杨茂礼，父亲吓了一跳，仿佛是做错事后被抓住的孩子，低着头一言不发。杨茂礼心里有气，教训得

家,看你老婆的脸色,就在工地上找了份活。那次我过生日,你说要回家,我怕露了馅,就说想到你家过生日,买了些土特产,然后到长途车站等你。过完生日,我见你走了,就把车票退了,又回到工地上。"

听了父亲的话,杨茂礼不吭声了,这些年,他把父亲扔在乡下,除了给些钱,就是按照备忘录上的提示,打几个电话,逢年过节例行问候一下,其余时间,就再也不闻不问。父亲和自己住在同一个城市近半年,自己都不知道。杨茂礼说:"爸,你跟我回家吧,好不好?"

父亲摇摇头说"再等等吧。等你评上五星级孝子,我就说在你家里住不习惯,再回到乡下。"

杨茂礼不解地问:"爸,你干吗这么看重一个称号?这不是死要面子活受罪吗?"

父亲笑笑说:"去年你不是说上级正在考察你、考虑给你升职吗?那荣誉你用得着。"

杨茂礼听了,顿时说不出话来。

几天后,有人给杨茂礼送来一封快件,是老家村委会寄来的。他打开一看,里面是一面锦旗,上面写着"孝敬父母,五星标兵",还绘有五颗金光灿灿的星星。杨茂礼的手一哆嗦,锦旗掉在了地上……

(题图、插图:刘斌昆)

更带劲了:"每月给你五百元,还不够用吗?就是不够用,你说一声,我给你汇款。你这么大岁数,还出门打工,别人见了,要骂我不孝的!"

父亲嗫嚅了半天,才说:"其实,我还不是想让你当个孝子?"

父亲告诉杨茂礼,现在乡里有不少年轻人把老人扔在家里,带着老婆出门打工挣钱,对家里的老人不闻不问。乡政府意识到这个问题,就开始进行"孝子工程"评比,对各种赡养行为进行星级考核,其中,将老人带在身边赡养的子女,会被评为五星级孝子。父亲说"为了让你当上五星级孝子,我就对村里人说你把我接到城里,和你们一起住。可我不想待在你

刀剃吊冬瓜

□ 梅哲诗

何小九自幼丧父，村民都很照顾他，但小九娘看得更远些：村民虽然心善，管得了一时管不了一世。这天小九娘就对小九说："你去学剃头吧。"

于是小九被送到赵一刀那里学剃头。这赵一刀能耐了得，听说以前在王府里给贵人剃头，后来大清国亡了，他就自立门户，专门剃光头和平头。三分钟就能剃个光头，五分钟就能剃个平头，而且光头俱"光"，平头俱"平"，极少出差错。

赵一刀本不想收徒弟，无奈家里遭了背运，急需用钱，这才收了三个徒弟。大徒弟叫周明白，二徒弟叫秋胡涂，小徒弟自然就是小九。剃头的规矩是三年出师，但如果资质高悟性强，一年也可出师。

到赵一刀家的第二天，小九还在被窝里做美梦，就被赵一刀掀了被窝。三个徒弟都被赶到院子里扎马步，小九咧咧嘴，心想，这是学剃头还是练武行呢？正胡思乱想间，赵一刀又喊道："吊嗓子！"小九更懵了：这是学剃头还是学唱戏呢？

二徒弟秋胡涂忍不住小声嘟囔："学剃头就学剃头呗，扎什么马步吊什么嗓子，这不添乱吗？"

赵一刀上前踢了二徒弟一脚："为什么让你扎马步？那是让你练好身子骨，你干得好能开店赚钱，干不好就得挑着剃头挑子走街串巷，没体力行吗？为什么吊嗓子？你挑着剃头挑子不得吆喝'剃头'？"

三个徒弟一听，大气都不敢出，原来师傅这般严厉也是为自己好啊。

渐渐地，他们都适应了这样的训练方式：早晨吊嗓子蹲马步，上午提冬瓜练手劲，下午学习磨刀和刮面。

天有不测风云，这天，赵一刀在给客人剃头时，只觉得手腕发不上力，一个没留神，刀尖碰了头皮，鲜血流了出来。幸好来的是老主顾，与赵一刀有些交情，才没太计较。几天后，赵一刀才知道自己得了中风。他是个明白人，就把三个徒弟叫到跟前，思量好一阵，说道："我不行了，咱们剃头行的规矩是三年出师，现在你们刚满一年。虽说一年也可出师，可是有一样，你们三个人里只能出师一个，要不然，其他剃头匠会骂我放出生手来，搅了这行当。"

三个徒弟中，实力较强的是小九和周明白，秋胡涂是三人当中最没可能胜出的。赵一刀对大徒弟周明白说："你到田里找三个大小相仿的冬瓜，你们仨比比手艺。"

学剃头的一般都是用冬瓜来练习，因为冬瓜圆圆的，跟人的脑袋个头差不多。用冬瓜练刀功，主要是用刀刮冬瓜皮上的一层绒毛，绒毛要刮干净，而且不能伤及瓜皮，不然人的脑袋就被刮破了。

周明白按照赵一刀的吩咐，找来三个大冬瓜，个头几乎一般大，都圆圆的，放在地上滚个不停。小九眼尖，一眼看出虽然冬瓜个头差不多，但其中两个冬瓜长得特别"难看"，瓜皮有凸有凹，很不平整。如果用这样的冬瓜练功，那可费时了，这就像满头疙瘩的人去理光头，准得难为死剃头师傅。

赵一刀对三个徒弟说："今天是六月六，六月六摘瓜，六月九剃头，都选个吉利数。大后天举行剃头比赛。"

比赛前一天的晚上，三个徒弟躺在床上各想各的心事。二更天，秋胡涂打起了呼噜，小九闭着眼还没睡着，突然，他听到周明白悄悄起了床，穿了衣服出了院子，就起身趴在窗口一看：只见周明白找出一辆小推车，把三个冬瓜轻轻地放在车上，推出了院子！小九心里一紧：糟糕，大师哥要耍手段了。于是他也赶忙穿了衣服，溜出院子，偷偷跟在周明白身后。

约莫半个时辰，周明白把小推车推到了一家铁匠铺前，扣了三下门。不多时，门开了，铺子里出来一个人，对周明白说："来得还挺准时，冬瓜呢？快进来。"

小九一听，气不打一处来，好呀，周明白这是提前和人打好了招呼，早有预谋啊！于是他悄无声息地等在铁匠铺外的街角里。不多时，周明白从铁匠铺出来，朝东走去，小九赶紧跟了上去，最后来到一家杂货铺门前。

小九心里嘀咕：周明白到底想干什么？真让人看不明白。他怕在外面呆长了被周明白发觉，于是转身先回去了。小九回到屋里，把秋胡涂摇醒

"二师哥，你看到没有，炕上少了一个人。大师哥忙活事去了。"

秋胡涂揉揉眼睛，问："忙活什么事去了？"

"我也不知道，反正不是好事，我觉得，这回出师准是他的。"

第二天天还没亮，小九起来一看，周明白不知何时已经回来了，躺在床上睡得正香呢。小九趁大家还没起床，悄悄下床来到院子里，嘀，只见三个冬瓜又摆在了老地方。他来到冬瓜跟前，用手摸了摸，觉得不太对劲，再敲敲，声音闷闷的，冬瓜里好像藏了什么东西。小九想，昨天夜里周明白跑了两个地方，一个是铁匠铺，一个是杂货铺，自己和杂货铺老板还能说上话，索性去问个明白吧。

小九到了杂货铺，就问老板昨晚的事，老板说："没什么，你师哥买了点胶，粘东西用的。"

小九点点头，谢了老板。回到院子，他又仔细打量那三个冬瓜，发现每个冬瓜上面都有微小的裂痕，准确地说，是刀痕。很明显，冬瓜被一刀两半后，又粘在了一起。

小九找到秋胡涂，把这事前前后后讲了一遍，还说自己想向师傅告发大师哥的丑行。秋胡涂想了想，说："他是大师哥，手艺也没得说，到底谁能出师，看师傅的说法吧。"

晌午时分，剃头比赛开始了。比赛内容只有一项，那就是刀剃吊冬瓜。用绳子把冬瓜挂在房梁下，用剃刀刮瓜皮上的绒毛，谁用的时间最短、误伤瓜皮最少为胜。赵一刀喊了一声"开始"，三个徒弟都拿起了刀，左手摁住摇来晃去的冬瓜，右手捏住剃刀，手腕发力，小心翼翼地剃了起来。

刚一上手，小九就觉得不对头，一般的冬瓜，只要用手摁住，力量发出去了，它就不会乱动，可自己用的这个冬瓜，无论怎么用力，它都不停地晃来晃去。小九停下剃刀，左手推了推冬瓜，只听到轻微的"咚咚"声，很明显，冬瓜里面被塞了球形的东西！只要一使劲，那东西就在里面滚动，一滚动，冬瓜就会失去平衡，这样剃刀很容易伤到瓜皮，出现失误。

小九再看看旁边的秋胡涂，也是一脸大汗，只有大师哥周明白镇定自若。事已至此，小九只好咬咬牙，先刮完冬瓜再说。

比赛结束后统计三人成绩，秋胡涂用时七分半，伤瓜皮两次；小九用时五分半，伤瓜皮两次；周明白用时五分，伤瓜皮一次。显然，周明白的成绩最好。

赵一刀点了点头，说："说实话，你们三个手艺都不错，都可出师了。"

还没等赵一刀说完，小九实在忍不住了，说："师傅，大师哥耍赖，这样不公平。"说着，他朝自己的冬瓜猛地拍了一掌，只听"扑"的一声，冬瓜裂开了，只见里面的瓜瓤早已被掏空，滚出了一个金属小球。

小九又来到秋胡涂刮的冬瓜跟前，一巴掌下去，冬瓜裂开，情景与前面一样。

小九愤愤地说："大师哥偷偷把我们的冬瓜掏空，放进金属球，球在冬瓜里不停地滚动，冬瓜就晃个不停，我们剃冬瓜时当然困难了。"说着，他又来到周明白跟前，"但是，大师哥的冬瓜却是实心的。"

说着，小九朝周明白用的冬瓜猛拍了一下，没想到，这一拍冬瓜竟然也裂开了，只见里面的瓤也被掏空了，骨碌碌地滚出一个金属球来。

小九愣住了，赵一刀的眉头也拧成了疙瘩："到底怎么回事……"

这时，周明白说话了："师傅，我是这样想的，我们剃头的出不得差错，只要有一刀剃到客人头皮上，就糟糕了，那剃的不是头皮，是我们的饭碗啊！为了给剃头行长脸，应该严格要求自己，所以我把冬瓜挖空，放进了金属球，就是想让这场比试更有难度。只是，小九和秋胡涂的冬瓜里面放的球是铝制的，我自己这个是铁制的。铁球更沉，滚起来冬瓜的晃动幅度更大，更难控制。我这样做，因为我知道小九还有个卧病在床的母亲，他更需要早日出师养家，但今天不知道怎么回事，小九发挥得不好。"

赵一刀听到这儿全明白了，他点了点头，说"你们三个都出师！小九和周明白的手艺其实差不多，你们可以合伙开个剃头店。秋胡涂呢，手艺差点，但做个店伙计也够了，再磨练几年也可以自己开店了。"

（题图、插图：黄全昌）

录音证据也管用

□ 刘素虹

这天傍晚，家住城郊的老王骑着自行车刚出村口，忽然，一辆急驶的小轿车从后面撞上来，将老王连人带车撞翻在地。

开车的叫许明，看到撞了人，不由连声叫苦。原来，许明是本村人，后来在城里当上了小老板，今天回家看望父母。吃饭时他喝了点酒，更要命的是车辆保险刚过期，还没续保。许明心里明白，这几件事加起来，不但赔偿全要由自己承担，恐怕还要吃官司。

许明急忙下了车，扶起老王，殷勤地询问他伤得如何。毕竟是同乡，老王一时发不了火。许明见时机成熟，就恳求老王，说自己是酒后驾驶，不敢见警察，能不能私了。他还拍着胸脯保证：你的治疗费全包在我身上！

憨厚的老王答应不报警，于是许明把他扶上车，送进医院，并交上了

1.2万元的住院押金。

经诊断，老王的左锁骨骨折，四颗牙齿被撞飞，住院期间共花费1.3万元，另外医院还出具证明，认为老王尚需后续医疗费1.1万元。

当初许明留下过"你的治疗费全包在我身上"的话，于是老王就去找他。没想到许明翻脸不认账，不光不承认撞了老王，还说自己送老王去医院是学雷锋做好事。这下老王彻底傻了，自己手里一点证据都没有呀！

老王气得唉声叹气，在大学法律系念书的儿子王小强放寒假回家，听说原委后，认为父亲办事太糊涂："爸，不是我说您，出了这么大的事，怎么能听信花言巧语，不报警呢？现在您既没有交警的现场责任认定，又没有目击证人，许明还不认账了，就是打官司，法院也不会判咱赢。"

老王急得瞪圆了眼："那咋办，难道就只能吃这个哑巴亏？"王小强想了想说："也不是没有一点办法，看来只能搏一下了。"

几天后，老王父子俩提着礼物来到许明家，这让许明十分意外"你们这是……"王小强忙递上礼物，说："感谢大哥及时把我父亲送到医院，老父一时糊涂，错怪了你。"

听对方口气，是不追究这事了，许明当然高兴，言语间也放松了许多，聊到最后，竟说："感谢老哥不报警，要不我非进看守所不可。"

聊了一会儿，老王父子便告辞了。一出许家门，王小强就对父亲说："爸，许明是个无赖，跟他没有道理可讲，咱还是打官司吧，证据都被我录在这MP3里了。"

"这小机器能管用？"虽然心里直犯嘀咕，老王还是按照儿子说的，向法院提起了诉讼。

在法庭上，面对老王的索赔，许明果然把自己撇得干干净净。他说，自己当时正开车回城，看到老王躺在路边，就出于好心把老王送到了医院。直到收到法院的传票，才知道老王把自己告了，真是太冤枉了！

见许明不认账还反咬一口，老实巴交的老王火了，他向法官提交了住院病历、鉴定报告、门诊病历，以及被压扁的自行车等证据，最关键的是当庭播放了MP3里的那段录音。许明感到十分意外，他提出异议，认为老王在他不知情的情况下偷偷录音，不能作为定案证据。

法官仔细听了这份录音资料，发现虽然录音效果不是很好，但有些关键的话，许明已在交谈中露了底；再结合自行车的压痕，法庭由此认定，许明开车撞伤老王的事实成立。

法院最终判决：老王提交的录音取证手段合法，能够作为事故发生的证据；并且事故发生时，被告许明驾驶机动车，原告老王骑非机动车，因无交警处理事故现场，无法确认双方的过错责任，老王与许明应负事故同等责任。根据《道路交通安全法》规定，适用过失相抵原则，被告许明应承担60%的民事赔偿责任。

事后，王小强告诉父亲　本案中，

如果真如父亲所说，他和肇事车均是顺向行驶，肇事车从后面撞上他的话，肇事车应负全部责任，老王应获得100%的赔偿。但因为当时双方没报案，老王无法提供交警处理的事故责任认定，又无其他证据，所以法官无法确认双方的过错责任，最后只能依法判决被告许明承担60%的民事赔偿责任。

律师点评：

《录音证据也管用》故事主要涉及了一个法律问题，即"录音"是否可作为证据在庭审中使用。根据法律规定：对于一方当事人提出的有其他证据佐证并以合法手段取得的、无疑点的视听资料或者与视听资料核对无误的复制件，对方当事人提出异议但没有足以反驳的相反证据的，人民法院应当确认其证明力。故事中老王的儿子就是利用关键证据"录音"才打赢了官司。但值得一提的是，诉讼中对于"音像资料"的证据效力的审查比较严格，必须保证两个前提条件：一是不得侵害他人合法权益、故意违反社会公共利益、社会公德的偷录偷拍行为，也在禁止之列；二是不得违反法律禁止性规定，采取暴力、胁迫、非法拘禁、窃听等方法取得的证据，均不能作为诉讼证据使用。如果偷录、偷拍时没有违反上述规定，即为取证手段合法。法官在认定此类证据时会十分谨慎，单独一个录音证据不会得到法庭支持，只有和其他证据相互印证，才能做为定案依据。

（题图、插图：佐　夫）

故事会■新浪 微故事大赛

5月征集主题：青春绽放

篇幅最短、含"金"量最高的故事，等待你的挑战！

《故事会》杂志和新浪微博（weibo.com）联合主办微故事大赛继续进行，邀请各路故事名家、草根英雄和世外高人展开较量！

本次大赛所有作品通过新浪微博平台征集（搜索＃微故事大赛＃），每月一个主题，当月设金奖1名，奖金1字10元（字数低于120的按120字计），银奖2名，奖金1字5元，另设年度奖项。优秀作品将在每月的《故事会》上刊登，并结集出版。3月金奖得主已公布，请登录故事中国网（www.storychina.cn）查看详情。

5月微故事征集主题：青春绽放——青春是一生中最美好、最多幻想、最值得珍惜的时光。本月请你围绕这一主题，构思一篇微博故事，要求主题积极、励志向上，写出青春的奋斗、青春的激情、青春的希望。正文字数在130以下，力求情节出人意表，立意隽永深远，文字鲜明生动，本月的微故事达人或许就是你！截稿日期：5月21日。（本期刊物特别选登3月微故事大赛优秀作品，详见P81）

乱世择婿

□ 大刀红

崇祯末年，吴三桂带着清兵入关，南下攻打李自成，李自成战败退出北京。一时间，战乱四起，难民如同潮水般从北方向南方涌来。归州县的南北要道上，聚集了成千上万的难民，这些难民没钱买吃的，只好乞讨度日，大户人家门前经常人满为患。可奇怪的是，没有一个难民敢到豪绅文绍桂家门前乞讨。

凡事总有例外，这天，文绍桂打开家门，发现门前稻草堆上，一个二十多岁的乞丐正躺着呼呼大睡。文绍桂走近踢了乞丐一脚，说："快滚！"谁知那乞丐理也不理，翻了个身，继续打起呼噜来。

文绍桂好不气恼，转身回到院子里，拉出一条大狗。这大狗名叫"旺财"，有藏獒的血统，身长三尺、高及人腰、膘肥体壮、吐舌龇牙，好似吃人的恶魔。原来，难民不敢到文绍桂家门前乞讨，就是因为这条恶狗。俗话说"狗眼看人低，咬穷不欺富"，旺财至少咬了二十多个乞丐，轻则破皮，重则折骨。这乱世里县官都跑了，哪还有人处理这些事情。于是乞丐们一传十，十传百，大家都知道文绍桂家有条恶狗，再也没人敢到他家门前乞讨。

文绍桂把旺财拉到门口，奇怪的是，这回旺财没有和以往一样，冲出去咬那乞丐，反而抽抽鼻子，将尾巴夹了起来，怎么也不迈步了。

见旺财不肯出门，文绍桂只好抓着它脖子上的项圈，使劲往外拉。没想到，旺财居然和文绍桂较上了劲，死活不愿出院子。文绍桂来气了，硬把旺财拽出院子，一直拽到乞丐面前。让文绍桂目瞪口呆的是，旺财见

到乞丐，竟然伏下身子，两只爪子趴在乞丐面前，脑袋贴在爪子上，浑身瑟瑟发抖。

"这狗怎么了？"文绍桂莫名其妙，隐隐觉得其中一定有什么玄机。旺财是一个朋友送给文绍桂的，朋友说，旺财非常机灵，能识别人的身份。当时文绍桂不相信，就换上仆人的粗布衣服，再让仆人穿上自己的华服，来到旺财面前。旺财果然厉害，对着仆人狂吠不止，却把头往文绍桂身上蹭，讨好他，文绍桂这才信了。后来又试了几次，次次灵验。

旺财识人从没出过差错，可现在它竟然趴在一个乞丐面前，吓得瑟瑟发抖……难道，面前这人不是真正的乞丐？文绍桂突然想起，前不久自己和乡绅们聚会，听说李自成攻破了北京城，许多皇族南下逃命，沦落到民间。难道眼前这人真的大有来头不成？

想到这里，文绍桂又把面前这个乞丐细细打量了一遍，只见他手指修长，皮肤白净，一看就不是劳作苦力之人。再看看旺财的姿势，两只前爪趴地，头伏在爪上，不正是低头跪拜的姿势吗？难道眼前这人，竟是大明的皇室后裔、凤子龙孙？

文绍桂想到此，忙把乞丐叫醒："快醒醒，跟我到屋里暖和一下。"

乞丐揉揉眼睛，看了一眼文绍桂，张口道"算了，我还是走吧。"文绍桂听乞丐说的一口纯正京腔，不由对自己的判断又多了几分把握。

"这兵荒马乱的，你能去哪？就留在我家里吧。"文绍桂再三挽留，把乞丐拉进家里，又让仆人拿来好酒好肉侍候。面对满桌饭菜，乞丐也就不客气了。文绍桂在一旁细细观察乞丐的吃相，只见他举止斯文，怎么看怎么像是贵人出身。吃过饭，文绍桂就旁敲侧击地问道："请问先生贵姓，在哪里高就？"

乞丐犹豫了一下，说："我名叫卫巍，是河北沧州人氏，一向在家种地，只因连年战乱，无以为生，只好南下流浪，苟活于人世。"

文绍桂听卫巍用词文雅，不由暗暗点头，又见他沉思了半天，才说出这番话来，就知道他说的是假话。是啊，现在兵荒马乱的，如果暴露了身份，说不定立刻会惹祸上身。文绍桂暗地思量：眼下局势复杂，很难看清胜负，大明虽然日渐衰落，到底有三百年根基，自己若留下这人，一旦大明重夺江山，自己就是大大的功臣……

于是文绍桂就将卫巍留在家里，天天好酒好饭款待。这天，卫巍被文绍桂灌醉了，文绍桂趁他迷迷糊糊时，在他耳边再次细问他的身份。只听卫巍醉言醉语地说："我、我是朱三太子……"话音未落，就醉倒在地。

文绍桂听后暗自窃喜，不由得又有了另外的打算。原来他年近五十，膝下无子，只有一个女儿，取名文凤英。年初，县太爷的儿子看中了文凤英，派媒婆上门说亲，文绍桂慨然应允，已经收下聘礼，只是尚未过门。不料上个月，县太爷听说清兵南下，吓得丢下县衙，全家仓皇逃走，至今没有消息。

文绍桂暗想，与其将女儿许配县令之子，不如抓住眼前的机会，攀上皇亲。到时就算县太爷回来了，自己是皇亲国戚，他拿自己也无可奈何。

打好算盘，文绍桂就找到女儿，说出了自己的想法。文凤英一听，父亲竟然悔婚，还要把自己嫁给一个乞丐，顿时哭了起来，怎么也不肯答应。文绍桂见状，心生一计，对女儿说："唉，凤英，我给你说实话吧，你那未婚夫全家早在半个月前就被强盗所杀，我把他的尸首找到，埋了。一直没敢告诉你，是怕你伤心。现在正值乱世，给你找个丈夫，也是怕我和你妈出了什么意外，好歹还有个男人保护你啊！"

文凤英听了这番话，哭了半天，最后只得答应下来。文绍桂怕中途变卦，就趁热打铁给卫巍和女儿举办了婚礼，让两人入了洞房。

文凤英和卫巍成亲后，也算恩爱，不过，文凤英一直耿耿于怀，怪父亲把自己下嫁给一个乞丐。文绍桂

就悄悄对女儿说："你知道什么，卫巍的真实身份是堂堂的朱三太子。只不过现在是乱世，你若问他，他肯定不会承认。"说着还把旺财的举动告诉了女儿。文凤英也知道旺财有识人的本事，只好相信了父亲的话。

事情常常出乎人的意料，文绍桂一心指望大明重整江山，不料清兵所向披靡，不久就攻到了归州县。一夜之间，大明的归州县变成了大清的归州县。文绍桂本想混个皇族当当，没想到现在卫巍却成了累赘，只好打落门牙带血吞。更让他没想到的是，过了两年多，天下渐渐太平，县令的儿

子柳青浩回来了，找上门来说他要娶文凤英。文绍桂只好告诉对方，说以为他死了，已把女儿许配他人。

柳青浩无言以对，不过，他对文凤英还不死心，就花钱买通了一个家丁。家丁暗递消息，终于把文凤英约了出来。见到了曾经的未婚夫，文凤英才知道父亲骗了自己，情不自禁地哭了起来。她把父亲的想法和盘托出，将卫巍的身份也说了出来。柳青浩让文凤英跟自己私奔，文凤英却哭着说："嫁鸡随鸡，嫁狗随狗，事已至此，只好跟卫巍过一辈子了。"

柳青浩听了，心里愤愤不平。按那时的礼法，文凤英本是柳青浩未过门的妻子，平白无故被戴上了一顶绿帽子，柳青浩怎么也咽不下这口气。突然，他想到：文凤英不是说卫巍是朱三太子吗？现在顺治帝虽大赦天下，可对大明皇室一定不会放过的。想到这里，柳青浩恶向胆边生，直奔归州县衙，向县令告了一状。县令一听竟有此事，不由大惊，立刻派人把卫巍和文绍桂缉拿到县衙。

听说卫巍是朱三太子的事泄了密，文绍桂不禁仰天长叹："天要灭我啊！"不料一旁的卫巍却叫道："冤枉呀冤枉！草民只不过是朱三太子的厨子。李自成入京后，我随着朱三太子逃离京城，没想到中途失散，独自流落到归州县。"

县令就问："那你说说，为什么文家的旺财不咬你？"

卫巍苦笑道："其实，小的只是个狗屠夫，世代以杀狗为业，做得上好的狗肉宴，到我这里已是第十代。朱三太子嗜狗肉如命，就把我招入府中，做了他的专职厨子。进府后我很少做体力活，所以养得细皮嫩肉，也见过一些大场面。这次流落到归州县，饥饿难耐，听说文家的狗喜欢咬人，就想骗来杀了吃。没想到那狗果然聪明，识得我是杀狗的，就趴在地上求饶，却被我岳父误会了。"

听到这里，县令还有些不信，就让人从后院牵来一条恶犬。果然，那恶犬见了卫巍，就像抽了筋骨一般，趴在地上，不敢动弹一下。这下，县令算是彻底相信了，于是将卫巍当场释放。

文绍桂保住了一条性命，心中暗叫一声"侥幸"。不过，他靠狗选了个屠夫女婿的事也就此传了出去。大家都笑着说："文绍桂才真正长了一双狗眼。"

（题图、插图：杨宏富）

红版编辑部各编辑邮箱：

姚自豪：yaobianji@126.com；
吕　佳：lujia411@yahoo.com.cn；
叶小萌：xiaomeng.ye@gmail.com；
石莎莎：ssasha@163.com；
丁娴瑶：dingxianyao@126.com。

白忙活

一家公司的销售部门今年超额完成了任务，员工们想借此机会向老板要求加薪，可这是职场里最难启齿的，谁也不愿意打这个头阵。还是美女思思有办法，她说，每年岁末，香港影星李嘉欣都倍受工薪族的追捧，印有李嘉欣照片的文化衫、杯子等产品往往热销一时，因为"嘉欣"谐音为"加薪"。思思说："我们何不用电脑制作一张李嘉欣的海报贴在办公室里，暗示一下老板呢？"

这个主意得到了大家的一致赞成。说干就干，很快大家做好了一张海报，海报上方印着一行醒目的大字："老板，我们都想——"这行字下

面是一个耀眼的红色箭头，直指李嘉欣的玉照。

大家把海报贴在办公室的正面墙上，这样老板一进门就可以看见了。刚贴好海报，老板就来了，大家禁不住屏住了呼吸，紧张地等待老板的反应。老板果然第一眼就看见了海报，他把员工们挨个打量了一番，终于面带疑惑地问出一句话："刘嘉玲有这么大的魅力吗？"

唉，咋就没想到老板不认识这些明星呢，白忙活了。

（作者：何如平）

别样大餐

这天，一对夫妻想去外面吃饭，老婆说，听说有家"武侠餐厅"挺有特色，两人就去了。就见餐厅门口齐齐站了一排古装打扮的店小二，见两人来了，一齐抱拳迎接，大声道："大侠，女侠，里头请！"

女服务员过来问两人："大侠，女侠，今天你们打算练个什么功？"原来这里把点菜叫做练功。丈夫看了看菜单说："练一套降龙十八掌。"女服务员忙说："二位，这套有十八个菜呢，你们吃不了，不如我帮你们点几个。"

不一会儿，菜上齐了，女服务员把筷子递给两人，说："二位请接双节棍。"

两人吃完了饭，结账时老板说："不打折，不刷卡，请付现银。"老婆讨价还价了一番，一点用也没有，只好付现金走人。走了没多远，老婆悄声对丈夫说："这老板太抠门了，一点价也不让。我刚才一生气，把他们摆在门口的丐帮打狗棒偷偷拿来了。"丈夫一听，大惊失色："这是人家的镇店之宝，这可怎么好？"一回头，就见餐厅老板带领一帮店小二追赶过来，夫妻俩一路飞跑，终究被他们赶上了。

老板气喘吁吁地说："打狗棒是竹子做的，就是个摆设，不值几个钱，我不要了。只是你们刚才走得急，手机落在店里了，所以……"

接过手机，夫妻俩感动无比，丈夫对老板一抱拳："你才是江湖上真正的大侠！"

（作者：钱浩宇）

母亲的情人节

2月14日一大早，小李接到了母亲从老家打来的电话。母亲说家中有急事，让小李回来一趟，于是小李坐上了开往老家的班车。

小李心急火燎地回到老家，只见大哥也回来了。母亲把做好的饭菜端上桌，一脸慈祥地说："饭菜做好了，你快吃吧！"小李一脸不解地问母亲"你把我们都叫回来，究竟有什么急事？"

母亲微笑着说："我的急事就是做了好多饭菜，我怕吃不完，请你们回来吃饭。"

小李兄弟俩面面相觑，这就是母亲的急事？这时，母亲幽幽地说："就算没有急事，今天过节，你们也该回来看看吧？"

小李一听，忍不住笑了，问母亲"你也知道今天是个节日？"

母亲认真地点点头："我是昨天才知道的。昨天晚上，我在村口遇到从城里回来的平良。平良手里拿着花，对我说明天是'请人节'。没有文化真可怕啊，我活了七十多岁，只知道有春节、元宵节、中秋节，还没听说有个请人节呢。请人节，请人节，我能请谁呢？你们都是我最亲的人，我不请你们请谁呢？"

听母亲这么一说，小李兄弟俩忍不住哈哈大笑起来，原来母亲把"情人节"错听成了请人节，这才把他们都请了回来。可笑着笑着，兄弟俩笑不出了，看着一桌丰盛的饭菜、母亲满头的白发，大哥叹了口气，对小李说："我们就把2月14日当做是请人节吧，以后到了这天，我们都回家看望父母。"

听了大哥的话，母亲的双眼湿润了。

（作者：顾振威）
（本栏插图：安玉民　梁　丽）

血雨腥风、危机四伏的战乱年代，面对一个从天而降的重伤小兵，一群小人物做出了最朴素也最勇敢的抉择……

入土为安

□ 姜红梅

1.不速之客

1941年夏天的一个晚上，天气特别炎热，二牛和媳妇秋叶吃过晚饭，汗珠还不停地从脸上滚落下来。秋叶见儿子小牛已经入睡，就来到院中，往大木桶里添了点水，想洗个澡解解乏。她脱了衣服，钻进水桶，闭起眼睛，只觉得一阵舒畅。

过了片刻，秋叶听到一阵脚步声，她以为是丈夫二牛拿毛巾来了，眼都没睁，说道："放桶里吧。"

对方没答话，秋叶忽然觉得有些不对劲，睁眼一看，眼前这人的个头比二牛矮不少，他不是自己的丈夫！秋叶立刻喊了起来："流氓啊，流氓，当家的，有人偷看我洗澡！"二牛听到呼声，从屋里飞奔出来，一看，院中果然有个陌生人正扶着木桶瞅自己媳妇呢。二牛不禁血往上涌，抡圆拳头就想把对方打个满脸花；不想拳头刚送过去，还没挨着人，只听"扑通"一声，那人已摔倒在地上。

秋叶慌忙穿了衣服，满脸通红地说："当家的，快把大门关上，别让邻居看笑话。"

二牛把大门关了，怒气未消，提着"流氓"的衣领子就往屋里拖："娘的，敢耍流氓，老子今天好好修理你！"二牛这一用劲，就觉得手上有些滑腻腻、湿漉漉的，难道这流氓刚从河里出来？待把人拖到屋里，拿过油灯一看，二牛不禁变了脸色，只见

这人的身上脸上全是血，翻着白眼，样子惨不忍睹。突然，二牛觉得屋里充满了血腥味，再看自己的右手，全是污血！

秋叶吓得躲在二牛身后，浑身发抖。二牛勉强稳住心神，俯下身，把油灯往这人脸上凑了凑，瞅了半天，回过头来对秋叶说："娃他娘，是个小兵。"

秋叶伸出食指和大拇指做了个"八"的手势，低声问："是这个？"

二牛点了点头："嗯，瞧穿的军装，是个八路呢，好像是被弹片炸的，看样子快不行了。"

秋叶心跳得厉害，问二牛："那可咋办？日本人说，谁藏了八路，全村都得受牵连。"二牛又看了小兵一眼，咬了咬牙说："日本人早晚要完蛋。去，拿几块毛巾过来。"

二牛用浸得热水的毛巾给小兵擦了擦血迹。看得出来，这士兵非常年轻，也就二十来岁。二牛又指了指厨房，秋叶点点头，赶紧生火熬了几碗米粥，小心地给小兵喂下。到了半夜里，小兵醒了过来，可他的喉咙好像受了伤，说不出话，双手却一直比画着。

二牛知道小兵这是要交待什么，就拿来一张纸，可是二牛一家人目不识丁，家里连支笔都没有。小兵就用手指蘸着鲜血，哆嗦着在纸上写了几个字。二牛和秋叶大眼瞪小眼，那几个字犹如天书一般，半个都认不出。

秋叶瞅瞅熟睡的儿子小牛，眉头拧成了疙瘩："小牛才四岁，还没念书，也不识字，怎么办？"二牛低头想了一会儿，说："明天你拿着这张纸，叫上过学的小孩认。"

秋叶点了点头，忽然又摇头道："不行，小孩的嘴没个把门的，用血写的字会招来是非。"

秋叶虽然不会写字，可脑瓜挺聪明，第二天，她起了个大早，拿出那张写着血字的纸，瞅了半天，觉得记牢靠了，就划了根火柴把纸给烧了。然后秋叶找到了邻居家的一个孩子，把他叫到一边，用树枝在地上"画"出了小兵写的那几个字。小孩瞅了半天，摇了摇头说："不认识，先生没教过。"秋叶的心顿时凉了半截，正在发愣，身边突然响起一个声音："你写这几个字干什么？"

秋叶吓了一大跳，回头一看，来人是村里的土郎中周卡莫。自己想事想得出了神，竟不知周卡莫是什么时候来的。她慌忙掩饰道："哦，没、没啥，写着玩的。"

周卡莫瞅了秋叶两眼，怀疑地问："写着玩？小牛他娘，你啥时候会写字了？"

秋叶勉强挤出一丝笑容，说"这哪是字啊？我、我画着玩呢。"说着忙用脚在地上一阵乱踩，把字迹给抹没了。

周卡莫虽然也不识字，可他的儿子上了几年学，识的字数巴数巴也能装一筐。他回到家，觉得这事挺蹊跷，好在秋叶"画"的那些字他还记得两个，就把儿子叫到院中，自己拿了根树枝，凭着记忆，把那两个字"画"了出来。儿子往地上瞅了半天，说出了两个字，周卡莫一听，吓得差点瘫坐在地。

再说秋叶回到家，二牛忙问她字认得怎样了，秋叶懊恼地说，字没认出来，反倒叫周卡莫撞见了。二牛一听，急得直拍大脚："坏了坏了，周卡莫鬼精得很，他不识字，可他娃识字啊！"

秋叶咬了咬嘴唇，说："他不一定记得字怎么写。"

二牛急得直跺脚："你能画出字，他就不能？这事要坏。"

秋叶也急了："那可怎么办？"

两人正在着急，这时，院子的大门被敲响了。二牛给秋叶使了个眼色，两人忙把安置小兵的木床抬到了后屋，接着秋叶来到大门前，轻声问："谁呀？"

门外传来一个阴沉的声音："我，周卡莫。"

秋叶的心"咯噔"一下，吓得两腿发软，她哆嗦地问："什么事？"

"大事，天大的事！快开门！"门外的声音很急切。

秋叶只觉得两眼一阵发黑，这门开还是不开？

2. 风波陡起

秋叶正在犹豫，二牛也来到了门边，他看了一眼妻子，咬咬牙，说："是福不是祸，是祸躲不过，开门。"

"吱呀"一声门开了，周卡莫闪身进来，随手就把大门关了。他环顾四周，压低声音问道："家里没人吧？"秋叶瞅瞅二牛，没吱声，二牛瞅瞅周卡莫，也没回应。周卡莫叹了口气，说："我是问，没外人吧？"

二牛不知周卡莫什么意思，就支吾道："你有什么事？"

周卡莫把两人叫到屋里，卷了根旱烟，"吧吧"抽了两口，却不说话，屋里的气氛越来越紧张。二牛忍不住了，试探地问周卡莫："你来，到底有啥要紧的事？"

周卡莫猛吸几口烟，小眼睛眨巴眨巴，说："你们两口子都不识字，可小牛他娘咋用树枝在地上写字呢？还叫小孩认。我也不绕弯子了，我回到家，把那字给娃画了出来，你们知道那是什么字？"

二牛和秋叶紧张得心都快跳出来了，齐声问："什么字？"

周卡莫的表情很是凝重，一字一顿地说："埋人！"说完，他斜了二牛一眼："人命关天啊，说实话吧，是谁杀了人？"

二牛一下愣住了："啥字，埋人？

不会弄错吧？"周卡莫摇了摇头："不会错！"

这下，二牛脑袋绕不过弯来了，小兵写"埋人"是什么意思？是说他死了后叫我们帮着埋？这事儿他不说，别人也不会不管呀，他为啥那么急切地用血写字？埋人，埋的到底是谁？

三个人一时都不说话了，这时，后屋突然传来"当"的一声响。周卡莫打了个激灵，问："谁？"

二牛和秋叶互相看了一眼，二牛勉强笑道："是俺娃小牛。"

周卡莫看看这两口子的表情，想了想，就大声喊道："小牛，快出来，大爷给你带苹果来了。"话音落地，后屋却半天没有动静，周卡莫不禁一笑"肯定不是小牛，小牛听说有苹果吃，能飞过来。"

说着，周卡莫站起身，大步流星往后屋走去，二牛和秋叶赶忙去拦，却来不及了。刚到后屋门口，周卡莫就闻到了一股血腥味，他跨进门，一眼就看到了躺在屋角的小兵。周卡莫愣了半晌，小声问道："是个八路？"

到了这步，二牛只能点点头，秋叶连忙说："他大伯，这事你可千万不能说出去啊！"

周卡莫叹了口气，就问这到底怎么回事。二牛说了小兵的来龙去脉，周卡莫不禁一拍大腿："二牛，你真糊涂啊！就这样把人藏屋里？"二牛瞅了一眼小兵，说："人还没断气，说啥也不能把他扔出去啊……"

周卡莫道："谁让你扔出去了？我是说，这事得考虑周全，要是鬼子来搜村，这么大的血腥味……到时候，全村人的命可就都保不住了。"二牛瞅瞅周卡莫，不知他葫芦里卖的什么药，就问道"那你的意思是——"

周卡莫沉思了片刻，说："你们在家等着，我一会儿就回来。"说着转身出了院子。

周卡莫这一走，二牛和秋叶心里可就烧开了锅：一会儿后悔不该放走周卡莫，万一他去日本人那里告密可咋办；一会儿又指望周卡莫能和自己一条心。两人正七上八下地忐忑不安，周卡莫回来了！只见他手里拎了个小包，打开一看，包里的东西还不少，有药丸，也有草药。二牛和秋叶这才放下心来。

周卡莫把草药煮成汁，给小兵全身上下擦了一遍，真是神了，那满屋的血腥气顿时没了。接着周卡莫又给小兵喂下几颗药丸。忙活完了，他坐在一边擦汗，二牛就问："你看这兵娃娃还有救吗？"

周卡莫摇了摇头："你看他全身都是血疙瘩，大概撑不了几天了。这药吃下去，只好听天由命了。"

小兵这几天一直时而清醒时而迷糊，吃下药不久，他又醒了过来。周卡莫就和二牛两口子商量，得把"埋人"的事说清楚。二牛就去找纸，可找了半天也没找着。

周卡莫从怀里掏出一支笔来，说："我带了笔，可没带纸。"秋叶这看看那瞅瞅，突然看到桌子上有一只纸叠的小老虎，那老虎里面填着些棉花。秋叶就把纸老虎递给小兵，说："小兄弟，你有什么话，就在这上头写吧，家里没纸了。"就见小兵的手直哆嗦，提笔在纸老虎的肚子底下"写"了好一阵，手一松，又迷糊过去。

三人急得干瞪眼。周卡莫把纸老虎放在桌子上，想了想说："要不还是我拿回去给娃看看。"正说着，忽然听到"砰"的一声，院门被推开了，走进两个人来，在院子里"哇啦哇啦"一阵嚷嚷。周卡莫和二牛两口子赶忙出来一看，不禁两眼发黑，眼前是两个操着东洋话的日本兵！

这两个日本兵一胖一瘦，腰里都别着枪，靴边插着匕首，不知为什么没有穿军装，可能是出来探听消息的侦察兵。他们大模大样地走到院子里，冲二牛比画着，做了个喝水的姿势。三人明白了，小日本口渴了，这是要喝水。秋叶凑到周卡莫身边，低声问："你带来的那个小包里，有没有吃了就死的药？"周卡莫直咬牙："都是救人的药，我哪知道日本兵要来？"

这下坏了，日本兵要是知道后屋藏了个八路，全村人就没命了。不过，幸亏周卡莫用药把小兵身上的血腥味遮住了，不然日本兵早就发现异样了。现在只能想法尽快打发这两人离开，想到这儿，秋叶忙从水缸里舀了两瓢水，递给日本兵。两人接过来就一通猛灌。解了渴，胖日本兵瞅了瞅三人，连说带比画，好像是问，怎么这家有两男一女？二牛也比画着回应，说周卡莫是来串门的邻居。

这时，瘦日本兵喝完水，晃悠着进了屋，忽然，他的目光落在了桌子上。二牛顺着他看的方向一瞅，差点没吓趴下——刚才三人到院子里太急，没来得及把那个纸老虎藏起来。

现在，瘦日本兵正好奇地瞅着那只纸老虎！

3. 虎口求生

这时秋叶也明白过来了，她快步进屋，想收起纸老虎，不料瘦日本兵一把抢了过来，捧在手里，向胖日本兵晃了晃，看样子他十分喜欢这小玩意儿。最后，瘦日本兵竟把纸老虎放进了自己兜里！

秋叶、二牛和周卡莫都愣住了，日本兵把纸老虎揣进兜里，再要就难了，硬抢反而会让对方怀疑的。看那瘦日本兵对纸老虎爱不释手，拿回去后一定会翻来覆去地玩，多半会看到纸老虎肚子底下的字。要知道日本人也是用汉字的，即使他不认识，难保他不会去问别人！

怎么办？三人面面相觑。这时，两个日本兵自顾自地进了厨房，找了些吃的，一阵狼吞虎咽。吃饱喝足，两个日本兵似乎困了，冲着三人"哇啦哇啦"地说了几句什么，竟趴在桌子上打起了呼噜。

日本兵不走，周卡莫反倒宽了心，只要纸老虎的秘密还没传出去，全村人就是安全的。于是他给二牛使了个眼色，让二牛去把瘦日本兵兜里的纸老虎掏出来。二牛咽了口唾沫，大着胆子凑近，一伸手，却发现瘦日本兵的裤子非常紧身，硬掏肯定会让对方察觉。秋叶看在眼里，急在心里，

忽然，她想到了什么，小声对周卡莫说："郭明精可以办这事。"

郭明精在村里名声不好，因为他年轻时手脚不干净，偷鸡摸狗的事没少干。不过这几年他已改邪归正，靠给人变戏法为生。周卡莫听了这主意连连点头，自己怎么就没想到呢？郭明精会障眼法，手脚麻利，从日本兵兜里拿出纸老虎，对他来说不是难事。于是三人走到院子里低声一商量，周卡莫决定立刻出门，去找郭明精。

老天开眼，郭明精今天没出门，正窝在家里。周卡莫心里明白，这郭明精手脚虽快，胆子却大小得出奇，他要是知道让自己去干什么，估计会吓得尿裤子。于是，周卡莫编了个谎话，对郭明精说，二牛家来了两个亲戚，和二牛打赌，说若能把他们兜里的东西掏出来，还不让他们发现，就输一顿好酒。

郭明精一听有酒喝，心里直痒痒，笑着说："别说拿个纸老虎，就是拿根头发，我也行！"

就这样，郭明精跟着周卡莫来到二牛家，那两个日本兵还在睡觉。周卡莫强作镇定，挤出一丝笑容说"这就是那俩亲戚，我们打了赌，只要你拿出纸老虎，他们发觉不了，我们就赢了。"郭明精捂着嘴笑了笑："看我的。"说着，郭明精活动了一下手指，慢慢凑了过去，一探手，真的把纸老

虎拿了出来。

郭明精把纸老虎交给周卡莫，说："成了！那酒我可要喝高粱的啊，哈哈哈……"周卡莫刚接过纸老虎，趴在桌子上睡觉的瘦日本兵突然醒了过来。他站起来伸了个懒腰，把胖日本兵也叫醒了，两人朝四周看了看，发现了郭明精，嘴里又"哇啦哇啦"一通说。二牛赔着笑脸，意思是又来了一个邻居串门。

瘦日本兵点点头，招呼了一声胖日本兵，两人就要朝屋外走去，周卡莫和二牛两口子都松了口气。瘦日本兵一边往外走，一边把手伸进口袋，似乎想往外掏什么。坏了，他不会是想掏纸老虎吧？

果然，瘦日本兵很快就发现纸老虎没有了，他疑惑地停下脚步，弯下腰在地上找了起来。周卡莫和二牛两口子吓得脸色苍白。到了这会儿，郭明精也觉得有点不对劲了，眼前的两人显然不是什么穷亲戚，他们腰间都别着手枪！看瘦日本兵还恋恋不舍地到处寻找纸老虎，二牛和周卡莫两手全是汗，秋叶则吓得双腿直打颤。

就在这时，院门一开，二牛的儿子小牛拿着一叠彩纸和几个炮仗回来了。小孩子不懂事，也不知道怕日本兵，蹦蹦跳跳地就进了院子，撅着屁股摆弄那几个炮仗。周卡莫看了，眉头一皱，计上心来。趁两个日本兵还在屋里找纸老虎，他装作没事的样子，溜达到院子里，从兜里拿出一些粉末，小声对小牛说"你是不是想把药点了，放个炮仗？"小牛点点头。

周卡莫笑着说："光点药没意思，我给你加点香粉，点燃了满屋都香。"说着，他把炮仗里的火药倒在几张彩纸上，然后把香料混了进去，那火药顿时变了颜色，由黑乎乎的变成了五颜六色，再也看不出原来火药的样子。接着，周卡莫把火药包在彩纸里，叠成了几个花骨朵，放在院子地上，把其中一个花骨朵递给小牛，说"你

把这送给里屋那两个说外国话的叔叔，让他们出来，说院子里还有这样的小玩意儿。"

小牛拿着花骨朵，跑到两个日本兵前面，乐呵呵地玩耍起来。瘦日本兵似乎特别喜欢这类小玩意儿，看到花骨朵，就把纸老虎忘了。两个日本兵跟着小牛到了院子里，瞅着地上几朵绚丽多彩的纸花。正当两个日本兵趴在地上时，周卡莫把小牛拉到了一边，接着悄悄划燃了一根火柴，点燃了就往纸花上一扔。只听"哧"的一声，强光闪过，两个日本兵倒了血霉，捂着眼睛不住地哀嚎。周卡莫早有准备，抄起一把铁锹，猛地拍向日本兵的脑袋，只听"砰砰"两声，两个"西瓜"开了瓢。

秋叶见死了人，吓得直往后躲。周卡莫摸了摸小牛的头，说："好样的！"

4. 战马领路

二牛和周卡莫把日本兵的尸体拖到一边，然后把郭明精叫到跟前。周卡莫说："你也看到了，这两个是鬼子，见者有份，谁要是把这事说出去，咱们就一起死。"

郭明精吓得直往后退，连说"没我的事，没我的事。"周卡莫一瞪眼："没你的事？那是谁把纸老虎从鬼子兜里掏出来的？我们现在是一根绳上

的蚂蚱，谁都别想撇清！"

天一黑，周卡莫和二牛把日本兵拉到十几里外给埋了。返回村子后，周卡莫突然想起郭明精认识字，就把纸老虎拿给他看。郭明精在灯下一瞅，就说："写的是——黑哈岗埋人。"

周卡莫一皱眉："黑哈岗？什么意思，人名还是地名？"

原来全村人靠种地为生，很少有人出过远门，这"黑哈岗"根本没听说过。郭明精也算是跑过江湖的人，他倒是听过这个地名，知道离村子挺远，在哪个方向也不清楚。而小兵一直迷糊着再没醒来，想指望他说出黑哈岗的具体位置看来也是奢望了，这可咋办？

第二天早晨，二牛一摸小兵的手，凉了！他忙叫来周卡莫，周卡莫看后摇了摇头，说"恐怕撑不过这几天了。"二牛和秋叶一阵悲痛，忍不住落下泪来。二牛最心痛的是，他无法破解小兵留下的秘密，小兵一死，还有谁知道去黑哈岗的路呢？

这天晚上，周卡莫又来到二牛家，两人商量着怎么打听黑哈岗的事。这时，门外远远地传来一阵铃铛的响声。二牛打了个激灵，赶紧把油灯吹灭了。院外的响声越来越大，周卡莫小声说："怎么回事？出去看看吧。"

两人放轻脚步，悄悄来到院外，在寂静的夜里，那铃铛响声更大了。

两人定睛一看，院外竟然站着一匹高头大马！周卡莫在马匹身边转了几圈，小声说道："咱村里大多养黄牛，只有几户养骡子，没有马匹。看这马威风得很，多半是战马，难不成这马是小兵骑来的？"

二牛一听，高兴坏了："真要是小兵骑来的就好了，俗话说老马识途，这马说不定知道去黑哈岗的路呢。"周卡莫也是满心欢喜，两人把马拉进院子，决定明天一起带着战马去认认路。

第二天，周卡莫早早来到二牛家。他摸摸马脖子，满是爱惜地说："就看你的了，一定要带我们去黑哈岗啊！"战马嘶鸣一声，似乎听懂了

人言，晃着项圈上的铃铛，领着两人上了路。刚出村，战马不动了，歪着身子盯着周卡莫和二牛。两人想了一会儿才明白：战马是想让他们骑到它的背上，好驮着他们去黑哈岗。两人一阵感动，马通人性啊！于是他们上了马背，战马嘶鸣一声，奋蹄飞奔而去。

战马一口气跑了好大一会儿，终于停了下来。周卡莫皱着眉头看了看四周，一点都不认识，于是问身边的二牛："这里就是黑哈岗？"

二牛摸了摸脑袋说："马不走了，应该就是了吧。"

这时，战马低下了头，好像有无尽的悲伤，摇着尾巴往前走去。两人跳下马背，在后面跟着，不多时，来到一片荒野，一股浓重的血腥味扑面而来。

二牛打眼一看，禁不住叫出声来："老天爷啊，全是死人！"

5. 鬼子来了

看眼前的情景，八路军在黑哈岗与日军打了一场遭遇战，因为寡不敌众、武器落后，最后全军覆没。一个加强排几十个人，全都为国捐躯，壮烈牺牲。逃到二牛家的小兵也许是唯一的幸存者。那么，小兵说的"埋人"，就是求二牛他们把死去的战友埋葬了，入土为安。看着眼前的惨景，那匹战马嘶鸣不已，二牛和周卡莫也都

不禁落泪。

要埋葬这么多人，单靠一两个人肯定不行，二牛就问周卡莫有什么主意。周卡莫想了想说，黑哈岗太过偏僻，要是把人埋在这里，连个祭拜的机会都没有，不如索性把战士们的遗体拉回村子，就近葬了。几十个战士的遗体，用几辆大车就能拉回去。二牛性子急，一听这主意，立刻就要回村去找牛车，却被周卡莫拉住了。

周卡莫一摆手，说："莫慌，这仗打了没多久，如果日军突然发现战士们的遗体没了，会怀疑的。"

于是二牛与周卡莫又骑着战马回到了村子里。一进家门，秋叶就迎了上来，只见她两眼红肿，哽咽着说："早上你们走后，我去给小兄弟换药，一摸，他身上冰冷，心口也不跳了……你们都不在家，我只好叫来郭明精，让他用咱家的小推车，把小兄弟推到村头去埋了……"

二牛和周卡莫听完也忍不住掉下泪来。第二天，周卡莫找到郭明精，问："你把小兵埋在哪儿了？"郭明精"吭哧"了半天，说："昨天我去埋尸，坑都挖好了，正要埋呢，突然听到狼叫，我就跑了。过了半天再去，小兵的尸体不见了，一定是被狼拖走了，我就把那坑重新填上了。"

周卡莫听完，不禁一阵心酸，他心疼小兵，心疼那些为国捐躯的战士。他在心里暗暗发誓，一定要给那些战士一个好归宿，让小兵在天之灵得到慰藉。

转眼又过了几天，二牛和周卡莫觉得时间差不多了，就想在村里找几个信得过的人，一起赶车去黑哈岗把战士的遗体拉回来。两人正商量着，忽然门外传来脚步声，二牛一看，只见郭明精带着十几个壮劳力来了。

周卡莫心说不妙，忙把郭明精拉到一边，瞪了他一眼，问："怎么回事？让你找几个信得过的人，你带这么多人来干吗？你以为这是娶媳妇找人帮忙迎亲吗？"郭明精说："他们都是自愿来帮忙的，放心吧，这种大是大非的事，咱村里人分得清。那些战士还不是为了咱们送的命吗？大伙能保密！"

周卡莫一摆手："行了行了，这事别闹太大动静，小心驶得万年船。"

于是当天夜里，周卡莫与二牛找了十来辆牛车，天一黑就出发了。到了黑哈岗，周卡莫提着灯笼，给大家照亮。因为天气炎热，此时的黑哈岗上散发出一股浓浓的异味。

几十位战士的遗体被拉了回来。大伙一商量，决定把战士们葬在村头的老树边。那棵老树的树荫好像一把大伞，树边有一片空地，本是村里人乘凉的地方。于是十几个壮劳力，挖坑的挖坑，推土的推土，天明之前，几十个战士全都入土为安。眼下日本人经常会骚扰这一带，为了安全起见，大伙就没有堆起坟头，也没有立墓碑纪念。周卡莫为人心细，战士入土前，他在每个战士的身上都找出些小物件，有的是家信，有的是照片。以后家人要是找来，也好有个对证。

很快几个月过去了，一天，二牛和秋叶正在院里搓玉米棒子，村里突然传来了枪声。很快，日军把整个村子包围了，全村人都被撵到了村头。

一个戴着帽子的翻译官模样的人来到大伙面前，咳嗽了几声，开始喊话："乡亲们，皇军要在你们这里修筑战斗工事，你们都把力气，去家里拿家伙，铁锹榔头小推车，全都弄来，这几天必须把壕沟挖好！"

村民们只得照办，中午一过，全村人都扛着家伙来到了村头。为首的日本军官拿起望远镜看了看远处的地形，又在四周察看了一阵，指了指村头的那棵老树，对翻译官"哇啦哇啦"说了一通。翻译官连连点头，然后对全村人说："皇军说了，看到村头那棵老树了吗？就从那里开始，往东南方向挖，挖得深一点！"

一听这话，二

牛、周卡莫还有那些知道内情的村民全都慌了：那块土地下面可埋着几十个战士呢！还是周卡莫有心计，他强作镇定，上前笑着对翻译官说："往前面挖吧，容易挖。"

翻译官脸一沉，小声问道："怎么了？"

见翻译官没发火，周卡莫定了定神，眼珠一转，忙说："皇军赶着要挖完工事，可这里土太硬，怕耽误事啊，往前一点容易挖。"

翻译官一皱眉："嫌土硬？日本人可不在乎这些。"

周卡莫头上冒出了细汗，挖了就要出事，不挖又找不出什么理由，说多了也让人起疑，这可怎么办？没法子，事到如今，只好走一步看一步了。

村民们磨磨蹭蹭地拿起铁锹，瞅瞅翻译官，再瞅瞅日本军官，硬着头皮开始挖土。挖了没几下，突然听见

"吭哧"一声闷响,有人好像挖到什么了……

6. 墓碑永恒

这一声正是二牛挖出的响动,恍惚中,他似乎看到地下露出了一片衣角,立刻就吓得不敢再动了。

翻译官似乎听见了响动,回头瞅了瞅日本军官,见他们正坐在远处抽烟聊天,就走近了二牛,对他说:"日本鬼……皇军着急挖工事,你怎么不挖了?"

二牛紧张得直喘粗气,他咽了口唾沫,强装镇定地说:"这个……这里以前发过洪水,下面埋了很多树根子,让上面的淤泥盖住了,我们村其实是骑在树上的村。这里树根太多,不好挖,要不,往前面几丈挖吧,那里没树根子。"

翻译官有些迟疑,他往地下瞅了瞅,又瞅瞅二牛,问:"真的?"二牛装作没事一样,说:"当然是真的,我怎么会骗皇军呢?"

翻译官盯着地下看了半天,不知是不是错觉,二牛觉得对方已经看到了那片衣角。突然翻译官抬起头来直视着二牛,二牛也愣愣地看着他,两人四目相对。二牛突然觉得翻译官表情有些异样,对方却把目光迅速移开了。

翻译官又瞅了一眼地上,一句话也没说,转身跑回日本军官身边,说开了东洋话。说话间,翻译官还回头指了指二牛。二牛的心提到了嗓子眼,握铁锹的手直打颤。

时间不长,翻译官回来了,对二牛说:"皇军说了,往前面三丈挖!"

大伙悬着的心这才放了下来,三丈外已经是安全区。二牛把翻过的土给踩平,他可不想让里面的气味跑出来,引起日本人的注意。

日军为了赶工事,晚上点了油灯火把,让村民继续干活。二牛他们连着干了好几天,人累得像一摊泥。

这天中午,二牛和周卡莫刚歇工,正端着饭碗往嘴里扒拉食儿,就见一个日本人牵着一条军犬跑了过来,走到领头的日本军官面前,说了几句什么,军官听后脸色顿时黑了。一旁的翻译官斜着眼,似乎也在听着他们的对话。军官瞅了瞅吃饭的村民,似乎想说什么,可又忍住了,接着就面无表情地走开了。二牛他们赶紧低下头吃饭。

过后,周卡莫对二牛说:"不知道那个带狗的鬼子说了什么,看那个军官的样子,好像特别生气,他看我们的时候虽然不动声色,但总觉得他眼里有股杀气。"二牛挠挠头皮说:"那些八路的遗体又没被发现,还能有什么事呢?"

几天后的晚上,二牛又挖了半宿工事,刚回到家躺下,突然听到外面有动静。开门一看,只见门上贴着一张纸，二牛忙把周卡莫和郭明精叫来。郭明精拿了纸，照着上面的字念道："明天，你们会被日军赶到西南方向的小道，记住，村里人走的时候，让孩子走在最前面，你们跟在后面。你们会发现路右边有棵新栽的小石榴树苗，走近了拔出树苗，然后赶紧趴下。炸弹埋在后面，日军会被炸死。"

念完字条，几个人连大气都不敢出，这信不知是谁送来的，究竟是真是假？

第二天中午，全村人果然被赶到了村头。日本军官戴着白手套，扶着明晃晃的军刀。这时，一个日本士兵推来一辆小车，车上面有两具尸体，一条军犬在边上狂吠不止！周卡莫和二牛一看，都惊呆了，小车上面不是别人，正是被自己拍死的一胖一瘦两个日本兵，都怪自己埋的时候挖坑太浅，准是被鬼子的军犬给闻出来了。

日本军官对翻译官说了几句什么，翻译官点点头，对村民说道："昨儿皇军从村头挖出两具尸体，这是两个日本兵，你们不用解释不用狡辩，只能用命来偿还！"

大伙听了，如五雷轰顶，日本人一定是几天前就知道了这事，只是因为要挖工事才没立即清算。今天算是完了！很快，众人被日军赶到了西南方向的小路上，远处路的尽头有个大坑，日本人准是想在大坑前把村里人集体射杀。

走着走着，周卡莫忽然想到那封信，现在全村人命悬一线，死马当活马医吧。他照着信上说的，让孩子排在最前面，自己和二牛、郭明精走在队伍最后。往前走了二百来米，果然，路边出现了一棵石榴树苗，树根旁还有些新土，显然是新栽上去的。

周卡莫已经把话传了出去，只要自己喊一声"倒"，大家就一起卧倒。走到小树前，二牛猛地拔出小树，周卡莫随即喊道："倒！"村民们赶紧卧倒。周卡莫话音刚落，只听轰轰乱响，身后的地雷全炸了，跟在队伍后押送村民的日军被炸得人仰马翻，非死即

残。周卡莫他们赶紧回头，抄起几把日军刺刀，上前"刺西瓜"一样，"扑哧扑哧"好不痛快。

有一个日本兵倒在地上，只受了轻伤，他摸到一把手枪对准了二牛，只听"砰"的一声，二牛没事儿，翻译官却倒下了。边上的村民们看得清楚，是翻译官挡住了子弹！

翻译官"扑通"一声栽倒在地，临死前，他往自己怀里指了指，手一松，死了。

郭明精从翻译官怀里掏出一张皱巴巴的纸来，念道：

"我就是你们救的那个小兵，住在村子里的那几天我浑身是血，身体虚脱，现在的我已经不是原来的样子了。

"其实，我不是八路军，我只是个学日语的学生，日本人把我抓去当了翻译。黑哈岗一战，八路军非常勇猛，把日军打得招架不住，为了保命，我捡了件八路军的衣服穿上。可后来，日本援军到了，八路军寡不敌众，伤亡惨重。我刚想脱下那衣服，一颗手榴弹在我身边爆炸，我被炸伤了。我贪生怕死，料到自己快没气了，日本人也不把我当人看，于是骑了一匹战马逃出来。你们救了我的命，给我喂食喂药，我这才良心发现，告诉你们黑哈岗的战士全军阵亡，让你们去埋人，好让战士们入土为安。

"那天我昏迷了，秋叶嫂以为我死了，就让郭明精把我推到村头，不知为啥，他没有埋了我。后来我醒了过来，奇迹般地没死。我养好了伤，又主动回到日军营里给他们当翻译。可这回我再也不想当汉奸了，我想找个机会为中国人出力。刚好鬼子要到你们村挖工事，我就跟来了。挖土时，二牛的暗示让我知道地下可能埋了八路军战士，我就帮你们向鬼子说了话。那两个日本兵的尸体被他们发现，我知道村里人的命保不住了，于是我偷偷埋了地雷。

"我知道，我以前做的事为人所不耻，可是后来我真的改了，我有个奢求，如果这次我逃不过一劫，能不能和八路军埋在一起？毕竟，我也杀了鬼子……"

真相大白，大家流下了眼泪……

1945年，日军战败投降。周卡莫和二牛给在黑哈岗战役中牺牲的战士们堆起了大大的坟头，又立了纪念的墓碑。墓碑上，也刻了小兵的名字……

（题图、插图：杨宏富）

稿约："中篇故事"是本刊的重要栏目，我们热诚欢迎广大作者来稿。来稿要求：1.题材需有新鲜感、时代感；2.情节性强，并且能把新鲜、奇巧的情节的演绎和人物的塑造较好地结合起来；3.篇幅：12000字左右。本栏目稿酬从优。来稿可从邮局寄发，也可发电子邮件，本期责任编辑E-mail地址：lujia411@yahoo.com.cn。

不成功的伟大发明

一个美国科学家发明出一种胶水，这种胶水看上去很黏，可黏上东西不久后就会掉下来。

这天，科学家参加了一个合唱团，演唱时书签老是从曲谱中往下掉，害得他找不到歌词。科学家很烦恼，如果用普通胶水把书签黏在曲谱上，揭下来时就会扯坏页面。这时，他想起了自己那个不成功的发明，于是灵机一动，把这种胶水涂在了书签上。果然，书签变得"听话"了，而把书签揭下来时，也不会有任何损坏。

就这样，一种带黏性的书签诞生了，这就是不干胶记事贴的前身。

一次出错未必是永久的错误，把错误用在合适之处，会成为一种创意。

（编译：孙开元；推荐者：麦兜兜）

快乐传递

一天，一位村民敲响了修道院的大门，守门的修士打开门，村民给了他一串葡萄。村民说，他每次来修道院，都是守门修士开的门，这是他园子里长得最好的葡萄，特地送给守门修士。守门修士很高兴，但他不好意思独自享用，就把葡萄转送给了修道院长。

院长收到葡萄也很高兴，但他记起修道院里有一位生病的兄弟，就把葡萄送了过去。生病的修士收到后想：我生病的这段日子，厨师每天都特意为我煮粥，葡萄还是送给他吧。厨师收到葡萄后想到了厨房里最年轻的学徒，他远离家乡来到这里，这串葡萄也许能让他高兴高兴。学徒拿着葡萄，记起自己第一次来到修道院，守门修士打开大门，他的微笑让自己有勇气跨进修道院。

于是，学徒拿着这串葡萄来到修道院大门口，对守门修士说"您大半生都一个人默默地守在这儿，这些葡萄应该送给您。"守门修士终于明白，这份礼物的确是属于自己的。

葡萄的"旅行"结束了，而快乐和感恩还在人们中间传递着……

（编译：夏殷棕；推荐者：汪杰）

一百万美元赔偿

美国有个6岁的小女孩，不小心将小手指插入了家里的插座插口，虽被及时救下，但她的右半边脸还是被烧坏了。女孩的母亲把生产插座的厂家告上了法庭，要求对方赔偿100万美元。生产厂家的法人对高达100万美元的赔偿金不能接受，双方在法庭上争论不休。

这时，女孩母亲的律师想出了一个办法，他要求立即把女孩带到法庭来。女孩到场后，律师对生产厂家的法人说："请你对着这位小姑娘的右半边脸微笑一下，笑1秒钟就可以。"看着女孩丑陋的半边脸，这位法人最终没能笑出来。律师又让工作人员在女孩面前摆了一面镜子，然后对女孩说："亲爱的，你对着镜子中的自己笑一下。"女孩也没能笑出来。接着，律师向法官和陪审团说道"因为这半张脸，我的当事人恐怕今生都难以再展露美丽的笑容了，这100万美元是赔给笑容的！"最后，法官同意了律师的提议。

100万美元大约折合600多万元人民币。如果现在你很健康，而且脸上能时常挂有笑容，那么你的身价至少是600多万元人民币。你已经是一个富有之人，请格外珍惜自己！

（推荐者：曹绍明）

智慧家族

清朝康熙初年，一个姓朱的读书人中了进士，被任命为知县。正当他喜气洋洋之时，朱氏宗族的老族长却把他从族谱中除了名，并报当地官府登记备案。十几年后，朱县令受文字狱案牵连，被诛灭九族。幸好他老家的几千名族人早已与他划清了界限，才在这场浩劫中得以幸免。

几十年过去，到了乾隆年间，朱氏家族又出了一个进士，被钦点为翰林。朱翰林想起当年的旧事，特地来到现任族长家中，主动要求在族谱中除名。没想到族长不但没将他除名，还举行了盛大的庆典。后来朱翰林官至直隶总督，提携许多族人获得了成功。

为什么同样的事，两任族长却采取了截然相反的态度呢？原来康熙年间，天下初定，统治者大兴文字狱，稍有不慎便会受牵连，此时为官，祸大于福。而乾隆年间天下太平，此时为官，正是鲤跳龙门、前程无量啊！

因时而动，区别对待，朱氏家族无疑是个智慧的家族。

（推荐者：刘绍义）
（本栏插图：安玉民　梁　丽）

学写作文，从读故事开始

· 微博故事 ·

故事会 ■ 新浪 微故事大赛

3月优秀作品选登　　主题：宠物

@傻雀CHURCH 老张总是感觉心理不平衡，就说这养宠物吧，儿子送他一只狗，老张皱眉"光能吃不能做！"儿子送他一只猫，老张沉脸："家里没老鼠！"儿子送他一只龟，老张歪嘴"它比我还长寿！"儿子干脆送他一只蜗牛，这下老张心脏病发了："它不用奋斗就有房！"

@好男人不是笨蛋 宠物猫被富豪撵了出来，一只流浪猫遇见它后，很大方地把自己的领地——粮食店让给了宠物猫。几天后，流浪猫特意拜访宠物猫，问"这里的老鼠又多又肥吧？"宠物猫点头："可不是嘛，晚上不使足力气，我都抢不到米吃！"

@亳州李景强 由于小保姆的疏忽，傍晚，县长夫人最喜欢的那只贵宾犬丢了。有关部门得知后，连夜在全城搜寻，天亮时终于在一口窨井里找到了。当天，县城大街小巷奇缺的窨井盖全部装好。晚上，小保姆回到家，笑着对爸妈说："我要不用这一招，咱家门口路上这个黑窟窿还不知啥时候才能整好哩！"

@若有兹 街角新开一家宠物美容店，我发现一个奇怪的现象：每个从店里出来的主人都兴高采烈，而他们牵的宠物却愁眉苦脸，还有店员脸上的笑容都很诡异。本不想去，但那天小狗欢欢死命把我拖了进去——出门的时候，欢欢兴高采烈地在前面走，我被他牵着跟在后面。天哪，我真不喜欢用四条腿跑的感觉！

@东台韩圣平 午餐是我最喜爱的：一盘牛肉沙拉，一杯酸奶；衣服是我最喜爱的：最新流行款羊绒马甲；VIP服务是我最喜爱的：洗澡、吹风、按摩……可我还是十分嫉妒街头的阿黄虽然吃不饱穿不暖，但是人家项上毕竟没有铁链！

@万里雪飘微博 她非常喜欢自己养的宠物狗，但是新交的富翁男友却十分厌恶，逼着她赶紧把狗处理掉。她万般无奈，思虑千万，觉得还是送到前男友那儿合适。前男友说："你放心吧！我会照顾好它的。"又说"如果你也惹人讨厌了，请同样给我送来！"回去的这晚，她忽然泪湿衣襟，彻夜无眠。

@师逸而功倍 她养了一条狗，叫声影响邻居休息，邻居给她提意见，她却说："我有钱养得起，你养不起就别多事，你要也养狗，我绝对不说啥。"没多久她就后悔了：邻居弄了个电子狗，一直叫个不停，引得她家狗跟着叫，嗓子都哑了。

躲不掉的相亲

□ 宫新宇

这年头，爱管闲事的人不少，有些人给大龄未婚的姑娘起了个名号叫"剩女"，这不，我也不知不觉地被"剩"下了。

这天，我下班刚进家门，老妈就迫不及待地告诉我："王姨又给你介绍了个对象，小伙子是公务员，挺斯文的，你抓紧时间化化妆。"

我就纳闷了：我到底哪儿得罪王姨了？她怎么对别人的事这么上心啊！我支支吾吾地回了屋，竖起耳朵听屋外没了声响，就拿上包蹑手蹑脚地走到门口换鞋。刚准备开溜，老妈在身后说话了："等一下，我送你过去。"

逃跑计划失败，我只得在老妈的押送下来到了相亲的茶馆。那男的已经在现场了，我随意一打量，对方长得没啥明显漏洞，但一看就不是我的

菜，没法子，只得哼哼哈哈地熬时间。正觉得无聊，突然，我想起以前看过一篇讲礼仪的文章，说女孩子跷二郎腿不好，我顿时想到了速战速决的法子。

我咳嗽一声，大模大样地把腿搁到了茶几上，那男的张了张嘴，却什么也没说。看来还得加强力度啊！我趁那男的没注意，把茶几下面的半盒烟搂到包里，再大大方方地拿出来，给那男的抛了一支，自己夹一支，冲着他嫣然一笑，道："忘带火了。"然后假模假式地嗅嗅香烟。依照经验，对方此时一定会目瞪口呆，甚至仓皇

退场。

果然，那男的看了我一眼，起身走了。我正高兴计谋得逞，不料片刻后那男的又回来了，手里握着一盒火柴！他还真为我找火去了。这下糗大了，有了火，我没理由不点烟啊，但真抽还不把我呛死？我嘴上叼着烟，磨蹭着擦火柴，故意手一松，整盒火柴全掉进了面前的茶杯里。

相亲完回到家，老妈急着问我怎么样，我说："感觉还行，就看对方的态度了。"这是我最近想出来的搪塞老妈的法子，这样她有火也不好冲我发：是人家看不上我呗。

接下来的一个礼拜，我一直候着王姨传回我被拒的悲惨消息。转眼又是周末，王姨终于打来了电话。老妈接完电话，走到我跟前，我正等着她老人家山洪暴发、电闪雷鸣，不料老妈语气温柔："侯磊约你下午在长青路上岛咖啡见面。"我猝不及防，问："哪个侯磊？""上星期你见过的那个呀！"

我顿时郁闷了：这个叫侯磊的家伙没病吧，难道是我的表演不到位？我打定主意，到时非得好好整整这个烦人的家伙不可。

约定的时间过了半个小时，我出现在上岛咖啡附近，透过窗玻璃只见那个侯磊端坐在大堂里，还没有离开的意思，没法子，我只好现身。落座后我点了一杯卡布其诺，侯磊要了一份美式咖啡。趁他起身取甜点的时候，我把半瓷缸白糖倒进了他的咖啡里。他啜了一口，脸上露出惊讶的神情，刚要举手叫"服务员"，眼睛一扫，瞄到了桌上散落的糖屑，把一句话生生地咽了回去。

我正忍不住偷笑，这时，一个肥头大耳的中年人走了过来。侯磊一见，连声叫对方主任。胖主任一看就是那种花心的主儿，看了我一眼，笑道："巧了啊，小侯，在会女朋友？"侯磊赶紧给我们介绍，我缓缓起身，心里顿时又有了主意。

胖主任主动伸出手来，一边说："郎才女貌，绝配，绝配。"一边拽着我的手不放。此举正中我的下怀，我顺势将胖主任摁到椅子上坐下，跟他像多时未见的老朋友一样攀谈起来，不时还发出如银铃般清脆的笑声。在我俩的衬托下，侯磊倒像只多余的电灯泡。直到约会结束，胖主任还显得恋恋不舍，我和胖主任互留了电话，约定找机会再聊。搞笑的是，我和侯磊倒没交换联系方式，我当然不会自讨苦吃，他也没张口要，大概是被我的表现气糊涂了。活该，谁让你不开眼，骚扰本小姐呢？

这次约会过后，侯磊没有再通过王姨找我。转眼又到了周末，我想这回能消停了吧，不料手机响起，话筒那头传来老妈兴奋的声音："老地方、老时间、老人儿、老约会，继续好好

表现。记住换身漂亮衣裳，花多少钱妈给报销。"也难怪，至少有两年多了，我相亲还没有见过两面以上的，这个侯磊，怎么跟王八似的，咬住了就不松口？

眼见一个好好的周末又毁了，我憋了一肚子火无处发泄。到了约会的地方，我没有耐心和侯磊绕弯子，就直截了当地问他到底想干什么。不料侯磊神秘地拉着我坐到了靠里的角落，轻轻咳嗽一声，开口了："这两次相处下来，我觉得你就是我众里寻她千百度的那个人。"说这话时，侯磊表情严肃，一本正经，不像是抽风说胡话，身上也没有一丝酒气。

我愣住了，忍不住调侃道："你理想中的伴侣就是这样一个人？"

侯磊点点头，反问道："怎么，你不觉得自己很特别吗？说句实话，为了找到像你这样的女生，我几乎逛遍了本市大大小小的夜店酒吧……"

我听到这里，急忙喊他打住。这小子，真是狗嘴里吐不出象牙，七拐八弯变着法儿在骂人哩。

侯磊忙道"你误会了，我是真的非常欣赏你，给我几分钟，让我解释一下。"接下来他的一番话把我结结实实地给惊着了。侯磊说，他当公务员三年了，人生目标就是一个台阶接一个台阶地往上爬。可惜他没啥后台，腰包也不鼓，经过观察，他发现自己的顶头上司胖主任挺花心，看来敲门砖要对症下药，也只能牺牲自己的老婆了，这就是他挑选对象的着眼点。"找小姐什么的太低俗，正经人家的女孩子思想又保守，像你这样长相清纯、作风泼辣的女孩子打着灯笼都难找，还好让我给遇到了。"侯磊说着兴奋难耐，摩拳擦掌，仿佛要放开手脚大干一场。

我听完只觉得后脊梁嗖嗖直冒凉气，整个儿懵了，愣了半晌，才蹦出一句话："我跟你的上司走得近了，万一粘上甩不脱，不嫁你了，你这不是赔了夫人又折兵吗？"

"没关系，绝对没关系！"侯磊拍着胸脯打保票，"其实这样更好，我也就不用和在外地工作的女朋友吹了，咱俩可以成为单纯的合作关系。你是我的公关女友，我投入金钱、思想，你以美貌入股，收益对半分。其实合同我已经拟好带来了，你过目一下，如果没有异议，现在就可以签字生效……"说着侯磊就要从怀里掏合同。我再也受不了了，弹簧似的从椅子上跳起来，夺路而逃……

我一路开车回家，还有点惊魂未定。到家后我把今天发生的事向老妈做了专题汇报，不料老妈听完后一副不相信的样子，数落我说："又瞎编！"说着她从包里拿出了数码相机。原来老妈觉得这次成功的机会很大，格外重视，我约会时她也没闲着，到上岛咖啡对面的肯德基监视我们来着。瞧，怕我过后不认账，老妈还照相取证呢，这都什么妈呀，赶上克格勃了。

照片是我离开后抓拍的，镜头里只有侯磊一个人。奇怪的是，他没有像我想象的那样，因为失望而垂头丧气，相反，他的情绪很好，不夸张地说是情绪高涨，正拍着腿哈哈大笑。他面前的餐桌上放着一张纸，一张空白的纸。他在搞什么名堂？

过了好一会儿我才明白过来，这小子是在编瞎话整我呢，我很不幸地被他耍了。幸亏有老妈的照片，要不，我给人涮了还蒙在鼓里呢！我暗下决心，一定要把栽了的面子变本加厉地找回来，于是咬牙切齿一字一顿地对老妈说："告诉王姨，下礼拜约会照旧。"

多少年了，我从未主动约会过男生，我妈激动得眼眶都湿润了，根本没注意我说话时恶狠狠的表情。

之后的约会，我就开始拼命地整侯磊，先是逼着恐高的他坐了两回摩天轮，接着又带肠胃不好的他吃了三回川菜。终于，侯磊撑不住摊牌了，他解释说，其实他觉得自己不适合干公务员，想辞职和朋友合伙创业，家里反对，急着给他介绍对象拴住他，让他收心。侯磊不胜其烦，勉强答应和我约会。第一回约会，他就看出我没诚意，灵机一动，干脆就拿我当挡箭牌了，省得耽误其他诚心诚意相亲的女青年。他还说，跟我相亲挺刺激的，相当于智力测验，他也有心和我掰掰手腕过过招，权当是工作之余的消遣。我听后怒道："看，说漏嘴了吧，还不是拿我当消遣？"

光阴匆匆，一晃两年过去了，侯磊早就辞职开办了公司，事业做得有声有色。我也老大不小的了，我俩的斗智约会还在进行着，因为我还没折磨够他呢。最近他常跟我说："要不，咱俩将就将就得了。"我还在犹豫，不过双方父母催得紧，估计我也撑不了多久了，这辈子没准就便宜了这小子，嘿！

（题图、插图：安玉民　梁　丽）

一颗金子般的心，是命运的最好礼物。

领养

□ 王汶哉

爱心小鸡

小秋钰是个命运坎坷的孩子，她出生后不久父母就离婚了，父亲长期在外打工，家里就剩下小秋钰和爷爷奶奶相依为命。他们住在一栋用石头砌成的房子里，这是一个什么样的家啊？由于房屋年久失修，四处漏风漏雨，每当下雨，小秋钰就得和爷爷奶奶从床上起来，这里站一下、那里站一下地在屋里躲雨。

从四岁起，小秋钰就开始到附近的镇上捡废品，帮助爷爷奶奶插秧、放牛，担负起了一个孩子完全不应该承担的家庭重担。小秋钰有一个愿望，那就是有一天能和其他孩子一样，背着书包坐在教室里上学。为此，她经常一个人跑到离家五公里远的小学，趴在教室外的窗台上，眼巴巴地朝里张望。

六岁那年，小秋钰终于达成了心愿，成了一名小学生，可繁重的家庭生活负担，使她难以安心上学。这时，小秋钰遇到了在学校支教的董老师。董老师了解情况后，把小秋钰接到家里一起吃住。董老师和丈夫在学校附近租了一套房子，在那里，董老师安顿了十三个留守儿童。每天放学后，两个年轻的乡村老师就为孩子们洗衣、劈柴、做饭、辅导作业，用爱为一群远离父母的孩子撑起了一个"家"。

小秋钰在董老师家里过了几个月的快乐日子，突然有一天，细心的她发现了一个秘密：董老师怀孕了。小秋钰知道，董老师很快就要离开学校，自己不能再给老师添麻烦了。于是，小秋钰开始悄悄"密谋"一件大事：她用卖塑料瓶的钱买回了二十只小鸡仔，她要把鸡仔养大，让它们下蛋给董老师吃。

整个寒假，小秋钰都在精心地照顾着这些小鸡仔。为了喂饱它们，小秋钰不仅省下了自己的午餐饭团，还每天都拿着一个玻璃小瓶子，到处翻石头找蚯蚓，哪家有剩饭，她也去捡回来喂鸡。几个月过去，村里院坝下面的小石头，都被小秋钰搬松了。她默默地在心里盘算着：腊月养的鸡，大半年后就能生蛋，那个时候，董老师应该生完孩子休完产假返回小学了，她要把鸡蛋亲手送给董老师。

不知怎的，小秋钰"省下饭团喂鸡"的感人故事被传到了网上，引起了社会的极大关注。有一对网友夫妇知道小秋钰的故事后，专程驾车去了小秋钰家中，当场认养了一只鸡，还有市民花八千元认养了两只鸡。

要求领养小鸡的市民越来越多。这天，小秋钰将十只鸡装在竹笼里，在爷爷和老师的陪同下来到省城。小秋钰第一次看到大城市的繁华景象，她满脸稚气地说："这里好漂亮，就是晚上不如村里安静，吵得我的鸡睡不好觉！"

在省城的中心广场上，举行了隆重的"领养爱心小鸡"的仪式。面对众多媒体的镜头和闪光灯，小秋钰显得十分羞涩。她用双手一会儿摸摸下巴，一会儿遮遮小脸。不一会儿工夫，小秋钰的鸡仔全部被市民认养了，有两只鸡还被认养了两次。还有不少认养人因为无法及时赶到现场，专门委托在场的义工代为报名认养。短短几个月时间里，小秋钰就收到社会捐助的善款两万多元。

在省城的那些天，小秋钰知道了一件事：省城有一位正在念小学三年级的姐姐，患上了白血病，家里经济很困难。小秋钰立即决定，将收到的善款转捐两万元给那位生病的姐姐。儿童节那天，小秋钰在工作人员的陪同下来到医院。病房里，两双小手紧紧地握在了一起，小秋钰流着泪说："祝姐姐节日快乐，早些好起来！"

在场的记者问小秋钰，为什么要捐出这笔钱，小秋钰的回答很朴素："虽然我家也很需要钱，但姐姐比我更困难……"

小秋钰的故事感动了整个城市，也感动了她的父亲。父亲听说这事后，从外地赶了回来，他决心，在家乡找一份工作，靠自己的努力挣钱来养活女儿，赡养老人。小秋钰用一颗金子般的心，换来了自己的幸福生活。

（题图：安玉民 梁 丽）

证明清白

□卢素玉

美美最近应聘进了一家公司，办公室里一共只有三个人，除了美美以外，还有新婚不久的陈哥和五十岁的老马。

前几天老马住院了，美美和陈哥打算去医院看望他。两人相约先在陈哥家附近的超市见面，好为老马买点营养品。面对货架上琳琅满目的商品，两人挑花了眼。就在这时，一个穿着时髦的年轻女子走到两人身后，轻轻地拍了一下陈哥。陈哥回头一看，惊讶道："老婆，你今天不是加班吗，怎么逛起超市来了？"

原来来人是陈哥的妻子啊，只听她对陈哥说："领导临时通知，说不用加班了，我来超市买点吃的。"

美美见状，忙礼貌地向她问好。陈哥指着美美，对妻子说："忘了介绍，这是我们公司新来的女大学生，我们一会儿一起去医院看望老马。"陈哥的妻子冲美美点了点头。

看望完老马，美美和陈哥告别，独自去步行街逛了几个小时。正要回家，她的手机响了，一看，是陈哥发来了一条短信："亲爱的，今天晚上我老婆不在家，你来陪我好吗？"

看着这条暧昧的短信，美美的火一下子上来了，她立刻回复道"我们只是普通的同事关系，希望你自重！"回完短信，美美心里不是滋味，看陈哥平时挺正经的，没想到背地里竟这么花心。不一会儿，美美的手机又响了，还是陈哥发来的，美美心里那个气啊，还有完没完啊？她极不情愿地打开短信，只见上面写道："刚才那条短信是我老婆用我的手机发的，谢谢你证明了我的清白。"

看了这条短信，美美不禁哑然失笑。

不在现场

□ 板 栗

汤姆是个大盗，一个偶然的机会，他得到了当今最先进的克隆技术，汤姆当即就克隆出了一个自己。这个克隆人和汤姆长得一模一样，就是呆头呆脑的，如何利用这个家伙呢？汤姆想了两天，有了好主意。

汤姆决定做一笔"大买卖"——抢劫金店！在自己抢劫的时候就让克隆人在别处出现，这样自己就有不在抢劫现场的证据了。

动手前一天，汤姆把克隆人带到闹市区，找到一个有监控录像的地方，告诉他明天中午来这，十二点的时候闹出点动静来，动静要大一些，让大家都注意到他。克隆人答应了。

第二天中午，汤姆抢劫得手后立刻跑回了家，过了一会儿，克隆人也回来了。汤姆忙问："事情怎么样？动静大吗？"克隆人"嘿嘿"笑着："那动静，是相当大了，'轰'的一声响，好多人都看我。"汤姆一惊："'轰'的一声？你干吗了？"

"我用炸药炸了一台车。"

"你怎么能炸车？"

"不是你让我把动静弄大些吗？"

汤姆摇摇头，暗骂这个蠢货，又想，炸就炸了吧，今天自己抢了不少东西，赔人家一台车也没什么，于是他又问："监控录像把你录上了吗？"

"录上了，我拿着炸药对着摄像头录了好一会儿呢。"

汤姆点点头，又问："你炸的是什么车？好车破车？"

"什么车我不认识，车上画着个警徽。"

"警车！"汤姆有点发懵，可转念一想：炸警车总比抢劫罪轻，跟傻子办事也没办法。突然，汤姆想起一件事来，忙问克隆人："你炸完警车怎么还能跑回来？警察没抓你吗？"

克隆人"嘿嘿"笑着说："抓啥呀，车里那两个家伙都被我炸死了！"

算不算渔具

□ 冷 空

渔民老陈在休渔期捕鱼，被当地渔政部门扣住了渔船。老陈傻眼了，那可是他的全部家当啊！他赶紧找了个律师，想把船要回来。

律师就去问渔政部门："为什么要没收渔船，这样处理可有法律依据？"接待人员说："在休渔期捕鱼，情节严重的，可以没收渔具。"

律师一听，赶紧说"我的当事人没文化，始终没搞明白休渔期是怎么回事，再说他才捕了两斤，这不算情节严重吧？而且，法律规定可以没收渔具，没写可以没收渔船呀！"

接待人员觉得律师说得有点道理，又看老陈的确是个老实人，便也帮着打听这事。终于找到当天带队执法的队长，队长听他们一说，顿时跳了起来："只没收渔具？你们知不知道他船上都有什么？一副补了又补的破网、一根断了又接的钓竿，只没收渔具，那我们不是执法，而是收破烂了！再说，渔船就不算渔具吗？"

律师冷冷一笑，反问："渔船它能算渔具吗？"

这下有得官司打了，争论的焦点，就是渔船到底算不算渔具。律师查遍了相关条款，都没写清楚这一点。立案后，当地法院挺重视这事，最后经过仔细调查，作出如下解释：渔船是渔人睡觉的地方，不算渔具。

这下可好了，不算渔具，那么就不该当做渔具没收，不然渔人到哪里睡觉去？律师很高兴，便要根据这个解释去找渔政部门理论。

就在这时，渔民老陈叫住了律师，他也已经明白了这里面的弯弯道理，而且理解得还不错，他怯生生地问："律师，是不是渔民睡觉用的就不能没收？那您看，到时候能不能这样说——我睡觉的时候，枕着鱼竿，盖着鱼网，衣服挂在鱼钩上？"

（本栏题图、插图：包丰一　顾子易）

511 2012 SEMIMONTHLY 下半月刊 5月 STORIES

欢迎登录本刊主办的"故事中国网"(www.storychina.cn)

故事会 STORIES

2012年5月
下半月刊·绿版

何承伟：社 长、主 编
夏一鸣：副社长
吴　伦：常务副主编(兼绿版负责人)
姚自豪：副主编(兼红版负责人)
本期责任编辑：颜轶超
电子邮箱：yanyichao1004@sina.com

绿版发稿编辑：
朱　虹　刘迎曦　黄美舟
美术编辑：李宝强
电脑制作：郭瑾玮
本社办公室电话：021-64375030
上半月刊编辑部电话：021-64332325
下半月刊编辑部电话：021-64336469
(上海市绍兴路74号 邮编：200020)
主管、主办：上海文艺出版(集团)有限公司
出版单位：《故事会》编辑部
发行范围：公开

出版、发行总监：张　凯
电话：021-64313938
广告业务：上海故事会文化传媒有限公司
广告总监：张　淮
广告业务：021-34010383
广告投诉：021-64333738
广告经营许可证
沪工商广字3100320080016号
发行：中国图书进出口上海公司

· 笑话 ·

设备齐全

有个游客到一家旅馆投宿，但他对此地不太满意，便找经理投诉。

经理问游客，有何不满之处。

游客说："你们这里要什么没什么！"

经理却惊讶地说："不会吧？我们设备可是很齐全的啊。洗手间里有清洁剂，卧室里有蚊帐，餐桌上有苍蝇拍，走廊里还有戳蜘蛛的竹竿呢！"

（张　芳）

（本栏插图：包丰一）

一句话应聘

有个售楼处贴出海报，急聘数名销售人员，薪水从优。但是经理面试了几个，都不太满意。

最后来了一个漂亮姑娘，经理问她："假如你被录用，你想为这个公司付出什么？"

姑娘很从容地说："这个问题我没有想过！"

经理正要发作，姑娘补充说道："我只想过要让消费者为公司付出什么！"　（韩文增）

晚到一点儿

周六，老板打电话给员工："今天你能来公司加班吗？"

员工停顿了几秒钟，便痛快地说："行啊，不过周末路上很堵，我估计得晚到一点儿。"

老板听了，客气地说："没关系，那你大概什么时候能到呢？"

"周一！"

（邓　达）

紧张的女病人

有一个女病人在动手术前很烦恼，老是担心这，担心那。

手术当天，主治医生为了缓解她的紧张情绪，便主动说"其实每个人都有苦恼，我也不例外！比如，我儿子马上要结婚，得准备一大笔钱吧？我女儿要上大学，得支付学费吧？我也烦恼，但还是要面对啊！"说了一通之后，主治医生问女病人，"最后，对于今天的手术，你还有什么问题吗？"

"医生，我只有一个问题，"女病人颤抖着问，"我需要为婚礼或学费出一份力吗？"   （李从渊）

出 书

一家三口坐在一起吃饭，突然儿子对爸爸妈妈说："我同桌每天都在我面前吹嘘，他爸爸是作家，刚出版了一本书。爸妈，你们可不可以也出一本啊？"

妈妈为难地说："这事恐怕不好办，我和你爸又不会写作。"

爸爸却一拍桌子，说"谁说不会写作就不能出书了？儿子还没出世前，我们不就一起出过一本书吗？"

儿子听了，眼睛都放光了，忙问："你们一起出了本什么书啊？"

爸爸认真地回答说："结婚证书！"   （彭 秋）

如此精准

大学实验课上，老师介绍了一种测量仪器，叫分析天平，它非常精确，连说话声音的高低都会影响它的准确性，所以测量时必须在外面扣上玻璃罩。老师介绍完，问学生们："哪位同学找个东西测量一下？"

有个男同学便自告奋勇说："拿我的手机吧。"

老师接过男同学的手机，放在天平上，并扣上玻璃罩，请学生们认真观察。

那个男同学却不盯着天平，而是心急火燎地问旁边的女同学借手机。他着急地说："赶紧给我的手机发个短信，看看它的重量会增加吗。"

（吴 伟）

猪巧遇

八戒西天取经归来，第一件事便是去整容，整成了一个特别帅气的小伙。这天，他去酒吧喝酒，遇上一个漂亮姑娘，两人一见如故，相谈甚欢。几杯酒下肚，八戒便对那个漂亮姑娘掏心掏肺，他说："别看我现在这么帅，你知道我以前多丑吗？"

姑娘摇摇头。

八戒痛苦地说："我以前是猪八戒啊！"

"原来是你啊？"姑娘泪流满面地说，"二师兄，我是沙僧呀！" （唐育铮）

外国人的中文

有个大学生教外国人中文。上了几次课后，大学生把外国人带到一家饺子馆，两人饱餐一顿之后，大学生想趁机考考外国人。于是他就用英语问外国人："吃饱了中文怎么说？"

外国人用中文回答道："我饱了。"

大学生又问："很饱怎么说？"

外国人回答："我撑着了。"

大学生继续问："很撑很撑怎么说？"

外国人毫不犹豫地回答："我吃饱了撑的。" （蓓蓓）

火车晚点了

有班火车晚点了，大量乘客滞留在候车室里，有的还只能站着等。

有个小伙子见一个老大爷也站着，便请人给他让个座，但说了几次，也没人理会。这时，那个小伙子突然大吼一声："检票了！"

一大帮乘客应声而起，往检票处拥去。可到了检票处，却得知火车并未进站。众人正要回头去骂那小伙子，却见他指着身边的空位，淡定地跟老大爷说："您随便坐！"

（朱珠）

三口之家

丈夫下班回到家，新婚妻子对他说："我有个消息要告诉你，请你做好心理准备——我们马上就要成为三口之家了！"

丈夫一听，高兴得手足无措。半晌，他激动得一把抱住妻子说："亲爱的，我盼这一天好久了！"

妻子这才如释重负，她感动地说："看到你这样，我就放心了！过两天，我妈要搬过来，跟咱们一起住了。"

（张　旭）

征婚之后

有个做小生意的小老板，妻子才死几个月，就想再娶，便在多家报纸杂志刊登了征婚启事。为了吸引应征者，他在启事中谎称：家产丰厚，有别墅几栋，豪车若干。

隔天，小老板去学校接儿子放学。左等右等，儿子都没出来。这时候，小老板的手机响了，他一看是个陌生来电，便乐呵呵地想：征婚启事果然奏效，马上就有应征者了！他又等手机响了好几声才接，并故作深沉地说："你好——"

"你好！"手机里传来的也是一个男人深沉的声音，"大老板，你儿子在我手里呢！"

（王传一）

· 笑口常开 轻松一刻 ·

不要管我

一个男生在学校公共浴室洗澡，刚插上洗澡卡，他就脚底一滑，摔倒了。众人急忙上前查看他有没有摔伤。

那个男生却只是大喊："不要管我！"

众人以为出大事了，都愣在那里不敢碰他。

只见那摔倒的男生龇牙咧嘴道："快拔我的洗澡卡，那可是按分钟收费的啊！"

（小　刘）

本栏欢迎来稿，读者、作者可将有新鲜感、有精彩细节的笑话佳作投寄给我们。来稿一经采用，最高稿费为一则100元。本期责任编辑电子信箱：yanyichao1004@sina.com。

阿P当会长

□ 黄靖武

阿P最近发了点小财，当上了小老板，便神气活现地倡议搞次高中同学会。读书时阿P身处金字塔底，成绩最烂，胆量最小，被人踩在脚下，可谓窝囊极了，如今他口袋里有些钱了，便有心借这次同学会，翻身跃上金字塔尖。

当年的班长胡光是个热心人，他跑前跑后将老同学们联系上，然后与阿P商量，是不是每人收一百元活动经费。阿P一听，有些激动地说："这样太麻烦了吧，不就是几千块钱嘛！"

胡光听出点意思，立刻接口道："P哥，你要能全包起来，兄弟愿推举你为同学会会长。"

这就是"翻身跃上金字塔尖"了，阿P想也没想，当即甩出五千八百八十八元。

同学会那天，在一片喝彩声中，阿P率先上台，大言不惭地说："承蒙各位老同学厚爱，推举我为会长，我一定竭尽所能，为大家服务……"阿P说完，瞅着台下一双双仰视的眼睛，真有一览众山小的痛快。

同学会的另一项重要内容，是为家庭困难的李小红募捐。李小红患恶性肿瘤多时，再也拖不下去了，急需一万块手术费。胡光向阿P作了个"请"的手势。

阿P知道表现的机会又来了，他挺胸抬头，带头往募捐箱里投进两千。接着，班干部们也都一一投钱，最后，所有的人都或多或少地投了钱。不过，开箱一数，离预期目标还差三千，大家转而都望着阿P。

胡光适时吹捧道："阿P会长，你看，在座的人里，就数你最发达了，三五千对你来说还不是三五毛，要不——"

阿P扭头瞥一眼李小红，发现李小红也在可怜巴巴地看他，于是朗声说："好，这三千我来补上。"

胡光赶紧带头鼓掌，说"感谢咱们的阿P会长！"

然后就开席了，几乎所有人都端着酒杯，来巴结阿P这位大老板。一句句奉承话入耳，这酒一杯比一杯喝得快活。"阿P哥，了不起啊！""当年没跟着阿P哥，现在后悔都来不及了……"听着这些话，阿P人没喝醉，心已经醉了。

最终，阿P的这次高中同学会圆满成功。以财神爷自居的阿P，一段时间内都过得飘飘然，脚不沾地。

不久，阿P的初中同学会呼之欲出，班长陈庆找上门来了。已经花大钱买过一回潇洒的阿P，尽管豪气不再，但依旧大方地甩出一千五。陈庆却不接，笑道："P哥，你当咱是后娘养的？"见阿P一时反应不过来。陈庆就点明了，"我说大富豪P哥，这一碗水也得端平吧，初中和高中得差不离吧？"

阿P的头一下子大了，上次潇洒了一会儿，一万多出去了，回家被老婆小兰臭骂了一夜，于是他讪笑着解释："手心手背都是肉，但毕竟高中同学占了个先嘛。"

陈庆显然不高兴了，说"初中42

位同学眼巴巴地看着你P哥。大家伙可都准备推举你为会长呢。"

阿P心里痒痒的，虽然还有些心痛银子，但还是一咬牙说："这样好了，我出两千八百八十八元，够意思了吧？"

花了小三千，但毕竟又当了回会长，阿P认为还是值的，人活一张脸嘛。不过回家就难交账了，小兰唠唠叨叨地说："这会长既无级别，又不涨工资，连个屁都不如。"阿P心说：女人就是头发长见识短。但他可不敢讲出来。

小兰讲累了，就揪着阿P的耳朵叮嘱说："凡事都得有个度，适可而止，明天同学会不许逞能！"

阿P把老婆的话记在心上。第二天的初中同学会果然又出现募捐箱，

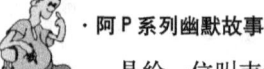

是给一位叫韦敏的女同学捐款。这次他不敢再充大头了，大庭广众之下，只往里面塞了五百。

陈庆忙把阿P扯到一旁，说："打发叫花子呀，我可听说你上回给李小红捐了五千！"

阿P窘迫地说："此一时彼一时嘛，我、我……"

陈庆说："你这话就不中听了。你想想韦敏是什么人？是那些年，我们一起追过的女孩啊！如今人家急需用钱，你投这几个小钱算啥？"

阿P下意识地往韦敏那边瞄一眼，发现韦敏也正充满期待地看着自己，他慌忙移开视线。陈庆又说道："P哥，你要是再有所保留，我可把韦敏叫过来，当面和你沟通啦。"

阿P赶忙说："别，别！这样吧，

我再加五百。"

陈庆说："再添两千！就这个数，还只是李小红的一半，人家韦敏算是白当你的梦中情人了。"

阿P只得牙痛般地说："好，我再出两千。"

陈庆赶紧拍巴掌，高声说"感谢阿P会长！"同学们欢欣雀跃，还有人竟然喊出了："阿P万岁！"

毫无疑问，阿P又在初中同学会上火了一把。然而，此后的阿P便谈"会"色变，当听说又有人要发起小学同学会后，他愁到食不知味，睡不安枕。小兰雪上加霜，不住地数落："让你打肿脸充胖子，自食其果！"

很快，小学时的班长又来电话了："P哥，今晚小弟登门拜访，向你请教如何办好首届小学同学会。大家伙都认定了，你就是咱们永远的会长！"

阿P电话还没放下，人已经倒下了，浑身不住颤抖，满头的冷汗。毕竟是在一张床上睡的，小兰决心要帮帮丈夫！

那天晚上，班长来到阿P家，推门一看，吓了一跳。只见阿P将脑袋裹得像个白馒头似的，班长颤声问道："P、P哥，你这是……"

小兰气呼呼地说："哪个没道德的家伙，撞了我家阿P，跑了……"好嘛，阿P在最关键的时候出车祸受伤，班长一时不知如何开口。

10

顾此失彼 （潘胜奎 编绘）

小兰见班长不走，便又开始抹眼泪了："真倒霉，咱这儿的医疗水平有限，正与省人民医院的亲戚联系呢，怕要去住十天半个月的院。"说完，又把桌面上"沾血的药棉"扒拉进垃圾桶。

阿P也作痛苦状，不住地哼哼，还说："别的不怕，就怕得脑震荡，变成一个傻子啊。"

在这样的情况下，班长不好再提赞助之事，灰溜溜地走了。

十多天后，阿P从省城"出院"回家，此时小学同学会也开过了。正当他庆幸躲过一劫时，手机响了，他一看短信，脸又白了：幼儿园同学会通知！这次，阿P真得脑震荡了，连一向见长的自我陶醉都忘了。

（题图、插图：顾子易）

雨中的朋友

□ 尚智伟

席尔瓦是个公司白领，他戴着一副眼镜，显得很斯文。这天，他办事回来已经是黄昏时分了。天空突然响起一阵滚雷，接着就下起了瓢泼大雨。

席尔瓦见雨越下越大，便赶紧来到一个狭窄的屋檐下，暂时躲一躲。他摘下眼镜，小心地擦拭着镜片。这时，又有一个人慌慌张张地跑到这儿躲雨来了，席尔瓦的手被对方撞了一下，眼镜不知掉到哪儿去了。

席尔瓦视力不佳，没了眼镜也就是半个盲人，他顾不得抱怨，赶紧蹲下身来摸索着找眼镜。

"对不起，对不起！"听声音对方应该是个女子，她一边也蹲下身去帮着寻找，一边还不住地说，"你好，我叫玛丽，弄丢了你的东西真是抱歉！"

这时，天已经完全黑了，两人竟都没找到眼镜。席尔瓦根本就看不清对方的模样，于是只好站起身子，说道："你好，我叫席尔瓦。我们等雨停了，再找吧。"

玛丽也站起身，抱歉地说道："真不好意思，等一会儿我让麦迪帮你找吧。他一会儿就给我送雨伞来了。"

席尔瓦听得出，玛丽在说到"麦迪"时，语气特别温柔。他不由夸道："你男朋友真不错啊。"

不料，玛丽忙纠正道："不，我没有男朋友，麦迪只是我最亲密的朋友！"

此刻，雨渐渐小了。突然，一阵脚步声响起，又有人来到了他们躲雨的地方。席尔瓦眯起眼睛，使劲看，却隐约只看到个人影。他心里猜，一定是麦迪先生送伞来了，于是边让开身子，边打趣道："你总算来了，再晚的话，你的女朋友就要被人拐走了。"

不料对方哈哈大笑："我不要人，只要钱！把你身上的钱都掏出来！"此时，一道闪电划过，席尔瓦隐约看到面前站着一个穿着雨衣的男子，手里好像还拿着把刀！

席尔瓦被这个突如其来的变故吓得说不出话来，他明白自己遇到劫匪了。就在他要伸手掏钱的时候，玛丽喝道："混蛋，难道你还想进警察局吗？"

显然这个劫匪认识玛丽，而且还叫得出她的名字："玛丽，你给我闭嘴，我又没抢你，你不要自讨没趣！"

玛丽毫不退缩，她站到了席尔瓦身前，直面劫匪，毫无惧色地警告道："马上离开这儿，否则麦迪来了，有你好受的！"

看得出，麦迪确实了得。那劫匪显然愣了一下，但很快一个猛扑，利索地制伏了玛丽，将她绑得不能动弹，还用衣服堵住了她的嘴。做完这些，劫匪比划着手中的刀，得意地对席尔瓦说："这下好了，先生，可以给钱了吧？"

席尔瓦自知不是劫匪的对手，只好把兜里的钱往外掏。

就在这时，席尔瓦听到一阵声响，是一条狗跑了过来。只听劫匪恶狠狠地咕哝道："糟糕，麦迪来了。"

席尔瓦猛地醒悟过来，麦迪原来是条狗啊！往事顿时就像电影一样，飞快地在他脑海里飘过，席瓦尔好一阵激动。

那条叫"麦迪"的狗似乎有灵性，直接跑到席尔瓦的身边，它用身子不停地蹭着席尔瓦的腿。

席尔瓦连忙蹲下身，用手一摸，原来麦迪的嘴里已经叼着自己的眼镜了。席尔瓦大喜，喊道："麦迪，快，狠狠地教训这个坏家伙！"

席尔瓦的话音刚落，麦迪就凶狠

地扑向了劫匪。劫匪见势不妙，转身就逃，但也来不及了，很快远处传来了鬼哭狼嚎的声音。

此刻，席尔瓦已戴好眼镜，他赶紧跑到玛丽身边，解开绑在她身上的绳索。

玛丽取下嘴里的布团，告诉席尔瓦：那个劫匪是他们小区的一个混混，经常出来作案，由于自己是个盲人，所以经常靠麦迪，也就是那条导盲犬去制伏这个小混混。想不到冤家路窄，今天玛丽又碰到了这个小混混。

席尔瓦想不到一个盲人竟如此勇敢，忍不住夸道："玛丽，你真勇敢……"

雨终于停了，两个人的话越说越多，越说越投机，都忘了回家。这时，玛丽终于提出了心中的疑问："刚才，麦迪怎么会听你的命令呢？"

席尔瓦红着脸说道："麦迪的名字就是我起的，它原来是我的导盲犬。后来我不需要它了，就送给了福利院，让它帮助需要的人。看样子，福利院又送给了你。我们有缘啊！"

"这么说，你也是……"玛丽惊讶不已。

"是的，但我现在已经能看到你了。"席尔瓦诚恳地说道，"明天，我带你去找一位医生，就是他，当年让我重见光明。我想，将来你一定也能看到我！"

这时，麦迪——这只忠实的导盲犬已经悄悄地回到了席尔瓦和玛丽的身边。

（题图、插图：安玉民 梁 丽）

您手中有没有得意之作？本刊辟有二十多个原创性栏目，如新传说、我的故事、情感故事、16岁故事、海外故事、职场故事和中篇故事等；您读到或听到什么有趣事可以和大家一起分享吗？3分钟典藏故事、开卷故事、外国文学故事鉴赏和快乐辞典等都是本刊推荐性栏目。

来稿可从邮局寄发，邮寄地址：上海绍兴路74号《故事会》杂志社，邮编：200020；如为电子邮件，本期责任编辑信箱：yanyichao1004@sina.com。

幸亏下雪

□ 马凤文

玉柱是个农民工，孤身一人在城里打工，他已经半年没回家了，挺想老婆的。

那天玉柱忍不住给老婆打电话，让她进城团聚。可老婆怕花钱，竟然一口回绝，还骂他没出息。

这让玉柱既失望又生气，连续几夜翻来覆去，睡不着觉。

这天一早，玉柱起床发现天下起了雪，工友们见下雪了，个个高兴得手舞足蹈，原来一下雪就不能开工了，正好可以放松放松。在离工地不远的地方，有一家专门给农民工开的KTV，收费低。大家一商量，干脆奢侈一回，学一学城里人到KTV里去唱歌。

尽管花不了几个钱，可玉柱还是舍不得，看大家高高兴兴地要走，玉柱便撒谎说肚子疼。

工友小李知道玉柱舍不得花钱，一把将他拉起来，说："兄弟，今天不去也得去！"众人连声附和，还一拥而上，强行把玉柱推出了门。

玉柱没办法，只好不情愿地跟着大家走，边走边提醒大家，说："这KTV可是宰人没商量的，再说，我们还可能被人盯上。"

可工友们根本不听玉柱的，一行人很快便到了KTV门口。

刚到KTV门口，玉柱又打起了退堂鼓，心说，到里面消费的钱足够给老婆从头到脚买一套衣服了，唱唱跳跳就用掉，实在太可惜了。想到这里，玉柱便赔着笑脸说"哥儿几个，我肚

子疼，你们进去吧，我在外面给你们放风。"

工友小李拔高了嗓门说："我们去唱歌，又不做什么坏事，你放什么风？"

玉柱突然又说："反正我不想去，你们要是再逼我，等你们的老婆来了，我就添油加醋地给你们奏上一本！"

这个办法果然灵验，工友们都怕老婆，只好让玉柱留在外面。玉柱松了口气，一个人躲在墙角。

没过多久，玉柱看到一个熟悉的身影，怎么那么像自己的老婆呢？仔细一看，果然是她，玉柱吃了一惊，她

好像也看到了自己，正朝自己这边走来。

玉柱无比紧张，如果在这里被老婆发现，那就算自己全身是嘴也解释不清了。于是，他赶紧用大衣把脸遮起来，然后撒腿向工地方向跑去。玉柱腿脚快，跑了一段距离，已经看不到老婆了，才渐渐放慢了脚步。因为他见雪很大，眼前一片模糊，就算老婆看见了自己，他也可以拿下雪为理由，说她是看花眼了。

一直跑进工地的宿舍，玉柱才算有点放心了，还自言自语道：幸亏下雪，否则一定会被眼尖的老婆抓个正着！

没等玉柱暖和过来，门就被推开了。玉柱一看，是老婆追来了，她进门就埋怨："你个没长耳朵的，我扯破嗓子喊，你都没听到吗，像躲贼似的往前跑？"

玉柱一脸尴尬，说可能是车多风大，没听到。

老婆信以为真，笑着说"幸亏下雪，我顺着脚印就把你追到了，否则真不知道去哪里找你呢。"

玉柱见老婆并不怀疑，这才彻底放心了。但是他仍不解地问："你不是说不来吗，怎么又来了呢？"

老婆笑着说："当然是怕你学坏，我这叫出其不意，突然来考察一下。"说完，一把抱住了玉柱。

（题图、插图：安玉民 梁 丽）

真难 照张相

□苏景义

按理说，退休拿养老金是天经地义的事。但就是有人钻空子，老人死了，还冒领养老金。所以便有了"活检"一说。所谓活检，就是受检者按要求，证明自己还活着。证明了，养老金就按时按数打进卡里；证明不了，养老金就停了。

冯林是个退休工人，他原在千里之外的城市工作，退休后回到家乡养老。他所在的单位便年年要求活检，为防止有人作弊，活检的方式更是年年翻新。前年的方式是让受检者高举右手，像领导人检阅的样子；去年是让受检者拿当年当月当日的老年报；今年更复杂了，要当事人用手扶着当地乡政府的牌子照相。

这让冯林有些为难，因为他去年患过脑梗，腿脚很不灵便，行动起来非常困难。但不按要求寄照片去，自己就算已经作古。再怎么说，忍受痛苦也比被认为作古强，冯林就决定让儿子用农用车，将他拉到乡政府的大门口去照。

但到了那里，儿子小冯照相机还没打开，门卫就跑来呵斥："这里不许拍照！"

小冯说："咋不能拍照？又不是军事禁区。"

门卫说"不是军事禁区，但是政务要地，不准拍照。你看旁边明文标着的！"

小冯一看，乡政府门口果然有个木牌，写着：政务要地，严禁拍照。按说，乡政府大门不应标这。但是去年有人上访，被堵在门外不准进院，有人拍了照片寄到报社，造成了很坏的影响。为杜绝这类事件再次发生，乡领导就让办公室钉了这样的牌子，并

·新传说·

要求门卫严格监视。

冯林赶紧对门卫解释，说拍照是为了证明自己活着，没恶意。

但门卫不听，还说自己家里穷，这份工作对自己很重要，希望冯林父子配合。

小冯又赔着笑脸说："不在政府门前照，借走牌子，在别处照行不行？"

门卫一听火了，瞪着铜铃大的眼睛："什么？乡政府的牌子是能随便借的？你的头能借不？要能借，就把牌子借给你！"

冯林看没法说通，就让儿子和原单位联系，看能不能通融通融，用其它办法证明自己还活着。

接电话的是办公室小刘，她认识冯林，就说："冯师傅，你就是现在站

在我身边，也证明不了你活着，因为我说了不算啊。和当地乡政府的牌子照相，是上边统一定的，你的照片来了以后，要贴在鉴定表上，工会初审，签注意见，报到人事部，人事部二审，签注意见，最后呈给总经理，要通过不少环节呐，你还是在当地想想办法吧。"

小冯一听，看来还得另想办法。他有个表哥是做小生意的，走南闯北见过世面，外号智多星。这天他来走动，听了这情况，就给小冯出主意说："你到乡政府门前，站远点偷偷给牌子拍张照，再拿张你父亲的照片，让照相馆把两张照片合成一下，不就行了？"

小冯一听有道理，就先偷照了牌子的照片，然后拿着父亲的照片，跑到县城让照相馆合成。

在一家照相馆，小冯拿出照片一说目的，老板坚决不干，说去年有人拿来两张照片合成，他没注意就做了。没想到，其中有一张照片是偷拍的县委书记。结果那人拿着照片搞诈骗，说县委书记是他舅。最后追查到照相馆身上，还罚了他们三千块呢。

小冯只好另找了一家照相馆，这次他学乖了，一进去就说，父亲原是乡里面的领导，现在不能动了，想合成个照片

18

留念。老板审视半天，说："到底是老干部，看穿得多朴素。好，我帮你做。"

照片拿回来，父子俩一看，还挺像回事的，便高高兴兴地寄走，等回音了。可是等了一个月，冯林养老卡里的养老金却停了。刚开始，他们还以为是养老金改成两个月一发了呢，可是直到第三个月，卡里依旧没有进钱。两人坐不住了，就往单位打电话。

这回，是单位工会金主席接的电话。小冯就说了父亲养老金的事。

金主席说，你父亲不是已经去世了吗？小冯说没有，活得好好的，一顿能喝两大碗粥呢。

金主席便说："不对吧，上次寄来的活检照片，一下就被看出是合成的，判了个——按去世处理。上级领导还说了，等子女来算丧葬抚慰金的时候，要好好批评一下。"

小冯急得都快哭了，他说："金主席，我爹真的还活着，一天都没死……"说完就把电话给了冯林。

金主席和冯林聊了几句，又考虑了一会儿，便说"那好，我相信你们。还是抓紧时间弄个符合标准的照片过来，我给领导再打个招呼。"

小冯赶忙又把表哥喊来商量办法。智多星见自己出的主意办砸了，就说："这些家伙眼真够贼的。这样吧，这次咱不合成，到县城，找家广告公司，依照片上的原样，制作一个一模一样的牌子，扛回家来照个像样的。"

小冯就又拿着乡政府牌子的照片赶到县城，对广告公司的老板说：原样做这个，要做得不走样。

老板以为他是乡政府的工作人员，便说："你三天后来取吧，绝对做得和老牌子一模一样。"三天后，小冯开着他的旧农用专车，将牌子弄回了家。

见有了牌子，冯林也很高兴。但新的难题又来了，在哪里照呢？总得找个像机关样子的地方吧。

小冯很快想到了村口的学校。于是，他带着牌子，扶着冯林来到学校门口。

学生们见小冯搬着块乡政府的牌子，往学校门口竖，都很奇怪，将冯林父子团团围住，问说："怎么？学校

要改成乡政府了，那我们去哪里上学呢？"这么一闹，吓得冯林赶紧让儿子回家。

回到家，小冯在自家院门旁一面整洁些的墙上把牌子钉好，让父亲站在旁边，露出笑容。但冯林总是笑不好，笑得像哭一样。

小冯便说："您得笑得自然些，不然照片寄过去，领导会担心的！"

最后，照片总算照好了。小冯将父亲的照片寄走，提心吊胆地等，生怕有人看出破绽。这一日，他忽然发现父亲卡里进钱了，心里的一块石头才落了地。令他不解的是，这次比过去多打进了300元。后来才知道，是原单位的领导见照片上牌子后的墙很破旧，就想，乡政府还那么破旧，冯家就更不用说了。领导起了恻隐之心，就让人从单位福利费里拿出300元，随同养老金一起打进来了。

不久，有趣的事又发生了，那一天早晨，乡政府门前的牌子不见了。

这可是个大事，乡派出所全体出动找牌子。根据各种线索，冯家成为重点怀疑对象。派出所来检查，不仅搜出了牌子，还找到了好几张冯林和牌子的合影，真可谓是"人赃俱获"。父子二人被带到了乡里。

但经辨认，搜来的牌子却不是乡政府丢失的牌子。尽管如此，乡里的领导还是不放冯家父子，认为他们私做牌子，问题严重，必须彻查！此事作为奇闻传到县里，县长感到奇怪，就亲自来调查。

冯林流着眼泪说了整件事情的原因和经过。

县长听了，面对冯林，鞠了一躬，说："老人家，我向您道歉，您受委屈了。"然后，他转身，大声说，"人民政府的牌子下，人民不能拍照，谁能拍？哪个人钉的不许拍照的牌子？立即给我摘下！"

听到这里，冯林又流下了眼泪。

（题图、插图：张恩卫）

·本刊信息传真·

2012年"山阳杯"全国幽默故事创作大赛征文启事

为进一步繁荣幽默故事创作，《故事会》杂志社与上海市金山区文广局、山阳镇人民政府决定联合举办2012年"山阳杯"全国幽默故事创作大赛，并面向全国征文。

一、征文要求：1. 内容贴近生活；2. 情节生动有趣；3. 语言活泼，具有口头文学特点；4. 作品尚未在公开出版物上发表；5. 篇幅在1500字以内。

二、奖项设置：本次大赛设一等奖3名，奖金各3000元；二等奖5名，奖金各2000元；三等奖10名，奖金各1000元；创作奖20名，奖金各500元。优秀作品将陆续在《故事会》上发表，并结集出版。

三、征稿时间：2012年5月1日—2012年10月31日。2012年11月颁奖。

四、来稿方法：来稿可直接发至各编辑信箱，并请注明"山阳杯"幽默故事征稿。

当房东遇上租客

□ 蓝田

遭遇美女

前些日子，杂志社的记者张平和妻子沈琴，买了套小房子作为投资。他们请装修公司将房子一隔为二，然后在网上发出了招租信息，每个单间月租金 800 元。

信息很快有了回应。在众多的求租者中，张平夫妇最终选中了一男一女两个单身求租者。

女的姓白，身材高挑，皮肤白皙，有一种拒人千里之外的感觉。她稍微看了一下环境便租下了房子。

男的自称小黑，是个健身教练，他身材健美，口才也好，和沈琴聊得挺欢，也爽快租下了房子。

房子租出去后，张平和沈琴又约定，男归男，女归女，说白了就是：张平负责收小黑的房租；而沈琴则负责收白小姐的房租。半年过去了，他们相处融洽，平安无事。

这天，沈琴要出差。临出发前，她对张平说："白小姐这个月的租金已经拖了十多天了，电话也打不通，你有空去催一下。"

说实话，张平很喜欢白小姐的冷艳，一直找不到借口多接触，现在听妻子这么吩咐，连连点头。当晚，张平拿了一大袋燕麦片，来到白小姐的门前。

门铃响过好一会儿，门开了，白小姐上身穿件红色运动服，下身穿着

蓝黑色长裙，她面无表情地把张平迎进了屋内。张平先礼后兵，双手奉上燕麦片，说送给白小姐尝尝。

白小姐似乎有点感动，终于开口说话："不好意思啊，无功不受禄。"

张平连忙解释"白小姐，不用客气了，这袋燕麦片是我们杂志社广告客户送的。我再借花献佛而已，请你不要见外，收下吧！"

白小姐听了，脸上露出了微笑，伸手接过了燕麦片，话也温柔了："平哥，现在产品抵广告赞助费的很多吧？"

张平点了点头说："多了去了，我家里就有电风扇、微波炉、啤酒……你看我的肚子就是啤酒喝的。"

白小姐听了，笑弯了腰。

张平见时机差不多了，便话锋一转，问道："白小姐，你在这里住得还习惯吗？"

白小姐回答说："还可以。我住在这里，上下班很方便。"

见火候差不多了，张平又小心翼翼地问："前几个月，白小姐的租金都是准时到账的，这个月是不是忘了去转账呢？"

白小姐听了，收起笑容，好半天才说"平哥，老实说，我真没有忘记，只不过这个月没有发工资，你看，我的手机也因为欠费被停机了。"

张平一听，马上义愤填膺地对她说："白小姐，你不用怕，你在哪里工作？让我写个新闻稿，曝光你老板拖欠工资的行为！"

白小姐忙摆手说："这个倒不用，工资发不出，主要是我们的产品卖不出去。"

张平好奇地问："那你们生产的是什么产品呢？"

白小姐解释道："我们主要从事艺术表演工作，但是最近没有生意，所以也就没有收入了。"

张平好像明白了，说："哦，艺术表演，是不是你们艺术家曲高和寡，把门票的价钱定得太高了呢？"

白小姐叹了口气，说："才不高呢，卡座100，包厢300，包房才800。我们平时的生意还是不错的，只是最近行业大整顿，暂停营业罢了。"

张平心里大惊，莫非对方是"黄色娘子军"？但怎么看都不像啊！他追问说："那你们在哪里表演，表演些什么节目呢？"

白小姐倒是显得很自然，说："我在歌舞厅表演肚皮舞。"

刚才还在为白小姐打抱不平的张平此刻尴尬地低下了头，一言不发，不知该说什么好。

白小姐见冷场了，眼珠一转说："平哥，我有个建议，用我的表演，我的才艺，来抵消房租行不行？"

张平抬头望望白小姐。此时的白小姐一改以往的冷峻，娇艳如梨花点点带雨，再加上一双秋波频送的媚眼，张平只感到阵阵的晕眩。

白小姐见张平犹豫不决，索性在他身边坐下，双手柔柔地摇着张平的手臂，说："平哥，你也是个文化人，就帮小妹指点一下吧！"

张平直喘气，他心里是矛盾的，但最终还是轻轻"嗯"了一声。

指点迷津

白小姐站了起来，把四周的窗帘、门帘都拉了下来，又按下了墙边的开关，房间里马上暗了下来。她又在迷你音响上一阵乱按，就响起了带有异国风情的音乐。

白小姐往中间一站，轻轻把身上的运动服脱下，"嗖"的一声，抛到张平这边来，刚好罩住了张平的头。

待张平把运动服扯下，便见白小姐上身只裹着蓝黑色的胸衣，配上下身的长裙，便是一套完整的舞衣，她一扬手，随着音乐翩翩起舞。

张平起初控制不了自己的目光，不停地浏览着白小姐的躯体。但越看下去，他的心却越平静了。

音乐声渐渐地停下了，白小姐以一个诱人的姿势结束了表演，张平忍不住兴奋地猛拍巴掌。

白小姐打开了灯，缓缓走到张平身旁，问道："我表演得好吗？"

整个舞蹈流畅大方，没有低俗挑逗的成分，在明亮的灯光之下，张平

·大千世界　众生百相·

注意到屋内非常凌乱，食物、杂物、未洗的衣物乱放一通，显然白小姐过的是日夜颠倒的生活。他打量白小姐，突然有了新的认识。于是，他坐正了身子，说道"白小姐，你的舞蹈表演，堪称完美，但是我认为，你还可以更进一步。"

白小姐瞪大眼睛问："哪儿需要改进呢？"

张平说"我的意思是，你的人生可以更加进取一些。你除了在舞厅跳

舞之外，有没有其它工作呢？"

"哎呀，在舞厅跳舞是黑白颠倒，下班回家，我都是倒头就睡，哪儿有时间去做其它工作呢？"

张平真诚地启发道："所以舞厅一整顿，你马上就没有收入了，对吧？我个人认为你不仅仅可以跳舞赚钱，还可以开课教人跳舞，或者参加才艺选拔比赛。年轻人应该看长远些。不然等吃完青春饭，可是要后悔的！"

白小姐有些为难地说"平哥，教人跳舞需要考资格证，还需要时间去学习和考试，我怕我做不来。"

张平趁热打铁说"时间嘛，挤一挤总是有的，这几天你们舞厅不是关门整顿吗，这不正好有时间去考试吗？"

白小姐似乎突然开窍了，微笑着说"对、对、对，就按平哥你说的办，我明天就上网报名考试。"回过头，她望着张平的大肚腩，说，"哎！平哥，你需要减肥吧？要不，你来当我的第一个学生，好吗？"

此刻，张平真的是进入了心静如水的境界，他打心眼里想帮帮白小姐，便笑着问："那么，学费是多少呢？能用上个月的租金顶吗？"

白小姐笑着点了点头。

接下的几天，张平像换了个人似的，经常一个人对着镜子，哼着调子，扭动着身子。但他练了几天，在镜子里看到自己的大肚腩一点没消下去，就有点后悔了。但他啥也没说，就当是帮帮白小姐吧。

这天，刚下班，张平的手机响了起来，他接了电话，电话那头传来老婆的声音："喂，老公，我出差回来了，那白小姐交房租了吗？"

张平一听，马上说："哦，我马上去银行查查。"挂了电话，张平马上冲到附近的银行，掏出工资卡，往老婆的银行账号内打了800块钱……

后来沈琴回家，拿回那张卡，见钱已到账，也就没多问，这事就算过去了。

皆大欢喜

过了一个月，轮到小黑拖欠租金了，半个多月过去了，钱还没打进来。这天，张平要下乡去采风，一来一回要好几天。晚上，张平把自己的存折交给沈琴，要她代收租金。沈琴接到这个任务，显得很高兴，连说："放心，放心，这事我一定替你办好！"

周六的傍晚，刚刚完成采风工作的张平，疲惫地拖着拉杆箱往家里赶，在小区门口，迎面撞见了似乎比自己还要疲惫的小黑，正想上前打个招呼，谁知小黑却像有意要回避自己，只点了点头便很快闪进了小区。

张平很是疑惑：难道这小子还没交房租？张平拿出手机，想给沈琴打电话，这时就听后面传来歌声"长亭外，古道边，芳草碧连天……"他转身一看，是沈琴！看得出，她心情大好，而且人也变得有精神了。

两人打了招呼，一同回家。在路上，张平想起一件事，就问沈琴："那小黑交房租了吗？"

"交了。"沈琴从手袋内掏出存折，交给了张平。张平查看了一下手机，见有一条短信通知，一笔今天入账的款项，金额是 800 元。

回到家，沈琴先去洗澡，张平则在客厅里把拉杆箱内的脏衣服拿出来。

这时，一阵电话铃声从沈琴的手袋里传了出来，张平怕误事，就打开手袋掏出手机给沈琴送去。

回来的时候，张平见沈琴的手袋里露出一张信用卡和一张小纸条，眼睛随意一扫，却看到了小纸条上"800"这个数字，再仔细一看，小纸条是张银行对账单，上面的卡号，就是自己的存折号码，而打钱进卡的卡号是老婆的。

张平心里起了波澜，心说：老婆为何要代小黑往我卡里打钱呢？

吃饭的时候，张平试探着问："老婆，你下午上哪儿去了？"

沈琴犹像了一下，但还是说了实话："前几天我向小黑报了名，去他那健身。"

张平有点不快，便嘲笑她道："你去健身，可我刚才看到，你的教练比你还累呢！"

这话有些酸意了，沈琴忙解释说："小黑说我年龄偏大，体形又胖，姿势不正确，动作不到位，怕我受伤，经常要协助我操作器械，他说教我一个比教其他十个学员还要辛苦，真是累死人了。"

张平忍不住笑了，此刻，他已经完全明白是怎么回事了，但又故意问："那你到他那儿健身，要交多少钱呢？人家总不会白干吧？"

这时，沈琴露出得意的神态，笑着说："不多，小黑特别给我优惠，1000 块打了八折，一年年费 800。"

"那我存折里的钱是你帮他打的，你们算是交换，对吧？"张平想起自己的事，忍不住又是一阵大笑。

沈琴有点丈二和尚摸不着头脑，点头说："对，算是交换吧。唉，老公，练了几天，我觉得健身太辛苦了，好像有点不太适合我。"

张平便顺水推舟说"我听说，白小姐是教肚皮舞的，要不，你去练肚皮舞，我去健身。这样也算是男归男，女归女吧！"

半年之后，在小区的业主文艺晚会上，司仪拿着话筒对台下的观众说："下面，请大家欣赏——热辣肚皮舞和健身操汇演。表演者——沈琴、张平，请大家掌声欢迎！"

（题图、插图：谭海彦）

一个红包，辗转数人之手，传递了温暖，传递了真情……

请你帮帮忙

□ 沈纪龙

周医生是中心医院的脑外科医生。这天，他快要下班的时候，急诊突然转来了一位重病患者。这是一位老人，脸上没有一点血色，已处于昏迷之中。

周医生一问，才知老人今天过八十岁生日，儿女孙辈都来祝贺，快到晚饭开席时，老人不小心跌了一跤，头撞在水泥阶梯上，当时就不省人事了……

周医生凭着自己的临床经验和CT报告，确诊老人是脑出血，征得在场家属同意后，决定立即进行开颅手术。

就在即将进手术室时，外面急匆匆冲进来一位中年妇女，她一边拉住手术推车，一边呜咽着对周医生说：

"求求你，一定要救我爸，一定要救活我爸！"说着，她突然想到了什么，手忙脚乱地在包里掏了一阵，掏出一个红包，塞进周医生的衣袋，嘴里还在念叨，"请您费神，辛苦您了！"

周医生微笑着收起红包，安慰道："别太紧张，我们一定会尽力的！"

手术结束，病人送回病房已是第二天天亮了。

周医生查过病房后，找到了昨晚那位拦在手术室门口的中年妇女，对她说："手术很顺利，目前病人的病情也很平稳。今天我休息，我已将病人的资料交给了接班医生，另外，家属护理、病人需要注意的有关事项我已写在纸上，装在信封里，等会儿你可以拆开看看。"说完，递给了她一个大信封。

说来也巧，这天是周医生外公八十寿庆，他也要赶回去祝贺。他开着车一上路，就发觉今天情况有些不妙。因为他昨晚动的是个大手术，一宿没有休息，现在手把着方向盘，竟然有点飘。他暗暗告诫自己：注意力集中，车速慢点，别让路上的交警发现自己疲劳驾驶……

谁知越是怕什么，越是来什么。此时，后面传来了警车的鸣叫声，周医生在反光镜里看到，有个骑摩托车的交警向他示意靠边检查，便急忙靠边停下。

车停好，一个年轻交警走过来向周医生敬了个礼，请他出示驾照，并问他是否酒后驾车。

周医生一边忙着解释，一边摸驾照。说来也怪，他翻遍全身口袋竟找不到驾照。

交警见他无证驾驶便要扣车。

这下，周医生急了，他怕耽误了为外公庆寿的大事，而且他不相信一直随身携带的驾照会不翼而飞，于是就再一次翻遍上下口袋，最后还把口袋里的东西一股脑儿倒出来，仔细翻找起来。周医生掏着掏着，就掏出一个红包来。

旁边的交警眼尖，不由惊讶地问："你这……"

周医生见交警别的不问，却指着自己为外公祝寿准备的红包发问，心里一动：现在自己处于被动状态，只能先渡过眼前困境再说！他瞧瞧前后没有旁人，就赔着笑脸轻轻地对交警说："警察同志，我是中心医院的医生，我有急事忘了带驾照，请您帮帮忙……"说着将红包塞到交警手里。

谁知交警仔细看了看红包，低声问道："这个红包本来就是我的！你从哪里来的？"

周医生一听，心想：这家伙厉害，得了便宜还卖乖！但事情已到了这地步，就顺水推舟地说："对对对！是你的！是你的！"

交警的火气上来了，他说："别胡搞！我告诉你，这红包是我托我母亲，送给我外公的生日贺礼，你看，背面有我亲笔签名，怎么会到你手里？现在我怀疑你是一个扒手，这车子也可能是偷来的！走，到交通队去！"说完上前一步就要抓人。

周医生赶紧抢回了红包，仔细一看，顿时脸色发白，说："啊呀！错了！全错了！"

交警问："错在哪里？"

周医生摇摇头，无奈地告诉他说"我实话告诉你，昨夜我抢救了一个老人，手术前他女儿送给我一个红包，当时我为了打消病人家属的顾虑，收下了，今天上午我把它装在一个信封里还给了她，想不到忙中出错，把我自己为外公准备的红包装在信封里，却把她送的红包留在口袋里……"

"什么？你说我外公住医院了，这怎么可能呢？"交警说完摸出手机便打电话，"妈，听说昨夜外公住院了是吗？那你为什么不早告诉我？怕影响我工作……那外公现在病情怎样？噢！已醒过来了……好，好，告诉外公，我一下班就来看他……另外我想问一声给外公做手术的医生是否姓周……他有没有给过你们一个信封？请拆开看看里面有什么。是有一个红包……"

交警打完电话，急忙上前握住周医生的手，说："误会误会！周医生，谢谢你救了我外公一命！"

周医生忙回答说："那是应该的，救死扶伤是我们的责任，交警同志，事情已经搞清楚了，该放我走了吧？"

交警坚决地说："不行！周医生你为救我外公一夜未合眼，现在上路是疲劳驾车，何况你忘了带驾照，属无证驾驶，这是违法的，我不能知法犯法呀！"

周医生苦着一张脸，央求说"交警同志，实不相瞒，今天也是我外公八十岁生日，我吃中饭前赶不到，老人会难过的。"

交警想了想，说："周医生，你的心情我理解，我看这样：你先打电话和你外公打个招呼，再到车子上睡一会儿。一小时后我就要下班了，我开车送你去，保证你吃中饭前赶到！"

听交警这么一说，周医生无奈地钻进车子睡觉休息。他刚放下车椅，便碰到了一个硬本本，转身低头一看，哇，眼前一亮，原来就是刚才遍寻不见的驾照。于是他大声叫交警："驾照找到了！"

交警一看也高兴地说："周医生，这下你可以放心地休息一小时了吧？明天，你也不用到交警队接受处罚了。"

（题图、插图：杨宏富）

· 新传说 ·

甘肃发生了一起校车翻车惨案，死亡19人，重伤18人，消息传出，举国震惊……

最牛校车

□ 赵谦

难为领导

这天一大早，张乡长刚回到乡里，就被分管教育的副乡长王永元给堵住了，王永元是来求乡里出面解决校车问题的。

校车安全问题已是全国议论的重点，中央领导都非常重视，张乡长知道这事的分量，他一时真不好表态。

见张乡长久久不开口，王永元又说："以前，乡里的路实在不安全，为此乡里打算租三轮车送娃娃上学，但是租三轮车，学校不愿意，教育局不愿意，交警部门不愿意，娃娃们只能步行去学校。可你知道，为了能赶上早晨的课，八十多个娃娃半夜就得起床，这事不能再拖啦！"

张乡长还是沉默着。王永元急了，说道："您倒是发话啊，我还有半年就退休了，您得帮我把这件事解决好啊。"

张乡长终于开口了："老王，你又不是不知道咱乡里那点家底，乡里真的没钱啊！你以为我不心疼娃娃吗？要不，你再往县教育局打个电话，请示一下解决方案？"

王永元一脸愁苦地说："电话打得我手都快断了，教育局说让咱乡自己想办法。给公安局打电话，人家话说得更狠，要是让学生坐三轮车，就把三轮车都扣下来，让乡领导去领车领人。"

张乡长心里明白，甘肃惨案一出，谁也不敢再轻视学生的安全了。他叹了口气，把分管财务的刘副乡长叫过来，想和他议论一下此事。

不料刘副乡长一听，就说"想买校车，咱还得奋斗十年才行。"这一句

故事会2012年5月下半月刊·绿版 **29**

话让王永元从头凉到脚。

见王永元一脸沮丧，张乡长于心不忍，终于下了很大的决心，拍板说："我给你两万块钱。"

王永元苦笑着说："两万能干啥呀？"

张乡长无奈地说："就这些，还是挪用修水渠的钱呢。你再想想其它办法吧。"

出了乡长办公室，王永元又去找乡里几个做生意的人，他们比普通村民收入多点。可那些"大款"听了他的来意后，都把头摇得像拨浪鼓一样。哎，这些所谓的大款，在富裕省市也就是看大门的水准，集资买校车，也真难为他们了。

不过，临走时，王永元还是撂下了一句话：支援教育责无旁贷，就是少出点也必须出！

回到办公室，王永元想了半天，

还是想不出好办法，他顾不得肚子饿得咕咕乱叫，在办公室一圈圈地打转，好久才下了决心，打电话给学生最多的三个村的村长，让他们带着本村的家长代表来开会。

下午，三个村的村长和代表们都到了，没等他们喊穷，王永元就直接说出了他的决定："校车呢，乡里出个大头，剩下的每个村里为每名学生补贴一百元，家长再出一百元。"至于乡里出多少钱，他没好意思说。

几个家长代表听到这儿，高兴得几乎要跳起来："这样咱就能买得起校车了？"

王永元只好先给他们打预防针："你们先不要高兴，我知道大伙的愿望，不要说你们，就连我也非常希望娃娃们能坐上宽敞舒适的大校车，可是，我们乡里的实际情况大家是知道的，穷得在全国都能排上号。"

家长们赶紧附和道："我们理解，就是买辆二手车我们也很高兴。只要娃娃们安全，不再那么早起床，我们不挑剔。"

步步推进

此刻，王永元连跳楼的心都有了！他感觉十分愧对这些家长和娃娃们。但是该说的话还得说，他艰难地说："条件会变好的，以后娃娃们肯定会坐上大校车的，不过这需要慢慢来，这次呢，这次……"他又咬了咬牙，说，"这次先解决娃娃们路远的问题，我们先给每个娃娃统一购置一辆自行车……"

村长和家长代表们先是发愣，然后愤怒了："王乡长，娃娃骑车我们不放心，你也知道山路多难骑！"

王永元赶紧解释说："先只能这样了，我们会到生产厂家去定做这批自行车，保证既舒适又安全。"

有个家长嘲笑道："王乡长你不会算账吧？如果步行，娃娃们可以涉水过河，抄近路，而骑自行车，就要绕到远处的那座大桥，用的时间跟步行差不多。"

王永元坚决地说："涉水，绝对不行！万一洪峰下来，太危险，娃娃们的安全是第一位的！那我们就修一座小桥！"

尽管是小桥，那也得花钱，修桥的钱该从哪里出呢？村长们议论开了。王永元一再嘱咐几个家长代表回去再做做工作，该打工就去打工吧，挣了钱才好让娃娃们读好书。

摆平了这头，王永元又急匆匆地去找张乡长，说了自己的想法。

张乡长又露出一脸苦相。虽然只是修一座简易的桥，但也得几千块钱啊，幸好这三个村子紧靠着，要是修三座桥非把他难死不可。

议来议去，张乡长说，那就发动机关干部捐款吧。说完，他带头捐了四百元。王永元当即也捐了四百。

靠着大伙的爱心，修桥的钱总算落实了，王永元心里就有底了。他又骑着自行车，翻了三座大山，来到县城，到教育局去咨询校车的情况。教育局也拿不出钱，就说，只要不让娃娃乘坐违规车，自行车也可做校车，并建议他到交警队那里再问问。于是王永元马不停蹄地到了交警队，交警队的说法跟教育局差不多，只是对自行车的设计提了些建议。

王永元打电话给三个村长，问村里那部分钱落实的情况。尽管三个村长诉了阵子苦，但还是表示差不多了。

王永元想把这件事情赶紧办好，过年时能让家长们看见新校车，这样一开春，他们就可以放心地出去打工了。于是，他联系了三个家长，又带上办公室的小吴，一起去市里的自行车厂。

自行车厂一看来了订单，厂长高兴得合不上嘴。可是一听说是定做，马上就说："我们这里有库存的，需要的话价格可以优惠。"

王永元拒绝道："不行，我们就是要定做，并且要用最好的材料，你们做不了，我们就去别的厂家。"

厂长勉为其难答应了。可是接下

来谈价格,他的要价比王永元的预算足足高一倍。

王永元说:"这是校车,我们这些钱还是好不容易凑的,你们就算做点慈善事业吧。"

厂长一听说是校车,都快笑喷了。

王永元气愤地反问:"你笑啥,你以为一提校车就非得坐大汽车吗,我们穷地方买不起大汽车还不兴骑个好自行车啊。"王永元又让三个家长讲了乡亲们的难处,当说到娃娃们半夜就要起床,每人提个小火炉去上学的时候,竟把厂长感动得直抹泪,不过感动归感动,人家也不能做蚀本的生意啊。

厂长为难地说:"我可以再优惠一下,但你这个价格肯定不行。我会保证用最好的钢材,最好的轮胎的。"

王永元跟厂长又磨了大半天嘴皮子,终于商量好了价格。离开厂,家

长们有点难为情地说:"王乡长,辛苦您了! 我们一块吃个饭吧,钱我们掏。"

王永元摆摆手,就带着小吴先走了。他们俩来到地摊上,要了两碗馄饨。王永元不好意思地对小吴说:"真是难为你了,跟着我出来受罪。"

小吴挺理解地说:"省下一顿饭钱,就能买个自行车轮胎呢。"

精心设计

回来后,王永元就去请教一些修车师傅,研究校车的设计方案。这几天,他吃住几乎都在办公室里,胃疼得实在受不了,才到医院拿些药片匆匆吃过了事。

没几天,校车的设计方案出来了: 车子的颜色是醒目的黄色。不光前面有个大鼻子,后面还有个长长的屁股。也就是各伸出一根粗粗的钢筋,这样如果万一后面有车撞上了,就会把自行车顶到一旁去。更叫绝的是两端的钢筋头上各有一个报警装置,如果后面的车距自行车不到八米的时候,就会发出刺耳的报警声,提醒后面的车辆采取措施。车的两侧还各伸出来一根短短的钢筋,是防止学生摔倒的。车前面还有一个放手电筒的地方,非常稳妥可靠。这样

娃娃们早出晚归就能看清路了。因为山路多，所以车闸设计也很特别，灵敏，耐用，而且是三保险。连铃声都设计成超响的那种。

厂长看着设计方案，苦笑着说："起初，我以为接了个大单，能让我的厂子狠赚一笔呢，现在看来靠着你，我连稀饭都喝不上。"

王永元说："得了吧，我这个设计方案的专利权归你了，说不定全国的校车都来你这定做呢。"

厂长听了，哭笑不得。他们又跟厂里的技术人员共同研究了三天，才最后敲定方案。

在等校车出厂期间，王永元也没闲着，先是到工地上查看小桥修建的情况，督促大家保证质量，加快进度；然后，他研究制定校车使用方案；最后，他召开了乡里各部门的联席会，严肃地公布了校车所享有的几项特权，并对各学校提出具体要求。

开完会，王永元一下子晕倒在办公室，被同事送到医院。张乡长第一时间赶来看望，还大声朝医生喊"救人，花多少钱我们出！"

醒来的王永元朝他苦涩地笑笑，说："不要再折腾了，我是胃癌晚期。"

在场的人听了，都很震惊，原来王永元早就知道自己的病情了，他是在做最后的冲刺！

在过年之前，校车全部运来了。这天，小吴来医院问王永元能否出席剪彩仪式。

王永元摇了摇头，说道"天那么冷，就不要再搞虚的了。"并让家人拿出来两大箱子早已经准备好的棉手套，让小吴捎回去分发给学生们。

小吴哽咽着说"王乡长，这是哪里来的钱？你连给自己买点营养品都舍不得。"

王永元摆了摆手，不让他再说，自己则喃喃自语："要是再给每个娃娃买一件棉衣就好了……"

隔天一大早，小吴兴冲冲地拿着报纸来到办公室，这是记者拍的娃娃们骑着校车去上学的情景，浩浩荡荡，娃娃们个个都很高兴、很神气。他打算等一会儿就把报纸拿到医院给王永元看。可他一进办公室，就见大家都一脸哀伤，他明白最不愿意发生的事情还是发生了。

小吴手里的报纸轻轻滑落，眼泪也随之夺眶而出……

（题图、插图：张恩卫）

王者之道

□吴 嫡

王者之疾

封建时代，兵多将广可称王。有一个梁王，称霸一方。就在梁王雄心勃勃，意欲大展拳脚之时，他旧疾复发，血色发黑，全身浮肿。

梁王有三子，他们见本国御医束手无策，便张贴榜文：广招天下能人，能治梁王旧疾者，赏黄金千两，官封一品。

但重赏之下，仍无勇夫。梁王尚未设立储君，三个王子争相表现，有一位能人对三人谏言，不如去找名医华严。这个华严出自杏林世家，在当时颇有名声，后因避祸隐居民间，几经迁移，已经不知所踪。最近听说他在邻国露过面。

几天后，邻国出现了一个病人。此人臂生怪疮，状如人面，有口能言。众多大夫都前去诊治，却没人能看出病因。

这一日，一位中年大夫求见病人。病人亮出胳膊上的怪疮，大夫仔细观察，不禁冷笑："真是欺我杏林无人，我想见识传说中的人面疮，没想到竟遇上个骗子！"

病人尚未说话，人面疮细声细气地说："我与此人有前世冤孽，今日血债血偿，你不要多事！"

大夫直视病人："你读了几本书，就想套用袁盎和晁错的典故，让我信什么前世今生？这根本不是人面疮，只是普通恶疮，被你用刀修改成人脸形状！看皮肉的状况，定是你用毒药每日催逼，让此疮保持形状。"

人面疮大怒道"大胆庸医，胡说八道，等我附在你身上，让你求生不得求死不能！"

大夫冷笑道："我云游多年，什么事没见过，你这腹语术骗得了别人，可骗不了我！"

那病人正是梁国二王子的得力部下，他见大夫明察秋毫，便恢复本音道："华严先生果然高明，鄙人这次来就是想请先生出诊！"

大夫一惊，摇头说"你既知我姓名，便该知道我已不再行医。"说完转身离去。华严来到街上，一辆马车车帘挑起，里面一个白胖的小孩冲他喊："阿爹，阿爹！"

华严顿时脸色大变，失声道："你们、你们怎么……"

病人微笑着说："华先生把贵公子留在家中，我担心公子无人照料，便把他一并'请'了来。"

华严见这情形，也只好长叹一声，跟着病人上了马车。

一行人星夜兼程赶回梁国。梁王大喜，立刻召见。华严诊断之后，沉思良久才告诉梁王，他得的是罕见瘟疫，基本没法治。

大王子听出华严话中有话，便把脸一沉，低喝："什么叫基本没法治，到底是能治，还是不能治？"

华严说："古方里倒是有个救命方子。可是，必须用龙肝凤胆做药引子，除此之外，别无他法。"

梁王和三个儿子一听，都愣住了。要说山参野鹿，猛虎象牙，都不难弄到，可这龙肝凤胆，并非世间之物，如何能弄到呢？

王者之选

半晌，三王子冷笑一声道"我看是你没本事，信口胡说吧？我现在就一刀宰了你！"

华严却说："万岁，我祖父就曾治过此病。您可记得，前朝有位皇帝，他曾病重临危，不日却忽然痊愈。"

梁王沉思一会儿："确实有一位，可他怎么弄到药引子的呢？"

华严沉吟半响："万岁乃人中之龙，自然有龙子凤孙……"

他话没说完，三个王子已齐齐抽出刀剑，大喊"妖言惑众！你是敌国派来的奸细，想离间我们父子！"

华严说："万岁熟读经史，应该知道，那皇帝有三个儿子，但一夜之间全被杀了！"

梁王听了，浑身一震，他说："我知道你说的是谁，那又如何，他可没死女儿！"

华严说："可万岁忘了，他夭折的公主有多个，哪个有清楚记载死因的呢？"

此时，空气有如凝固一般。过了许久，大王子才小心翼翼地说："父王，此人居心叵测，满嘴妖言，万不可信啊。"见另两个王子默不作声，他

猛然意识到自己失言了，不管华严说的是真是假，但自己急忙跳出来，就表示没有为父王牺牲的精神啊。他赶紧辩解，"父王，儿臣为您愿赴汤蹈火，只是担心中了旁人奸计啊！"

梁王长叹一声："华先生，你要知道，三个儿子是我的左膀右臂，也都有可能做太子，岂能因我而死？是否还有其它法子？"

华严看看梁王说道："三位王子可有子女，只需一子一女即可。"

三个王子都有儿子，三王子还有两个，但只有大王子生了一个女儿，也就是说，不管儿子选谁的，女儿只能是选大王子家的了。梁王沉默片刻，便下令：次日早晨，三个王子带王孙入宫朝见。

回到府中，三个王子都愁眉不展，他们把孩子叫到身边，一遍遍地看，一遍遍地哭。

当晚，守城人报告，三王子带着两个儿子和妻子离开了都城，他留下了一封信，痛责自己对不起父王，愿隐居乡野，不再回宫。梁王看完信，什么也没说。

第二天，大王子和二王子带着各自儿女来朝见，此刻，他们都已知道三王子逃离的事了。

梁王设宴，说全家共聚天伦。说完，便有人把三王子一家"请"了进来，看来他们也没跑成。宴席开始了，所有人都面无人色，味同嚼蜡。

不管如何拖延，宴席终于吃完了，梁王让人把孩子们都带进内堂，然后看着三个儿子。良久，大王子终于站了起来："父王，子为父死，臣为君死，天经地义，儿子愿意献出幼女，以报父王。"

梁王点点头，面无表情地看着另两个儿子。三王子痛哭失声："父王，我什么都不要，求求您，放过我的两个儿子吧。"

这时所有人的目光都集中在二王子身上，他长叹一声："父王，老三天

性仁慈，您杀他的儿子，他也活不了，还是我来献子吧。"

大王子对太子之位势在必得："父王，只要能救您，就把我一对儿女都杀了吧。"

梁王点点头："还是按二王子说的做吧。"说完他把手一挥，内堂便传来几声孩子的惊叫，然后一片死寂。大王子心里一痛，二王子脸色惨白，晕死过去。三王子虽然逃过一劫，但也痛哭失声。

王者之道

吃了龙肝凤胆做药引子的药后，梁王的病并没有好，而是一天天沉重下去，不久，他宣布立二王子为太子。

大王子惊愕万分，论才干，他不输老二；论长幼，自己是大哥；论表现，自己是第一个主动献女给父王治病的；论子嗣，自己现在有活蹦乱跳的儿子，可老二已经献出了唯一的儿子，以后能不能生还很难说，凭什么立他为太子呢？但大王子知道梁王的性格，也不敢公开质疑，只能接受。

不久，梁王大限将至，他将二王子叫到病榻前。他喘着粗气，艰难地说："你王兄对你并不服气，不过我要你答应绝不杀他。"

二王子犹豫一下，点了点头"我答应你，父王。不过他要是反叛怎么办？"

梁王摇摇头说："我早已下令夺

了他的兵权，让他和老三一起，做个富家翁吧。你是名正言顺的皇帝，大臣们也不会支持他的。"

二王子满意地说："父王，您放心，我定让大梁雄霸天下。"

梁王的眼神已有些涣散："你肯定以为，自己的表演很到位吧。你既让老大暴露了他的凶残无情，也让老三暴露了他的妇人之仁。而你自己，则既表现了忠心，又表现了兄弟之情，还表现了恻隐之心。对吧？"

二王子大惊，双膝跪地道："父王……"

梁王冷笑说："你知道，我的病每隔几年就会发作。所以几年前，你就

安排了一切，你儿子出生后，你府里的一个随从就失踪了，我猜就是华严吧？你大费周章而不肯直接让华严来演戏，无非是怕人生疑，而且你让手下去找华严的方法，也是煞费苦心，不但显得你谋划有方，也显得手下藏龙卧虎。"

二王子惊慌地看着梁王，不知他意欲何为。

梁王继续说："我让人查过，城中和你儿子同时出生的男孩只有三个，其中一家失火，全家人都烧死了。我想，那孩子一定没烧死吧？"

二王子颤抖着说："父王恕罪！我让随从带走了儿子，把那家的孩子冒充儿子抚养。"

梁王淡淡一笑："老三做皇帝，无法振兴大梁；老大做皇帝，必要杀死你们两个。他连亲生孩子都能杀，何况兄弟？你能让属下为你卖命，也是过人之处。为王者，不可有妇人之仁，不可残暴过度，杀伐决断，深谋远虑，这才是我立你为太子的原因啊！"

二王子终于放下心"父王，儿臣斗胆问一句，既然您已经查清一切，为何还要杀那两个孩子呢？"

梁王冷酷地说："为了国家，牺牲一个小女孩有何足惜？而你的假儿子，既非我家血脉，留着只会生乱。"

数日后，梁王驾崩。新皇登基三年后，也被别国吞并了。建立在阴谋与鲜血中的封建王朝，就这样代代更替，走向灭亡。

（题图、插图：黄全昌）

马格瑞·艾林罕（1904—1966），英国人，是二十世纪最伟大的犯罪小说作家之一。

第三次"婚姻"

□ 袁劲松 改编

罗纳德是一位中年男士，身材瘦高，风度翩翩，一双深蓝的眼睛总散发着迷人的魅力，非常讨女人喜欢。可谁又知道，他却是一个谋财害命的凶手，已杀害了两名女子，并顺利得到了她们的遗产。

罗纳德作案的手法是这样的：先到一个陌生的地方度假，结识一位平凡而富有的单身女子——最好她没有任何亲人，并且生性腼腆。接着，他向她大献殷勤，使其坠入爱河。结婚后，他会花言巧语骗她写下一份遗嘱，同意将所有的财产都留给他。不久，这名女子就会"意外"死去。

罗纳德第一次作案是在南部的一个小镇上。一名女子和他结婚不到三周，就"意外"地死在了浴室里。警察没有发现任何破绽。唯一关注此事的是当地一家小报，他们登了一篇悼文，还配发了婚礼和葬礼的照片。

第二起案子给罗纳德带来了一点小小的麻烦。新娘当初告诉他，她在这个世界上孑然一身。谁知在她死后，居然冒出了个哥哥，和罗纳德争遗产。不过，罗纳德最终还是打赢了官司，将遗产尽收囊中。

如今，罗纳德又开始策划他的第三次"婚姻"了。这个猎物叫爱蒂丝，是他在一次旅行中遇到的。当时，爱蒂丝独自坐在餐厅里，一脸忧郁，更重要的是，她的小指上戴着一枚贵重的钻戒。晚饭后，罗纳德上前跟她搭

话。一开始，爱蒂丝不太愿意搭理，但罗纳德精于搭讪，一来二去，他们之间便无话不谈。几次约会后，两人便坠入了情网。

爱蒂丝的身世也颇为符合罗纳德的要求：她在一所女子学校教了10年书，后来父亲卧病在床，便回家照顾老人，直至老人去世。如今，43岁的爱蒂丝孤身一人，虽然有很多钱，但对未来感到迷茫。

相识5周后，两人在旅游地举行了婚礼。当天下午，他们就拟定了一份遗嘱：夫妻俩无论谁先离世，所有的财产都会留给对方。因为是旅游淡季，他们便在当地租了一栋靠海的房子，住了下来。

婚后，罗纳德发现，爱蒂丝知书达理、温柔体贴，完全符合他心目中妻子的标准。他甚至考虑过和她厮守一生。

但有两件事让罗纳德不得不下定决心，提早动手：一是爱蒂丝将自己所有的存折和有价证券都锁在一个皮箱里，从不让他碰；二是爱蒂丝对他的工作特别感兴趣。罗纳德说自己是一家工程公司的股东，每年出现几次即可。爱蒂丝便常常问一些公司的情况，甚至想到他的办公室去坐坐。

眼看谎话要被揭穿，于是，罗纳德决定动手。

这天，爱蒂丝在厨房收拾了一个下午，罗纳德爱怜地对她说："我去楼上浴室帮你放好水，让你舒舒服服地泡个澡好吗？"

爱蒂丝感激地吻了他一下，罗纳德便上楼了。浴室是这栋楼里唯一一间上过漆的房子，是罗纳德亲手刷的油漆。他还在浴缸的上方安装了一个小架子，用来放置洗护用品和一个小型电暖器。这个电暖器非常便宜，有两根发热管，通体呈白色，和墙的颜色很相近，不注意根本看不出来。浴室里没有电源插座，但他可以将电暖器连接到浴室外的一个插座上。

罗纳德开始收拾起浴室来。这时，他听到厨房门"砰"的一声，他不禁一惊，爱蒂丝要上来了？他没有听见上楼的脚步声，便往窗外望去，看到爱蒂丝走出后门，绕过花园，到隔壁串门去了。隔壁刚搬来了一户人家，爱蒂丝生性腼腆，但却和那家的女主人交上了朋友。罗纳德对此很不高兴，他之所以搬到这里来，就是为了避人耳目。因为环境越生疏，认识的人越少，他成功的可能性就越大。

不过，爱蒂丝此时去串门，正好让罗纳德有充足的时间做准备。他转过身来，开始往浴缸里放水。他感觉到心脏在"咚咚咚"地直跳，但他很快便平静下来。

水放好后，罗纳德打开电暖器，看着发热管慢慢变红。然后，他走出浴室，来到楼梯间的电源总闸处，扳下开关，将电源断开。

做完这一切，罗纳德又回到浴室，见电暖器的发热管正慢慢变暗，就用厚布将架子上的电暖器拎起，放到浴缸的底部。这样，它看起来就像是从架子上意外掉落下来似的。

爱蒂丝从花园回来了。罗纳德一边听她的动静，一边取出一瓶沐浴液，并仔细看了看上面的说明。

突然，罗纳德听到身后有响动，他猛地一转身，看见窗外两米远的地方，爱蒂丝正站在梯子上，费力地清扫房顶的枯叶，她的视线刚好能看到浴室里发生的事情。

罗纳德做贼心虚，故作镇定地问道："你在干什么，亲爱的？"

爱蒂丝吃了一惊，差点从梯子上掉下去，她说："你吓死我了！等我把这些落叶清扫完，就来洗澡。"

"辛苦工作后泡个热水澡可是一件无比惬意的事情，快上来吧，我已经放好水了。"

"亲爱的，你真是太好了。"

"不客气。今晚我要带你出去，我想让你看起来——尽可能漂亮点。快点儿，亲爱的，泡沫一会儿就会散去，快上来吧。"见爱蒂丝爬下梯子，罗纳德将沐浴液倒进浴缸中。他再次打开水龙头，转眼间，浴缸里便充满了泡沫，并散发出醉人的玫瑰花香。同时，泡沫将那个小小的电暖器完全遮盖了起来。

很快，爱蒂丝来到浴室门口，叫道："哦，泡沫太多了，都溢出来了，到处都是——连地板上都是！"

"没关系。如果没有泡泡，那还有什么意思呢？我出去了，你自己慢慢享受吧。泡完澡，你的皮肤会更加柔嫩白皙的。"

罗纳德走出浴室，侧着耳朵听了听。不出所料，爱蒂丝锁上了门。他慢慢走到电源总闸处，深吸一口气，然后大声问道："亲爱的，感觉如何？"

"我还不知道。我才刚进浴缸。但这种香味好闻极了。"

罗纳德将裹着厚布的手放到了总

开关上："一，二……三！"他用力合上了开关。随着一阵"噼噼啪啪"的爆裂声，身后电源插座火花四溅，冒出一股浓烟，他闻到了电线烧焦的味道。接着，整栋楼一片死寂。

过了一阵子，罗纳德走到浴室的门前，边敲门边轻声喊："爱蒂丝？"

里面没有人回答，静悄悄的。

现在，罗纳德要实施计划的第二步了：发现尸体。这并不是件简单的事情。尸体迟早会被发现，但不能太早。他的第二任妻子发生"意外"时，他就太心急了，结果警察不停地盘问他，为什么预感会出事。这次，他决定等上半小时，再去喊人。

趁等待的空隙，罗纳德走进卧室，找到爱蒂丝放钱的那个皮箱。皮箱的锁很难开，他好不容易撬开了锁，看到里面有一些财务文件和一两个厚厚的信封，在这些东西的上面，是一张存折。如今，他可以名正言顺地占有它们了。

罗纳德用颤抖的手翻开存折，17000英镑、18600英镑、21940英镑……他翻到下一页，突然，他的心狂跳不止：两天前，她已经将存折上所有的存款全部取光了！

罗纳德发疯似的打开信封，里面的各种证件、信件散落了一地。突然，他看见了一个署有自己名字的信封，上面的日期是两天前的。他打开一看，不由大吃一惊。

亲爱的罗纳德：

当你读到这封信时，恐怕会吓一跳吧。难道你不知道，每个中年妇女在贸然和一个陌生人结婚时，都会在心里问自己，他为什么要娶我？

一开始，我以为是因为你爱我。但婚礼的当天，我们立下遗嘱时，我就有些担心了。后来，你又在这栋房子的浴室里做了手脚，我便偷偷报了警。

你注意到刚搬来的那户邻居了吗？你从没和那对夫妇说过话。其实，他们并不是夫妇，而是两名警察。那名女警察给我看了两篇从旧报纸上剪下来的文章，写的是两个女人在婚后不久，都在洗澡时意外死亡。两篇报道都附有葬礼上那位丈夫的照片。虽然照片不太清晰，但我还是一眼就认出了你。

有件事我想告诉你，罗纳德。如果有一天，你在浴室找不到我，我一定是顺着梯子爬到了花园里。然后，我可能正坐在邻居的厨房里喝茶呢。是的，嫁给你是我这辈子做过的最愚蠢的决定，但我并没有愚蠢到你想的那个地步。

爱蒂丝

读完信后，罗纳德嘴角一阵抽搐。房子里依然像死一般沉寂。突然，他听到厨房的后门被撞开了，一阵沉重而杂乱的脚步声冲上楼梯，朝他奔来。

（题图、插图：佐　夫）

鬼 奴

赌无大小，久赌必输。有的输了钱财，有的输了时间，有的输了亲情，更有甚者输了……

□ 伟岸书虫 搜集整理

从前，有个名叫王大胆的赌徒，他以务农为业，三十几岁尚未娶妻。每年秋收之后，他都会带着一半的卖粮钱到城里的赌馆去推牌九，每年都输得精光，第二年照样还去。

这一年，王大胆的手气依然不佳，不但输光了钱，连身上棉衣也输了。按照赌馆的规矩，他找到赌馆老板，要了回家的路费，又要了只麻袋，披在身上御寒，这才垂头丧气地往家中走去。

不知不觉，王大胆已走了一天，前面隐约出现了亮光，他走近了，看见一间大房子里灯火通明、乌烟瘴气，有十几个人正在吆喝着推牌九。

王大胆听得心痒难耐，他摸了摸怀中的路费，推门而入。他一屁股坐上赌桌，碰巧今天庄家的手气很背，

王大胆竟赢了一点。庄家没钱了，他就挤上前去坐庄。也真邪了门了，这天王大胆的手气特别旺，翻着跟斗似的赢钱。

金鸡报晓，一夜已经过去了。赌徒们陆续离开，剩下几个输得多的有些急了，竟一齐来抢王大胆。

王大胆身强体壮，抢开巴掌，把那几个家伙打得连滚带爬。其中一个小个儿落在了后面，被王大胆一把拎了起来，连同桌上的钱一起都塞进了麻袋。

王大胆双手攥着袋口，背起来就走。走出房门，他见面前尽是坟包儿，回头看，那间大房子已经变成了一座大坟，坟前立有一块大碑。王大胆也不管，哼着小曲儿，直奔家中。

到了家中，父母好一顿埋怨。王

大胆重重地把麻袋往地上一扔，说"儿子这回不但赢了钱，还带回了一件好东西呢！"说着，把麻袋里的东西都倒了出来。

一个肤色惨白、瘦骨嶙峋的小鬼呆呆地站在一堆银子和铜板中间，王大胆一把掐住它的脖子，用一根鱼线套了上去，用力勒紧，系了个死结。鱼线的另一头系在王大胆的手上，他使劲儿一拉，小鬼就尖叫起来。

王大胆的父母吓得大叫："你到底弄了什么东西回来？这声音听得人心慌，但是我们咋什么也看不到啊！"

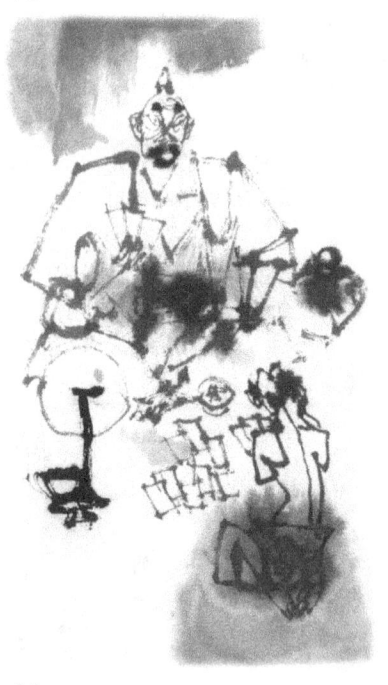

王大胆不由哈哈大乐。他心说：谁让我抓了个真赌鬼！要不把它当成奴隶，替我干活？第二天，王大胆就把小鬼系在犁上，代替老牛耕田。他一边用力鞭打小鬼，一边还骂骂咧咧的。

再说那小鬼，身上挨了鞭子，虽然凄厉哀号，连滚带爬，但比耕牛还快，而且劳作一天不用休息和饮食。

来往的乡邻也看不到小鬼，只见王大胆凶神恶煞地吆喝和鞭打，田地便自动耕好了，都觉得很神奇。

就这样，一年过去，王大胆耕种了比往年多十倍的田地，秋天收获的粮食堆满了十间大粮仓。

这个小鬼就哀求王大胆，放了它。王大胆瞪圆了双眼，说："按赌场的规矩，本应该要砍你的手脚。但大爷我网开一面，只是留你干三年活，你别不识好歹！"

到了冬天，王大胆又拿了一半的钱去城里赌，又输了个精光，好在今年收入很多，有足够的钱过年。过年期间，王大胆手气更衰，同乡亲邻里赌钱，逢赌必输。

小鬼看准了王大胆手气极衰，便提出同他赌牌九。如果王大胆赢了，它再给王大胆干四年活，要是王大胆输了，就得马上放了它。

王大胆当即答应。赌徒嘛，一天听不到稀里哗啦的牌声，就睡不着。一听说要和他赌，比吃了仙桃还高

兴，

　　小鬼拿到牌一翻开，就傻眼了，没想到自己手气更衰。王大胆开牌，果然赢了小鬼。小鬼不服气，说，再赌四年。开牌，它又输给了王大胆。小鬼后悔不该赌，悔得肠子都青了，只能认输不赌了。

　　可王大胆勾起了兴致，不容它不赌，一共玩了几十把，赢了小鬼几十把，看来它是一百年也走不了了。

　　这天，王大胆命小鬼驾车在田里收割粮食，本地的李财主夫妇也来看热闹。王大胆挥手向他们打招呼，向前驱车，却见小鬼缩在地上，头几乎插进土里了。

　　王大胆用力鞭打了几次，小鬼才缓缓说道："我以前嗜赌成性，拖累了父母，曾发誓若要再赌，就变得不人不鬼。但恶习难改，最终二十岁就暴病而亡。死后誓言应验，变成了这个模样，停留在阴阳之间，既不能超升为人，也不得入地府为鬼。那两位老人家正是我的生身父母，还请大发慈悲，不要让我和他们相见，白白难过。"

　　王大胆也听说过，李财主的二儿子十年前就死了。他觉得眼下这种情况非常有趣，便不容分说地拖着小鬼来到李财主夫妇面前。

　　李财主问："大胆，听说你在城里赢了一件宝贝回来，能不能让我看看啊？"

　　王大胆把躲在自己身后的小鬼拎

了出来，举到夫妇面前，说："老爷子，这就是那宝贝！"

　　李财主夫妇眯着老眼看了半天，也没见到什么，就问："这是什么宝贝啊？"

　　"这不就是你家二小子嘛！"王大胆得意洋洋地说，"那天夜里，我从城里回来，看见有人在赌钱，就过去玩了几把，把他们都赢光了。最后，还把你家二小子抓了回来。听说你家二小子活着时是个废物，现在却能抵得

上十头好畜生呢！"

李财主夫妇如何肯信？只当听了一番疯话，转身离去了。此刻，王大胆没有注意到小鬼眼中射出了凶狠的光芒。

当天晚上，小鬼又提出要和王大胆赌博。王大胆哈哈大笑，问："你还赌什么？你还有什么可以输给我的？"

小鬼说："我用我媳妇和你赌！"

王大胆一听，"噌"的一下坐了起来，他问："你还有媳妇？"

小鬼回答道："我死的时候还未娶妻，父母就花钱买了个刚刚死去的姑娘，给我合了阴婚。你赢了，就有媳妇了。你输了，减掉我十年工龄就行。"

王大胆大喜过望，当即应允。二人分牌，一看，小鬼又是一手烂牌，又输给了王大胆。

当晚，王大胆随着小鬼到了他们相识的那座大坟前。

小鬼对着坟堆，呼唤道："婉娘……婉娘……"

话音刚落，从坟后面走出来一个妙龄少女。只见那少女婀娜多姿，貌美如花。王大胆不由心神一荡。

小鬼指着王大胆对少女说："婉娘，今后他就是你的丈夫了。"

婉娘瞄了王大胆一眼，羞怯地点点头。王大胆一问，方知她是城中卢秀才的女儿，死时年方十六岁。普通人肯定是不敢要这样的新娘的，但王大胆是谁？他浑身是胆。最后，他高高兴兴地带着婉娘回了家。

按理说，美人在侧，王大胆的日子应该是越过越滋润了，然而不到月余，王大胆已经形容枯槁、憔悴不堪了。王大胆请来许多大夫，试了无数药方均无济于事。

这天，王大胆强打精神，到田里监督小鬼。突然，他觉得一阵凉气从脚底心升起，身体慢慢软了下去。等他重新有意识，只觉自己无比轻盈，再低头去看，另一个自己正躺在地上，一动不动呢。原来，王大胆是魂魄出窍了。

小鬼见状，不由大笑起来。

王大胆的魂魄忙问："这是怎么回事？"

小鬼回答："你是人，婉娘是鬼，人鬼交欢，其人必死啊！"

王大胆的魂魄听了，语无伦次道："可是、可是我明明赌赢了啊……"

小鬼冷冷地说："你这是赢了赌局，输了性命啊！往后，咱们可就一样啦！"

王大胆的魂魄还要发问，冷不防一条锁链已经套在了他的脖子上，火辣辣的疼痛。他清清楚楚地看见两个青面獠牙的高大鬼卒，手持锁链来到了自己面前……

（题图、插图：黄全昌）

2012年 "劳动·创造·奋斗——青春励志故事" 征文大赛

为贯彻落实胡锦涛总书记 "七一" 重要讲话和党的十七届六中全会精神，引导青少年形成健康、积极、向上的人生观和价值观，特举办2012年 "劳动·创造·奋斗——青春励志故事" 征文大赛。

一、举办单位

主办：共青团中央宣传部　共青团上海市委　新民晚报社　上海市嘉定区政府　上海文艺出版集团

承办：《故事会》杂志社　上海市嘉定区安亭镇政府

二、征文要求

根据自己成长中的亲身经历或所见所闻，以纪实或虚构的方式创作作品。作品主题积极健康，有故事性，结构完整，语言流畅，情感真挚，篇幅3000字以内。

三、征稿时间

2012年2月22日到12月31日。

四、参赛对象和方式

参赛对象为全国青少年，可个人参赛也可由单位或团组织集体组织进行参赛。网上来稿，可投以下信箱：lidan090@gmail.com；邮局投稿，可投以下地址：上海绍兴路74号《故事会》杂志社，邮编：200020。稿件后请注明作者姓名、地址、通讯联系方式等，并署名 "青春励志故事" 征文大赛字样（详情请见中青网、故事中国网）。

五、评比和奖励

征集结束以后由《故事会》杂志社邀请有关专家组成评审委员会对作品进行评比，结果在中青网、《故事会》杂志、故事中国网等媒体上公布。

奖励措施

1. 本次大赛，由共青团中央宣传部、共青团上海市委、新民晚报社、上海市嘉定区政府、《故事会》杂志社等单位联合颁发奖状，并对优秀作品颁发奖金。奖项设置：特等奖10名，奖金各3000元（含税）；一等奖20名，奖金各1500元（含税）；二等奖40名，奖金各1000元（含税）；三等奖60名，奖金各500元。对指导未成年学生参赛成绩突出的老师，颁发优秀指导奖，共30名，奖励《话说中国》一套（特精装，1980元）。

2. 获奖作品将收入《青春读本：感动中国的100则励志故事》一书（暂名），内容经由中央宣传部审定后由上海文艺出版集团负责编辑出版。

3. 部分优秀作品在《故事会》杂志上优先刊发，并按国家有关标准支付稿酬。

4. 组织故事讲述者选取优秀作品向进城务工青年、学生等群体进行宣讲，并通过媒体对活动进行宣传。

回家

有一对夫妻，在一栋老公房里住了几十年，一直住在401室。

从结婚那天起，妻子就养成了一个习惯：一个人回家时，在离老公房十米远的地方，就开始喊丈夫的名字，一直喊到丈夫听到，然后从窗户探出头来微笑示意，她方才上楼。

在妻子爬楼梯的时候，丈夫会打开房门，放好妻子的拖鞋。若是夏天，他会拿好为她擦汗的手巾；若是冬天，他会焐热自己的双手，准备温暖她冰凉的脸颊。

有时候，妻子手里提着东西，他就会以最快的速度冲下楼，接过她手里的东西，尽管有时那些东西根本没有分量。

年复一年，他们一直延续着这个习惯。

有段时间，妻子的声音有点异样。原来她生病，爬不动楼梯。每次丈夫都会飞奔下楼，将妻子背上来。她恢复了，丈夫还是每次都下楼，有时扶，有时背，有时抱她上楼。

后来，丈夫却不再下楼了。那年，他才五十多岁，患了癌症。有一次，夫妻俩从医院回来，邻居们看见了：这次换妻子搀扶着丈夫上楼。弱小的她有了支撑一个大男人的力量。

以后的日子，妻子还是延续自己的习惯。她拎着大包小包回家，离老公房还有十米之远，就开始喊丈夫的名字。丈夫却不能下楼来接她、扶她、背她、抱她了。但是他知道，妻子这么做，是想告诉自己，她回来了。

丈夫越来越虚弱，终于离她而去。送完他最后一程，妻子回家，离老公房还有十米之远，她又开始喊丈夫的名字，一声一声，清晰而嘹亮，拖着长长的尾音…………

老邻居们都来劝慰她。

妻子却淡淡地说："放心，我没事，只是觉得念着他名字，才算回家。"

（作者：莫小米；推荐者：青青）

空盒子的智慧

古时候，有个御史到一个县去督理粮储事宜。当地县令表面对其恭恭敬敬，实际上却心怀鬼胎。

一天，县令终于找了个机会，命人偷走了御史的官印。御史发现官印不见之后，从蛛丝马迹推断出：县令是幕后黑手。

御史的部下知道后，便要带兵去县令家搜查。御史当即阻止，一来自己没有真凭实据，不能贸然行动；二来若逼急了县令，毁掉官印，反而会将自己逼上死路。要知道，丢官印可是重罪啊。

几天之后，御史在家中设宴款待县令。正在两人推杯换盏之际，家仆突然来报，府中厨房失火！御史赶紧命人取来一个印盒，然后亲手交到县令手上说："这是我的官印，眼下府中大乱，只有交给你才能安心，请明早将它送回！"说完，他不容县令有推辞的机会，救火去了。

其实，这场火灾是御史精心设计的，目的就是让县令再把官印送回来。御史给县令的是个空盒，如果县令原样送回，就意味着是县令把官印给弄丢的，那将是株连九族的重罪。

第二天一早，县令双手将印盒奉还。御史当场打开，御史官印赫然在目。

（作者：陈亦权；推荐者：朱小青）

· 沧海拾贝 人生百味 ·

能活下来的才有机会

有个美术馆培训新员工。

馆长问："如果美术馆失火，火势凶猛，而你刚好在大门口，只有五分钟可以抢救藏品，你会救哪些？"

众人七嘴八舌。有说救价值最高的，有说救年代最久远的，有说救又轻又小的。馆长都说不对，最后他公布了答案："救离门口最近的藏品！"

对此，新员工们都表示不解：因为越靠近门口的藏品，越不值钱。为何不是先抢救更为珍贵的藏品呢？

馆长继续解释说："价值高的藏品都放在内室，如果你只有五分钟，还想抢救内室的藏品，大概只能抱着它们一起死了。而且在危急的情况下，哪有时间分辨轻重大小，如果还花时间找寻，那也只有死路一条。在这种时候，救得出来的，才有可能被保存下来，有机会继续增值。人也和艺术品一样，只有活下来，才有机会在未来显现价值！"

（作者：孙楼；推荐者：韩益飞）

（本栏插图：安玉民 梁 丽）

学写作文，从读故事开始

有歌词唱道："曾经真的以为人生就这样了，平静的心拒绝再有浪潮，斩了千次的情丝却断不了，百转千折它将我围绕。"的确，男女之间的感情，真是剪不断理还乱……

情感大药房

□ 荻 秋

段思浩年过四十，按理说，四十已是"不惑"，然而他最近还是遇到了一些困惑。他有老婆，也有情人，本来倒也相安无事，但最近情人却逼着他和老婆丹燕离婚。虽然段思浩的心思早已不在老婆身上，可就是下不了这个决心。

好友李旭听了段思浩的困惑后，神秘地笑了，说："有个地方可以帮你解决问题。"说完递给他一张名片。

段思浩接过一看，名片上写着"情感大药房"五个字，下面是地址。

段思浩按地址去找，找到了一个偏僻的小巷里。说是大药房，其实也就是一个小小的不起眼的门面。药房虽小，但有些人在排队看病。

药房老板是个笑容可掬的中年人。有个徐娘半老的女人正对他诉说自己老公的无情，并问老板如何挽回他的感情。

老板听完，沉思了片刻说"这事好办，给你三包'回心转意汤'。"一边从药柜里拿药，一边念叨着，"相思子3克，红豆5克，浓情根2两……文火煎服，三碗水煲成一碗水，给你老公服用，保准药到病除。这药还要用'相濡以沫'做药引，本店不售，自己添加。"

女人忙问："什么是'相濡以沫'呢？"

老板翻翻眼，说"沫还不懂？口水沫。"女人这才恍然大悟，千恩万谢地走了。

接下来还有几个人，有想和爱人复合的，有想理清三角关系的。老板先后开了"破镜重圆汤"，"慧剑斩情汤"让他们走了。

段思浩看着觉得很荒谬，那老板报的药名，他大多都没听过，这样的药能有效吗？他正在发呆时，老板问他："这位先生，你有什么需要呢？"

段思浩把自己的困扰说了一遍。老板沉吟半响，说："这事也好办。你想分手，可下不了这个决心，对吧？我给你开个'郎心似铁汤'。"说完，又开始从药柜里拿药，"铁心子10克，绝情根3两，卸情叶2克……"

段思浩拿着沉甸甸的药，心中还是将信将疑：这事，就这样解决了吗？

回到家中，老婆还没回来，段思浩按老板的吩咐煎好药喝了。喝完之后，他感觉身体似乎没啥变化，有点放心不下，就拨通了李旭的电话。

李旭在电话里的声音显得特别轻快："老段，什么事啊？'情感大药房'？当然，当然有效了，我啊……我都跟老婆离了。现在我正和莉莉在度蜜月呢……"

原来李旭也喝了那"郎心似铁汤"，就下定了决心，三下五除二把离婚的事给办了。

段思浩还是有疑问："我喝了药以后没啥反应啊。"

李旭给他一颗定心丸："你放心吧，情感大药房的药方可是万试万灵的……"

这时，丹燕回来了。才进门，她劈头就嚷道"段思浩，你看你怎么搞的，怎么把厨房弄得乱七八糟的？"

丹燕虽然貌不惊人，但是性格温柔体贴，把家里打理得井井有条，从不给段思浩添麻烦。这也是他迟迟不愿离婚的原因。但今天丹燕不知为啥，像变了个人似的，温柔体贴都扔到爪哇国去了。她这样一嚷，段思浩的气就来了。两人开始吵起来。

吵了几句，丹燕气冲冲地摔门而去："这个家，没法待了！"

段思浩想追出去，但犹豫了一下，丹燕已经不见踪影。晚上没人做饭，段思浩只好到处翻找干粮，没想到在一个隐秘的柜子里，发现了丹燕的一个秘密……

第二天，丹燕妈妈给段思浩打电话，说：丹燕昨天回了娘家，自己已经劝说她搭乘今天下午三点的车回家。最后，老人家还关心地问两人是不是出了什么事。

段思浩不好跟她说什么，支吾着敷衍过去了。

转眼，下午六点都已经过去了，可丹燕还没有回来，手机又打不通。

段思浩百无聊赖之下，打开电视一看，电视里正好报道一桩新闻"从罗迦开往本市的一辆汽车，四点左右经过普林大桥时，因大桥垮塌，不幸掉进河中，目前有关部门正在全力搜救，但乘客的生还希望渺茫……"

罗迦不正是丹燕的娘家吗？丹燕到现在还没回来，会不会是……段思浩脑海里马上涌现了昔日的一幕：那时候他俩出去旅游，旅游车突然失控，往路边的栅栏撞去。当时他惊呆了，没有任何的反应，反而是丹燕马上抱住他，挡在他身前。事后，他责怪她傻，她说："我们如果只能一个人活的话，我希望那个是你……"

想到这里，段思浩再也忍不住了，一头冲了出去。

段思浩跑到汽车站，询问汽车失事的事，但没人可以给他明确的答复。他只好自己坐车赶去失事的普林

大桥，只见那里已经围了许多人，一具具尸体被抬了上来，一字排开。

段思浩怔怔地看着，大脑一片空白。突然有人用手拍拍他的肩膀，喊道："段思浩，你怎么在这里啊？"回头一看，只见丹燕好好地站在他身后。

原来，丹燕没有搭上三点的那班车，所以现在才抵达这里。

段思浩看到老婆好端端的，不知为啥，反而气不打一处来了，冲着她吼道："你这是干吗呢？打你电话也不接！害得我白担心了一场。"

丹燕避过车祸，正惊魂未定，被这么一吼，气也就来了："我这不是手机没电嘛，你气什么气？你什么时候关心过我？"两人又拌起嘴来。

一路吵着回家，进了家门，段思浩再也忍不住了，把一包药和一个日记本扔到了丹燕面前，说"你看你做的好事！"

这包药正是段思浩翻找东西的时候，在柜子里找到的，里面有"情感大药房"的药笺，那是"恩断义绝汤"。段思浩知道，这种汤正是妻子想离开丈夫而喝的。那丹燕又为什么想离开自己呢？于是，他偷看丹燕的日记，找到了真相。

原来，三个月前，丹燕和一个男同事产生了感情。男同事对丹燕体贴有加，这是她在平淡的婚姻里所感受不到的。事情发生后，丹燕不知该怎

么处置，后来，她听说有个情感大药房，所以去拿了药，想着要和老公来个"恩断义绝"。

丹燕想到丈夫私自翻她的东西，口气也强硬起来："段思浩，你这卑鄙小人，你居然偷看我的日记！"两人吵得更厉害了，最后赌气背对着背，谁也不想理谁了。

隔了不知多久，丹燕慢慢从气恼中回过神来，她想起了一件事："哎，你……刚才那么着急，跑去车祸现场，是……是因为担心我吗？"

段思浩没好气地说："不担心你，我还能担心谁？"两人转过身来，面对着面，此刻，他们都想起了那次旅游遇险的情形。

段思浩问："你为啥每次吵架都回娘家呢？"

丹燕说："因为，我们是在那里认识的啊，还记得村头的大榕树吗？那年，你和我正是在那里相识的……"

两人慢慢地回忆往事，渐渐发觉他们也有过那么多甜蜜的回忆。段思浩更惊奇地发现，之前那种药劲冲头的感觉好像没有了，老婆在他眼里一如往常的贤惠。

一个月后，段思浩与情人正式分手。夫妻俩决定原谅彼此，重新开始。

有感于情感大药房之神奇，段思浩再次找到那里，感谢之余，他问老板："为什么我和老婆都抓了绝情的药，而效果却和我的朋友完全不同呢？"

老板神秘一笑，说："跟我来，我给你看样东西。"

老板说着，把段思浩引到一个房间里。一进去，段思浩吓了一跳，只见里面密密麻麻，蜘蛛网似的布满了红线。红线的尽头是各式各样的玩偶。老板问："听说过月老的事吗？"段思浩点头。

老板又说："月老掌管世间的姻缘。可是这年头，人心越来越复杂，薄情、小三、恐婚等等，层出不穷。月老的工作越来越忙，失误也多了起来。为了弥补这种不足，他便特意在人间开了这个情感大药房。每个来取药的人，我们都会遵从他心底最真的感觉，给他以支持和帮助。"

最后，老板告诉段思浩：世间姻缘自有定数。像李旭这种，他与妻子的感情已经到了尽头，双方也没有维持下去的必要，所以，给他的药能使他慧剑斩情丝，一了百了。而像段思浩和丹燕，他们的情分还在，只是一时被情障蒙蔽了双眼，所以即便服了绝情药，也只会起负负得正的作用。

段思浩从情感大药房出来，思索万千，是的，正因为他们夫妻的情分还在，所以他一听到妻子可能有车祸，便会第一时间跑去现场；而妻子和他吵完架，也会回到他们最初相遇的地方……

（题图、插图：佐　夫）

有人发明了"草根"这个词，它确实很贴切：草根毫不起眼，草根数量众多，草根力量无穷……

草根的力量

□ 万里秋风

输在起跑线上

德力公司软件部新来了两个实习生，一个叫陈冰，一个叫刘水，两人都想留下，所以工作都挺卖力，但两人性格和处世之道却大相径庭。

陈冰出身公务员家庭，父母深通官场之道，言传身教 做事不由东，累死都无功。"东"指的是领导。因此，陈冰力争给各级领导留下良好印象。

陈冰每天都掐准经理上班时间，到电梯口等着。专家不是说：感情来自于关系，关系来自于接触吗？和领导混个脸熟很重要。

果然，陈冰和经理每天在狭小的电梯里上上下下，经理总不好装不认识，何况陈冰把工牌戴在胸前，就差举到经理眼皮子下面了。经理微笑点头，陈冰热情弯腰："经理早！"腰弯到二十五度为最佳，既不显得卑躬屈膝，又能看出敬意。

陈冰的努力见了成效，半个月后，经理已经能叫出他的名字了。可别小看这个细节，因为领导更愿意使用自己熟悉的人。至于普通同事或地位比自己低的人，陈冰是不屑一顾的，因为对他毫无用处。

再说刘水，他是农村孩子，每天埋头干活，和主管都很少说话，更别说经理了。但他和基层员工相处融洽，对大家的求助也是来者不拒。

比如，前台小马的电脑常出毛病，厂家过来修最快也要两个小时。有时着急她就去求软件部同事帮忙。老员工事多，得求新来的，陈冰从来不管，既耽误时间，也没任何好处。刘水则二话不说地跑去修，还差点耽误自己的报告。陈冰暗自好笑，心说 一个小前台，你巴结她有什么用？

就这样，陈冰和刘水以自己的方式各自努力着，他们交流很少，所谓"道不同不相为谋"嘛。

这天，人力资源部开会，决定从陈冰和刘水中正式聘用一位。公司拿出了一个炼钢厂的小型开发项目，让两人同时做方案，作为最后评定。

陈冰首先从主管那里得到消息，他赶紧向主管表示："我一定好好努力，不让您失望。"这话听来简单，其实是通过暗示让对方知道自己是他的人。主管果然微笑着说："好好干，我会优先考虑你的。"

其实，刘水得到消息比陈冰还早。前台小马开会时负责茶水，她第一时间就偷偷告诉刘水了。

刘水很紧张，论业务水平，他有信心不比陈冰差。但主管更喜欢陈冰，听说连经理都认识陈冰，自己恐怕凶多吉少。想到自己寒窗苦读，好不容易有个好机会，却没本事把握，实在愧对江东父老。他中午打饭时看什么都没胃口。

食堂王婶见了，忍不住问："小刘，不知道吃什么了？今天有你最爱吃的辣子鸡块！"王婶和刘水的娘差不多大，有个儿子在念大学，给刘水打菜分量向来足尺加三，但无奈刘水实在吃不下去。

等王婶出来收拾桌子时，看见饭菜几乎没动，忍不住担心起来："小刘，你是不是病了？"

刘水就把竞聘的事说了。王婶挥挥手说："天大的事也得吃饭。放心，王婶帮你。"刘水只当王婶在安慰自己，她一个厨房打杂的能帮什么忙？不过他也不忍拂了王婶的美意，又勉强吃了几口。

战斗刚刚打响

一顿饭还没吃完，几乎所有基层员工都知道：陈冰和刘水要pk。大家的意见高度一致：我们不欢迎像陈冰那样走路脸朝天的人，我们欢迎刘水这样淳朴、善良、有能力的小伙子。

很快，陈冰和刘水都拿到了项目资料，开始忙碌起来。

陈冰首先发力，请主管出了封公函，着重介绍陈冰，对刘水只寥寥数笔。两人去客户工厂调研时，客户自然直接跟陈冰讨论，刘水只能旁听，插不上嘴。

这时，王婶挺身而出，她认识客户工厂送盒饭的，通过送盒饭的联系上了烧锅炉的，通过烧锅炉的认识了

生产线的……刘水顺着这条线，和客户公司的基层员工也打成了一片，听取他们在实际工作中产生的问题，和解决问题的建议。

调研结束，两人回公司设计草案。过程中要和客户随时沟通，有时还需要见面。

这天，陈冰约客户到公司来谈，他领着客户，一路介绍，并暗示自己在部门里的核心地位。到门前时，保安忽然跨前一步挡住两人，客气地说："请出示员工证。"

客户看了陈冰一眼，显然不明

白，为什么保安会不认识一个有核心地位的人。

陈冰觉得很丢人，平时进进出出，保安都没拦过他，怎么今天忽然公事公办起来？他忍着气套近乎："那个、那个谁啊，"他实在想不起保安的名字，只好尴尬地停了一下说，"我是软件部的陈冰啊。"

保安摇头说："公司这么多人，新来的我记不住，按规定，核心办公区域必须出示员工证，否则不得进入。"

陈冰非常恼火，又不能在客户面前发飙，只好找员工证。但任凭他将衣袋、裤袋翻了个底朝天，也找不出员工证。他只好压住怒火，对保安说"师傅，你通融一下吧！"

但保安一口咬定不认识他，必须拿员工证才让进。

这么一来二去，客户早已面露不悦之色。此时，刘水刚好从外面回来，他见状忙问保安："小张，怎么了？"

保安指了指满脸通红的陈冰，说："他没带证件，说是你们部门的，要带人进去。"

刘水笑了笑，说"陈冰的确是我们部的，而且旁边这位是我们的重要客户。"

保安这才后退一步，恭敬地说："不好意思，请进。"

客户在刘水的引领下，走了进去。他和刘水边走边聊，看刘水的眼神也似乎产生了变化。

陈冰落在了后头，像霜打的茄子一般。他觉得：保安是故意让自己难堪。但说起来，人家也是按章办事，自己向他领导投诉也无济于事。

当晚，陈冰心情极差，喝了几杯。第二天醒来一看，班车时间要到了。陈冰跳起来，飞快地穿上衣服跑出去，等赶到班车站，班车正徐徐启动。陈冰边跑边喊："等等我！"

平时班车司机都会等，可今天司机不知咋回事，冲陈冰晃晃手表，喊了声："发车时间到了，我得遵守章程！"说完，一脚油门踩到底开走了。

陈冰在原地愣了半天，坐公交车是来不及了。他折腾很久才打到一辆车，到公司还是迟到了半个小时。

谁能笑到最后

当天下午部门开会，主管强调："最近公司着重考察员工的工作态度，考勤制度将直接报到经理处，大家注意！"说完，他特意看了陈冰一眼。

陈冰只觉得百口莫辩。班车司机照章办事，不肯通融的情况和之前的保安一模一样。第二天，陈冰索性起了个大早，他第一个上了班车，还故意选了离司机最近的位置坐下。陈冰跷着二郎腿，看着手表，眼看发车时间到了，但刘水还没来，他不由喜出望外，心说：我今天定能扳回一城！于是，他高兴地命令司机："时间到，开车！"

司机看他一眼，没动静。

陈冰喊起来："怎么还不走？"

有个同事说："刚才刘水打电话，正往这里跑，稍等一分钟，也没啥的。"其他同事也纷纷应声说好。

这次，陈冰可是有理在先，于是理直气壮地冲司机喊："昨天我追车，你说什么照章办事，一分钟都不等。今天你也必须照章办事，否则我投诉你！"

司机打着火，一踩油门，车子一顿，熄火了。司机皱皱眉，咕哝着"好像车子有问题，我下车看看，安全第一啊。"说完，他下了车，慢条斯理地打开车盖，仔细查看。

这时，刘水也气喘吁吁地赶到了。司机一见，"啪"的一声，盖上车盖就开车，一路上也没出啥问题，准时到了公司。

陈冰气得脸色发青，却无可奈何。他思前想后，到底咽不下这口气，跑到保安部和后勤部把保安和司机都投诉了。他心说，已经吃的亏没办法，但得敲山震虎，警告一下那些还没找麻烦的小人物！投诉完了，他心里痛快不少，回办公室继续研究方案。因为缺一份客户的关键数据，他折腾半天没有进展。不过他不急，资料没到，刘水也一样没进展。

第二天，主管检查两人的阶段报告，看完后说："刘水这份详细多了，

陈冰，这两天你都干什么了？听说你四处投诉，怎么不把精力用在报告上？"

陈冰不服气地拿过刘水的报告，看完大吃一惊："这数据是哪来的？"

刘水说："昨天客户发的传真啊。"

陈冰脑袋一转，明白过来！他怒气冲冲地跑到前台质问小马："你为什么只给刘水送了传真？"

小马撇撇嘴说："公司有规定前台要送传真吗？你自己不看着赖谁？我通知刘水时，你正四处告状呢，关我什么事？"陈冰气得牙痒痒，又无可奈何。

方案评审会这天早晨，两人早早来到公司。在电梯前，遇到了经理。陈

冰一个箭步跨到经理旁边问候："经理，早！"

经理也回道："陈冰，你很早嘛！"他好奇地看着涨红着脸，不知该说啥好的刘水问，"你就是刘水？"

两人都是一怔，没想到经理叫得出刘水的名字。经理呵呵一笑："你不知道，我每天要听多少人提起你的名字！食堂王婶、保安小张、前台小马——"

刘水脸涨得更红了，不知道如何应对。陈冰酸酸地说："经理，您日理万机，还会记得他们的名字啊？"

经理正色道："你的名字我也知道。团结才有力量。我当年初出茅庐，也是靠大家的帮助协作，才有今天啊！"

公司经过对陈冰和刘水的方案评判，认为两人业务水平不相上下，但从方案的可行性上，刘水高出一筹。而在平时表现上，除了主管说了陈冰几句好话外，考勤方面刘水全勤，陈冰有迟到记录；陈冰投诉过保安及班车司机，也被这些人投诉过。刘水则没有任何不良记录。最终结果是，刘水胜出，陈冰走人。

最后一天，陈冰抱着箱子，走出德力公司的大门口。他还是有点不服气：自己走的上层路线，怎么会败给刘水的草根路线了呢？

（题图、插图：谢　颖）

高明的
医术

□ 金 麒

遭遇绑架

济仁药铺是个老字号药铺，名声不错，买卖也算兴隆。但最近济仁药铺却遇上了麻烦。

这天中午，药铺老板施仁贵正在给人看病，忽然一个伙计慌慌张张地跑进来，大呼不好，并给他一封信。施仁贵展信一看，只觉天旋地转。

原来这是一封勒索信，信是当地土匪头子陆二送来的，陆二在信上说绑架了施仁贵的长子施方，如果不拿出一万两白银，就撕票。施仁贵经不起这种打击，当即昏了过去。

这时，施仁贵的小儿子施圆进来，赶紧施救。半晌，施仁贵才醒来，让施圆想办法。施圆说："爹，如果按照陆二的要求，我们必定倾家荡产。"

施仁贵说："就算是倾家荡产也得救你大哥啊。"

施圆想了想说："爹，我有一个更好的办法，不用倾家荡产，还救得了大哥。"

施仁贵着急地说："那还不快点说！"

施圆说："你在家装死，然后再由我去把大哥换回来。"

施仁贵听后连连摇头，装死容易，可用一个儿子去换另一个，有何不同？况且论医术，施圆还略胜施方一筹，如此一换，是否不妥。施圆却笃定地说："爹，您就放心吧，我自有妙计。"

拗不过施圆，施仁贵只好勉强答应，并一再叮嘱他小心。

得到父亲同意，施圆略做准备，便来到陆二山寨门前。

陆二听说施圆来了，万分高兴，以为是来送钱的，他赶紧迎了出来。

可等他来到门口，见施圆两手空空，便恼怒道："我要的一万两白银呢？莫非你带的是银票？"

施圆笑着回应："一无白银，二无银票，只有贱命一条。我是来换我哥施方的，你把他放了，我来当人质。"

陆二万分不解，问这是为何。施圆说："一万两白银不可能轻易筹到，先缓几日，我哥自幼吃不了苦，所以我来替他。"

陆二眼珠一转，当即答应，叫人把施方放回，将施圆留下。施圆被带进山寨，陆二非常客气，命人好好款待。陆二得意地说："施大夫，既然你来了，就别走了。我知道，那一万两白银非把你家弄得倾家荡产不可，你不如就留在我这里吧，我正好缺一个你这样的名医，保证不会亏待你的。"

施圆冷冷一笑，说："你怎么知道我家会倾家荡产？我一分钱不给，你照样会把我放了。"

陆二冷下脸说："这里是我的地盘，放不放，我说了算。"

施圆说："可是给不给贵公子治病，却是我说了算。我爹听说大哥被你绑架，伤心而死，现在能治你儿子病的人就只有我一个了。"

纷争不断

陆二暗吃一惊，原来他之所以对施圆如此客气，是因为他的独子得了一种怪病，每月初一都会疯癫发作，如果不吃施家的药便不能控制，陆二本想把施圆永久留下，没想到施圆竟然以此要挟自己。

施圆说完，便大摇大摆地朝门外走去，陆二想拦，可真怕得罪了这个救星，他大吼一声把施圆叫住："你就不想知道我为何要绑架你大哥吗？"

施圆摇了摇头。陆二说："是你大哥求我这样做的，他答应事成之后给我重谢，否则我也不会冒险得罪你施家。"

施圆回到家，并未声张，哪知当天夜里便发生意外。原来施方得知施圆归来，便雇凶手，打算趁他熟睡时把他杀死。可凶手刚到施圆卧室，就被事先埋伏在那里的人抓个正着。其实施圆一回家，便将陆二所说告诉了父亲施仁贵。

施仁贵不信大儿子会做出如此禽兽不如之事，便带着家丁在此等候，没想到施方果然带人来了。

施方见事情败露，气急败坏，竟动起手来，要把施仁贵和施圆全都杀死，幸亏家丁多，才把他制伏。

施仁贵不解，问施方为何要这样做。

施方已是破罐子破摔，冷冷说："我自幼受宠，养尊处优惯了，根本没学到什么医术，等长大才发现，我在家里失去了地位，尤其是输给了医术高明的弟弟。如果照此下去，家产必定全是弟弟的。所以，我只好出此下策，串通土匪，监守自盗。"

听施方说完，施仁贵老泪纵横，想不到真应了那句话，惯子如杀子。可事已至此，他后悔也没用了。

这时，施圆在一旁说："大哥，你这是干什么？如果你想要家产，我一文不要，全都给你便是了。"

施方脸上转惊为喜，说只要施圆立下字据，并马上离开济仁药铺，就会结束这场闹剧。

施圆为顾全大局，当即答应，写完字据，转身便离开了施家。

施仁贵虽然伤心至极，可也没更好的办法，兄弟两人这样斗下去，迟早会出人命，有一方退出，未尝不是件好事。

很快，施方成了济仁药铺的老板。施仁贵则因为对施方心灰意冷，云游四海去了。

这天是当月初一，陆二因为儿子旧病复发，又找到了济仁药铺。施方听他说完病情，便说："放心，有我施家祖传秘方，陆少爷可以高枕无忧。"说着，他便把秘方拿出来，照着方子开药。

陆二见状，一把将药方夺下来，哈哈大笑说："施老板，你可真够蠢的，方子在手里这也叫秘方？既然到我手上，就不麻烦你了。"说完，命人对施家好一顿抢掠。

这一切竟似在施方意料之中，他笑着对陆二说："你觉得抢了方子，就能高枕无忧吗？"

陆二只当他是虚张声势，带人扬长而去。施方摇了摇头，对身边人说"过不了几日，他还会回来的。"

果然不出施方所料，没到一个月，陆二又来找施方，见面就给他跪下，说秘方作用有限，儿子疯病发作把药方吞吃了，求施方重开药方，救儿子一命。

施方摇了摇头，不加理会。陆二无奈，只好答应返还施家被劫财产，让施方伸出援手。

施方却说："陆寨主，治疯病的秘方只有施圆知道，我知道的仅是皮毛。不过，我可以每天去一次山寨，帮少爷稳定病情，要想根治，还得找到施圆才行。"

陆二无奈，只得一边让施方每天到山寨给儿子治病，一边派人四处寻找施圆。

一天，施方正在给陆公子看病，突然有人来报，说找到了施圆。陆二赶紧让人把施圆带进来。施圆一见施方，脸色大变，怒道："我已把家产全部给你，为何还要为难我？"

施方知道弟弟脾气倔强，便提出把施圆带回家里，商量好了，再来给陆公子诊治。陆二想想也无他法，就答应了。

谁更高明

施方把施圆带到家，施圆又对大哥一顿训斥，骂他不守祖业。施方待弟弟骂够了，才问道："你为何不根治陆公子的病，而是让他每月复发一次？"

施圆冷冷地说："这就是我守祖业的良策，我们无力除掉土匪，但为自保，必须得想制衡之策。以前施家之所以能太平无事，正是因为我每次给他开的药都少一味。"

施方突然哈哈大笑，说："你想过吗？土匪如果找到一个高人治好了陆公子的病，你怎么办？"见施圆不响了，施方又说，"我也在守祖业，不过与你相反，不是制衡，而是制伏，我要把整个山寨铲除！"

施圆不相信大哥的话，更不相信

大哥有这个本事。施方说："我本想让你置身事外，但我也想赌一把，所以把你找了回来，我要让你亲眼看看，大哥是如何不费一兵一卒，就制伏悍匪的。"

施圆将信将疑，哪知不到三天，施家伙计来报，说陆二前来拜访。

话音刚落，陆二已进了门，"扑通"一下跪在地上，向施家两位兄弟求救。这几日陆二的山寨发生怪病，匪徒们个个腹痛难忍，陆二也未能幸免。

原来，陆二的山寨易守难攻，官家也无法剿灭，于是这伙匪徒便为所欲为。陆二虽是土匪，但却奸诈无比，不轻易相信外人，更不允许外人进入山寨。施方虽然医术一般，可却对土匪经常骚扰百姓恨之入骨，一直想匪患根除。为达目的，他先和陆二上演一出假绑架，换取陆二信任。哪知半路兄弟来救他，打乱了他的计划，于是又制造兄弟、父子不和的状况，把施圆和施仁贵都赶走，这样无人能治陆公子的病，陆二就只能让施方每天进出山寨了。前些日子，施方趁给陆公子治病之机，暗中往山寨的水井里放入药物，造成匪徒们集体中毒。如今他们毒发，只能束手就擒，被施方他们送进官府。

施圆了解真相后，对施方赞叹道："大哥，我是医病，而您是医本，您真是医术高明啊！"

（题图、插图：谢 颖）

动物世界中，鹰是蛇的天敌。那么在人类世界中，当"毒蛇"遇上"老鹰"，会有什么故事发生呢……

鹰蛇斗

□ 张正祥

近几年，在辽阔的克拉玛依戈壁上出现了一个猖狂的犯罪团伙。他们的老大绰号"蛇哥"。此人心狠手辣、老奸巨猾，他利用戈壁的特殊地理优势，独霸一条线路，叫手下人偷盗打劫、杀人越货，而他自己，则像蛇一样，缩于洞穴之中，暗中操控，从不出头露面。因此，就连道上的人也从未见过他的庐山真面目！

可最近一段时间，蛇哥的地盘突然闯进一个绰号"老鹰"的不速之客。他与蛇哥干的是同样的买卖，有好几次，蛇哥吃到嘴边的食，却硬生生地被他抢走了。对此，蛇哥一忍再忍，可手下的兄弟们忍不住了，说，再忍下去兄弟们打下的地盘就得拱手让给老鹰了！于是，蛇哥将手下一干人等召集起来，决定用最原始的办法解决问题，将老鹰赶出自己的地盘！

蛇哥手下有个得力助手，机灵能干，大家都叫他"秀才"。他见蛇哥要大动干戈，说道："大哥，要说打打杀杀，兄弟们过的本来就是刀口上舔血的日子，谁都不是熊包。可真要是为这事闹出很大的动静，怕是会惹来不必要的麻烦啊！"

其实，要不是老鹰咄咄逼人，叫自己颜面扫地，蛇哥也不想冒险。他听秀才说得在理，便问道："那你说怎

么办呢？"

秀才犹豫了一下，说："都是出来求财的，和气生财嘛，能不动刀那是最好！我看咱们还是先礼后兵，先找个中间人跟他谈谈，问问他到底怎样才能罢手。实在谈不拢的话，再行动也不迟啊。"

这话正合蛇哥心意，他听后力排众议道："就按秀才说的办……"

很快，他们就得到了老鹰的回复。老鹰说，地盘是大家的，谁有本事谁得，如果蛇哥不服的话，可以拿出看家本领和他赌一把，他要是技不如人，就永远离开这个地盘。

得到这个消息，蛇哥冷笑一声，说"看来我们这位朋友是不知道'蛇哥'二字的由来啊……"

原来蛇哥身怀着祖传的绝技。据说，他的祖爷爷是"荣行"里"七十二铃"的高手，想当初，有人身挂七十二个铃铛刁难他，他照样将东西偷到手，硬是没碰响一颗铃铛。现在，蛇哥虽不及当年的祖爷爷，可也是行里少有的高手，他那双手，在人身上游动，就像蛇一样柔软。正因为如此，他才被人叫作"蛇哥"。

于是，蛇哥让中间人转告老鹰，说："我正好踩了一个'点子'，后天有一帮到此地务工的外地女人准备回家，她们身上都带着上万块工资，到时候就在车上一决高下……"

也不知道蛇哥的消息从何而来，

还真有这么一帮子妇女，等着结了工钱回家呢。她们做梦没想到，自己还没有到手的工钱，却早已成了鹰蛇争斗的嘴边肉。

1.精心策划

这帮妇女一行二十多人。这天一大早，她们便收拾好行囊，浩浩荡荡地来到一家公司门口。她们的带头人是一个五十多岁的精干妇女，大家都叫她"铁婶"。进了公司，铁婶吩咐大家把行李放好，便敲开了经理办公室的门。

这是一家集仓储和劳务于一体的贸易公司，经理姓柴，五十来岁，人很随和，大家都叫他老柴。铁婶她们便是公司派遣到此地摘棉花的外地务工人员，现在合同期满，她们是来找老柴领工资的。她们本来担心要钱会费点周折，没想到老柴不但没有爽约，还额外给她们订好了回家的车票，这叫妇女们感激不尽。

可是钱一到手，她们瞅着手中那沓厚厚的百元大钞，却犯起了愁。原来这些妇女多数是初次出门，一想到回家又是汽车，又是火车，要经过上上下下几番周折呢，哪个敢将这么多钱带在身上啊？

老柴见状，笑道："你们现在这个样子，我要是小偷，都知道你们身上有钱。出门在外，言行一定要泰然自若，有钱都要装作没钱的样子，那样才不会引起小偷的注意！"

其实，这对铁婶来说，根本就不算个事儿，她见大家急得手足无措的样子，笑道"有啥好担心的？把钱存起来不就行了吗？"

的确，要不是有铁婶带着，这帮妇女还真就是一盘散沙，一会儿风起，一会儿雨落的，根本就没个主心骨。现在，听铁婶这么一说，她们又叽叽喳喳地说要去银行。

老柴见状，摇了摇头，说："先别吵啊，你们二三十号人一下全拥到银行存钱，少说也要大半天时间，看看你们手里的车票，时间哪够啊？"

原来大家只顾着急，根本就没看车票上的发车时间。老柴说得没错，发车时间是中午12点，现在已过了10点，真要是去存钱，时间确实不够！

铁婶也没想到时间会这么仓促，她想了想，不好意思地对老柴说"大兄弟，你看能不能把票先给退了？"

"退不了啦！"老柴也急得直咂嘴，说，"为安全起见，你们还是把钱存了，千万别因小失大，大不了就损失一张车票！"

一听这话，妇女们顿时你看看我，我看看你，一声不吭了。其实，她们心里都在盘算：一

张车票可是好几百块，现在手里的这张票是老柴买的，若真要是再买，那就得自己花钱啊！农村出来的妇女，都精打细算过日子，谁不想把这几百块钱省下来啊？铁婶也不愿意把这张票废了，一时也没了主意。

见大家还在磨蹭，老柴看了看时间，走到铁婶面前，说："老嫂子，你可是大家的主心骨，到底怎么办，你倒是说句话啊！"

铁婶看了大家一眼，咬了咬嘴唇，问老柴："大兄弟，要是办一张卡时间够吗？"

老柴一怔，没明白她的意思。

铁婶稍一迟疑，转身对大家说："姐妹们，要是你们信得过我，就把钱都先放到我这里，我一个人办张卡把钱存了，等回家后再把钱取出来分给大家，行吗？"她这句话一出口，把

老柴惊得目瞪口呆。他愣怔了好一会儿才说："老嫂子,这事可不能乱搅,那可是二三十万,你要三思啊。"他以为铁婶也只是一厢情愿,不见得别人会相信她。

不料,妇女们听铁婶这么一说,顿时如释重负,纷纷说道:"对,就这么办,我们相信铁婶!"说罢,大家又要求老柴将她们手里的钱清点记数,又收集到了一起。

看着这堆钱,老柴不得不对铁婶刮目相看。他还好人做到底,亲自带着铁婶她们去银行了。

银行就是这样,取几十万要预约,但存几十万,随时都可以给你开绿灯。所以,铁婶的这笔业务办理得比预想的要快,不到半个小时,那二三十万元便换成了一张崭新的银行卡。这张卡虽轻,可对铁婶来说却重如泰山,她掏出一块叠得方方正正的手帕,小心翼翼地将卡包好后,又从手腕上扯下一根橡皮筋将手帕扎了两圈,才撩起衣襟,将它塞进最里层的一个口袋。

出了银行大门,大家心里的一块石头才算是落了地。老柴见她们个个有说有笑的,也觉得没什么好担心的了,就此别过回公司了。

可是,在去车站的路上,大家发现铁婶表情凝重,一言不发,便问她在想啥事。

铁婶却欲言又止,最后说:"没啥事,可能是我想多了……"

2. 高徒出招

一行人紧赶慢赶地到了车站,这时已过了发车时间。还好,客车并没有开走,司机说她们要是再不来,就打算发车了。

铁婶很是过意不去,便叫大家赶紧上车。按说,她们算是正巧赶上点了,可是没想到还有比她们更赶的。

就在铁婶要上车的时候,一个冒冒失失的小伙子不知从哪冒出来,拿着两瓶水和几包零嘴也要往车上挤,险些把铁婶给挤下车。不过,小伙子马上意识到自己的莽撞,转身将铁婶扶上车,还连连赔礼道歉。之后,他才坐到了最后一排的位子上。

铁婶一看,小伙子边上还坐着一个戴着太阳镜的姑娘,她也就明白小伙子为啥这么猴急了:敢情他是怕怠慢了心上人啊!不过,乍一看那姑娘,铁婶一愣,不由多看了她几眼。

这趟车并未满座,除了铁婶她们一行人,只有十几个散客。客车发动后,铁婶摸了一下口袋,感觉到卡还在,这才长长地舒了口气。因为现在车上就这么几个人,加在一起还没有她们一半多,再加上周围坐的全是自己人,铁婶想:就算是真被小偷盯上,只要我坐着不动,看他怎么下手?

然而,铁婶哪里知道,她兜里的

那张卡此时已经落入了他人手中！

客车刚一启动，坐在最后一排的那个小伙子突然偷偷捅了一下他身边的那个姑娘，然后，变戏法似的拿出一个叠得方方正正的手帕，得意地说："怎么样，兄弟这手还行吧？"他手里拿的正是铁婶包卡的手帕！

原来这两个人不是别人，正是蛇哥的手下。小伙子叫蝎子，是蛇哥的关门弟子。蛇哥自信蝎子得到了自己的真传，不会叫他失望，所以这次并未亲自出马。至于那个姑娘，说了也许叫人难以置信，她其实并非女儿之身，而是由秀才扮的！秀才本身就长得白净，再套上个假发，戴上个茶色太阳镜，不就是活脱脱的一个大姑娘吗？他之所以男扮女装，就是为了给蝎子做个掩护。

上车之后，秀才与蝎子突然接到了蛇哥的电话，说情况发生了变化，目标把所有的钱都存进了银行，而且存在一张卡上，卡就在她们当中的那个老女人身上！

秀才一听，说："那还赌个啥？钱一存银行，偷张卡有什么用？"

蛇哥却说："计划不能取消，这趟活我们不是为了钱，而是为了与老鹰争个高下。干咱

这一行，玩的不仅仅是手段，还要随机应变，所以，那张卡现在就是我们赢老鹰的见证，说什么也要把它弄到手！"

偷张卡对蝎子来说是小菜一碟，所以，他在铁婶上车的那一刹那，施展了一招扒手惯用的手法——"抢车门"，神不知鬼不觉地将卡给"顺"了。不光如此，为怕被铁婶过早发现，他又使了一招"偷梁换柱"，在铁婶的口袋里放了一个替代品。

现在，卡已到手，他们并不急于亮相，想看看老鹰会使什么手段。再说，他们也没见过老鹰长啥样，到现在还不知道哪个是老鹰。

可是没想到这一等就是两个小时。这期间，很多人都昏昏欲睡，车内一直是风平浪静。就连铁婶也慢慢放松下来，摇摇晃晃地打起了瞌睡。

蝎子见老鹰还按兵不动，有点坐

不住了，低声问秀才："老鹰到底来了没有？他怎么还不动手？"

秀才却不急不躁，说："高手出招总是出其不意，他在等待最佳时机！"

蝎子鄙夷地一笑，说"我看他是知难而退，压根儿就没上车！"

秀才冷笑一声，道："我要是你，就不会说这样的话给大哥丢脸。"说着，向前排努了努嘴，说，"他早就上车了！"

原来客车最前排的座位上坐着一男一女，男的四十来岁，气定神闲，稳稳坐着，女的端庄秀气，年轻漂亮。纵观全车，也只有那个中年男子最有可能是老鹰。

蝎子瞪了一眼秀才，说："那好，我这就去会会他！"说罢，起身走向前排，不声不响地坐到中年男子身后的空位上。他想先摸摸对方的底，看看他到底是不是道上的人。于是，他轻轻拍了一下中年男子的肩头，低声说道，"天龙盖地虎！"他说的是一句道上惯用的黑话，如果是同道中人，就会对"宝塔镇河妖"。

不料，中年男子猛地回头，看了蝎子一眼，警惕地问："啥事？"

"没、没事！"遇上对方答非所问，蝎子一时不知如何应付，只好尴尬地笑笑，灰溜溜地又回到了自己的座位上。坐定后，他低声骂秀才，"什

么狗屁眼神，也不知道谁给大哥丢脸？"

秀才胸有成竹地一笑，说："他总会出手的。路还很长，先别急着得意……"

此时，客车已开进了戈壁深处，突然，"嘎"一声，司机把车停下，打开车门，跳下驾驶室。见车在这前不着村后不着店的地方停下来，车上的人不知道发生了什么事，都警觉地坐了起来。

一会儿，司机上车打开车门，说"大家想方便的就下车方便一下吧，有个轮胎快爆了，得换好了才能走！"

这正合大家心意，尤其是铁婶她们，由于匆忙赶车，很多人连个厕所都没来得及上，听司机这么一说，她们"呼啦"一下全下了车。只有铁婶，也许是担心身上的卡，仍然坐在那里一动不动。

见大家都要下车解手，蝎子看了秀才一眼，不怀好意地笑道："走啊，下车尿尿去！"

秀才推了蝎子一把，说："去你的吧，下车后你让我去左边还是右边？"原来，由于戈壁上一马平川，没有任何遮掩物，长途客车上都有个不成文的规矩，中途解手时就以客车为屏障，男左女右。现在，秀才就是真尿急也得憋着。

蝎子早就尿急了，顾不上再戏弄

秀才，急忙方便去了。他前脚刚一下车，前排的那个中年男子对身边的姑娘低声说了几句，也跟着下了车。

此时，偌大的客车上就剩下三个人——铁婶、秀才和那个姑娘。

3. 天外有天

再说蝎子，他下车方便完后，见司机正在卸的那个轮胎完好无损，便忍不住问道："师傅，这胎不是好好的吗，干吗要换？"

司机白了他一眼，说："现在是好的，可再跑下去就不见得好了！"

蝎子不服气，说："你怎么知道它会爆？"

司机说："你要是开上十几年的车，你就会知道！"

蝎子被他说得无言以对，只好站在一边抽烟。一根烟抽完，他正准备上车，不料，前排那个中年男子突然转到他跟前，冷不丁地说了一句："兄弟，手法不错嘛！"

蝎子一怔，从头到脚打量着中年男子，问道："你到底是谁？"

中年男子微微一笑，说："你们不是一直在找我吗？"

"你是老鹰？"

中年男子没作正面回答，而是漫不经心地说道："既然游戏规则发生了变化，蛇哥也不知会一声，赢了也不见得光彩啊！"

一听这话，蝎子心里有谱了：他就是老鹰。看来，他已经知道卡在我身上了！于是，蝎子回敬道："输在蛇哥手里不丢人，要怪就怪老鹰大哥不懂得'随机应变'，让小弟我捡了个便宜！"

"多谢赐教！"老鹰竟一点也不气恼，话锋一转，说，"不过，我倒是现学现卖，从兄弟身上又将东西拿走了，不知是否算得上'随机应变'？"

蝎子一怔，急忙一摸口袋，顿时呆若木鸡。原来，他从铁婶身上偷的那方手帕早已不翼而飞！

在扒手这个行当里，最丢人的不是被警察抓住，而是到手的东西又被别人扒走，那才是奇耻大辱！蝎子是蛇哥的得意门生，此次他是代表蛇哥出手的，这事要是传出去，先不说他在道上没法混，蛇哥也不会放过他啊！

想到此，蝎子阴沉沉地说："兄弟，打人不打脸，你这是把我往死路上逼啊？"

老鹰冷笑一声，说："弱肉强食，我也让你明白一个道理——没有三两三，不敢上梁山！你以为这趟车任谁都可以上吗？"

"你——"蝎子突然恼羞成怒，将手伸进怀里。像蝎子这一路人，有时候暗偷不行就得明抢，所以，家伙从不离身。现在，蝎子怀里就揣着一把手枪！

老鹰见状，一把将蝎子的手按住，轻轻地摇了摇头，说："刀一出鞘

就得见血，我们之间还没到动刀动枪的地步！"说着，隔着衣服拍了拍蝎子怀里的枪，将手收回，说，"见兄弟也是条血性汉子，我就给你一次机会，上车后我会将东西放回原处，如果兄弟不服的话，就再将它拿到手。不过，有句话我可要说在前头，如果这次又让我先得了手，那就得请你们的蛇哥挪窝了！"说罢，大步上了客车。

此时，司机也正好换完胎，招呼大家上车。蝎子这才如梦初醒，只好上车之后再做打算。

上车后，蝎子把情况向秀才一说，秀才听后说道："他是根本没把你放在眼里啊！"

蝎子咬着牙说："妈的，我刚才真应该一枪把他给崩了！"

秀才叹了口气，说："算了，你还是打电话给大哥，让他来决断……"

其实，蛇哥此时正驾着一辆越野车跟在客车的后面。他这样做是有用意的，就是担心蝎子不是老鹰的对手，到万不得已时，自己好亲自出马挽回局面。接到蝎子的电话，一听成了现在的局面，蛇哥气得直骂娘。骂完，他让蝎子不管想什么办法都要将卡弄到手，不然，就别回来见他！

蝎子已经见识了老鹰的厉害，心里没底，便瓮声瓮气地说："大哥，那小子明显就在打我的脸，我倒无所谓，可这事要是传出去的话，道上的朋友怎么说就不知道了！"他这是给蛇哥将了一军：打我的脸就等于打你的脸，出不出面，你自己看着办吧！

蛇哥是个把江湖地位看得很重的人，听了蝎子的话，他沉默了一会儿，说："让我再想想吧！你们先静观其变，看看他下一步做什么。"说完，便挂了电话……

现在，只见老鹰安逸地躺在座位上闭目养神，他身边的那个姑娘一个人在玩电脑，谁也猜不透他下一步做什么。他说要把卡再放回原处，怎不见有任何动作啊？

蝎子和秀才正在纳闷，不料，老鹰身边的那个姑娘突然叫了起来："你看你看，这些人实在是太缺德了，竟然连采棉工的辛苦钱也忍心偷！"

老鹰对此似乎没有兴趣，连眼都没睁，只是应付般"哦"了一声。

姑娘像是全然没有察觉，指着电脑接着说："网上说有几个扒手男扮女装，假扮成采棉工，贼喊捉贼，结果，一车的采棉工都去摸自己的口袋，把藏钱的地方暴露了，让他们偷了个一干二净！"

老鹰又"哦"了一声，慢条斯理地说："这是小偷惯用的手法，叫'投石问路'。不过，也怪那些采棉工，现在客车上的扒手比乘客多，她们干啥要将钱带在身上，难道就不知道存起来吗？"

听这两人说的是采棉工的事，车上的那帮妇女顿时感到同病相怜。她们想，要不是铁婶有主见，说不定她们也会有同样的遭遇啊！她们都庆幸把钱存了起来，有些干脆接着话茬"叽叽咕咕"说了起来……

铁婶听她们越说越热闹，怕她们把不该说的说出来，便咳嗽了一声。

那些管不住嘴的妇女们立即领会，吐了吐舌头，便闭口不语了。

见大家开始有所反应，姑娘又盯着电脑看了几眼，突然像发现新大陆一样，大叫道："看看，把钱存了也没用。这里说，一帮农民工年底领工资领的是银行卡，当时，包工头当面给他们查了卡，里面的工资一分不少，可回家后一看，卡里竟一分钱也没

了……"说到这里，姑娘似乎有意吊大家的胃口，不往下说了。

一听说到卡上，刚才还在提醒大家慎言的铁婶却有点坐不住了。只见她下意识地摸了一下自己的口袋，竟忍不住开口问道："姑娘，卡里的钱怎么会没有了呢？"

姑娘回头看了一眼铁婶，随口说道："那些农民工根本没有防范意识，他们的密码全让那个包工头给记下了！"

"啊？"听了这话，铁婶禁不住叫出声来……

4. 引蛇出洞

原来，从银行出来后让铁婶感到不安的正是这个问题。在银行存钱的时候，铁婶就发现老柴总是有意无意地往前凑，分明就是想瞅到她输的密码。当时，她没往深里想，所以没给大家说破。可现在听姑娘这么一说，如果老柴真是口蜜腹剑，心怀叵测之辈，要是让他看到密码，铁婶怕自己口袋里的也会是一张空卡啊！

事关重大，铁婶不敢再隐瞒，终于将自己心中的不安说了出来。听她说完，那些妇女们傻眼了，有的开始埋怨铁婶：为什么不早说，现在在车上，一时也没法查啊……

看到车上发生了这样的一幕，秀才对蝎子说："看到了吗？好戏要上

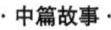

演了。如果我所料不差的话，下一步不用他们引诱，那老女人就会把卡拿出来让他们查询。"说着，不无佩服地叹道，"高啊，实在是高啊，能让人心甘情愿地上当，与偷相比，可谓是技高一筹啊！"

果然不出秀才所料，只见铁婶突然起身，犹犹豫豫了半天，向姑娘问道："那啥，姑娘，要是密码被别人看到了咋办？"

姑娘回头诧异地看着铁婶，问道："大婶，你的密码是不是被人看到了？"

"没、没有！"铁婶慌里慌张地说，"我只是随便问问！"

姑娘"哦"了一声，说："那就好，真要是怀疑密码被别人看到了，你现在最好查一下！"

"现在？"

见铁婶不明白，姑娘补充道"其实很简单，用手机银行、网上银行，随时随地都可以查啊！"

听了这话，铁婶下意识地看了一眼姑娘手中的笔记本电脑，又坐下了。

此时，蝎子急了：一帮老娘们谁会使用网上银行，照这样的趋势，老鹰不但能借机将卡调包，还能一并知道密码呢。于是，他赶紧让秀才想办法。

秀才想了想说："再等等吧，如果她真把卡拿出来，你就去搅了他的局！"说着，在蝎子的耳边如此这

般地吩咐了一番……

不多时，铁婶果然又坐不住了。只见她在座位上挪了一会儿，竟撩起衣襟，将手伸进了装卡的那个口袋。

见此情景，蝎子的心顿时悬到了嗓子眼。如果老鹰之前在说大话，她这一掏就坏事了！可是没想到老鹰的手法如此之快，他早就把卡放回了铁婶的袋中，铁婶掏出来的竟真的是原来那方手帕！

这叫蝎子暗自吃惊：如此神奇的手法，即便是蛇哥本人上了车，怕也比不上啊！

铁婶拿着手帕起身，叫身边的妇女让开位子，摇摇晃晃地走到前面，坐到了老鹰身后的空位上。看来，她的确是想让姑娘用电脑帮她查一下卡里的钱是否还在。

就在铁婶打开手帕准备拿卡的时候，蝎子突然起身，几步走到车头，故意大声说道："大婶，防人之心不可无啊，你这么谨慎小心，难道就不怕你的密码让别人盗取吗？"

他这话一出口，那姑娘可不答应了，"呼"地起身说道："你这人怎么说话的？谁要盗她的密码了？"

老鹰明白蝎子是来搅局的，皱了一下眉头，起身将姑娘按坐下，说道"人家说得有道理，有时候做好人是会惹来麻烦！"说罢转身，低声对蝎子说，"兄弟，这次就当是交个平手，下次我可不会手下留情了！"

蝎子也不示弱，朗声说："你不要误会，我只是想告诉这位大婶，不必麻烦别人，前面有个车站，那儿就有银行！"

蝎子所言非虚，前方不远处的确有个小站，途经的客车如果不满员的话，都会进站拉客，一般要停留半个小时左右，铁婶完全有时间下车查卡。

铁婶哪知道两人之间的恩怨，见自己引起争端，很是过意不去，说道："那我还是等等吧，就不麻烦这位姑娘了……"

蝎子得逞，又见老鹰气得敢怒不敢言，很是解恨。他回到座位上，便对秀才说："兄弟，真有你的，可让我出了口气！"

不料，秀才却丝毫没有得意之色，反而忧心忡忡地说："这只是个权宜之计，路还很长，老鹰迟早还会动手。他的厉害你不是没有领教，我怕你不是他的对手啊！"

蝎子叹了口气，埋怨道"我就是不明白，大哥为啥不亲自出马？他到底在怕啥？"

秀才说："小心驶得万年船，大哥之所以成为克拉玛依戈壁上的传奇人物，靠的就是万分小心！你是他的关门弟子，直到如今，除了他道上身

份，你知道他是干啥的吗？"

"这——"蝎子确实被秀才问住了。原来蛇哥虽然是他们的老大，可他的行踪就连蝎子这个关门弟子也不得而知。到如今，蝎子也不知道蛇哥门面上在做何买卖。

秀才见蝎子哑口无言，接着说："所以，以大哥的行事风格，他宁可丢掉这趟钱，也不会以身犯险。除非、除非让他没有任何顾虑！"

蝎子明白秀才所说的"顾虑"就是警察，他扫视了一眼车厢，说："我看大哥是越老越胆小了，他要是再不出马，老鹰非骑到咱们头上来不可！"

秀才点点头，叹道："现在看来，也只有请大哥出面，使出绝技，才能镇住老鹰啊！"

蝎子狠狠瞪了一眼老鹰，一咬牙说："我来给大哥说，我就不相信都这个时候了他还不出马？"说罢，他又

一次拨通了蛇哥的电话……

其实，上一次通话后，蛇哥就动过上车的念头，像老鹰这样的对手他还从未遇上过，他真想上车和老鹰过过招，但最后，还是警觉性强过了好胜心。这次，听蝎子再次把车上的情况一说，蛇哥对秀才赞赏有加，说："搅得好！剩下的事情就交给我吧！"

一听这话，蝎子顿时喜上眉梢，问："大哥，你准备亲自出马了？"

蛇哥说："都闹成这样了，我要是再不收拾残局，就真会被道上的人耻笑啦！"说罢，他告诉蝎子，说自己会在前方的小站上车。不过，有一点他要蝎子和秀才记住，决不能让老鹰知道此事，他要出其不意地给老鹰点教训！

挂了电话，蛇哥一踩油门，越野车顿时像一匹脱缰的野马，裹着黄沙，风驰电掣般地追向客车……

5.怪异乘客

不一会儿，客车驶进了前方的小站。车一停下，铁婶果然下车去找银行了。不过还好，到银行一查，她们的钱一分不少，只是虚惊一场。

在这期间，车上又陆陆续续上来了一些乘客。可是，眼看着就要开车了，蝎子却没有发现蛇哥的影子。他看了看时间，正在纳闷，不料秀才突然低声说道："别纳闷了，大哥早就上来了！"

"什么？"蝎子一愣，正要寻找，却被秀才一把拉住。此时车上人多了，秀才也不敢多说什么，便低声提醒蝎子："别忘了大哥说的话，难道你怕老鹰发觉不了吗？"

过了半小时，不管还有没有乘客，司机上车擦了擦挡风玻璃，又扳了扳头顶的后视镜，便准时发动了客车。

就在此时，意想不到的一幕发生了——一个乘客突然起身，走到车头，掏出一方手帕，举在手里大声说道："这个东西是谁丢的？"

此乘客很是与众不同，他面部好像是受了伤，除了嘴和眼睛之外，脸上几乎全裹着纱布，就连他说话的声音也有点沙哑。

这方手帕对早先在车上的乘客来说已不再陌生，他们一看便把目光齐刷刷地集中到了铁婶的身上。

铁婶一摸口袋，顿时大惊失色，叫道："是我的，是我的！"原来那个乘客手上拿的竟是铁婶包卡的手帕！知道原委的人真是服了铁婶："这个老太太真是粗心大意，前脚查完没事，后脚竟又把卡给丢了！"于是，他们都证明那方手帕是铁婶的。

可是，那个乘客却没有把手帕还给铁婶的意思，他看了一眼手帕，说"看得出来，这里面一定包着很珍贵的东西，我得对失主负责！所以大嫂，他们说了不算，你得告诉我里面包的是什么！"

"里面有一张银行卡，还有……"说到这里，铁婶突然像是意识到了什么，急忙改口，说，"里面还有一样东西我不能说，你也不能打开看！"

可是那个乘客似乎有意刁难铁婶，他紧握手帕，说："你这样说我可就不能把它给你了！"

卡是大家的，见它落到别人手中，铁婶还在那里婆婆妈妈，一个妇女突然站起来说："婶子，有啥不能说的？不就是阿牛的一张照片吗……"这个妇女心直口快，不容铁婶阻拦，便竹筒倒豆子一般，把铁婶难以启齿的事说了出来。

原来铁婶有个儿子，叫阿牛，他考上了警校，眼看就要毕业了，可不知道犯了啥错误，竟被学校给开除了。铁婶怎么问他都不说。最后，他竟背上包袱到新疆打工去了，一去就是两年，一点音讯也没有。所以，儿子的事铁婶一般不愿提起，自个儿想儿子的时候，就拿出随身带的照片偷偷地看上一眼。

"你给我住口！"铁婶突然大叫一声，打断那个妇女的话，含着泪对乘客说，"现在可以把手帕还给我了吗？"

可是，那个乘客执意要验证一下。他将手帕上的橡皮筋取下来，正准备要打开，不料，客车突然一个急刹车。要不是就近的老鹰眼疾手快，将他一把拉住，他肯定摔得不轻。

站稳后，乘客狐疑地看了老鹰一眼，有口无心地说了声"谢谢"，最终还是将手帕给打开了。里面除了一张银行卡，果然有一张照片，上面的小伙子身着警服，显得英姿勃发。乘客看后一声不吭，慢慢地将手帕包起来，才说道："大嫂，你儿子真是一表人才啊！好吧，我现在就物归原主！"说着，示意铁婶上前来取。

铁婶一怔，疑惑地离开了座位。不料，就在她伸手接手帕的一瞬间，乘客突然一把抓住她的手腕，将她拉到面前，旋即从腰间拔出一把手枪，大叫一声："蝎子，风紧！"

原来此人不是别人，正是蛇哥，在上车之前，他没费吹灰之力就将手帕偷到了手。他之所以煞费心机地把自己弄成这副造型，就是不想让车上的人见到他的真面目。因为之前的交手中老鹰已占了上风，蛇哥想在正式交手之前先挽回一点面子，于是想当老鹰的面把卡还给铁婶，再与他在功夫上见真招。不料，一张照片打乱了他的所有计划……

一听蛇哥喊出"风紧"二字，蝎子"呼"地起身，从怀里拔出手枪，叫道："大哥，什么情况？"

还没等蛇哥作出进一步的指示，秀才突然使出一招漂亮的"擒拿手"，以迅雷不及掩耳之势，将蝎子按在座背上，并麻利地下了他手中的枪。

蝎子疼得龇牙咧嘴叫道："秀才，你他妈的想干啥？"

秀才用枪顶着蝎子的后脑勺，大声喝道："别动，再动就打爆你的头！"

"你也别乱动！"蛇哥冷笑一声，瞅了一眼铁婶，阴阳怪气道，"你就不怕我打爆她的头？我数三声，你要是不放了蝎子，我可就真要开枪了！"说罢，逼视着秀才，从牙缝里叫道，"一——二——"

"好啦！"秀才大叫一声，放开蝎子，慢慢摘下了假发、太阳镜，瞪着血红的双眼说道，"放开我妈……"

原来照片上的阿牛竟是秀才！他怎么成了蛇哥的手下呢？这事还得从两年前说起。

两年前，阿牛并非被警校开除，而是接到了一项特殊任务：上级组织要他只身去新疆，打入一个犯罪团伙做卧底。那个团伙正是蛇哥的组织，上级说，蛇哥相当狡猾，警方根本无法得知他的真实身份，考虑到在当地选人很容易被他识破，新疆方面才跨省特选了阿牛，让他潜入蛇哥的身边，想法将他引出来。这是一项艰巨而危险的任务，要严格保守机密，所以，阿牛当时才不能向铁婶说明原委……

很显然，蛇哥是看到阿牛的照片后，才断定秀才是卧底的。他将整件事一想，便明白了一切，于是才将铁婶捉为人质，想来个拼死搏斗。

蝎子见秀才妥协，不管三七二十一，先把枪夺了过来。说实话，他现在还没弄明白，从一上车，自己就和秀才寸步不离，他啥时候多出一个妈来呢？不过，在这紧要关头，他顾不上多想，他要赶紧脱身。

于是，蝎子举着枪虚张声势地大叫道："都给我听好了，老子现在脑子很乱，谁他妈的乱喊乱动，就别怪我的子弹不长眼……"

6. 庐山真面

此时，车上的人个个噤若寒蝉。

那些妇女虽然都担心铁婶的安危，但没有一个敢站起来说一句话。

蛇哥要的就是这个效果，他拿枪顶着铁婶，吩咐司机停车。

可司机像是没听到一样，一点也不惊慌，仍目视前方，将车开得平平稳稳的。蛇哥正想进一步恐吓，此时，老鹰开口说话了："蛇哥，我们还没赌出个输赢，难道你就这么走吗？"

蝎子附耳说道："大哥，他就是老鹰！"

蛇哥低声骂道："蠢货，什么老鹰？都他妈的是警察！"骂完蝎子，他看了一眼手里的枪，恶狠狠地说，"现在，主动权在我的手里，还有必要再赌吗？好啊，那你说我们赌什么？"

老鹰一步步逼近蛇哥，一字一顿地说："就赌你们俩的枪里没有子弹！"

"什么？"蛇哥与蝎子惊讶地对望一眼，再一看手里的枪，顿时傻了——他们的枪里竟都没了弹匣！

这时，老鹰突然一甩手，"哗啦"一声，变出两副锃亮的手铐，大喝一声："还不放人……"

原来两年前把阿牛特选到新疆的正是老鹰本人。而这次抓捕蛇哥的方案是阿牛想出来的，因为通过两年的

卧底，他摸清了蛇哥的脾性：除了捍卫自己的地盘和江湖地位，从不以身犯险。所以，他才想到以"老鹰"引蛇出洞。

"高手啊！"蛇哥放开铁婶，丢掉手中的枪，看了一眼开车的司机，无力地叹道，"原来那个急刹车不是个意外啊！"

这时，蝎子的额头上直冒冷汗，也明白了自己的弹匣是啥时被卸下的，一定是客车换胎时老鹰下的手！想到此，他才恍然大悟："我说胎好好的为啥要换，原来换胎只是个由头啊……"现在，他才真正明白，从头到尾，车上发生的一切都是做给他看的。

不过说什么也没用了，面对老鹰威严的目光，两人不得不乖乖地伸出双手。

见两人戴上手铐，阿牛终于忍不住，"扑通"一声跪在铁婶面前，失声叫道："妈——"铁婶也喜极而泣，母

子俩顿时抱作一团失声痛哭。哭罢，铁婶自责道："都怪妈一时大意，没取出你的照片，险些让你……"

"什么？"蝎子听了惊叫道，"原来你也在演戏？"

铁婶擦了把眼泪，走到蝎子面前，说："小伙子，有件事情你要知道，没有哪个当妈的会认不出自己的儿子……"

原来铁婶一上车便认出了儿子，她见阿牛男扮女装，知道一定有特殊的原因，所以才忍着没去相认。客车中途停车是老鹰向司机暗示的，他在车下拖住蝎子，就是想让自己的助手与阿牛沟通一下，好进一步开展计划，没想到却意外地给阿牛和铁婶制造了一个母子相认的机会。至于蝎子上车后看到的一切，那都是铁婶在依计行事……

蝎子听后痛恨地摇摇头，对蛇哥说："大哥，这不能怪我，都他妈的是天意啊！"

蛇哥盯着铁婶，惨然一笑，说："天意，天意啊……"

不多时，一辆警车呼啸而来，停在了客车的前面。警车上下来两名警员，登上客车押解蛇哥与蝎子。临下客车时，蛇哥突然心有不甘地问老鹰："我不明白，你一个警察，怎么会有如此高超的扒窃手法？"

老鹰笑道："这都是给你们逼的，要想长期与你们这些人打交道，就得知己知彼。不但要'知彼'，而且要胜于'彼'才行啊！"

听到这话，众人都开怀大笑起来。笑完，老鹰发现铁婶一直皱着眉头，盯着蛇哥的脸看，于是上前好奇地问道："老嫂子，你也想看看大名鼎鼎的蛇哥长什么样吗？"

铁婶轻轻一笑，说："这个人我一定认识，要不然，他也不会把自己包得像粽子一样！"

"是吗？"老鹰似乎有点不相信，说，"好啊，那我们就看看蛇哥的庐山真面目吧！"说着上前，一圈一圈地解开了蛇哥脸上的纱布。

当纱布完全解开时，车上的妇女们顿时吃惊得全叫了起来："老柴！怎么会是老柴……"

然而，铁婶一点也不吃惊，她走到蛇哥面前，说："柴经理，其实你没上车之前我就想到你可能就是我儿子要抓的那个'蛇哥'。当我知道蝎子把我的卡偷走之后，我第一个就想到了你，因为钱是临时存起来的，这一点只有你知道。由此来看，你给我们买车票也绝对不是出于好心，而是想借车票控制我们的出发时间，好让我们没有时间存钱，你说对吧？"

听完铁婶的话，蛇哥惊得瞪大眼睛。好久，他才喃喃道："老鹰，我是真的输了。"

（题图、插图：杨宏富）

故事会■新浪 微故事大赛

4月优秀作品选登　　主题：爱的故事

@人生如水007007 凯来到上海读大学半年了，父亲竟然一次电话也没有打过，每次都是母亲打来嘘寒问暖，凯甚至怀疑他不是自己的亲生父亲。放假回家，晚饭过后一家人看电视，忽然父亲对母亲说：赶快换频道，看看上海的天气预报。母亲笑了：孩子都回家了，你还看天气预报干什么？

@文坛初学者 每当爸妈吵架，年幼的她只能无助地在一边抽泣。这次他们吵得格外凶，妈妈盛怒下提出离婚，还对丈夫扬言："我只要女儿。这家里的东西我一样不要，我见了你动过的东西就恶心！"她怯生生地走到妈妈面前："我也被爸爸亲过、抱过，你不会觉得我恶心吧？"泪，同时从一家三口的眼里流出。

@笑天涯80后 厨房里丈母娘正忙着炖鱼。丈夫忍不住埋怨妻子："咱明天别来蹭饭了，你想吃啥我给你做，瞧把老太太折腾的。"妻子忙轻声说："这是我和哥商量好的，每星期轮流来蹭饭。"丈夫疑惑："为什么呀？""其实，我们是想让爸妈吃点好的。你不知道平时老两口净瞎凑合，年纪大了不正经吃饭哪行？"

@肆夜O草 "大姐，给我打包一碗鸭血面。""好的，高三党晚自修这么晚，给你加点小青菜。"走出店门，我似乎听到店主在斥责她。第二天，我又去那家店

"大姐，今天还是鸭血面，但是别加小青菜了，省得你被骂。""嗯，好。"回到家，开始吃面，果然没有小青菜了，但是……空心菜也不错。

@杨信社 山头上，牧童在放羊；山脚下，母亲在锄草。孩子很调皮，冲山下喊道："狼来了……"当母亲扛着锄头发疯似的奔到山顶时，孩子笑了："我骗你呢！"过了一会儿，孩子故伎重演，母亲又上当了。当母亲第三次被骗到山头时，孩子哭了："妈妈，书上骗人，他们说第三次就不灵了……"

@风铃炸弹 为了能在拆迁中多分房子，我们全家一致怂恿父母假离婚。老娘沉默了片刻便答应了，老爷子却犟起了脾气，说他丢不起这脸。我们没辙，只能差老娘出马。妈只一句"死老头面子重要孩子重要？再倔咱俩真离！"就把老爷子说得呆坐在椅子上，半晌他才极小声地对妈说："可是今年咱俩金婚呐。"

@鱼翔_浅底 到学校大门口的时候，儿子突然哀求她"妈妈，今天别在同学面前亲我了好不好？"她正靠近儿子的嘴愣在了半空，但她最后还是在儿子的脸上亲了一口。"讨厌！"儿子用手使劲擦擦脸，头也不回地跑进了学校。这时候，儿子他爸把蹲在地上的她扶到车上，往医院手术室开去……

五月草长莺飞，春光明媚，是个适合结婚的季节。结婚会涉及各种各样的婚俗。你知道，它们都是怎么来的吗？

贴「囍」字

现在，办喜事的人家总要在门窗上贴个大红"囍"字，渲染喜庆气氛。这一传统，传说与王安石有关。

王安石年轻时进京赶考，途经马家镇，他见一户人家门口挂着一副对联，上联写着"走马灯，灯马走，灯息马停步"，下联却是空白。王安石觉得怪异之余，也赞叹书写上联之人的聪颖。

第二天，王安石便上了考场。答卷时，他一挥而就，交了头卷。主考官见他聪明，便传来面试，指着厅前的飞虎旗说："飞虎旗，旗虎飞，旗卷虎藏身。"

王安石想起昨日看到的上联，于是信口对上："走马灯，灯马走，灯息马停步。"他对得又快又好，让主考官赞叹不已。

王安石考完回到马家镇，又经过那户人家，便信手在下联上写下"飞虎旗，旗虎飞，旗卷虎藏身"。家仆见他对出下联，便立刻请出了主人马员外。马员外见他对得工整，竟说要将女儿许配给他。原来，门口的对联是马小姐为择婿而出的。

不久，王马两家约定结亲。成亲那日，正当新娘新郎拜天地时，有人来报："王大人金榜题名，明日请赴琼林宴。"

马员外大喜，即命重开酒宴。王安石则喜上加喜，带着三分醉意，在红纸上挥笔写下一个大大的"喜"字。他写完，犹未尽兴，便一气呵成，又写了一个"喜"字。

两个"喜"字紧紧相联，合成一个硕大的"囍"字，王安石命人贴在门上，并高声吟道："巧对联成双喜歌，马灯飞虎结丝罗。"

从此，贴"囍"字的风俗便在民间广为流传。

洞 房

人类最初的婚姻形式是"群婚"，后来才慢慢演变为一夫一妻制，这和"洞房"的出现还有一定关联。

据传，黄帝有一次出巡，发现有一家三口人分别住在三个洞穴里。而且每个洞穴周围都用石头垒起高墙，只留下一人能进出的门口。

黄帝便前去询问原因，一问才知道：这么做，可以有效地防止野兽的袭击。

这个发现引起了黄帝的兴趣。

当天晚上，黄帝召来所有手下，说："我一直想制止群婚，但苦于没有办法。今天，终于让我想到了办法。今后，一男一女凡配成夫妻，先聚集部落民众前往祝贺，举行仪式，上拜天地，下拜爹娘，夫妻相拜；然后，喝酒庆贺，载歌载舞，宣告两人正式成婚；最后，将夫妻二人送进早已准备好的洞穴里，周围垒起高墙，出入只留一个门，吃饭喝水由男女双方亲人送入，长则三月，短则四十天，让夫妻二人在洞里建立感情，学会烧火做饭，学会怎么过日子，方准许他们自由进出。另外，凡是结婚入了洞穴的男女，就算正式婚配，再不允许乱抢他人男女。为了区别已婚与未婚女子，凡结了婚的女子，必须把蓬乱头发挽个结。大家便知，她是已婚，其他男子再不能有所企图，否则就算是犯法。"

黄帝的这个主张很快就得到了民众的广泛支持和拥护。

人们都争着为自己的儿女挖洞穴、垒高墙，凡儿女们一婚配，举行仪式后，就把他们送入洞穴，这便是最初的"洞房"。

此后，群婚这一恶习也就逐渐逐渐消失了。

结发夫妻

结发夫妻即为元配夫妻，关于这个名词的由来，民间有很多解释，其中有一个故事特别耐人寻味。

相传，有个皇帝登基头一夜，辗转难眠。

皇后察觉后，便问他有何心事。皇帝沉吟了很久，才吞吞吐吐地说道"本朝以男子胡须长短衡量人的学识，而寡人——"

皇后聪明过人，知道皇帝是因为自己胡须不够长，恐被臣子看轻而烦恼。

皇后想了想，就剪下自己的长发，仔细地接在皇帝的胡须上，一夜工夫，她便使皇帝的胡须由短变长。

次日早朝时，皇帝手持长长的胡须，接受臣子朝拜。

臣子们大为惊叹，皇帝一夜之间竟须长过脐。

于是，臣子们齐齐下跪，称呼皇帝为"真龙天子"。

此后，皇后剪发结皇帝的胡须成为美谈，也成为了"结发夫妻"的由来之一。

度蜜月

我们通常把婚后的第一个月称为"蜜月"，新婚夫妻柔情蜜意，如胶似漆，通常还会外出旅游度蜜月。那么蜜月又有何典故呢？

"蜜月"一词产生于公元前500年

的英格兰。当时的英格兰还处于原始蛮荒社会。

其中有一个多顿族，他们流行"抢婚"，即男子可以抢夺任何中意女子为妻。

为了避免争斗，于是不少男子一将妻子抢到手，就迫不及待地携妻外逃，过一段隐居生活后再回来。

然而很多外逃夫妻游荡于荒山野岭之间，食宿都无着落，根本无法活着回到家乡。

后来，外逃的夫妻中有人发现了蜂蜜。

当时蜂窝随处可见，蜂蜜唾手可得，旅途中的夫妻都尝试吸吮蜜汁，来充饥。

这一发现逐渐流传开来后，抢婚外逃的夫妻，便纷纷以蜂蜜为食，生存下来。

到了公元前4世纪左右，抢婚的风俗已经严重危及社会秩序了。

于是，多顿族首领不得不作出规定：凡成婚三十天以上者，不得卷入抢婚之列，并发给新人新婚对牌，以备查验。从此以后，外逃的新婚夫妇多在三十天后自动回到家乡，过上安稳祥和的家庭生活。而他们靠吸吮蜜汁在外度过的三十天，久而久之就被人们称为"度蜜月"了。后来，还渐渐演变为现在新婚度假的代称。

（推荐者：王　嘉）

（本栏插图：安玉民　梁　丽）

要求加薪的搞笑方法

人为财死，鸟为食亡。为了加薪，众人使尽办法：

◆ 讲理法：老板，我干活，你领功拿赏。功我不要了，钱总得分我一些吧？

◆ 拂袖法：老板，不涨钱，我走人。

◆ 博取同情法 老板，我上有老，下有小，中间还有个好吃懒做爱花钱的老婆，家里都快揭不开锅了。

◆ 爆料法：老板，秘书小姐取笑我，说我一年挣的还不够你俩借参观之名，到欧洲浪漫一周的开销。

◆ 分红法：老板，你涨我两万，我分你一万。

◆ 对比法：老板，我开奥拓，您开奥迪，再给我加点工资吧！

（推荐者：万青青）

（本栏插图：安玉民　梁　丽）

人嘴两张皮，正反全是理：

◆ 有一句说一千句，是作家，这叫文采。

◆ 有一句说一百句，是演说家，这叫口才。

◆ 有一句说十句，是教授，这叫学问。

◆ 有一句说一句，是律师，这叫严谨。

◆ 说一句留一句，是外交家，这叫辞令。

◆ 有一百句说一句，是和尚，这叫玄机

◆ 有一千句说一句，是临死之人，这叫遗言 。

（推荐者：陈福国）

看你怎么说

餐馆非常语录

馆子里面段子多，我来给你表一表：

◆ 拿得起放得下的，除了筷子，还有勺子。

◆ 筷子面前论长短，酒盅里面说深浅。

◆ 汤至清则无肉，水至清则无茶。

◆ 人生的最大杯具：客人还在，酒瓶空空。

◆ 饭后沉默的是铁，主动买单的是金。

◆ 酒到喝时方恨少，肉遇减肥才嫌多。

◆ 男人吃醋为调味，女人吃醋为调情。

◆ 不求饺子馅儿似的心碎，只求高度酒似的心醉。

◆ 不怕剩女剩男，就怕剩菜剩饭。

◆ 小隐隐于小聚，大隐隐于饭局。

◆ 劝君更尽一杯酒，走出餐馆成路人。

◆ 问君能有几多愁，喝完白酒喝红酒。

◆ 平民百姓不喝酒，一点快乐也没有。

◆ 领导干部不喝酒，一个朋友也没有。

◆ 兄弟之间不喝酒，一点感情也没有。

◆ 男女之间不喝酒，一点机缘都没有。

（原作者：邓荣河；**推荐者**：唐育峥）

养狗不如养蚊子

选宠物的时候，是选狗还是选蚊子呢？我思虑再三，还是选蚊子吧。理由如下：

◆ 狗要花钱买，蚊子打开门窗就会自己飞进来。

◆ 养狗要买狗粮，养蚊子只要卷起裤管。

◆ 养的狗咬了邻居，要赔好多钱，而养的蚊子咬了邻居，邻居都不知道蚊子是谁家的。

◆ 养狗要经常出去遛狗，却没见过谁拴一条绳子出去遛蚊子的。

◆ 朋友看到你的狗长得可爱，会千方百计把它要走，但绝不会要走你可爱的蚊子。

◆ 你不小心踩了你的狗，你的狗会大叫，而你把蚊子踩扁，它都不会叫一声。

（**推荐者**：曹绍明）

火腿肠风波

□ 陈贵中

这天晚上，张小丽边玩电脑，边吃火腿肠。手机响了，张小丽放下吃了一半的火腿肠，接起了电话。她刚挂掉电话，就听老公大呼小叫起来："小丽，这火腿肠里是什么东西？"

张小丽凑过去一看，呀，她只觉胃里面一阵翻江倒海，"哇"的一声呕吐起来。

原来她咬过的半截香肠里有一只苍蝇，还隐约能看见翅膀呢。

当晚，张小丽就给这半截香肠拍了照片，作为证据。第二天，她便来到消费者协会投诉。消费者协会的工作人员立即给火腿肠的生产厂家打了电话。

厂家很重视，来了质检部和销售部两名经理，他们看了实物后，确认苍蝇是在生产环节混进去的。

事件清楚了，可如何解决，双方却产生了很大的分歧。

张小丽说："我昨天折腾了半宿，现在想起火腿肠就恶心，这会是我一辈子的阴影。为此，你们要赔十万块精神损失费。"

厂家代表吓了一跳，说："我们的火腿肠并没有给张小姐您带来实质性的伤害，十万块赔偿是狮子大开口，太离谱了。这样吧，我们给你一千块，算是补偿和歉意。"

面对双方的分歧，消费者协会的工作人员也很为难，按现有的法规，商家售出的商品有瑕疵，只能退货或

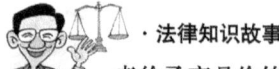

者给予商品价值十倍的补偿。

可眼下双方意见差距太大，他们也不好调解。

张小丽回到家里，越想越有气，索性给厂家老总打了电话。

在电话里，张小丽干脆把索赔款抬到二十万。她还说，少一个子儿也不行。

电话那头，老总似乎愣了一下，好半天才说："张小姐，您先消消气，我们明天到酒店面谈，凡事都可以商量嘛。"

张小丽见对方先软了，更加强硬地说："面谈可以，但条件没有什么好商量的，不赔钱就曝光你们！"

第二天上午，张小丽如约来到酒店，厂家的老总已经带着两个人等候多时了。

老总给张小丽倒了一杯咖啡，客气地说："这样吧，张小姐，请你把解决问题的前提条件再复述一遍，我们这边再研究研究。"

于是，张小丽就像开机关枪似的，把昨天在电话里讲的话又说了一遍。老总哼哼哈哈地应承着。

张小丽说完，老总向旁边的人使了一个眼色，同来的一人便出去了。不一会儿，他带进来两个警察。老总站起身来说："我们报案，这位女士正在实施敲诈！"

警察将张小丽及老总他们带回公安局接受调查。在调查中，老总提供了当天在酒店的录音。

听了录音和厂家的陈述，办案人员觉得从录音内容分析，张小丽开口"二十万"，似乎确实存在敲诈之嫌，但这类案子毕竟与一般的敲诈案不同。于是没有当场定案，而是要研究后再作定论。

张小丽被带进公安局，张小丽的丈夫慌了手脚，他没有料到张小丽索赔不成，反倒惹上了刑事案件。于是，他赶紧找律师求助。

律师听完事情的前后经过，便及

时找相关办案人员提供有关法律意见。律师的意见是：张小丽处理此事在行为上确有不当之处，但关键是：其一，她所反映的事实并非虚构，即香肠内确有死苍蝇存在；其二，她向厂方表示可能要向报社曝光的行为也并无不当，这是公民的基本权利。由此分析，她的行为与敲诈有本质上的区别。至于索要二十万元，则是属于维权过度……

最后，办案人员采纳了律师意见，对张小丽的维权行为给予肯定，但对她偏激的做法给予批评和教育。

张小丽听了，也认识到了自己的错误，心服口服。最终，她与厂方在友好的氛围中达成了和解方案，由厂方给张小丽两千块，作为一次性补偿了结了此案。

· 解剖一个案例 明白一个道理 ·

律师点评：

《火腿肠风波》涉及一个法律问题，即如何界定"敲诈勒索罪"的罪与非罪。根据法律规定：敲诈勒索罪，指以非法占有为目的，对被害者实施威胁或者以要挟的方法，强索数额较大公私财物的行为。

故事中的张小丽，因为在形式上确有"数额巨大的二十万赔偿"为前提，"不答应就举报"为要挟，并在主观上似乎也有一定"不当占有"为目的的意向。但是，公安部门在审核罪与非罪时，更看重其内在本质及非法占有的主观故意恶性程度等因素。

当然，张小丽的做法也确有不妥之处，如果维权过度，那么，距"敲诈"也只有一步之遥了。

（题图、插图：安玉民 梁 丽）

· 本刊信息传真 ·

法律知识故事征文

本刊推出的"法律知识故事"，通过发生在我们身边的、短小而具体、在法理上容易混淆的个案，生动、形象地宣传法律知识。这些知识注重现实性、实用性，真正起到解剖一个案例、明白一个道理的作用。

为鼓励作者深入生活，写出高质量的法律知识故事，我刊决定面向全国征文。

本次征文也欢迎读者和法律界人士提供相关素材、案例，一经录用，即付稿酬。

来稿方法：1. 从邮局寄发，请在信封上注明"法律知识故事"字样，本刊地址：上海市绍兴路74号《故事会》杂志社，邮编：200020。2. 从网上传递，可寄以下信箱：wulun54@126.com，请在主题上注明"法律知识故事"字样。凡已和我刊编辑有联系的作者，稿件可继续投给原编辑。

一句话定乾坤

□ 王祥英

有个年轻人要买房，他对房子的第一要求就是——质量要好。

这天，年轻人走进了一家名叫"临河园"的楼盘。售楼小姐迎上前，热情地介绍起来，说自己的小区靠着小河，环境优美、空气新鲜、配套完备，附近有超市、学校、医院……总之是尽善尽美。

年轻人问："能不能多介绍一下楼房的质量？"

售楼小姐回答说"您也知道，这楼房坚固不坚固，主要看地基。咱们临河园的地下，是一片面积巨大的花岗岩，深达百米，坚不可摧……"

年轻人点了点头，请她再多介绍一点。

于是，售楼小姐便使出浑身解数，把自己的楼盘吹上了天。她说，自己的楼盘采用的是日本最先进的抗震结构，能抗八级地震；还说，自己的楼盘由国内知名的监理公司全程监理，质量能达到欧洲一流水平；最后她特别强调，楼盘采用的是特种水泥，这种水泥采用的是欧盟的先进技术，比一般水泥更坚固，韧性更高……

但是年轻人听完，还是表示想再去别的楼盘转转。接下来，他整整转悠了三天，最后又回到了"临河园"。

接待年轻人的还是上次那个售楼小姐，她一眼认出了他，便笑容可掬地问："先生，你还是觉得我们楼房的质量最好吧？"

年轻人没点头，只是说："那个，我还想再多了解一下楼房的质量。"

售楼小姐不耐烦了，说："我就说最后一句，我们董事长、总经理，还有盖楼的项目经理都在这里安了家，您还有什么不放心的吗？"

帮 忙

□ 欧巴姆 编译

————天，有一个懒人走进自己的田地，虽然到了播种季节，但他无心劳作。这时，他听到了一个声音响起："我是回声王，我要派一百个手下来帮助你，你愿意吗？"

这样的好事懒人自然愿意。

回声王果然说到做到，他派了一百个回声，快如闪电地把这个懒人的土地播种完毕。懒人高兴极了。

过了几个星期，懒人的土地缺肥料，他打算烧掉田里的草，用草灰做肥料。刚开始干活，他又听到一个声音，便问："谁啊？"

"是我回声王！你在干什么？"

"我想给我的田加点肥料。"

"我来帮你！"说完，回声王派了三百个回声去帮懒人施好了肥料。

几个星期之后，进入雨季了，懒人想起了回声王，他故意背了一袋粟米来到田里，刚开始种，又听到了回声王的声音："你来这里干什么？"

"我是来种粟米的！"

"等等，我来帮你。"说完，回声王又派了九百个回声去帮懒人种粟米。一眨眼，粟米都种好了。

过了几个星期，粟米开始发芽，该除草了。和前几次一样，回声之王又派了一千个回声去帮懒人。

粟米快成熟了。懒人担心鸟会来吃粟米，又来到田里。这次，回声王又派了三千个回声去帮他赶鸟。

几天后，到了收割粟米的时候。懒人先摘了一个尝尝。

这时，回声王的声音又出现了："你在干什么？"

"我想看看粟米是否已经熟了，所以摘一个尝尝。"

"我来帮你。"懒人还没反应过来，回声王已经派了一万个回声去帮忙。于是所有粟米都被吃光了。懒人就这样失去了全部收成。一直热心帮忙的回声王最终帮了个大倒忙。

婚前较量

□ 北方雪

老李的儿子和一个姑娘正在谈婚论嫁，然而两家却为了彩礼的事而争执不下。

正当老李准备妥协时，一个律师朋友说他会出马，用摆事实讲道理的方法，搞定姑娘及其家人。

没过几天，律师朋友单刀赴会，约见姑娘家人。老李在家里听消息，足足等了一上午，律师才回来。老李开口便问："大律师，他们家让步了吗？"

律师哑着嗓子说："今天我算是领教了。姑娘的阿姨是心理学教授，她把我的想法摸得一清二楚，人家在我面前就像是隐形战斗机，打得我只有招架之功，毫无还手之力呀！"

老李听了非常沮丧。不过，他很快自我安慰道"我们让步吧，不管怎么说，咱家娶回个媳妇，不吃亏。"

律师却坚决地说："不到最后一刻绝不投降。我推荐一个高人，只要他出马，保证手到擒来。"

隔天，律师便带着一个瘦子，和老李一起又见了姑娘和她阿姨。老李见瘦子也无特殊之处，不由心中打鼓：这又是哪路神仙？

双方一见面，阿姨便开门见山道："彩礼不到位，什么都免谈。"

瘦子却淡然地说："你这么做，就像是一个绑架犯，绑架了你的外甥女，一不小心，你就会害死她。"

阿姨冷笑着回答："她就像是我的学生，我有教导她的义务。"

瘦子说"其实，我们今天不是来谈条件的，而是来回绝这门婚事的。形同要挟的婚姻，不要也罢！"

没等阿姨发话，姑娘急得大叫："不可以！"之后，不管阿姨怎么苦口婆心，她都坚持：礼金随便老李给。

事后，律师得意地告诉老李："那瘦子是大名鼎鼎的谈判专家，处理过那么多犯罪分子，还会怕一个缺少实战经验的大学教授？"

（本栏插图：包丰一 顾子易）

512 **2012** SEMIMONTHLY 上半月刊 **6**月

STORIES

欢迎登录本刊主办的"故事中国网"（www.storychina.cn）

故事会
—STORIES—

2012 年 6 月
上半月刊·红版

何承伟：社　长、主　编

夏一鸣：副社长

吴　伦：常务副主编（兼绿版负责人）

姚自豪：副主编（兼红版负责人）

本期责任编辑：叶小萌

电子邮箱：xiaomeng.ye@gmail.com

红版发稿编辑：

姚自豪　吕　佳　石莎莎　丁娴瑶

美术编辑：李宝强

电脑制作：郭瑾玮

本社办公室电话：021-64375030

上半月刊编辑部电话：021-64332325

下半月刊编辑部电话：021-64336469

（上海市绍兴路 74 号　邮编：200020）

主管、主办：上海文艺出版（集团）有限公司

出版单位：《故事会》编辑部

发行范围：公开

————————————

出版、发行总监：张　凯

电话：021-64313938

广告业务：上海故事会文化传媒有限公司

广告总监：张　淮

广告业务：021-34010383

广告投诉：021-64333738

广告经营许可证

沪工商广字第 3100320080016 号

发行：中国图书进出口上海公司

· 笑话 ·

实用的特长

有一对父母要给儿子报培训班，父亲说："给儿子报个围棋班，开发开发智力。"母亲说："给儿子报个柔道班，不仅能锻炼身体还能自卫。"

父亲和母亲各执己见，并不甘示弱地吵了起来，最后还大打出手。

儿子听到吵闹声，来到客厅，这时母亲正一把将父亲推倒在地上。

儿子见此情景，一脸无奈地说："既然要二选一，我看还是学柔道实用吧，起码打起来不会像爸爸那样吃亏。"

（王　伟）

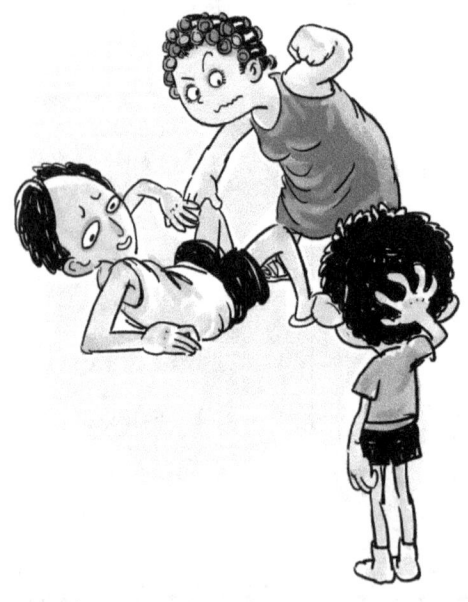

（本栏插图：包丰一）

好丈夫

一位男青年向女友求婚，信誓旦旦地说："嫁给我吧！你想要花钱，尽管问我拿，我会做你的提款机；你要逗我玩，我乐此不疲，我会做你的游戏机；你要飞黄腾达，我做好后勤，我会做你的直升机。"

女友心中暗喜，却想故意刁难男青年："早晨，我爱赖床，起不来，怎么办？"

男青年马上说："我会做你的起重机！"　（月月鸟）

婚姻

美女问一个已婚女同事："你觉得结婚好吗？都说结婚是爱情的坟墓。"

女同事想了想，说："这只是个开始，还有更可悲的。"

美女不解地问："是什么？"

女同事说："更可悲的是小三还要来盗墓。"

（小　丁）

失恋与恋不成

一对夫妻正在讨论一个爱情问题。

妻子问："你说是失恋痛苦，还是想恋恋不成痛苦？"

丈夫思索再三，反问道："如果把爱情比作一只烧鸡，你说是想吃吃不到痛苦，还是吃了一半掉地上痛苦？"

妻子听了，哈哈大笑。

（鸭 梨）

五个朝代

老师给小学生上课，她问一个学生："你知道我们中国在隋朝之后有几个王朝吗？分别是哪几个呢？"学生红着脸说："对不起，老师，我不知道。"

老师说："那你要记住啦，那五个王朝是唐宋元明清，明白了吗？"

学生兴奋地说："明白了！是糖醋盐味精，对吧？"（余 娟）

理 解 我

一对夫妻吵架，宠物狗帮妻子咬伤丈夫的腿。事后，妻子想给丈夫道歉，但不好意思开口，就写了张纸条："我错了，请原谅！"然后让宠物狗叼着纸条去给丈夫。丈夫看了纸条，深情地抚摸着宠物狗说："在这个家里，还是你理解我啊！"

（阿 门）

问 题

八岁的儿子问妈妈："沙和尚的担子里挑着的都是什么？"

妈妈说："是衣服和粮食。"

儿子说："不对，电视里这四人从来没有换过衣服，每回吃东西，都是孙悟空去采的野果子。"

妈妈回答不出，于是向网友求助，网上的答案众多。

有人说："一定是通关攻略。"也有人说："他挑的是一种寂寞，一种存在感。"还有人说："其实担子里是机器猫。"

（史志鹏）

被穿过的拖鞋

小男孩和小女孩在讨论猫。

小男孩说："我家的小猫跟我很亲。"

小女孩说："我家的小猫也跟我很亲，喜欢睡在我的拖鞋里，可是现在它很不喜欢拖鞋。"

小男孩疑惑地问："为什么？"

小女孩说："有一天我不在家，表哥来我家，穿了我的拖鞋。晚上睡觉的时候，小猫照例躲到拖鞋里，可没过多久，它爬了出来，绕着拖鞋嗅了嗅，郁闷地叫着。从此，它再也不睡拖鞋里了。"

（余　娟）

连锁反应

两个邻居在争吵。

邻居甲抱怨道："你把你的狗扔掉好不好？它昨天晚上叫个不停，我老婆不得不停止练歌。"

邻居乙说："我的狗没有错，是尊夫人先叫的。"

（阿　门）

福尔摩斯和柯南的区别

两个男生在谈论侦探小说中的人物。

男生甲："福尔摩斯和柯南有什么区别？"

男生乙："一个是大人，一个是小孩。"

男生甲："傻瓜，你答得不准确，应该是——福尔摩斯是哪儿死人去哪儿，柯南是去哪儿哪儿死人。"

（丁　强）

改进措施

有一位住院病人，误闯进医院的厨房，发现厨师竟然用脏手把面包抓到盘子里，很不卫生。

病人十分生气，立即跑去向院长告状。院长听了批评意见后，答应马上拿出改进措施，保证食品的卫生。

第二天，厨房门前立了一块警示牌，上面写着："厨房重地，外人严禁入内。"

（史志鹏）

实战演练

一对夫妻入住新房，因楼上邻居每晚制造噪音，妻子忍无可忍，想找楼上邻居理论，可她觉得自己不善于斗嘴，就让丈夫出马。

丈夫也不善于斗嘴，便心生一计，在地板上跳起来。不一会儿，楼下的邻居大妈找上门，冲夫妻俩大声抱怨："你们太不讲公德了，要运动可以白天去户外，晚上在屋里还这么折腾……"大妈数落了足有5分钟，妻子赔着笑脸，再三道歉。

大妈走后，妻子对老公怒道"楼上已经够烦的了，你不上去理论，倒学人家制造噪音，你到底是什么意思？"

丈夫解释说："我不是怕你说不过楼上的吗？这不，刚才的实战演练你也见识了，大妈咋说的，你去复述一遍。" （王 伟）

冬天怎么取暖

网友在网上发了个帖子，问北方和南方的朋友，冬天是怎么保暖的。

北方网友回帖：在我们那儿，人们都会说，好冷啊，一起回屋儿吧！

南方网友回帖：在我们那儿，人们都会说，好冷啊，一起出去暖和暖和吧！

（余 娟）

吉利号

三八妇女节，公司给每位女士一张200元的超市购物卡。有个女职员收到购物卡，觉得那张卡的尾号"438"不吉利，就和同事换了一张。

女职工下班后去了超市，见到超市提示板上的字，后悔不已，上面写着：凡超市购物卡尾号是38的，今天都可以享受翻倍的消费，即100元当200元花，200元当400元花……凡购物卡尾号是438的，还可获得价值1000元的大礼。 （陈福国）

本栏欢迎来稿，读者、作者可将有新鲜感、有精彩细节的笑话佳作投寄给我们。来稿一经采用，最高稿费为一则100元。本期责任编辑电子信箱：xiaomeng.ye@gmail.com。

乔治·奥威尔，英国小说家、散文家，其代表作有《动物庄园》和《一九八四》，本故事根据其作品改编。

强盗帽

□邓　笛　编译

最近，约翰的班上时兴一种帽子，这种帽子戴在头上时，只有双眼和嘴巴露在外面，就像是蒙面强盗一样，所以同学把它称为"强盗帽"。渐渐的，班上戴这种帽子的同学形成了一个圈子，取名叫"强盗帮"。强盗帮经常聚在一起玩，没有强盗帽的同学，就会被他们排斥在外。

约翰也想要一顶强盗帽，他多次央求妈妈也买一顶，然而妈妈觉得强盗帽难看，坚决不同意。转眼间，班上的同学都有了强盗帽，只剩下约翰一人没有，他因此很沮丧。

一天，上美术课时，约翰的手被颜料弄脏了，他请求老师后，去洗手池洗手。

洗手池在男生衣帽间里，到了那里，约翰看到墙壁上挂满了同学们的外套和强盗帽，他走到自己的外套前，忍不住取下旁边挂着的一顶黄色

强盗帽，戴在头上，对着镜子越看越喜欢。这时，约翰生出一个可怕的念头，他要把这顶强盗帽偷回家！

约翰的心口"扑腾扑腾"地跳着，他东张西望，心惊肉跳，甚至有点魂不守舍。他把这顶强盗帽塞进了自己外套的口袋里，但是，强盗帽放在口袋里是鼓鼓的，很容易被发现，于是他就慌慌张张地把它塞进了外套的袖子里……

回到教室，约翰立即就后悔了，他心中忐忑不安，不知后果将是如何。下课铃声响了，他决心找一个机会将帽子放回原处。可是，他刚进衣

帽间，就听到有人喊叫："我的强盗帽不见了！"喊叫的同学名叫诺伯特，是强盗帮的召集者。约翰听了，惊出一身冷汗，不过，大家并没有太把诺伯特的话当回事，约翰只听到有同学在问："你是不是将帽子放到别处了？"

诺伯特大声说："我肯定把帽子放在衣帽间的，会不会被别人偷走了……"

约翰装出若无其事的样子去拿自己的外套，不过他没有敢立即将外套穿上身，因为诺伯特的强盗帽塞在自己的衣服袖子里，他害怕帽子会掉出来。

拿了外套，约翰马上离开了学校，一路上，他后悔不迭。为什么要去做这样一件傻事呢？如果老师和同学们知道，还有什么脸见人呢？他想将帽子扔掉，但又怕被人发现；他想将帽子送还给诺伯特，说是自己错拿了，可是，诺伯特会相信吗？别的同学会相信吗？大家都知道他太想成为强盗帮的一员了。

约翰回到家，把自己关在房里，伸手去取外套袖子里的强盗帽，可奇怪的是强盗帽不见了。他又去摸另外一只袖子，也没有！

拿错外套了？没错，这正是他的外套，或许是在回家的路上弄丢了，会不会被同学看到……想到这里，约翰更加慌张了。

就在这时，约翰的妈妈回家了，

她今天特别开心，一进门就搂住约翰的肩膀，说："你看看，我给你买了什么礼物——"说着，她打开手提包，拿出一个包裹。约翰简直不敢相信自己的眼睛，妈妈说的礼物，竟然是一顶强盗帽！

"给你，儿子，这下你不会哭丧着脸了吧？"妈妈这么一说，约翰的表情比哭丧着脸更难看，因为妈妈送给他的强盗帽，竟然也是黄色的，和诺伯特的那顶帽子一模一样！如果他戴着这顶帽子去上学，同学们肯定会说这是诺伯特的，即使他浑身长嘴，也是无法辩白的！

不行，一定得摆脱这顶帽子。于是，约翰趁妈妈不注意时将帽子扔进

了垃圾桶里。

晚上，约翰一直沉默无话，上床后也久久不能入睡，他担心大家是不是已经怀疑他了，明天晨会上校长会不会点名批评他……

果然，第二天的晨会，气氛显得与往常不同，约翰觉得男生们都不时地朝他瞥一眼，而诺伯特见了他也是爱理不理的样子。

晨会上，校长先是讲了一些常规的内容，最后他顿了顿，说："我有一件非常重要的事情要通报……"说到这里，约翰的心立即悬了起来，心口跳个不停，脸上一会儿燥热，一会儿

发凉，心想：灾难终于来了，自己是躲不过这次处罚的。

校长终于张开了口，那一刻，约翰再也没有勇气抬起头来看校长的脸，他垂下了头，耳朵里听到了校长的声音——"我高兴地告诉大家，我们学校的足球队在全州的联赛中获得了第一名……"

约翰松了一口气，可是他仍旧惶惶不安，生怕晨会结束后，校长会把他喊过去个别谈心。

然而一切都像往常一样，晨会还是原来的晨会，校长还是原来的校长，只是约翰自己成了惊弓之鸟，才把什么都看得和自己有关。

课间休息的时候，强盗帮一起跑到操场上去玩，约翰发现诺伯特也在其中，而更让他惊讶的是，诺伯特竟然还戴了一顶黄色的强盗帽，就和被约翰拿走的那顶一模一样。

对，诺伯特肯定又买了一顶！

约翰想着，鼓起勇气走上前去，问诺伯特："你又买了一顶黄色的强盗帽吗？"

"你说什么？"

约翰说："我是说你的强盗帽，是新买的吧？"

诺伯特说："哦，我的帽子根本没有丢，可能是帽子掉在地上，哪个家伙弄错了，把它塞进了旁边比尔外套的袖子里。"

（题图、插图：安玉民　梁　丽）

10

父子战争

□杨还珠

龙 县一中是所省级示范高中，它拥有龙县最优质的教育资源，是龙县乃至周围县市中学生心目中的圣殿。初中生田立就是其中的一位。虽然田立的学习成绩不算拔尖，考上一中并没有绝对的把握，但由于他有着特殊的身份，这也就不是问题了。

田立的爸爸是龙县一中最新一任的校长，他上任后，为一中的老师们做了一件大好事：一中教职工子女报考本校时，有20分的优惠。田立有了这道保险，进一中是板上钉钉的事。

中考前夕，田校长给儿子做考前"心理辅导"。可儿子并不领情："爸，我凭什么得到优惠？就因为我是老师的儿子？这对那些不是老师子女的考生公平吗？我是不会要这个照顾的。"

田校长说："没错，好多事情确实不公平，但这是潜规则，大家都在做。"田立盯着爸爸问："潜规则就不可以改变吗？如果每个人都不做，潜规则还存在吗？"田校长无奈地说："你还小，不成熟，不懂这个社会。"田立一字一顿地说："那我宁愿永远不成熟！"田校长以为儿子不过是年少气盛，也没在意，敷衍几句了事。

一晃，中考的成绩下来了，一中的录取分数线是619分，田立考了616分。

田校长很高兴，儿子以这个分数，进一中绰绰有余，但让他抓狂的是，田立在填志愿时，第一志愿是龙县二中，根本没有一中的影子。

田校长逼着田立改志愿，田立不肯，说："爸，如果你坚持要我进一中，我宁可选择辍学。"

"你个'二货'，总有一天会后悔的！"

看见爸爸绝望痛苦的样子，田立搂住爸爸，说："爸，请你相信我，如果我进了一中，才会真正后悔的！"事已至此，田校长还能怎么办呢？虽然二中比不上一中，可总比儿子不读书强吧。

田立进了二中后，学习很努力，三年后，考上了师范大学。田立成了大学生，可并没有像父亲期望的那样成熟起来，倔脾气没改，似乎有"道德洁癖症"。田校长每次都骂道："你个'二货'，不撞南墙不回头，非得有几次教训你才能聪明起来。"

田校长的担忧在田立大学毕业前夕终于来了。一天，田立打电话给他，说自己已经联系好了新学校，过几天

就出发。田校长问是哪所学校，田立说："青海玉树的红岭小学。"

田校长惊叫道："田立，你疯了吗？回一中当老师多好呀！"田立说："爸，一中不缺教师，但红岭急缺老师，我想到能让我干事的地方去。"

田校长又一次领教了这个"二货"的倔强，和不按常理出牌的"另类"手段，他退而求其次，道："如果你真的想做一个被人急需的老师，二中也是你的选择啊，二中也缺老师。"田立说："可是，红岭比二中更需要我。"

"田立，老子服了你！"田校长虎着脸说，"你不就是想折腾吗？好！我让你折腾，我等着你哭着闹着要回来的那天！"说罢，他挂了电话。

田立来到玉树的红岭小学。红岭小学只有五位民办教师，校长姓程。程校长看田立踏实肯干，情真意切地说："田老师，我想让你做校长。按说我不该把这副担子推给你，在我们这里，校长意味着责任和重担。你是大学生，懂教育，孩子们需要你这样的校长。"田立想了想说："行！这担子我接过来。"

田立在红岭小学一干就是三年，三年间，学校有了很大的变化。田立利用和外界的关系，给学校盖了新教室，五名老师也得到了培训。更可喜的是，红岭小学毕业的学生，在镇上的初中里学习成绩也是出类拔萃的。

惹毛了这个"二货",倔脾气爆发,再跑回去,便忍住了。

田立回来后不久,县里公开选拔一中校长的活动也开始了。田立竟然参加了选拔。田校长高兴得不得了,看来这小子并非是不食人间烟火,心里有小算盘呢。只不过,儿子太嫩了,在所有的参选者中,年龄最小,资历最浅,肯定没戏。但田校长并不为此沮丧,他高兴的是,儿子拧巴的性格有了转折性的改变。这对他走以后的人生道路,有极其重大的作用。

竞选演讲开始了,田校长来到现场,观看儿子的表现。

田立是最后一个上台演讲的,相比其他参与选拔者的发言,田立的演讲辞短得可怜:"各位领导,尊敬的评委,我的演讲只有两句话。第一句是,我爱教育。我能在玉树踏踏实实地做三年老师,更能在一中勤勤恳恳做一辈子;第二句话是,与在座的参选者相比,我有一个优势,这就是有做校长的经验。虽然那只是一个只有六名教职工、一百多名学生的学校,但管理好学校的道理都是一样的,那就是热爱和创新,公平与正义。谢谢大家!"

田立鞠了一躬,走下台来。

台下的评委小声地互相交流着,田校长发现,不少人是赞许的表情。

几天后,公开选聘的结果揭晓,田立以绝对优势获胜,出任龙县一中

田立扎根偏远山区的事迹上了报纸、电视和网络,他一下成了名人,但田校长却高兴不起来,因为他知道儿子为此付出了多少。儿子原先白皙的脸庞染上了特有的高原红,他的好多同学都结婚了,可田立女朋友还没有影子。这期间,田立的妈妈一把鼻涕一把泪地要他回来,可田立总说,这里离不开他。田校长安慰妻子说,儿子倔不了多长时间,迟早他会主动要求回来的。妻子问为什么,田校长说:"下学期我就退居二线了,县里正在筹划公开选拔一中校长的事情。他再不回来,想回来也没那么容易了!"

田校长的预言,在这年的暑假成真了!一天,田立风尘仆仆地赶回家里,向爸爸提出他要回来!

田校长本想训斥儿子一通,但怕

校长。

作为父亲,田校长是多么自豪,儿子是龙县一中历史上最年轻的校长,这一定会载入龙县一中的校史。

田立上任后干了两件大事。第一件是,取消所有报考一中的优惠政策,让所有的考生公平地站在同一条起跑线上;第二件事是,动员一中教学任务不饱和的教师,前往贫困地区支教。

这天晚上,父子俩坐在家里的沙发上,两个男人有了一场深刻的对话。田校长扔了一支烟给儿子,说:"小子,你是和老子对着干呢,好了,现在你胜利了。"

田立给爸爸点着了烟,自己也深深地吸了一口,认真地看着田校长说:"爸,对不起,这些年来,儿子没少惹你生气,但是,那是我不二的选择。来参加竞选,有两个原因,一是红岭小学缺老师,如果我能当校长,就可以让更多的老师去支教;二是我想在更大的舞台,向潜规则宣战。我总觉得,真正意义上的年轻人,不应该向潜规则低头。往小里说,这是对个人的青春负责,往大里说,这是对国家和民族负责。"

田校长望着儿子,半晌,说:"小子,你没给青春丢脸,没给时代丢脸。爸爸输得高兴!"

(题图、插图: 安玉民 梁 丽)

还钱

小张曾向小王借过几次钱，最近手头有些宽裕，他想还钱，但是细细一想，不觉有点犯愁：那段日子里，他向小王前后借了七八回，总数是5000元。不过，单位有一次捐款，他替小王捐了100元；还有一次AA制会餐，他为小王垫了160元，这两笔账，都没有写过借据，时间久了，或许小王早遗忘了，于是，还钱的数额就成了小张的心病。

小张想了好久，终于有了主意。

那天，小张把小王约到饭店，一边吃饭一边说："我们是好哥们，时间太久了，借你多少钱，我怕记错了，说多说少都不好，这样吧，你我各自把数额写在纸上，对一下，就算是做个游戏，怎么样？"

小王同意了，于是两人写完后，把两张纸凑到一起，一看，上面写着同样的数额：4740元。

（作者：李大勇）

换一种爱法

情人节这天晚上，丈夫加完班已很晚了，他急忙赶往花店，往年的这天他都要送一束红玫瑰给妻子的。

丈夫跑了好几家花店，不是已经关门，就是玫瑰售完了，他正在着急，忽然听到一声吆喝："快来看看呀，阳澄湖大闸蟹，情人节88折，还剩最后十分钟了！"他循声望去，原来是一家"阳澄湖大闸蟹专卖店"，以前他曾进去看过几次，都嫌这蟹太贵而不忍去买，这会儿听到打折，忙进去买了几个。一路上，他一直想着该怎么向老婆解释。

老婆看到蟹后眼睛一亮，丈夫急忙道歉："我把买玫瑰的钱，买了蟹……"正想说上一肚子的道歉话，不料老婆"扑哧"笑了："你今天终于开窍了！"

（作者：陈曼青）

捡 漏

段子强家有一只古董青花瓷碗。前几年，因为母亲患病，急需用钱，父亲的朋友梁玉笃相助，出了两万元高价买下这只瓷碗。

一次，段子强在看一本收藏类的杂志。让他吃惊的是，杂志里刊登了一篇采访梁玉笃的报道，还有一幅照片，照片里是他们家卖出的青花瓷碗。最要命的是，在那个青花瓷碗的下面还标注着价格：三十万人民币。报道中，梁玉笃说自己捡了一个大漏。段子强越看越气，他下定决心，一定要在收藏界混出点名堂。

十年后，段子强凭借自己的努力，成了收藏界有名的鉴定师。一天，梁玉笃来请段子强鉴定，段子强答应了，可提出一个条件："那只青花瓷碗是我们家祖传的，我想把它买回来。"梁玉笃很爽快地答应了，让他明天去家里拿。

第二天，段子强来到梁玉笃的家，一进屋，就看到了那只青花瓷碗。他把青花瓷碗拿在手里一掂，再翻过去一看，顿时傻眼了：这是只赝品。

梁玉笃笑着说："这几年你进步不小，当年你家的这件青花瓷碗，没有一定的功力，是看不出真假的。"

接下来，梁玉笃给段子强说了事情的始末：父亲知道段子强有鉴赏的天赋，一直希望他在收藏界有作为，只是他天性好玩，如果不加以引导，难成气候。于是，父亲和梁玉笃商量，决定以青花瓷碗为引子，激励儿子在古瓷器鉴定方面发展。事也凑巧，不久，梁玉笃还真捡了个漏，花十万元买了个青花瓷碗，这碗乍一看和段子强家的差不多。段子强在杂志上看到的瓷碗，就是这只。

段子强终于明白：梁玉笃没有捡漏，真正捡漏的是他自己，而他捡到的，则是一身识别古董真假的真本领。

（作者：张维超）

（**本栏插图**：安玉民 梁 丽）

给你加个号

□ 左文萍

这年头，排队成为一种生活常态。吃饭要排队，取钱要排队，看病要排队，更为稀奇的是，学生们选座位，也要排队，刘英就有过这样一次特殊的排队经历。

刘英是市里一家医院的外科专家，也是个单亲妈妈，由于工作繁忙，对儿子大宝疏于教育，他的成绩总是不尽如人意。眼见还有一年就要中考了，刘英为此烦恼不已。

大宝的学校有个规矩，每到新学期，会重新排座位，同学们可以自由组合同桌，选择优秀的学习伙伴。因此，那几个学习成绩好的孩子就成了香饽饽，一号红人当属学习委员马小海。马小海很优秀，每次都考年级第

一，还获过很多竞赛大奖。以前跟马小海同桌过的孩子，成绩都进步很快。所以，在这次同桌选择中，马小海成了"大众情人"。

刘英鼓励大宝去找马小海当同桌，可大宝跟马小海关系一般，也攀不上啥交情。刘英给儿子出主意"你去找马小海，约他晚上一起吃饭，妈妈请你们吃披萨。"大宝犹豫着答应了。

晚上，大宝回到家，一脸沮丧，刘英赶紧问儿子怎么没和马小海一起来。

大宝耷拉着脑袋说："马小海有约了，好多同学的家长都要请他吃饭，他的应酬都排到一星期之后了，

都怪我没提前跟他预约。"

刘英瞪大了眼睛:"还得预约?"

"可不是嘛。"大宝不高兴地撅着嘴,他告诉刘英,听说好几个家长为了争取马小海,各出奇招。丫丫的爸爸是博物馆馆长,许诺马小海去参观可以免费。小辉的爸爸是大老板,说只要马小海同意跟儿子做同桌,就带他去香港的迪士尼乐园玩……大宝不满地对刘英说:"你还想一顿披萨打发人家啊?"

刘英惊得合不拢嘴,好半天才开口:"宝贝,你先'排队'等着,看他什么时候有时间,他想吃什么,妈妈就带他去吃。"

大宝撇撇嘴:"他的时间排到一周后了,到时候就算请到他,没准已经排了座位,就被耽误了。"

刘英心里百感交集,这排队敢情

比挂我的专家门诊号还难!

第二天,刘英带着心事去医院上班,助理护士告诉她,今天挂专家门诊的号又是满满的,还有很多人没有挂上号,也不肯走,还在挂号大厅等着。刘英穿上白大褂,不耐烦地说:"等有什么用?"

这一天十分忙碌,病人一个接一个,外面还有一长串人在排队。刘英忙得连口茶也顾不上喝,心情自然不佳,对病人的态度也不怎么好。病人挨了数落,也敢怒不敢言,还得恭恭敬敬的。送走了一个病人,刘英让助理暂停一下,她要休息休息。

刘英捧起茶杯,稍稍舒了口气。正在这时,好几个人推搡着拥进了诊室,助理很无奈:"又是要求加号的,拦不住……"

刘英有些恼火:"你们想干吗?"

一个中年男人央求道:"刘大夫,俺是外地的,等了好几天都挂不上您的号,求您给俺加个号吧!"

旁边的妇女抢着说:"刘大夫,我腿上长了个瘤,疼死了,是急症,求您先给我加个号吧……"

另一个领着孩子的老太太颤巍巍地说:"大夫,我孙子骨头伤了……"

一时间乱作一团。

刘英重重地敲着桌子，不耐烦地说："外面这么多挂了号的，有外地的，也有急病的，我怎么给你们加号？挂不上号不能看病，得讲个先来后到，你们赶紧走吧！"

这些人失望地离开了，刘英心里也有点别扭。其实，专家号虽然难挂，但也有不少能插队加号的，不过大多是关系户。有了这些插队加号，挂号就更紧张了，很多人从凌晨就在外面等着排队，大冷天就在门口裹着大衣睡觉，看着也挺让人心酸的。刚工作的时候，刘英还对工作充满了热情，争取让每一个病人都能看上病，经常牺牲自己的个人时间加班出诊。可时间长了，名气大了，看惯了生生死死，刘英就变得例行公事起来，有时候她也为自己的冷漠感到惊讶。

晚上，刘英疲惫不堪地回到家，见了儿子就问："今天在学校怎么样，排座位的事情有新动向了吗？"

大宝说："我跟马小海说要请他吃饭，他说看看时间，再给我个答复。"

这什么孩子啊？还会打官腔了！刘英不悦地对儿子说："你也可以争取别的成绩好的同学当同桌啊，没人主动跟你做同桌吗？"

大宝有些无奈："成绩好的都被人预定了，就李闹说想跟我做同桌。"

"什么？坚决不行！"刘英激动地把筷子重重一放。她知道，这李闹是出名的淘气鬼，成绩倒数，每次家长会李闹的妈妈都被老师数落得抬不起头来。要是儿子跟他做了同桌，儿子的成绩肯定受影响！

刘英告诉儿子，别理李闹，明天继续找马小海商量一下。大宝不说话了，无精打采地在碗里扒拉着米饭。

第二天上班，刘英又是忙得不可开交。中午的时候，大宝打电话来，语气很欢快："妈，马小海答应今晚上就跟我们吃饭呢！"

刘英一脸惊喜："啊？不是说都排到一周后了吗？"

大宝说："我也不知道，可能临时有人取消了预约，他就把我排在前面了。"

刘英有点受宠若惊，赶紧说："那他想去哪里吃饭，什么饭店都可以，妈妈下班去接你们。"

大宝说："他说去李记包子铺吃包子。"

"啊？"刘英听了有些惊讶，她还以为马小海会点什么高档饭店呢。去李记包子铺，三个人也花不了几个钱，这让刘英心里对马小海多了几份好感。

大宝又特别嘱咐："妈，虽然马小海答应吃饭，但竞争还是很激烈，你要好好表现啊！"

听儿子这么一说，刘英心里还真是挺紧张，有种等着被人裁决的感

觉。她不由笑话自己，从来都是她给别人决断病情，说一不二，什么时候轮到自己紧张了！

下班后，刘英开车去接儿子。来到学校，只见大宝已经站在门口了，旁边还有一个高高瘦瘦的男孩，想必就是马小海了。大宝正一脸喜色，不时地跟马小海搭讪。马小海则一脸漠然，什么也不说。

刘英招呼他们上车后，满脸笑容地说："你就是小海吧，早听大宝提起你，又懂事，成绩又好，今天阿姨埋单，别吃包子啊，想吃什么咱们就吃什么！"

马小海说："就吃包子吧，谢谢阿姨。"

刘英尴尬地笑笑，开车直奔李记包子铺。到了包子铺，刘英掀开门帘，

让两位"小皇帝"先进去，然后又去给他们点菜端菜，鞍前马后的。刘英暗暗感到有些不爽，她一个堂堂外科专家，居然还得巴结一个孩子，但转念一想，只要儿子学习好，她做什么都愿意。

刘英来之前已经想好了两手方案，先以情动人，说些感人的话打动马小海，再以"礼"服人，给马小海买个最新的苹果手机，或者他喜欢的耐克球衣。

刘英酝酿了一下情绪，对马小海微笑着："小海啊，阿姨今天请你吃个便饭，也没有别的意思，就是希望……"

马小海打断了刘英的话："阿姨，不用说了，您的意思我明白。"

刘英愣住了，不知自己说错了什么，有点手足无措，大宝也在旁边冲她皱眉头。

马小海又说"我答应和刘大宝做同桌。"

一听这话，刘英和大宝都有些傻眼，半天才反应过来，怎么也没想到马小海会这么干脆。

刘英又惊又喜，赶紧说："小海，只要你跟大宝做同桌，阿姨送你一个……"

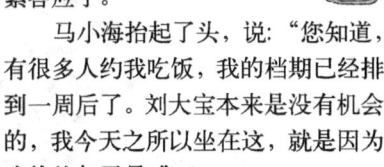

"不用。"马小海又打断了她，"我只有一个条件。"

刘英和大宝异口同声："你说你说。"

马小海转向刘英："我想问您要一个医院的专家号，您的号挂不上，我想请您加个号。"

听了这话，刘英感到万分意外："怎么了，你病了？"

马小海低下了脑袋"不是我，是我妈妈，她为了挂您的号，在医院外面冻了好几天，还是没成功。她腿上长了瘤，疼得走不动……"说着，马小海的眼里隐约有泪光在闪。

刘英愣了一下，加个号，对刘英来说自然是举手之劳，她赶紧答应了。

马小海抬起了头，说："您知道，有很多人约我吃饭，我的档期已经排到一周后了。刘大宝本来是没有机会的，我今天之所以坐在这，就是因为我给他加了号。"

刘英一怔，连忙说："阿姨知道，所以我们非常感谢你……"

"不用客气，阿姨。"马小海说，"您给我加了号，我也给您加一个号，很公平。"

刘英听了马小海的话，心里五味杂陈，什么也说不出来。

（题图、插图：张恩卫）

· 本刊信息传真 ·

故事会 ■ 新浪 微故事大赛

6月征集主题：恐怖故事

篇幅最短、含"金"量最高的故事，等待你的挑战！

《故事会》杂志和新浪微博（weibo.com）联合主办微故事大赛继续进行，邀请各路故事名家、草根英雄和世外高人展开较量！

本次大赛所有作品通过新浪微博平台征集（搜索＃微故事大赛＃），每月一个主题，当月设金奖1名，奖金1字10元（字数低于120的按120字计），银奖2名，奖金1字5元，另设年度奖项。优秀作品将在每月的《故事会》上刊登，并结集出版。2011年度自选题金银奖作者已公布，5000元大奖花落谁家？详情请登录故事中国网（www.storychina.cn）查看。

6月微故事征集主题：恐怖故事——恐怖并非单纯的感官刺激，好的恐怖故事有内在的逻辑，来源于现实，是一种对社会的映射和警醒，在让人内心战栗的同时，获得启示和感悟。正文字数在130以下，力求情节出人意表，立意隽永深远，文字鲜明生动，当然，越恐怖越好！本月的微故事达人或许就是你！截稿日期：6月21日。（本期刊物特别选登4月微故事大赛优秀作品，详见P80）

□ 王相军

追查地沟油

闫明是食品卫生监督局局长，这天，他刚带人端了一个地沟油加工窝点，紧接着，又碰上了新问题：原来，据那个加工窝点的老板交代，他们的成品油全都卖到了清溪村。清溪村是一个大型的食用油加工基地，村上有几十家生产厂家。那老板还说，每一次送货都是选在夜里，他们按电话指示，悄悄把油车开到村外的小山坡上，接货的每次都是新面孔，所以这些油到底卖给了谁，连他自己也搞不清楚……闫明听了，心想：当务之急是立即追查到这些油的下落！

闫明这边带队刚出发，清溪村的老村长就接到了一个电话，打电话的人故意捏着嗓子说："老村长，还记得你们村上的闫明吗？现在他为了自己升官发财，要带队去清溪村查地沟油！本来大伙不做亏心事也不怕他

查，但他这一查以后，外面的客户会怎么想？我看不惯这种人，所以给你提个醒，为了大伙的生意，你去和他聊聊，我想他会给你这个面子的！"

说到这里，那人就急忙把电话挂了，老村长不禁陷入沉思：打电话的人会是谁呢？这闫明是否真如电话中所说……

原来，闫明也是清溪人，打小时父母双亡，一直都是村上的乡亲们资助他上学。最近一段时间，掺入了地沟油的伪劣油大量上市，搞得大伙生意都不好，这闫明假如真的带队到村上一查，这往后……老村长不敢多想，急忙打电话给闫明，电话一接通，闫明就表明了态度：查一查，还清溪一个清白，岂不比什么都好？

闫明一行人来到清溪村时，村里的乡亲们齐刷刷地候在村口，他们一

拥而上，指手划脚，七嘴八舌，说什么的都有："果真是闫大局长哟，大伙都被地沟油害得没法做生意了，还指望您给我们撑腰呢，这倒好，领着人来查我们了，您可真是知恩图报的大好人呀！"

大伙你一言我一语，全都气势汹汹，老村长势单力薄，阻拦不了，闫明看这阵势，心里一下明白了：乡亲们一定是受了谁的暗中挑拨，要不不会这么准时、这么齐整地都来村口发难！这时，有人在暗处忽然喊了一嗓子："要是查不到，闫局长要在电视台公开道歉！"此话一出，大伙就全都附和。闫明站到一个石碾上，想搜寻说这话的人，只见人群中有颗油光锃亮的头，一闪，随即就又没了踪影。

村口群情激愤，闫明身边的工作人员都替局长担心：这清溪村显然有了充足的准备，若真是查不到什么，堂堂一个局长，到电视台公开道歉，这会有多大的负面影响！谁知闫明神色坦然，说："大伙放心，今天无论如何，我都会给出一个满意的交待！"

全村几十家企业全都大开厂门，挨个迎接检查。闫明一直暗自留意着那个油光锃亮的脑袋，却一直没有看到，这让他暗暗想起了多年前的一个人，躲在暗处的人，是他吗？闫明心中暗想：较量刚刚开始，别急，一定要沉住气！

转眼日已过午，整个村上只有闫

大鹏一家还没有检查过，村上的小老板们都露出了轻松的笑容，并时不时地瞅闫明，意思是说："看你小子怎么收场！"

老村长急得直搓手，就剩闫大鹏一家了，今天查出地沟油的可能性几乎是零，他寻思着如何能替闫明打圆场，可闫明脸上仍是一副波澜不惊的样子。

闫大鹏家里大门紧锁，有人忍不住悄声说："刚才还见这小子呢，这会儿跑哪去了？"闫明大声说："既然不在，我们就回吧，到了村委会我自会给大家一个交待！"说完，他就率先离去，随行的执法人员也都忧心忡忡地跟在他身后。闫明走了十多米时，他突然停住，猛一回头，果不其然，闫大鹏家的二楼上正探出一颗油光锃亮的头，向这边张望着呢！那光脑袋发现闫明回头，想再缩回已是太晚，闫明高喊了一声："闫大鹏！"那人无奈地应了一句："这就下来，这就下来……"

闫大鹏开了院门，闫明这才近距离看见了这油光锃亮的脑袋，只见闫大鹏一双小眼滴溜溜地乱转，说是老婆刚才犯了急性胰腺炎，才送去医院，他是回家取东西的。

听了闫大鹏的话，人群中有人嘀咕道："你清早打电话时也没说你老婆犯病，躲啥？"其实，在场的那些小老板心里都明白，今天一大早，大

伙都接到过闫大鹏的电话，电话里他一再鼓动不能让质检人员坏了清溪村的名声，可临到关头，自己却躲躲藏藏的。

大伙你一言我一语，老村长一下子明白了，一清早捏着嗓子给自己打电话的也一定是这小子了，顿时气得浑身哆嗦，而此时闫明却是一脸平静，他说："闫大鹏，什么话也别说，接受检查！"闫大鹏脸上红一阵白一阵，僵住了，一切都无需多说，只要查出罪证，什么都水落石出了……

就在这时，闫大鹏的手机突然响了起来，顷刻间，他的脸上立刻露出了得意之色，电话接通后，闫大鹏大声说起话来："什么？要马上做手术？好，我一刻钟后就到！"说完，闫大鹏挂了电话，走到老村长面前，说："老村长，我只能给他们十分钟时间，

要不我老婆的手术耽误了，那可是人命关天的事；再者，要是我不在家，哪个不怀好意的人把地沟油加入我的油罐，我也说不清呀！"说着，闫大鹏狡黠地笑着。老村长明知闫大鹏说的是谎言，但也不知如何应答，看着闫明，等他拿主意。

闫明沉吟着，他知道，闫大鹏的厂房里一溜四十多个油罐，要在短短十分钟的时间里找出哪一罐里加兑了地沟油，这无疑比登天还难！

闫大鹏此时一脸的得意：从得知加工地沟油的窝点被端后，他就在第一时间想尽办法阻止检查，可想了那么多法子，还是不行，这最紧要关头，多亏自己留了一手：一旦检查人员上门，自己就在裤袋里暗暗拨打老婆的号码，老婆一旦接到提示，就按照事先编好的谎言帮他离开……

如今这么多油罐，咋办？这边闫大鹏暗自得意，那边闫明却犯起了愁，难道就让这些地沟油"流"到餐桌上吗？突然，闫明想出了一个主意，他让所有的工作人员到油罐里快速取了油样，然后在众人惊诧的眼光中，闫明像一个品酒师一般，走到一排量杯前，端起一个量杯，将少许油倒入嘴里，然

后品咂一下，咽进肚里；紧接着，放下一个量杯，再端起一个……

众人大惊，老村长更是大叫起来："闫明，你小子疯了，那可是油呀！"

闫明微笑不语，此时，一口口滑腻腻的液体夹带着浓重的豆腥味，正在他喉管和食道内浸润、翻腾，他强忍住要想呕吐的感觉，继续品咂，终于在放下第六个量杯时，闫明的脸上露出了笑容，他说："就是它！"

众人听了，脸上都露出了难以置信的表情，特别是闫大鹏，更是惊得嘴巴半天也没有合上。

很快，化验结果就出现在大伙面前：这罐食用油里添加了百分之五十的地沟油！闫大鹏的所有谎言全都败露，他只好老实交待了如何秘密购进地沟油，然后添加到食用油里，并冒用村上的品牌，大量上市……

大伙十分气愤，同时也惊叹闫明辨别地沟油的本事，有人问："闫局长，你这辨别地沟油的绝技是哪里学的？"

闫明淡淡一笑，说起了一段往事：那是闫明十八岁时，高考之后的一个暑假。为了多筹些学费，闫明跟着一帮子邻村的伙伴在镇上当装卸工。一次，他们去帮闫大鹏卸豆子。那是闫明干装卸工以来最大的一车，满满四十吨货，一百八十斤一包，卸到半车时，闫明的体力实在无法支撑

了，大伙便让他到一旁歇着。这时，豆油刚刚挤榨到缸里，热腾腾地冒着气，闫明饥饿难耐，口干舌燥。那油冒着豆香，闻着不由就动了心，他看看四下无人，便拿起了漂在油上的木舀子……谁知闫明刚喝了一口，闫大鹏在外面喝完酒回来了，一身酒气地走到闫明身边，他伸手舀了满满的一舀子，递给闫明，然后指着外面卸着货的几个伙伴，一字一顿地对闫明说："你看见了吗？外面五个加上你六个人，共三百块装卸费，努，把这油喝了，钱就给你们；要是喝不了，对不起，这三百块钱就作为你偷油的罚款！"闫明端着满满一舀子油，看看外面的伙伴们，一咬牙，就把那一舀子油全部喝进了肚里。后来是这五个装卸工把闫明送进了医院，洗了三次胃，把三百块钱的装卸费全花了还没够，但就是这一次，让闫明真正记住了豆油的滋味……

说到这里，闫明微微叹了口气，说："这么多年来，我一直是一点豆油都不吃，但今天，为了能让这闫大鹏输得心服口服，我就破例喝了这么一回。你们要知道，我从前喝过的可是真正的纯豆油，所以现在豆油纯不纯，我一品就能知道。"

大伙听着，都禁不住笑开了，唯有老村长，伸过来一只大手，在闫明的头上无比爱怜地抚了又抚……

（题图、插图：张恩卫）

魔高一尺，道高一丈，父母们要想保护好自己的孩子，就需要提高安全观念……

谁动了我们的孩子

□赵晓波

遇到奇怪事

张辉在城西火车站当保安，这天，他正在执勤，远远看见出站口围了一大群人。一个衣着时髦的年轻女人，正在从一位老太太手里抢一个半岁左右的婴儿。老太太看上去六十多岁，穿着朴素，她手里抱着一个婴儿，还带着一个七八岁的男孩，男孩长得瘦弱却很机灵，看样子是老太太的小孙子。婆孙俩异口同声地说那女人是疯子，硬要抢他们家的孩子，而那女人却口口声声说婴儿是自己的，还说老太太是人贩子。

那个小孙子，哭哭啼啼地说："阿姨，求求你，快把妹妹还给奶奶。"这婆孙俩，咋看也不像人贩子，而那女人，虽然头发散乱，但穿着时髦，说话条理清晰，也不像是疯子。

张辉喊道"都给我住手！"那老太太见张辉穿着制服，仿佛像见到了救星，一叠声地嚷道："同志，你可要替我做主啊，你看这个疯女人抱着我的孙女不肯还！"那女人不依不饶："谁是疯子？你就是骗子，人贩子！"

张辉犯难了，只好准备报警，但双方都不同意，怕麻烦，天快黑了，都要急着赶回家去。张辉怕伤害婴儿，要求先把婴儿交他抱着，双方犹豫了一下同意了。婴儿还小，自然不知道发生了什么事，沉沉地睡着。

张辉抱过小孩，说："你们都说说这究竟怎么回事。"那老太太自称姓田，说人家都叫她田婆婆，她先向张辉讲起了事情的经过……

田婆婆的故事

　　田婆婆是个苦命的女人，老伴死得早，她一个人辛辛苦苦地把儿子抚养大，娶了媳妇生了娃，夫妻俩却都跑到外面打工去了，把孙子豆豆留给田婆婆照顾。前不久儿子打电话回来，说媳妇又生了个丫头，取名叫笑笑，要田婆婆过去照顾些日子，顺便把豆豆也带过去，一家人聚聚。

　　田婆婆很高兴，心想儿子一定是在城里挣到钱买了房子，可是到儿子那儿一看，傻眼了，儿子租个单间，一大家子几口人挤在一块儿，啥都不方便。为了挣钱，媳妇早就给笑笑断了奶，去上班了。田婆婆住了几天实在住不下去了，就想把笑笑也带回老家照顾，儿子媳妇虽然舍不得，但也没办法，于是就给田婆婆买了火车票，把婆孙仨送上了火车。

　　田婆婆找到座位，发现靠窗的位子已经坐着一个女人，穿着时髦。那女人自称叫梅朵，看见田婆婆带着两个小孩，就把身体向里挪了挪。一路上梅朵挺热情，问这问那，还给了豆豆一个苹果，豆豆一直舍不得吃。

　　路上，梅朵几次提出要抱孩子，田婆婆带着俩孩子确实累了，何况人家也是一番好意，不好扫兴，于是就把笑笑交给梅朵。梅朵抱着孩子摇

啊摇，还不停地逗孩子："宝宝乖，叫妈妈——"田婆婆说："叫阿姨。"梅朵说："我就要她叫妈妈。"田婆婆听了心里有些不舒服，但没多想。

　　下车的时候田婆婆想把孩子抱回来，梅朵却笑着说："下车人多，别把孩子弄丢了，你牵着豆豆，我帮你抱笑笑。"谁知到了出站口，梅朵却死死抱着孩子不肯放手，还口口声声说孩子是她的，可把田婆婆给急坏了。

　　说到这里，田婆婆情绪激动了，她对张辉说："同志，我老婆子一辈子没撒过谎。对了，我们走的时候，我儿子买了一对玉佩给孩子们，上面刻着'平安'和'健康'，笑笑戴'平安'，豆豆戴着'健康'。"

　　张辉仔细一看，笑笑脖子上的确戴着一块很普通的玉，上面刻着"平安"；再看豆豆脖子上那块玉，也确实刻着"健康"两个字。

　　田婆婆努力克制了一下情绪，让豆豆把梅朵给的苹果拿出来。豆豆立刻从衣兜里掏出一个苹果来，哭着说："阿姨抢我的妹妹，是坏人，我不要她的苹果了！"说完，他就把苹果扔在地上，摔得稀烂。

　　小孩子这么一说、一摔，人群中对梅朵指指点点的立刻多起来，这时，梅朵急得快哭了，她指着田婆婆骂道："呸，老骗子，还唆使这个小孩子撒谎！"说着，梅朵急不可耐地对

张辉说："同志，事情是这样的——"

梅朵的故事

梅朵一直在城里，最近乡下父亲病重，怕不行了，老公单位不好请假，梅朵只好一个人带着孩子回老家。

那天，梅朵挤上回老家的火车，突然有些后悔带着孩子，要不是父亲说想见见外孙女，她真的不想带，幸好孩子很乖，在怀里睡得沉沉的。

梅朵刚在靠窗的位子上坐好，过来一对婆孙，老太太朝梅朵笑笑，然后低头对小男孩说："豆豆，我们就坐这里吧。"老太太自称姓田，人挺和气，梅朵就往里面挪了挪身子。

一路上，田婆婆不停地和梅朵聊天，得知梅朵是一个人带个小孩出行的，就对她挺照顾，还不时提醒火车上人多，小心坏人，注意财物。

聊天中，田婆婆问孩子是男孩还是女孩，多大了，叫什么名字，梅朵也没戒心，都一一说了。田婆婆让豆豆喊梅朵阿姨，梅朵就拿了个苹果给豆豆，豆豆想吃，田婆婆狠狠瞪了他一眼。豆豆很害怕，立即把苹果揣进兜里，田婆婆马上又笑了，对梅朵说"这孩子不管严点不行的。"然后，她又笑呵呵地说："你看我跟这笑笑挺有缘的。"说着，她就摸出一块粗糙的玉来，上面刻着"平安"字样，说要送给笑笑保平安。梅朵不想要，田婆

婆却很热情，梅朵也不好说什么了。

这田婆婆越对梅朵好，梅朵就越觉得哪里不对劲，果然下了火车，一出出站口，田婆婆就上来抢孩子，还一个劲地说："谢谢姑娘帮我抱孙女，现在把她还给我！"然后，那个叫豆豆的孩子突然从后面跳起来，一把将梅朵的头发扯散了，婆孙俩口口声声说梅朵是个疯子，梅朵知道自己遇上骗子团伙了！

梅朵说"我有证据，笑笑那孩子的背上有一小块红色的胎记，这个外人是不知道的。"张辉查看了一下，果真如此，不料田婆婆说："这不过是你抱我孙女的时候看见的。"

田婆婆和梅朵又都扑上来抢张辉怀里的笑笑，田婆婆指使豆豆去抱孩子，豆豆冲上前来，死死抱住张辉的腿，哀求道："叔叔，把妹妹给奶奶……"张辉一时不知如何是好。

就在张辉手足无措之时，人群中突然冲出一个穿红衣服的女人，一把拉住豆豆的手，激动地说："我的孩子，妈妈可找着你了。"然后，她抱着豆豆亲吻起来……

真是一波未平一波又起，这儿又冒出一个抢孩子的，这一下把张辉给搞懵了，还是田婆婆反应快，赶紧先放下笑笑这一头，一把抢过豆豆，生气地说："你谁啊？敢冒充我们家豆豆的妈呀？"红衣女人瞪了田婆婆一眼，说："我真是孩子的妈呀——"

红衣女人的故事

六年前，在本市有个年轻的妈妈，叫刘珍。有一天，她一个人推着童车，车上坐着才八个月的儿子，像往常一样去广场玩。突然，不知从哪里走出一个男人，上前就给了刘珍一耳光，男人骂骂咧咧地说："你这个女人是怎么当妈的，孩子感冒这么严重，还出来吹风！"然后，又连推带搡地把刘珍推在地上。儿子吓哭了，这时，有一个老太太过来，抱起孩子对那男人说："别跟她废话，你看我孙子额头那么烫，又发高烧了，还不赶快去医院！"说完，老太太抱着孩子，坐上了男人的摩托，飞快地跑了。

这一切全发生在眨眼之间，刘珍懵了，她又哭又闹说抢孩子了，但周围的人都以为是家庭矛盾，谁也没上前管。就这样光天化日之下，两个骗子把刘珍的孩子大模大样地抱走了。刘珍的老公怪她没照顾好孩子，一怒之下跟她离了婚。刘珍失魂落魄，可从来没有放弃，这些年一直在苦苦寻找儿子。前段日子，有网友给刘珍发消息，说在市火车站看到过一个男孩，跟刘珍描述的儿子样子很相似，于是，刘珍就经常在火车站转悠，皇天不负苦心人，今天终于找到儿子了！

"我就是那个六年前丢了儿子的刘珍，我的儿子右手是个六指，在大拇指处斜长了个指头，你们看，这个男孩就是我的儿子！"刘珍说着，把豆豆的右手举给众人看，然后蹲下身来激动地说："豆豆，我是你妈妈啊！"豆豆非常害怕，拼命挣扎："你不是我妈妈。"

田婆婆立刻冲过来，拉起豆豆就走，刘珍把她拦住，喝道："这么多年来，我一直在找抢我儿子的人贩子，我记得清清楚楚，那个老太婆嘴角有一颗大黑痣，你就是！"

田婆婆的脸一下白了，惊慌地往人群外退缩着，就在这时，警察来了，原来刘珍早已报了警。面对警察，田婆婆承认了，她是人贩子团伙成员，豆豆的确是她六年前在一个女人那里

抱走的，因为豆豆右手长着六指，没有人买，他们就把豆豆留下，教唆他一起骗人。

梅朵流着泪，一个劲儿向张辉和刘珍道谢："要不是你们，今天笑笑就真的没了。"

警察本想带梅朵回去做笔录，但梅朵哭得更厉害了，说如果晚了她可能就见不到父亲最后一面了，警察简单核实了一下，就让她抱回了孩子。

这时，刘珍突然像是想到了什么，拦住梅朵说："你不能走！"

故事里的故事

梅朵很气愤，问："又怎么了？"其他人都围了上去，众目睽睽之下，刘珍问梅朵："妹子，这孩子怎么一直在睡啊，对了，你给她吃人奶还是牛奶啊，她该换尿布了吧？"

"这孩子就是贪睡，待会儿我会在车上喂她，给她吃母乳，这里人多不方便，尿布我也到车上再换，谢谢大姐你的提醒，没事我走了。"

张辉觉得这刘珍不是热情过头就是没事找事，正想开口，刘珍又说了："妹子，我能抱抱笑笑吗？"梅朵犹豫着，刘珍说，"别怕，这里有保安，有警察呢，我就想抱抱。"刘珍伸出手把笑笑抱了过去，突然，她后退几步，大叫："警察同志，她也是坏人！"

梅朵急了："你凭什么这么说？"

刘珍冷冷笑着，说："一，孩子一直在睡，包括抢来抢去的时候，这很不正常；二，你说你喂母乳，那么你坐了一天的火车应该给孩子喂好多次，但你身上却没有奶味，反而有很浓的香水味，喂母乳的妈妈是不会用香水的；三，这孩子的尿不湿已经非常的胀了，你说你上车换，可是你除了一个小挎包，却根本没有行李，那么，你出远门给孩子备用的东西呢？所以，我认为你根本就不是笑笑的妈妈，而且没有当过妈妈。我刚才就怕你一急伤害笑笑，才把孩子抱了过来。"听到这里，梅朵低下了脑袋，她说笑笑的确不是她的孩子。

原来，梅朵在城里给人家当保姆，和男主人好上了，她想让那男人离婚，然后娶她，可是那男人不同意。梅朵觉得自己被骗了，一气之下就偷了主人家的孩子，慌慌张张想跑回老家去，找以前的男朋友合谋敲那个男人一笔钱。她怕孩子在路上哭闹，就给孩子吃了安眠药，谁知在火车上碰到了人贩子田婆婆，把事情闹开了，现在又被刘珍给识破了……

后来，警方根据田婆婆的交代，顺藤摸瓜揪出了一个人贩子团伙，救了很多小孩，笑笑的父母也很快赶了过来，抱走了笑笑。经确认，豆豆的确是刘珍的儿子，为这事，站里对张辉进行了表彰，张辉心里美滋滋的，从那以后他对工作更认真了……

（题图、插图：谭海彦）

□ 张维超

特殊悬赏

没有人能预测灾难的来临，就像黄晓红，她在回家路上时，心里还像喝了蜜一样，可一打开家门，立时惊得瘫软在地，原来她的老公杜磊倒在了血泊里。

黄晓红是幼儿园老师，周日早上，她接到了一个电话，朋友告诉她，有人想花三万块钱从她手里买一个入学名额。这买卖入学名额，早已是公开的秘密，幼儿园的老师每年每人都会分得一个，如果自己用不着，也可私下里联系"卖掉"。黄晓红听到这个消息很高兴，就出门买了瓶好一点的红酒，想和老公小酌一下，没想到一进门，竟发现杜磊被人杀害了。

五分钟后，警察来了，一个警察问黄晓红死者与谁结过仇。黄晓红说，丈夫杜磊为人很老实，在单位人缘也极好，不可能结下什么深仇大恨。询问中，她突然想起来家里装了摄像头，便忙跟警察说了。

警察查看了录像，这段录像提供了非常重要的线索：犯罪嫌疑人的体貌特征，以及他和杜磊简短的对话，当然，最关键的是，从录像中可以看出，犯罪嫌疑人是在十五分钟前离开黄晓红家的，而从黄晓红家去火车站，或者汽车站，即便是打车，也至少需要半个小时的车程，很显然，犯罪嫌疑人目前并没有逃离这座城市。

根据这一线索，在场的警察火速作了部署，加大对火车站和汽车站的

侦查力度，防止犯罪嫌疑人逃走。

警察把录像拷贝下来，拿去分析，很快，就有了突破性的进展：根据录像，可以确定犯罪嫌疑人叫雷红光，住在本市。

现在，雷红光究竟藏身何处呢？警察调取了作案现场附近的监控资料，希望查到雷红光逃亡的路径，但监控资料显示，雷红光很狡猾，他出了小区，并没有选择到处都有监控的大路，而是转身进了小区附近的一个城中村。这个城中村靠近郊区，没有监控。于是，警察去城中村挨家挨户地走访，但一无所获。

三天过去了，案件没有进展。考虑到警力有限，局里打算撤回火车站、汽车站的警力。黄晓红听到这个消息时，身子凉了半截 如此一来，抓到雷红光的希望更加渺茫了。

怎么办？黄晓红坐在梳妆台前，茫然地盯着台面。突然，一个东西引起了她的注意，黄晓红看清了那是一张卡片，卡片上盖着幼儿园的公章，这是一张入学名额卡片。

这可是个好东西，整整三万块钱呀，黄晓红眼睛一亮，一个主意冒了出来：她要用手里的这个幼儿园入学名额找到雷红光，这个比现金悬赏诱惑大多了。说干就干，黄晓红草拟了一份悬赏告示，然后走出家门，联系了一个小广告散发公司。

几乎是一夜之间，整个小城的人都知道了这份悬赏告示：只要警方根据线索将雷红光缉拿归案，那么，提供线索的人将得到一张入学名额卡片。要知道，黄晓红所在的是家公立幼儿园，好多人提着钱挤破头往里拱都拱不进去，它的诱惑性可想而知。

第二天一大早，黄晓红接到一个电话，对方说他知道雷红光藏在哪里。黄晓红怕其中有诈，小心地说："你确定是雷红光吗？"

对方听了，说："保证错不了，再说，我已经通知警察了，等一会儿，警察自会告诉你。我只是想提醒你，别忘了你的悬赏告示——一个幼儿园入学名额。"说完，他就把电话挂了。

这人真有些莫名其妙，黄晓红听得一愣一愣的，就在这时，她的手机响了，是公安局打来的，接通后，对方说："犯罪嫌疑人抓到了。"

黄晓红赶到公安局，警察告诉她，犯罪嫌疑人雷红光对自己所犯的罪行供认不讳，他说，前不久，自己曾揣着两万块钱来到黄晓红家，想买那个入学名额，结果黄晓红的丈夫杜磊告诉他，入学名额提价了，就在今天早上，已经有人出到三万块了，如果要买，最低这个价。雷红光当即就火了，说他两天前打过电话，商量好的两万块，而这两万块钱，还是他东借西凑好不容易才弄够的。杜磊说电话里的话你也当真？有凭证吗？雷红

光恼羞成怒，和杜磊扭打了起来，慌乱中，雷红光抱着杜磊用力一蹬身后的墙，两人直挺挺地朝后栽去，而杜磊的脑袋正好磕在玻璃茶几上，当即就没了气。雷红光看杜磊死了，慌忙逃离了现场。

听完了警察的话，黄晓红迷迷糊糊地走到楼道里。在楼道里，一个男人带着个孩子向她走来，走近了，那男人说："你是黄晓红老师吗？是我给警察提供的线索，我是来拿那个入学名额的。"说完，男人尴尬地笑笑，说："私立幼儿园我们上不起，公立的我们进不去，你看孩子都五岁多了，还从没进过幼儿园呢。"

这时，走来一个警察，对黄晓红说："我们确认了，确实是他提供的线索。"

黄晓红茫然地点点头，说"等会儿你跟我回家，到家我就给你那个名额。"

两天后，黄晓红正在家中整理丈夫的遗物，手机响了，是公安局打来的，那位负责办案的警察说"黄小姐，那个入学名额你给那个人了吗？"

黄晓红不知警察为何问起这个，疑惑地问："给了，有什么问题吗？"

警察说："其实，当时提供线索的并不是那个人。"

黄晓红顿时想起了那个奇怪的电话，那人说话的语气，还有表现都怪怪的，这么想着，就问道："那是谁？"

警察解释说："我们总感觉这个案子有点蹊跷，于是就对报警电话的录音进行了仔细的核对，发现当时报警提供线索的人，就是雷红光他本人。"

黄晓红愕然道："什么？他怎么会……"

警察打断了黄晓红的话："至于那个来拿入学卡的人，我们也核查了一下，他叫雷红伟，是雷红光的弟弟。"

黄晓红十分惊愕，问道："雷红光为什么要那样做？"

警察缓了缓语气，说："他这样做，不为别的，就是为了让女儿能得到那个入学名额。"

（题图、插图：谭海彦）

鱼苗游啊游

□ 方皓天

我打小就不是个聪明孩子，显得有点笨有点呆，无论老师、同学，还是父母，对我都没有过高的期望。这种氛围影响着我，让我认定自己不会有什么出息，所以我凡事都比较消沉。

在村里，与我走得最近的是方培，他大我三岁，十二岁那一年，他家的鞭炮作坊发生爆炸，让他失去了双腿，他从此被"安"在了轮椅上，没再念书，天天生活在巴掌大的村子里。

初三那年，我刚从学校回到家里，还没进门，方培的爸爸就惶急地跑来了，他告诉我一个消息，方培今天上午趁家里没人时偷偷上吊自杀，幸好被邻居及时发现，救下了。方培的爸爸来找我，想请我去劝劝他的儿子。

我被这个消息惊得目瞪口呆，立刻去找方培。方培正躺在床上，双眼瞪着屋顶一眨不眨。我挨着他在床沿坐下，不知道该怎么劝说他，最终憋出一句话来："你不该干那种蠢事。"方培面如死灰地说："你以为那是蠢事？我活在这个世界上才是真正蠢透了。你没看到吗，我已经是这个家的累赘，我拖累了全家。"

我知道这句是实话，想要安慰他几句，于是急中生智，想起了他反复跟我提过的一件事：他从电视上看到，长江刀鱼要卖几千元钱一斤，他跟我说过好几回，要是能养刀鱼，一定能发财，所以我决定抓住这一点来激发他继续活下去。我问他："你不想养刀鱼了？"

他摇着头叹了一口气："那只是

白日做梦罢了，长江刀鱼是洄游鱼，哪里弄鱼苗去？"我信誓旦旦地说："我知道有个地方有刀鱼苗卖，你就说，你想不想养吧。"

"想，当然想！"方培一骨碌从床上坐了起来，"养刀鱼可是能赚大钱的，我要是将这件事做成了，我就不用吃闲饭，还会……"他满脸憧憬。

我让方培有了继续活下去的信念，但回到家里，却犯了愁。我的承诺纯粹是瞎掰，到哪里买刀鱼苗去？买不到，方培还是会寻死的。

死马当做活马医，我决定到县城里去碰碰运气。第二天，我揣着两百多元钱，去了鱼苗交易市场，逢人就说我想买刀鱼的鱼苗，那些大人都将我的话当成笑话，没几个人理我。一直转悠到快散市的时候，我才碰到一个挑着鱼苗担的年轻人，他听说我要买刀鱼苗，直夸我："你这孩子眼光可真毒，就认出我这桶里是刀鱼苗了？"

我差点乐疯了，还真让我找到刀鱼苗了，但年轻人说"这鱼苗可要四十块钱一尾。"我被惊得半天吱不出声来，见我没有反应，年轻人挑着担子，一副要走的样子，显然没有还价的余地。

想一想刀鱼那么金贵，刀鱼苗当然也就金贵，他如果真像卖别的鱼苗那样便宜，我还不敢要呢。我当下匆匆到旁边的杂货摊上买了一个小玻璃缸，然后将身上所有的钱都掏出来，小心地从他的桶里舀了五尾鱼苗。

我的身上一分钱都不剩，只能步行回家。一路上，我小心地捧着那个小鱼缸，看着五尾小不点的鱼苗在缸里游动，就满心欢喜。虽说只有五尾鱼苗，数量太少，但可以向方培证明一件事情，刀鱼苗是有得买的，他养刀鱼的计划能够成功。只要他的计划能够实施，他就会继续活下去。

人越是在意什么越是容易失去什么。我将那个鱼缸当做宝贝似的捧着，所有的注意力都在那个鱼缸上，可就在路程走到一半的时候，我被路边的石头绊倒在地，手中的鱼缸"咣当"一下砸在地上，水流了一地，两尾鱼苗在潮湿的地面蹦跶了两下，就没再动弹。

我顿时傻了眼，我花两百元钱买的鱼苗，就这样没了？还好，鱼缸的缸底剩下老大一块碎片，碎片上还有一点点的水，有三尾鱼苗挤成一堆，在不到它们身子一半的水里艰难地扭动着。

我生怕这三尾鱼苗也会死，赶紧小心地捧起那块碎片，奔路边的小沟里找水去了，水是找到了，但是，那块缸底碎片根本盛不了水，怎么办？情急之下，我只得将那三尾鱼苗倒在自己的手掌心里，然后到小水沟里捧起了一捧水，小鱼苗又重新在我掌心里游动起来。

我还来不及高兴，掌心里的那点水已经从我的指缝里慢慢流走，眼看掌心里的水越来越少，鱼苗能游动的地方也越来越小。我只能不停地从水沟里舀水，根本挪不开步。

我立刻着急起来，要是不能将鱼苗活着带回去，方培他会不会再次寻死？

我的脑子飞速转动，眼睛也四处乱转，想着能尽快找到一个能盛水的物件，但是四周可用的东西也没有，我的口袋空空，我的身体……对，我想到了自己的嘴巴，只有嘴巴能含得住水，不让水流出来。

我赶紧将掌心里的水连同鱼苗含进了嘴里，高高地鼓起腮帮子，然后匆匆上路了。一路上，我感觉鱼苗在嘴里游动，有时擦过舌头，有时轻轻碰着两腮，痒痒的，但非常舒服，因为我知道，它们是活着的。

走了不到一分钟，我就感觉不到鱼苗在我嘴里的游动了，我又慌了神，嘴巴鼓得太酸，嘴里不断地有口水分泌出来，那些鱼苗是不是被我的口水呛死了？或者是我嘴里的温度太高，将它们热死了？我被种种的念头给吓坏了，赶紧找到一条水沟，慢慢将自己嘴里的水和鱼苗吐在掌心里，吐出来的水已经变得粘稠，三尾鱼苗在粘稠的水里一动不动，我的脑子"嗡"的一下，最不想面对的情况残酷地摆在了我的面前，那三尾鲜活的鱼苗还是淹死在我的口水里。

我真的不甘心面对这样的结局，在水沟里不停地淘动掌心里的水，粘稠的口水被淘出去，干净的水慢慢流进来，这时，奇迹发生了，那三尾鱼苗重新扭动起小小的身体。那一刻，我兴奋得差点落泪了，鱼苗并没有死，是我的口水太粘稠，让它们无法游动。

有了这次教训，当我再次将水连同鱼苗喝进自己嘴里，我不敢让它们在我嘴里呆太长的时间，我几乎是在一路狂奔又在一路寻找新鲜的水源，跑了不到三百米，我又到路边的水沟

里换水。

这样走走停停，当我第三次到路边的水沟里换水时，意外发现水沟的草丛里，搁着一只被人丢弃的塑料杯，这样的白色污染平时随处可见，我也憎恶至极，但这一刻，我却如获至宝。我将三尾鱼苗吐在杯子里，换上新鲜的水源，我再也不用忍受腮帮子的酸痛，也再不用担惊受怕，捧着水杯继续上路。

一直到我将水杯郑重地交给方培的时候，那三尾小小的鱼苗还在杯子里欢快地游来游去。当方培弄清楚是怎么一回事时，他惊讶地说："这个世界上恐怕再也没有谁能比你聪明，能想到这样一种方法，将鱼苗带回家。"

实际上我笨得要命，因为我带回的根本不是刀鱼苗，而是白鲢苗，我被那个卖鱼苗的人给骗了。这是在两个月之后，当那三尾鱼苗在方培挖的小鱼池里长成了小鱼之后，我才发现的。那时我非常担心，担心方培明白真相后又会想不开，但方培拍着我的肩膀，说："放心吧，我不会再做蠢事了。其实，你将鱼苗带回来时，我就知道，那不会是刀鱼苗。"

"你认识刀鱼苗？"

"不认识，但我知道刀鱼苗是没办法买得到的。虽然我知道那不是刀鱼苗，但是，你让我明白了一个道理，你都能想出将鱼苗含在嘴里带回家的方法来，我怎么就不能想出谋生的手段呢？其实，这个世界上并没有绝路，办法都是人想出来的。"

方培转动着轮椅，将我带到了村里的水塘边，他告诉我，他已经找到了自食其力的办法，他将村里的鱼塘承包了过来，已经在塘里投放了两万尾鱼苗。他说："我没有双腿，但是我有双手，配鱼饲料、投料这些简单的事我还是会做的。这两个月，我已经向水产局的技术员学会了养鱼的技术，养的虽说不是刀鱼，发不了大财，但我一定能养活自己，不会成为家里的累赘。"

我用我的方法，救了方培，他的父母十分感激我，村里的人也都直冲我竖大拇指，大家说，这孩子真聪明，居然想得到这样的办法，将鱼苗带回家，这办法，不是常人能想得出来的。

自信这东西真是奇妙极了，以前大家认为我笨，我就真的觉得自己笨；现在大家说我聪明，我就真的觉得自己无所不能。其实，我不仅仅救了方培的命，也救了我自己。现在只要遇到什么困难，在我快要丧失信心的时候，我的嘴里就会有鱼苗在游的痒痒的感觉，这种感觉会让我在心里对自己说，我连鱼在嘴里游的办法都想得出来，还有什么难得到我呢？这么一想，我的信心就会回来了。我会感觉到精神抖擞，干劲倍增……

（题图、插图：刘斌昆）

背背猴

□ 尹全生

明朝末年，蜀地有个叫高升的知县，他有收藏玉器的嗜好，闲暇时，常到县城各玉器店溜达。这天，一个玉器店老板告诉高升：附近的客栈里住进了一个古董贩子，手里有件稀世珍品，开价是五千两银子，问高升想不想开眼。高升听了心里发痒，便随老板到客栈找到了古董贩子。

古董贩子鬼鬼祟祟地取出一个紫檀木盒子递给高升，神秘兮兮地说："这物件叫做'背背猴'！"

什么"背背猴"？高升好奇地打开了盒子，一看，他两眼顿时就瞪直了，连喘息的气都不匀了。

所谓的"背背猴"，就是用上等和田玉雕琢而成的两只猴子，一只憨态可掬的紫黑色老猴子，背着一只顽皮伶俐的枣红色小猴子。让高升两眼放光的，并非这件玉器本身的精美绝伦，而是这个物件蕴含的意义，常言

道，"黄金有价玉无价"，"背背猴"的"无价"之处，就正在于它的谐音——"辈辈侯"！

高升的人生追求是晋爵封侯，虽然他眼下不过是一个七品知县，可他自任知县以来，搜刮的民脂民膏大都"进献"给了朝廷要员，升官之路平坦，因此他深信升迁不过是早晚的事。高升的父亲曾官至巡抚，自己是一个即将飞黄腾达的知县，而且三年前，他得了一子，之后自己因受伤便失去了生养能力，眼下他最大的愿望，就是让独生儿子继承祖传"官运"，光宗耀祖。想到这一切，再端详着"背背猴"，高升反复在心里念叨着："背背猴"，"辈辈侯"，这是一件

能为我儿子带来无尽祥瑞的宝贝呀!

高升为官多年,空手套白狼已成了习惯,因此,尽管对"背背猴"爱不释手,他却不愿花费五千两银子,可又想得到钟爱之物,怎么办?高升琢磨了一阵,对古董贩子说:"我明天凑齐银子就来购买,如何?"

古董贩子贼溜溜的大眼珠子一直盯着高升,回答说:"那好,我就在客栈里恭候,咱不见不散!"

高升离开客栈后天已见黑,他迅速返回县衙,召集几个心腹衙役,要他们扮作"蒙面盗贼",连夜到客栈去杀掉那古董贩子,将"背背猴"抢到手,不买而获。当时世道很不太平,贼寇在县城里杀人越货并非新鲜事。

几个衙役领命,夜深人静时分潜入客栈,摸到贩子居住的房间后破门而入,哪料到古董贩子早已人去屋空!

那古董贩子也非等闲之辈呀,他虽然才二十出头,但已混迹江湖多年,和三教九流都有往来,深知官道凶险,早看透了高升这般为官者的心思。他料定和高升交易凶多吉少,"三十六计走为上计",于是入夜后便带上"背背猴"溜之大吉了。

高升得到衙役禀报后痛心疾首,悔恨自己下手迟了。他当即签发告示,称那古董贩子是江洋大盗,全县通缉。可是一个月过去了,一年过去了,古董贩子和"背背猴"还是杳无

踪迹……

转眼过了十年,高升已升任巡抚,他的独生儿子也十三四岁了。虽然儿子学业尚好,但毕竟前途未卜,高升的心还总是悬着,对儿子将来能否光宗耀祖心里没底。每当为儿子的前程心神不定时,高升就会想到那预吉兆祥的"背背猴",心里独自念叨:"'背背猴'、'辈辈侯',你应当成为我家的镇宅之宝啊!"

当时正值明末崇祯年间,连年灾荒,而苛捐杂税多如牛毛,闯王李自成乘势造反,天下烽烟四起。这年清明节,一队追剿"匪兵"的官军途径当地,为首的带兵将校依惯例到巡抚衙门拜访,巡抚大人一见那个将校,顿时惊得张口结舌:那将校不是别人,竟然就是当年的古董贩子!

原来,那古董贩子遭通缉追捕,无处藏身,情急之下干脆投身军营。没想到十年过后,居然在军营里混出了名堂。

两人如今见面,高升十分尴尬:当年险些成为自己刀下之鬼的古董贩子,眼下竟成了朝廷命官,虽然官阶在自己之下,可是同处官场,毕竟杀他不得了,而当年的疙瘩,终究会成为两人心头的阴影而挥之难去。高升在官场厮混已久,有极强的应变能力,他当即装模作样地连声道歉:"当年,我连夜筹齐银两,到客栈交钱提货时,你却已不告而别。我当时一时

恼怒,才做出不义之举,望将校海涵。"

将校弄不清这话是真是假,不便当面计较,便说:"看样子当年是我多心,误会大人了!"

高升拈须大笑:"也多亏你我当年相互误会呀,否则,你哪会弃商从戎,进而才有今日之荣耀?"

将校觉得这话不无道理,便随声附和:"哈哈,这是天意啊!"

高升当即设宴为将校接风,席间难免会谈及公务,这一说到公务,将校便长吁短叹,说近几个月追剿"匪兵",不但毫无斩获,还屡屡损兵折将,若是朝廷追究下来,轻则革职,重则掉脑袋。高升笑道:"我有一计,可

保你逢凶化吉、升官发财。"

将校将信将疑,要高升说出锦囊妙计,高升却只是敬酒劝菜,就是不把牛黄狗宝往外掏。将校急了,连喝三杯,说道:"巡抚大人若能道出妙计,解救我摆脱困境,我甘愿竭尽所有来报效大人!"

高升要的就是这句话,可他不见兔子不放鹰,还是云里雾里地闲扯,直到火候足了,才把话题扯到了"背背猴"上:"十年过去了,那物件现在是否还在你手里?"

将校实话相告,说"背背猴"还在自己手里,行军仗仗都随身带着,高升便说:"我言而有信,今日还愿出五千两银子,堂堂正正买下你的宝贝,怎样?"

将校已经不是当年的古董贩子了,并不愿以五千两银子出卖"背背猴",他沉吟良久,说:"我原为一介草民,这些年能平步青云,恐怕就仰仗那件宝贝了!"

高升笑了:"追剿'匪兵'屡屡损兵折将的后果,你恐怕是最清楚的,到那时,'背背猴'对你又有何用?"

将校打了个激灵:"这么说……"高升止住了笑:"你若是把'背背猴'卖给我,我便献计于你。我的一计,可是关乎到你的生死荣辱、身家性命啊!"

将校身陷困境,急于获取对方的锦囊妙计,可他还是怕被忽悠了,于是便要高升先说。高升不隐瞒,示意

对方伸过头来，咬着耳朵，一番密语。其实，所谓的锦囊妙计，说穿了也就是要将校虚报冒功。当时崇祯皇帝有诏：杀一名"匪兵"者，朝廷赏白银五两，赏银由国库直接拨付；杀"匪兵"多者，统兵将领可破格提升。为防止各方统兵将领冒功，斩获的首级必须经地方官员清点确认，核实后上报，朝廷方能认可。高升作为巡抚，自然就是最有资格的"地方官员"了，有他"确认"，将校的功绩便可确保了。

将校又惊又喜，却又疑虑重重："我眼下无一斩获，你能帮我做假？"

高升说虚报冒功犯欺君之罪，万一败露是要满门抄斩的，因此凭空填报是万万不能的，必须要"借用脑袋"，以此充数。

将校心头猛地一惊："世上什么都能够借用，可人的脑袋哪能借用？"

高升密授一计："匪兵"的首级上没有刻字，百姓的首级上也没有标记，说他是民就是民，说他是寇就是寇，只要到乡下围剿几个村子，砍一个脑袋就是五两银子，砍一千个就是五千两银子，银子不算，还能逢凶化吉、加官进爵。

将校豁然开朗，一拍大腿道："好，我这就派人到乡间砍他三两千个脑袋来！"将校说完，当即整装出发，晃晃荡荡的队伍杀出了城去。三个时辰过去，就有上千颗鲜血淋淋的脑袋送来，有花白头发的老农，也有

乳臭未干的黄口小儿。

首级送来了，高升便不失时机地提出了"背背猴"的事，将校有求于高升，自然不敢不从命。他心里明白，若是不拿出"背背猴"，阴险的高升完全可以举报他是滥杀无辜，因此，将校马上取来"背背猴"，交给了高升。

朝思暮想的"背背猴"到手后，高升欣喜万分，心里念叨着"背背猴"，"辈辈侯"，我儿大吉祥啊……就在这时，高府的家人十万火急地赶来，说高升的独生儿子当天随学堂老师到郊外踏青，在乡间被乱兵砍了脑袋！

高升的脑袋顿时"嗡"的一声炸响，两眼一黑，栽倒在地上。那个将校闻知消息更是心慌，高升苏醒后能不找我算账？他要是说我滥杀无辜、虚报冒功，我哪还有活路？想到这里，将校横下了心，一刀砍了高升的脑袋，而后抢了"背背猴"，随即带着队伍落荒而逃。

出了城后，将校遣散了队伍，自己则脱去戎装，独自隐姓埋名，归隐山林。他想，有"背背猴"在手，我一定逢凶化吉。

虽说当时天下大乱，残杀几千个百姓，朝廷可以不管，可杀了巡抚皇帝哪能不管？不到一个月，那个将校便被擒获，不久便被砍了脑袋，而那"背背猴"也不知踪迹了……

(题图、插图：谢　颖)

阿P当老师

□ 五斗米

阿P在一家公司当保安，上班时间除了盯着大门，便无事可干，所以阿P常用手机上QQ聊天解闷。现实中阿P是个保安，可在虚拟世界里，阿P可就是孙悟空七十二变了，教授农民，帅哥美女。反正阿P上懂天文地理，下懂鸡毛蒜皮，再怎么胡扯也不漏馅。

这天，阿P有事回乡下老家，回城时坐的是火车，车厢里QQ上网的"嘀嘀"声就响成一片，阿P也掏出手机，上QQ聊起天来。

阿P刚一登录，一个叫"蜡笔不小新"的网友就发来信息："美女好！"阿P这段时间在资料里填的是26岁的美女，在幼儿园工作，名叫"小彭老师"。按说上网的人都知道QQ资料有假，可"蜡笔不小新"就好像认定了"小彭老师"是货真价实的美女，

每次看到"她"上线，必定找"她"聊天。

阿P发了个敲打的表情，说："没礼貌，快叫老师好！你今天怎么不好好读书？""小新"说："不是我不想读书，而是书不让我读懂。老师老问我5+3等于几，可我不会，就跑出来玩了。我现正坐在T189次火车上。"

阿P一惊，自己坐的这趟车就是T189次呢，他赶紧问道："是吗？你坐的是几号车厢呀？可别骗老师哦！"

小新说："谁骗你？逃课时间那么宝贵，用来骗你多可惜呀！我坐的是5号车厢78号！"

阿P惊得往后一仰，原来阿P坐的是5号车厢79号，也就是说，如果对方没说假话的话，那身旁坐着的这个"三瞪眼"，就是"蜡笔不小新"了。

"三瞪眼"是谁？这次阿P从乡下带回来一麻袋的红薯，候车时，阿P要上厕所，于是向身边这个男人求助，想让他帮忙照看这袋红薯。没想到阿P问话他不答，给烟他不抽，前前后后只瞪了阿P三眼。

阿P偷瞄了一下"三瞪眼"，想试探他一下。就在这时，阿P看见一个女列车员站在走廊里，正有说有笑地打手机。他心生一计，就回复道："我表姐刚是T189次的列车员，她刚跟我通电话，现在正在5号车厢呢，你说说，她长的什么样子？"

阿P偷偷瞄一眼"三瞪眼"，只见他抬头看看那女列车员，就回复道："我的天，这么巧呀！你表姐好美啊，你能不能把她的手机号告诉我呀？"

原来他真是"蜡笔不小新"！可谁能想到虚拟世界中如此活跃的人，现实生活中却是如此冷漠呢？阿P心想：今天要是不给你上上思想品德课，他这"老师"岂不是白当了？

阿P回复道："小小年纪就想泡妞呀？"

对方很快回复："亲，只要你把她的电话号码给我，我做什么都愿意。"

阿P知道网络上的承诺不可信，于是想试试他："睡你上铺的是谁？"

"三瞪眼"说："是个大美女！"

阿P差点笑出声来："小新，骗人是不对的哦！我表姐早告诉我了，坐你身边的是个气质男，很有修养的！"

"三瞪眼"一脸惊讶："老师，我跟你开玩笑的，坐我旁边确实是个男的！"

总算说了句实话，看来可以"上课"了。阿P说道："小新，做人首先要有热心肠，别那么冷漠，这样吧，你跟那气质男打个招呼！"阿P发完信息就正襟危坐，等"三瞪眼"打招呼。"三瞪眼"清清嗓子，果然转过头来，打招呼了："你好，QQ聊天呀？"

好小子，刚才要是帮我看个红薯，现在哪里会这么麻烦？阿P脖子一梗，没答话。

"三瞪眼"看着阿P好一会儿，又低头发来信息："汗，我被雷倒了，他没理我，我真想踢他一脚！"

居然想踢我，我诅咒你吃方便面没有调味料！阿P缓了缓情绪，回复道："小朋友要淡定，你见过哪个好孩子会踢人的？不但不踢人，还要主动帮助人才是。""三瞪眼"发了一个"囧"字，就打起了哈欠。

"课"才开始，你就不耐烦了，这怎么行？阿P正想着怎么办，突然发现走廊上坐着一个嘴角有痣的男人，这个男人很热心，刚才阿P叫"三瞪眼"帮看红薯遭拒后，正是"嘴角痣"帮照看的。阿P见他起身朝厕所走去，赶紧也跟了过去。不一会儿，两人回走廊，"嘴角痣"刚坐下，突然自言自语道："这鬼车，又闷又热，搞得我又晕车了。"

阿P赶紧给"小新"发信息："我表姐刚给我发信息，说车厢里有人因为晕车而骂人了，他不正需要帮助吗？"

"三瞪眼"伸了个懒腰，回复道："关我什么事，我是出来打酱油的。他晕车是真，可我怎么帮他？"

阿P说"怎么不能帮？你可以帮他买晕车药，帮他按摩按摩嘛！"没想到"三瞪眼"回复道："老师你不知道，刚才坐我旁边的那人，跟晕车的人一起上了厕所，而且上车前，那晕车的还帮他看东西，我怀疑他们是老乡，可我旁边的人都不理他，我哪里好意思帮他按摩呀？"

阿P问："你是说，如果你旁边的人帮忙，你就会帮忙？""三瞪眼"回复道："是的！"

好小子，还得让我先出马！阿P回复道"坐你旁边的人不帮，你可以提醒他，然后一起去帮助嘛！"

"三瞪眼"回了个"好"字，就转过头来说道："这位大哥，你跟他不是老乡吗？他晕车这么厉害，你要帮帮他呀！"阿P装作恍然大悟的样子，站起来，去按摩"嘴角痣"的后脖颈。阿P本以为自己以身示范，那"三瞪眼"会行动起来，没想到"三瞪眼"却没动静。阿P只得"提醒"他："哥们，你有没有晕车药？有的话给他一片。"

"三瞪眼"说了声"好"，却没找药，而是站起来朝车厢尽头走去了。

看来这"小新"没教养，老师还真难当！算了，不演这戏了，阿P停了手，刚要回座位，没想到"嘴角痣"却伸出手来"给我钱！"阿P大吃一惊，问多少钱，"嘴角痣"说："帮你看红薯，又帮你演戏教人，完了你给我按摩，把本来不晕车的我按晕了，这三样加起来，我也不多要，就一百！"

阿P本以为他挺热心的，所以才让他演戏，没想到他却讨要报酬！这天上没有白掉的馅饼，倒有白掉的砖头。

阿P给了钱，刚要回座位，忽然"三瞪眼"拉着刚才打电话的女列车员过来了，问"嘴角痣"："你刚才说因为车子闷热才晕车，我就把她叫来了，到底是个什么情况？你跟她说说！"

看来要露馅了，没想到"嘴角痣"正儿八经地说道："谁说我晕车来着？你看我这模样，像晕车的吗？"

"三瞪眼"朝列车员笑笑，说"看来是我看走眼了，刚才我在网上聊人生，结果看到谁都觉得需要帮助，这才去找你，对不起，对不起！"

"三瞪眼"又指着手机说："你看看，跟我聊的是这个小彭老师，是个大美女！"女列车员一听，笑着走了。

阿P这才放下心来，正想着怎么继续给"三瞪眼"上课，没想到车很快到了一个小站，"三瞪眼"就下车走了。就这样，不但"老师"没当成，还白丢一百块钱，阿P为此闷闷不乐。

过了半年，这天，阿P到"三瞪眼"下车的那个小城办事，走在街上时，突然被人拉住了："小彭老师，还记得我这蜡笔不小新吧？"

这不正是"三瞪眼"吗？阿P大吃一惊。"三瞪眼"不由阿P说话，把他拉去饭店，点了酒菜，"三瞪眼"说"知道我为什么老找你聊天吗？那是因为我以前的女友姓彭，也是幼儿园老师，我很爱她，可有一次她父亲从乡下进城来，问路时刚好碰到我，我这人有点瞧不起人，又不知道他是小彭的父亲，就没理他，结果呢，小彭就跟我分手了。可我总忘不了她，就在QQ上搜索'小彭老师'，结果就找到了你！"

原来如此，他这是把自己当成虚拟的女友了。阿P想了想问："这么说来，那天你在车上就知道我是'小彭老师'了，你是怎么认出来的？"

"三瞪眼"笑道："那还不简单？那天我跟你打招呼，看到你QQ上有我的头像，哈哈！""三瞪眼"继续说道"我准备结婚了，你来参加我的婚礼吧。"阿P听了，心里很纳闷：原来以为对方蒙在鼓里，没想到是自己被耍了，就算我俩相交一场，也没到请自己出席婚礼的情分上啊？

"三瞪眼"见阿P一脸茫然，笑道"你知道那天我既然认出了你，为什么没有说破吗？我现在的女友长得跟小彭差不多，我对她一见钟情，可要是你没演那出戏，我还不知道怎么跟她搭话呢！""三瞪眼"说着拿出一张相片，"你看看这是谁？"

阿P一看，原来这是一张情侣在海边戏水的照片，照片上男的是"三瞪眼"，女的就是那女列车员！

原来那天他找列车员来，根本不是上阿P的当，而是找一个跟她搭讪的借口。

阿P高兴得差点蹦起来，虽说老师没当好，还丢了一百块钱，但网上说得好："百年修得同船渡，千年修得上下铺。"能因此交个朋友，促成一段有趣的姻缘，值！

（题图、插图：顾子易）

小小
生意经

□ 张延艳

有句名言说得好："理想的书籍是智慧的钥匙。"小宝是个初中生，他最大的兴趣就是读书，可他读的不是教学书，而是一些诸如《穷爸爸富爸爸》、《三十岁之前成为富翁》的理财类书籍。

其实，这些书都是小宝的爸爸刘大伟买的，刘大伟一心想赚钱干一番事业，可是，读了那么多理财类的书，都没有发过财，他觉得自己没有这方面的天赋，就把希望寄托在小宝身上，要从小树立儿子良好的理财观念。没想到，小宝真爱看这些书籍，常常一个人在房间里捧着书看。

不久，学校开家长会，刘大伟和老婆到学校早了，于是在学校里转悠。当转到学校餐厅门口时，两口子愣住了。

餐厅门口贴着不少打印纸，上面都是控诉餐厅屡屡涨价、学生们根本

吃不饱的消息。刘大伟和老婆震惊倒不是因为这件事，而是他俩根本不知道餐厅饭菜涨价这事儿。

刘大伟向餐厅的一个勤杂工打听，才知道餐厅从半年前就开始涨价了。虽然学生只是在学校吃午餐，但午餐吃不饱的话，不仅影响下午的学习，长期如此，还不利于生长发育。

老婆眼泪汪汪地说："咱们家的小宝多懂事，饭菜涨价了，他也不跟咱们说，还不是因为他知道咱们家比较困难，穷人家的孩子早当家啊！"

刘大伟心里也酸起来，不过，他想了想，觉得奇怪："小宝晚上回家，吃饭也不多，再说，也没觉得他身体差，你瞅他胖嘟嘟的，还嚷嚷着要减

肥呢。"

老婆听了也纳闷起来，于是他们把孩子叫来，问他午饭是否能吃饱。

小宝"哈哈"笑着说："我午饭吃得好饱，我最爱吃餐厅的鸡腿，师傅做的鸡腿又大又香……"

一个鸡腿7块钱，可刘大伟给小宝的午饭费只有10块钱，米饭一块，剩下两块只能打份青菜。小宝却说，他每顿饭都买四个菜，两荤两素，搭配好得很。照他说的，一顿饭起码得15块钱，那5块钱从何而来？该不会是小宝仗着身体强壮，讹诈小同学们的钱财吧？

刘大伟想到此，就恼火地训斥道："你这孩子，缺钱就跟我说，咱们家再困难，还不至于让你挨饿……"

小宝又乐了，他掏出一张存折，说："爸，你看，这是我的财产——上面已经有五百多块钱了。"

刘大伟知道，小宝每年会得到一些压岁钱，大部分都被老婆收走了，小部分的钱，就由刘大伟用自己的名字办了张存折，让小宝将钱存到上面。刘大伟此举也是为了培养孩子的理财观，孩子拿存折，刘大伟拿卡，因为卡里只有八十多块钱，刘大伟平时也不太注意。没想到短短一段时间，小屁孩的财富居然增长了这么多。

小宝的钱是"赚"来的，而且赚钱的方式非常简单：他将存折里的八十多块钱全部取了，到批发市场上买

了五把伞，放在课桌里面。因为学校的教学楼和食堂有一段距离，每当下雨天，有同学忘记带伞的时候，他就会"出租"伞，出租费一次2块钱。

刘大伟看看远处的教学楼，发现儿子的这个生意还挺能赚钱。学校的超市离餐厅和教学楼都挺远的，买伞不太方便，再说小孩子身上没有多少钱，买了伞后恐怕午饭费就没着落了，"租"伞就顺理成章了。

小宝得意地说："我的生意很好，五把伞经常不够租，有时候我自己的那把伞不得不给别人，自己淋着雨去餐厅呢……"就这样，小宝靠着"租"伞生意，不仅让自己的生活水平有了提高，积蓄还增长了好几倍。

刘大伟一家来到教室，小宝拉开抽屉，拿出供租借的五把伞。这五把伞都是崭新的，小宝得意地说："爸妈，看见了没，伞都是新的，这是为什么呢？原因是不少同学把伞带回家后，第二天忘了带到学校来，干脆就赔我一把新伞，或者把我的伞买断。我批发时一把伞16块钱，卖给他们是25块钱，光卖伞就已经把本钱赚回来了。"

刘大伟听了大喜：我儿子简直是经商天才啊，他得意地对老婆说："看见没，我买书总共花了一百来块钱，咱儿子连本带利地赚回来了，这'书中自有黄金屋'，不是瞎说的，咱儿子就是未来的李嘉诚啊！将来如果学习

成绩再好些,考上公务员,做'胡雪岩'式的官商就更赚钱了……"

老婆好奇地问:"胡雪岩是谁?"

刘大伟撇嘴讥笑:"连胡雪岩都不知道?真是没文化,他是清末的巨富,有名的官商,就是有政府大员在背后撑腰的那种商人……"老婆明白了,开心地笑了起来:"我们小宝脑袋这么灵光,没人撑腰照样行。"

不一会儿,家长们陆陆续续地来到教室,正聚在一起聊天,孩子们则在角落里玩。刘大伟正要跟一位家长聊上几句,却被老婆拉住了,她一脸忧虑地说:"老公,你看,大家好像都不跟小宝玩啊!"刘大伟一看,果然是,其他孩子三五成群的,而小宝却形单影只,一个人在看他给买的《三十岁之前成为富翁》。

这时,班主任王老师进了教室,

家长会开始了。王老师介绍班上情况后,批评了几个平时调皮的学生,然后看了看小宝,说道:"还有一个情况,有的同学很会做生意,高价出租雨伞给同学,让同学们非常反感,同学们的友谊比金钱更宝贵,这个同学眼睛里却只有钱,没有友谊……"

老婆听了,狠狠地在刘大伟胳膊上拧了一下:"都怪你,非让孩子学什么生意经不可,这下好了吧,儿子钻进钱眼里了,没人跟他玩了!"

家长会结束后,刘大伟找到王老师,主动表态,一定让小宝不再做出租雨伞的生意,王老师感叹说"小宝是个聪明的孩子,如果他能把做生意的头脑用在学习上,考清华北大不在话下。"

刘大伟和老婆听了大喜,回家前没收了小宝抽屉里的雨伞。小宝这下不高兴了,开始不吃饭,以此抗议。可刘大伟是铁了心不让小宝做生意,看此情景,老婆有些心疼,准备妥协,刘大伟宽慰她说"你放心,饿不死他,你瞅他那肚子,估计这个月没少吃鸡腿,两天不吃饭,绝对没问题。"

小宝抗议的两天里,恰好又下雨了。不少同学忘记带伞,于是问小宝租伞,小宝没伞可租,同学们只好淋雨去食堂,因为这样,好几个同学感冒了。王老师这时才发现，小宝做生意还是有好处的，虽然以赚钱为目的，但客观上确实也帮助了同学。

经过这件事，同学们对小宝的敌意大减，认可了他做生意的价值，小宝的朋友多起来，而且，在王老师的沟通下，刘大伟同意小宝继续做生意。于是，小宝新购置了几把雨伞，准备把生意做大。他的想法是先把租伞生意延伸到隔壁班，然后再延伸到整个年级，最后再纵向到整个学校。刘大伟听了他的宏论，不禁苦笑："最后你是不是还想上市啊？告诉你小宝，你的任务还是学习……"小宝听刘大伟这么说，连忙点头敷衍着。

小宝的租伞生意再次开张了，可一个星期后，小宝突然垂头丧气地回到家，说："我不做生意了！"

刘大伟和老婆听了心里纳闷，一问才知道，原来学校超市的老板看到小宝的"租伞"生意有利可图，就大批购进雨伞，然后在各个班级设立了代理人，负责租伞业务，小宝根本抗衡不过人家。

"不是我能力不够，要是跟我公平竞争，他肯定比不过我。"小宝哭丧着脸说，"可老板是校长老婆的弟弟，班主任都买他的账，各个班里都是班干部负责他的租伞生意，我们班负责的大胖，本来只是小组长，现在班委开会也叫上他了……"

刘大伟明白了，这等于是赤裸裸的官商垄断经营啊，小宝就是"亿万富翁"，也比不上有权力的人厉害啊！看着难过的儿子，刘大伟心里酸酸的，不过，他转念一想，小宝如果放弃做生意，或许就能把心思用到学习上，这未尝不是件好事，这样一想，刘大伟又笑了起来：这事根本不用解释，给他买一本《胡雪岩》，他就明白是咋回事了……

（题图、插图：杨宏富）

2012年"山阳杯"全国幽默故事创作大赛征文启事

为进一步繁荣幽默故事创作，《故事会》杂志社与上海市金山区文广局、山阳镇人民政府决定联合举办2012年"山阳杯"全国幽默故事创作大赛，并面向全国征文。本次活动将于2012年5月开始，至10月31日结束，11月颁奖。

一、征文要求：1. 内容贴近生活；2. 情节生动有趣；3. 语言活泼，具有口头文学特点；4. 作品尚未在公开出版物上发表；5. 篇幅在1500字以内。

二、奖项设置：本次大赛设一等奖3名，奖金各3000元；二等奖5名，奖金各2000元；三等奖10名，奖金各1000元；创作奖10名，奖金各500元。优秀作品将陆续在《故事会》上发表，并结集出版。

三、征稿时间：2012年5月1日—2012年10月31日。

四、来稿方法：请在来稿中注明"山阳杯"幽默故事，发至各编辑信箱。

□ 么 么

柔软的拳头

有力的拳头

贝里是一个黑人，从小和母亲在贫民区生活，为了养家糊口，他想去拉斯维加斯租个店面卖炸薯条，因为他有一门手艺——炸薯条拌巧克力。在家乡，凡是吃过他做的炸薯条拌巧克力的，没有不夸那是天下美味的。母亲支持他，拿出家中仅有的一万美元积蓄，交给了他，但到了拉斯维加斯后，贝里才发现，他带来的一万美元，连最不起眼的店铺租金也付不起。于是他决定进赌场试试运气，遗憾的是，最后他输得一个子儿都不剩，只能流落街头。

贝里非常后悔，他在街上挥舞着拳头，拼命砸在垃圾桶上，直将垃圾桶砸得稀巴烂。在他发泄的时候，一位白人从车窗里饶有兴味地看着他，

直等他发泄完了，白人才冲他直勾指头："小子，你的拳头很厉害嘛，连垃圾桶都砸得烂，以前是练拳击的吧？我那儿每周有场业余拳击比赛呢，赢了可以得到一万美元的奖金，有没有兴趣？"

贝里激动地说："一万美元？"

白人递过来一张名片："如果有兴趣，明天来找我。"车子便开走了。

给贝里名片的白人叫丹尼尔，是一家大赌场的老板。丹尼尔的赌场每周会举行一次非职业拳击赛，供赌客们下注。在他那里打拳击的都是几个固定的拳击手，赌客们厌倦了不说，大家对拳手们的实力都了如指掌，押中胜负的概率自然就大了。所以，丹尼尔迫切需要一张新面孔，来激发赌客们的兴趣，同时，让比赛结果更加

扑朔迷离起来。

贝里第二天就来找丹尼尔了，那一万美元，诱惑得他什么都不管不顾了。他已经打定主意：赢了，那一万美元的奖金可以用来租房子，接母亲来这里安顿；输了，他就死在拳台上，反正他也没脸见母亲的面。

贝里的那场拳击赛在星期六的晚上进行，比赛那天，与贝里对阵的，是一个叫威克斯的拳击手，威克斯也是一个黑人，在此之前，已经在这家赌场连赢过两场拳击，是个"双冠王"。威克斯个头比贝里高，站在拳击台上，镇定自若，霸气十足，而贝里则畏畏缩缩，不用打，明眼人就看得出来，这场比赛谁赢谁输。所以，比赛还没开始，全场赌客几乎一边倒，全押威克斯赢。

比赛一开始，贝里就露出外行人的架势，第一、第二局，他没打中威克斯一拳，却被威克斯击倒三次，不过，每一次他都很快摇摇晃晃爬起来。到了第三局，贝里的眉骨被威克斯打断了，血顺着眼角，流满半边脸，他颤抖着站起身，威克斯轻蔑地对贝里说："喂，你认输吧，你不是我的对手！"贝里咬着牙说："我宁愿死在台上也要赢了你，拿到那一万美元。"

威克斯的话让贝里一下子清醒了，自己是奔着那一万美元的奖金来的，这样打下去，用不了多久，那奖金就归对方了。不行！跟对方用蛮力

对抗，必输无疑，自己要找准时机靠技巧获胜。

到了第四局，贝里放慢了速度，没有主动攻击，而是躲过了威克斯一次又一次的攻击，他在找威克斯的弱点。就在威克斯再一次出击的时候，贝里瞄准了这个空当，用尽全身的力气，一拳击打过去，正中威克斯的下巴，威克斯"轰"的一声倒地，再也没爬起来。

观众纷纷将手中的赌票撕碎了，大喊大叫："这是放水，这是打假拳！"

贝里露出既吃惊又喜悦的表情，他也没料到，自己这一拳会如此厉害，他凭自己的实力打败了"双冠王"，还赢了那一万美元奖金。

有伤的拳头

贝里租了房子，接母亲过来居住。这时，丹尼尔又来找他了，说希望他能再打一场，如果这一场赢了，就给他三万美金。奖金提到了三万美金，贝里一下子便动了心。他想：上一场比赛自己赢了"双冠王"，已经说明了自己的实力，这一场比赛，很有把握能赢，只要我拿到这三万美金，就可以开一家薯条店，保证母亲的生活，这不就是我的梦想吗？

贝里毫不犹豫，一口就应承下来。

让贝里没有想到的是，他第二场

比赛的对手仍然是威克斯，贝里不禁心中暗喜，这一场比赛必定是自己赢了。

一开场，威克斯就像复仇似的频频出拳，可是都被贝里躲过了。第二局，威克斯又使用了拼命三郎的打法，而贝里和上次一样，在寻找威克斯的弱点，他发现威克斯这次没有用过左拳，按理说，威克斯不用左拳击打，也要用左拳防护，但没有，威克斯的左臂一直那么下垂着，从来没动过。莫非威克斯的左臂真的受了伤，抬不起来？

想到这一点，贝里改变了打法，当威克斯挥起右拳再次击打他的小腹时，他不躲不避，而是同时挥起拳头，打在威克斯的左胳膊上。这一拳下去，就听威克斯"哎哟"一声，一连往后倒退了好几步，脸上的肌肉痛苦地扭曲着。

果然，威克斯的左臂受了伤！贝里大喜过望，他不给威克斯任何喘息的机会，冲了上去，使尽平生的力气，再次对准威克斯的左臂狠狠地打出了一拳。

这一拳又砸在威克斯的左臂上，威克斯痛得大叫了一声，但是，威克斯没有退却，而是忍着痛，同时挥起了他的右拳，一个上钩拳正正地打在贝里的下巴上，贝里只感觉到自己的身体腾空飞了起来，接着，"咚"的一声，重重地摔落在地面上，落地的刹

那，他的眼前一片黑暗……

有爱的拳头

贝里醒来的时候，发现自己躺在医院里，威克斯守在他的病房里，见他醒来，威克斯简单说了一下他的伤势，并无大碍，然后盯着他，好奇地问："有一件事我一直不明白，你从来没受过拳击训练，怎么也敢去打拳击？而且是一次接一次地去？"

贝里说了实情，威克斯听了，好半天沉默不语，最后叹了一口气"到赌场去打拳击的，有几个不是为了钱呢？但是，你就从来没想过，你一个门外汉去打拳击，毫无胜利的希望呀！"

贝里没反驳，他沉吟了一会儿，说："可是，第一场我还是赢了你，拿到奖金了不是吗？"

威克斯摇了摇头："你怎么赢得了我？我现在断了一只胳膊都能一拳将你打晕过去，你想想，你怎么可能赢得了我？"贝里怔住了，威克斯这才讲了实情——

威克斯有个哥哥，兄弟俩都爱好拳击，并受过严格的训练，不同的是，他哥哥以打拳击为生，他却有正式的工作，在一家赌场当保安。半年前，他哥哥在拳击赛中受了伤，眉骨被人打断了。比赛时都是这样，你哪里伤最重，对方就朝哪里下手。他哥哥的眉骨断了之后，对手便拳拳打在他哥哥

那受伤的眼睛上，结果，将他哥哥的那只眼睛打瞎了，因为治疗得不及时，另一只眼睛受了感染，视力也急剧下降，现在的视力十分微弱，形同盲人。哥哥受不了打击，几次要自杀，都被威克斯阻止了。他清楚，要想挽救哥哥的性命，就只能治好哥哥的眼睛，但是重新植入眼球这样的手术既尖端又昂贵，以哥哥的一点积蓄和他当保安的微薄收入根本办不到，没有办法，他只得利用空余时间出来打拳击。

威克斯说："到赌场打拳击的，都是为生活所迫走投无路的人，但像你一样，根本不懂拳击却豁出命来打拳的人，我还是第一次见到。我知道，那笔奖金对于你有多么重要，而且你说，你宁愿死在台上也要拿到那一万美元，我的心就软了。我清楚，除非我打死你，否则你一定会爬起来，再加上看到你的眉骨已经断了，我就不由得想到我的哥哥，我的拳头就软得像面团，下不了手。我对自己说，就成全这个可怜的人吧，但我不敢明着放水，所以在对你攻击的时候，可以被你打中一拳，然后佯装被重击，倒在了台上。其实你那一拳就像为我挠痒痒，不知有多么轻飘。"

说到这里，威克斯用右手托住自己的左臂，向上抬了抬，苦笑了一声："遗憾的是，那些赌客还是看出我在放水，所以散场之后，有几个输钱输

得比较多的家伙跟上了我，他们用棍子打断了我的胳膊，说这是我作弊应该付出的代价。"

贝里懵了："你这胳膊是因为我？天啊，是我害了你。"

威克斯再次苦涩地笑了笑："我的胳膊断了，我想，我这一辈子再也打不了拳击啦，但丹尼尔却来找我，他告诉我，只要我去掉夹板，上场再打一场比赛，不管输赢，他都会给我两万美元。我拒绝了他，我不能为了两万美元死在拳台上，但听说我的对手仍然是你时，我改变了主意。我知道丹尼尔的想法，他知道我断了一只胳膊，一定打不赢你，而我去掉了夹板，赌客们不知道我的胳膊断了，他们一定以为你不是我的对手，所以大

家只会将赌注押在我的身上，这样又可以让丹尼尔大赚一笔。我最终答应来参赛，我在心里对自己说，我一定要将你打败。"他问贝里："你知道我为什么一定要将你打败吗？"

"让丹尼尔的如意算盘不能得逞。"

威克斯点点头又摇摇头："那只是一方面，主要是为了你。"

贝里大惑不解地问："为了我？"

威克斯说："是的，我不上场，别人也会上场。别人上场，只会朝你的痛处下手，而你是宁愿死也不认输的人，结果只会有两种，要么你被打死在台上，要么，你会像我哥哥一样，被人打瞎了打残了。所以，我要上场，我不打你的要害，只打你的腹部，我要将你打得虚脱了没有力气再打，又可以不让你死不让你残。但是，我一定要赢了你，只有赢了你，才能让你清醒，你根本不适合打拳击。如果让你赢了，你就会永远有侥幸心理，觉得打拳击赚钱很容易，你就会执迷不悟频频上场，那么你的结局不是死就是残……"

贝里怔在那里，渐渐地，泪水顺着脸颊淌了下来，他做梦也没想到，面前这个黑塔一般的男人，会有这么一颗柔软的心。他们萍水相逢，是拳击场上的对手，人家却这样费尽心机地保护着他，人家不朝他的痛处下

手，怕他变成了残疾，而他呢，他害得人家断了胳膊，却朝着人家的胳膊下手，这样一对比，他惭愧得抬不起头来。

贝里就这样与威克斯成了朋友，他发誓，再也不上拳击台拿自己的性命开玩笑，而威克斯自从左臂断了后也再没打过拳击。威克斯听说贝里的梦想就是在拉斯维加斯开一家薯条店，就拿出打拳击赢来的几万美元钱，交给了贝里，威克斯说："这点钱为我哥哥治眼睛是不够的，干脆，我押在你的身上吧，算投资，等什么时候赚够了钱，我再为我哥治病。"贝里高兴得手足无措，不知道说什么好。

在感恩节的前一天，贝里和威克斯共同经营的薯条店开张了。开张后，薯条店的生意一直不错，而且，贝里做出了一种新产品，用炸薯条蘸巧克力，将顶端的巧克力做成拳头的形状，他为这种新产品取了一个名字，叫"柔软的拳头"，用以纪念威克斯对他的关爱和呵护。

"柔软的拳头"一经推出，立即受到了顾客的青睐，大家一边享受着美味，一边听贝里叙说着"柔软的拳头"的来历，无不动容。如今，"柔软的拳头"蜚声海内外，到过拉斯维加斯的人，总要去尝尝它，品尝它，已经不仅仅是品尝一种美味，更是品尝一种——爱。

（题图、插图：佐　夫）

□ 藏马山

山药，
想说爱你
不容易

每年11月，正是山药收获的季节。今年，邱三种的山药大丰收，本想着好收成可以换来好收入，可一个月过去了，就是不见批发商来收购。邱三纳闷起来，一打听才知道，今年附近几个村子的村民都种山药，山药产量大增，供过于求，自然不好卖了。

怎样才能卖掉山药呢？邱三寻思了一晚上，终于想到一个法子。

第二天一大早，邱三把自家的拖拉机收拾一新，并把自己打扮得利利索索，让老伴将山药冲洗干净，用大绸子将山药捆成捆儿，整整齐齐地装上拖拉机。邱三从屋里拿出一杆大彩旗插到拖拉机上，上面粘了一行用彩纸剪的大字："丰收不忘乡政府，五千

山药心意足"，原来邱三是要把这一拖拉机的山药送给乡政府！

邻居们看了，都乐了：这么多的上等山药，批发也得六七千块钱，邱三就这么送出去，也太大方啦！

邱三的老婆也埋怨："你是有钱撑得慌？干吗送乡政府那么多山药？"

邱三眯起眼睛一笑："你懂啥？我这样做自有道理，今天你再整理五千斤山药，明儿个我还出去送。"

在邻居们的笑声里，邱三"突突突"地开着拖拉机直奔乡里，一路上，那满车的山药和飘扬的彩旗引来很多人的注意。一个小时后，邱三到了乡里，在乡里的几个主要街道上转了几圈。不一会儿，乡里就传出了消息：有个农民要送给乡政府五千斤山药！

邱三满意地笑笑，开着拖拉机来到乡政府门口，他拿出一张大红纸写的感谢信，贴在乡政府的门口，又掏

出一挂鞭炮，在外面"噼里啪啦"地放了起来。这一举动没有惊动乡里的领导，却把附近电视台的记者引来了。记者采访邱三，让他谈谈送山药的想法，邱三也不含糊，对着话筒张嘴就说："乡政府组织我们农民种植山药，为我们提供资金和技术，让我们尽快地富起来。今年我们的山药获得了大丰收，为了表示我们农民的心意，我愿意把拖拉机上的五千斤上等山药送给乡里领导们，让他们尝一尝我们的无公害山药。"

见电视台记者在乡政府门外采访，乡长也出来了，在了解了情况之后，他非常感动，但表示绝对不能白收乡亲们的山药，让邱三把山药拉到市场上去卖。邱三坚决不同意，执意要把拖拉机上的山药搬下来。

这时，记者问邱三："五千斤的山药完全按零售价可得上万元哪，你不心疼吗？"

邱三摆摆手："要是没有政府的号召和支持，咱也没有今天的大丰收。明天我还要给县政府送哪，您来采访？"记者马上答应了。说完，邱三就开着拖拉机"突突突"地回了家。

等邱三到家时，发现邻居们都在他家门口等消息，大家围着邱三问道："山药送给乡政府了？你真的没要钱？"邱三指指大彩旗："那还有假？不信的话你们就等着看电视新闻吧！"邻居们都觉得邱三傻，笑着一哄而散了。

第二天一大早，邱三又在装山药，这时，村子里开来一辆汽车，原来是电视台的记者来邱三村里采访了。记者在村子里转了一圈，很有感慨地说："今年的山药真的大丰收啊，到处都是一大堆一大堆的，像小山似的，你们卖得出去吗？"

邻居们唉声叹气，摇摇头说"记者同志，这里的山药都是无公害的，可就是不见批发商来收购，您走的时候，带些山药回去吧。"这边说着，那边邱三已经装好了山药。不一会儿，邱三和记者往县政府赶去。

看到邱三的举动，县长很惊讶，看到还有记者来采访，县长更惊讶了。他手里捧着邱三递上来的大红纸，看着邱三往下搬山药，赶紧让工作人员拦住了他。县长指着山药，说："这可是上万元的东西，老百姓一年才挣多少？我不能收！"

记者叹了口气说："县长，卖得出去才叫挣了钱呢，卖不出去能叫挣钱吗？"

就在这天晚上，电视台播出了一期节目："山药，想说爱你不容易"。节目里提到了邱三两次给政府送山药，提到了村子里小山般的山药，荧屏上出现了村民们焦虑和无奈的表情。

邱三一脸微笑地对妻子说："放心，很快就会有人给我们送钱了，一万斤的山药钱，一分也少不了。"

果真，第二天上午，几辆汽车驶进了村子，车上下来了县长、乡长，还有电视台的记者。县长和乡长径直走到邱三的面前，把两个大红纸包塞到邱三的怀里。县长说："你给县里送了五千斤的山药，还给县里送了感谢信，让我感到脸红。我光号召老百姓种山药，却忽略了卖山药的事，惭愧哪！今天我是来给乡亲们赔礼的，你送给我的山药，我收下了一斤，其余的全部按市场价付给你钱。多谢你用这种方法提醒我，我和乡长商量着，

要是不把大家的山药卖出去，我俩就不当县长、乡长了！乡长，你说是吧？"

乡长拍拍胸脯："要是卖不出去，你们到乡政府揍我去！昨天的记者说得好啊，卖不出去不叫挣钱，所以我们一定要帮大家把山药卖出去！"

邱三的手里捧着两个大红包，激动地说："我就知道，政府不会白收老百姓的山药的，可是……"说到这里，邱三的脸红了："县长，乡长，其实，我在乡里、县里转悠，又放鞭炮，还插大彩旗，就是为了惊动电视台，好让全乡全县的人都知道政府收了我的山药，这么一来政府肯定会给我送山药钱的，我就是为了赖上你们，硬卖给你们山药的……"

县长听了"哈哈"大笑："你的胆量很大啊，万一我们不给你送钱，你还过得下去吗？"

邱三说："不可能，我在村子里看见过你帮乡亲们下地干活，忙得满裤腿子都是泥巴，当时我就知道，你是为老百姓着想的好官，我相信你。"

县长让秘书扛过一面大彩旗，彩旗迎风飘舞，上面印了一行大字："山药，我们永远爱你！"县长把彩旗递给邱三，邱三把彩旗插在了山药堆上，一脸的喜悦。

当晚电视台又播放了一期节目："山药，我们永远爱你！"

（题图、插图：刘斌昆）

有人说金钱是万能的，但有人反驳说金钱不能买来爱情。那么金钱在爱情中到底扮演着什么样的角色？金钱真的能买来爱情吗……

对面有个贵妇人

□ 杨格

1.寂寞贵妇

照江市有个花园小区，花园小区一共有四期房源，一期的房屋是十年前竣工使用的普通住房，租金也相对便宜。可与一期相隔不远的四期，是刚出售的高档公寓，一套房子最少也得500万，是照江市最有名的豪宅之一。

有这么三个小职员，分别来自不同的公司。一个叫赵前进，一个叫钱多雨，还有一个叫孙富贵。三个男人年龄相仿，都是二十大几。由于各自的公司业绩一般，三个男人的收入也平平常常，至今都没有找到女朋友。为了节省开支，三个陌生人合租在花园小区一期一套改建的三室一厅里。

入住不久，赵前进发现对面四期的一栋高档公寓里，住着一个少妇，不到三十岁的样子，总是独自一人在家，看起来也没有工作，完全是一个养尊处优的阔太太。一天晚上，赵前进用望远镜偷窥那少妇，少妇正穿着高档性感的真丝睡衣在家里晃悠着。一旁的钱多雨看赵前进观察得入神，也跑过来看，看罢后，钱多雨说那少妇也就一般人，没啥看头。孙富贵闻声过来一看，也说少妇一般般，没劲！赵前进也应和道："女人不漂亮，有钱管个屁用！"嘴里是这么说，但他的心里却打起了小算盘。

赵前进打的是什么小算盘呢？他想，首先要弄清少妇独身的原因，她的老公是出差了，还是遗弃了她。如果是第一种情况，他赵前进就打不了贵妇人的主意；如果是第二种情况，他就想办法把贵妇人追到手。现在这个世上，娶个有钱的女人，可以少奋斗十年，这种在小公司做小职员的日子他再也不想过了！

一天工作日，赵前进向公司请了病假，呆在家里，观察着对面的公寓。早上九点多，贵妇人身着一身名牌衣服下楼了，手里还牵着一条看起来很名贵的狗。赵前进迅速下楼，装着无意碰见的样子来到贵妇人身边，热情地看着狗，说："小姐，这是我看到过最漂亮的狗了，叫什么名字？"

或许是贵妇人一个人寂寞了，她没有对一个陌生人的搭讪表现出反感，而是和蔼可亲地说："它叫玛莎，是一只纯种的约夏克。"

赵前进立刻赞扬道："好狗好狗，名贵的狗就应该配美丽的主人！"贵妇人嫣然一笑。

开局不错，赵前进和贵妇人攀谈起来。交谈中，他得知贵妇人姓柴，四川人。渐渐熟悉了，赵前进斗胆问道："柴小姐，恕我冒昧，我就住在你对面，我看见你们家怎么就你一个人呢？大哥到哪里去了？"

柴小姐的脸上一下子显得忧伤起来，叹了一口气说："出车祸，死了。"

赵前进听了大喜，装出悲伤的样子说："不好意思啊柴小姐，我惹你不

高兴了。"柴小姐淡淡一笑。

又聊了一会，赵前进把话题又引到他最关心的路线上来："柴小姐，像你这么好的条件，不应该所有的问题都自己扛，应该找个另一半。"柴小姐没有回避，说："我有什么好条件？不过说实话，一个人孤孤单单的不是个事情。"

赵前进迫不及待地说："柴小姐你说说，想找什么样条件的，说不定小弟能做回红娘呢。"柴小姐说："找个知冷知热、爱我的男人就行。"

赵前进大喜，差点没说自己就是知冷知热的男人。刚想深入主题，柴小姐说她要回家了，赵前进恳切地说："柴小姐，咱们也算是邻居了，你一个女人家不容易，有啥不方便的事打个招呼，我随叫随到。"柴小姐道了谢，随后两人还互留了手机号码。

晚上，钱多雨和孙富贵下班回家，或许是赵前进太高兴了，无意中说漏了嘴，说今天看见贵妇人了，一脸的蝴蝶斑，那个丑啊！钱多雨说："我打老远看还有点水桶腰呢。"孙富贵说："她的眼睛一大一小！"几个人损着柴小姐，不停地"哈哈"大笑。

又过了几天，赵前进听柴小姐说明天是她的生日，他赶紧说："柴小姐，明天我陪你过生日。"柴小姐欣喜地看着他，说了声"谢谢"。

第二天是周末，赵前进在商店给贵妇人买了一套高档化妆品，又买了

玫瑰蛋糕，然后直奔柴小姐家。

柴小姐开了门，让赵前进进了家，一进家门，赵前进愣住了——原来在客厅里的沙发上，钱多雨在那里坐着，面前还摆放着玫瑰蛋糕，还有一件连衣裙，看包装，也是名牌货。

老天！原来钱多雨这个家伙和自己一样，嘴上说不稀罕贵妇人，可暗地里早就行动了！

就在两人尴尬之际，门铃又响了，柴小姐去开门，赵前进和钱多雨抬头望去，差点没跳起来——门口竟然站着孙富贵！孙富贵一手捧着蛋糕，一手提着礼物、鲜花，正深情地朝着柴小姐笑呢！

2. 麻将风云

柴小姐让孙富贵赶快进来，孙富贵刚踏进屋，看见赵前进和钱多雨，那深情的笑脸就定格下来，结结巴巴地说："哥——们——你们也在啊？"

柴小姐疑惑地问："你们都认识？"赵前进愣在那里，他想不到除了自己和钱多雨，竟然还有一个打鬼主意的"第三者"啊！钱多雨大概也是这种情绪，不阴不阳地说："当然认识，我们住在同一套房子里，就差睡在一张床上，怎么能不认识？"

柴小姐"哦"了一声，说："我说呢，我对门怎么那么多邻居呢，原来你们合租在一起的啊！"柴小姐这

话，让钱多雨意识到，自己刚才说的话不好，透露了合租这个残酷的事实。一个都"奔三"的大老爷们，到现在还和别人合租，混得好不到哪里去！想当初，自己话里话外，那房子的产权都是本人的，想必那两个不要脸的也是这么糊弄的吧？

柴小姐没想那么多，她高兴地说："既然大家都是朋友，就最好，来者就是客，都坐下来坐下来。"

三个人坐下来，都各怀鬼胎，说啥好呢？柴小姐见状，打开僵局，说："要不我们正好四个人，打麻将好了，我也没啥爱好，就喜欢打麻将。"

三个人心想，这倒是解除尴尬的好方法，于是纷纷应和。柴小姐说："带点彩头吧，听牌一把二十块，自摸翻倍，这点小刺激，公安局来人都不算赌！"几个人围坐下来，开始打麻将，渐渐的，各自脸上的尴尬也少了。

赵前进的"麻技"是东方不败的级别，今天的手气也不错，第一局就抓了一手好牌，就等着听牌了。两圈过后，赵前进抓了自己要的"五筒"，哈哈，第一局就自摸，一下就赢一百多啊！

赵前进正准备将"五筒"甩在麻将桌上，却忽然想到，自摸上了，其他三个人都要上贡，柴小姐也不例外。柴小姐有钱是不假，可爱玩牌的人最不高兴玩牌输钱，这不是扫柴小姐的雅兴吗？于是，赵前进把高举起

来的手又缩回来，将五筒插进一溜麻将牌里，随便拎一张打出去。

又是几圈过后，柴小姐小手一拍麻将桌，一声脆响之后，她声音尖利地喊道："五筒，自摸！"

看着柴小姐的牌，三个人纷纷说"好牌好牌"，兴高采烈地将钱递上。

就这样，一连几把，柴小姐尖利的"自摸"声都会响彻房间。等到她第十次自摸时，赵前进腰包里只剩最后一张老人头了。这个时候，他也明白了，钱多雨和孙富贵和他一个心思，不由地恨得牙根发痒，恨不得抽他俩几个耳刮子。

没多久，柴小姐第十一次自摸成功，这时，赵前进口袋没钱了，不想让柴小姐看到这样的窘相，提议不打

了。钱多雨和孙富贵也撑不住，附和说麻将不打了，开始庆祝生日吧。

接下来，柴小姐点蜡烛，切蛋糕，三个人各怀心思、南腔北调地唱"祝你生日快乐"。蛋糕吃完，午饭也解决了。这时柴小姐接了个电话，似乎要出门的样子，三个人知趣，告辞回家。

三个人回到宿舍，终于憋不住，面面相觑：小子，跟哥们玩猫腻！再后便是江湖一笑泯恩仇。

赵前进笑罢，脑子却清醒：残酷的比拼和竞争才刚刚开始呢。柴小姐不是一块好看的肥肉，可是因为有了钱，这不好看的肥肉就成了最可口的佳肴！

随后的几个双休日里，柴小姐都会热情地邀请三个单身汉去豪宅里打麻将。几个星期下来，赵前进、钱多雨和孙富贵的钱包统统瘪了下来。

赵前进想，再也不能这样持续下去了，一定要探探柴小姐的口风。

一个双休日的下午，赵前进偷偷地来到柴小姐家，寒暄几句后，赵前进说："柴小姐，恕我直言，你可能也意识到了，我喜欢上了你。我想与你手牵手，与你白头偕老。但是我也知道，在你面前，我就是高山下的一棵草，大海里的一滴水，肯德基里的炸鸡腿。你有理由拒绝我，但我希望你给个痛快话，你愿意接受我吗？"

赵前进被自己煽情的话感动了，眼睛里湿漉漉、热乎乎的。

柴小姐看着赵前进，沉默了一会儿，轻叹一口气，说："前进，你提出的这个问题，前几天钱多雨和孙富贵也分别问了我。说实话，和你们三个人结识以来的日子里，是我度过的最快乐的时光。你们三个人都年轻帅气，又都喜欢我，这是我的福分。我自己都不知道，你们为什么这么喜欢我。我只能嫁给你们其中的一个，我已经和钱多雨、孙富贵说好了，过几天，我就叫我爸过来，让他给我拿个主意，你看怎么样？"

赵前进心里的石头落到胸腔，差一点到胃部底层。柴小姐已经决定和他们三个人之中的一只鸳鸯落成双，虽然花落谁家还不一定，但是总归有了条底线，于是他爽快地赞成了。

"好！你们三人都同意，那这事就这么定了，明儿我就通知爸爸过来。"

柴小姐还告诉赵前进，他的爸爸姓张，是她的养父，柴小姐十八岁时就离开他，来这个城市打拼。虽然这些年很少和养父联系了，但毕竟对自己有养育之恩，在终身大事这个重大问题上，她还是想尊重他的意见。

赵前进献媚地夸赞柴小姐高风亮节、道德高尚，绝对是可以托付的人，把柴小姐夸得眉开眼笑。

3. 三个女婿

两天后，柴小姐的父亲老张来到女儿身边，柴小姐电话通知了赵前进、钱多雨和孙富贵。下了班后，三人急匆匆地赶回合租屋。事情到了这个地步，大家的尴尬反而少了，现在是竞争社会，谁不想娶一个能给自己带来实惠的女人？即使竞争，也是光明正大的。三个人都心知肚明，晚上得给老张接风洗尘。第一印象很重要，说不定，谁给老张的第一印象好，谁就能理直气壮地叫他"爸"，甜甜蜜蜜地做他女婿。

三个人收拾停当，先后来到柴小姐家，拜见从大熊猫故乡来的老张，那气氛，就像少见多怪的观众看到仰慕已久的大熊猫，热烈而恭敬。之后，大家众口一词地提议：请伯父到酒楼小聚，为伯父接风洗尘。

一行人来到本市最有名的川菜馆。请老张落在正座后，赵前进恭恭敬敬地将菜单呈到老张面前，请伯父点菜。老张是个老实巴交的庄稼汉，说大家随便点些就成。钱多雨接过菜单，挑了价格排名前十位的菜点好。孙富贵不甘示弱，早早地叫好了茅台干红等酒水。

酒菜上齐，花花绿绿，满满当当。三个男人竞相为老张和小柴夹菜舀汤，祝福的酒儿一杯接一杯。老张枣红的脸膛被酒菜营养得红扑扑的，他不停地说："我闺女的命怎么就这么好呢！我闺女的朋友怎么就这么好呢！"

老张的话说得三个人心里不是个滋味，这样的奢侈他们可是生平第一次！要不是打柴小姐的主意，怎么舍得这样大出血？

老张略有醉意后，柴小姐说不喝了，朝服务小妹喊了声"埋单！"小妹笑吟吟地走过来，说"一共是两千六百五，请问谁埋单？"

三个男人像被电棍点到一般，"噌"一下跳起来，抢着要埋单。小妹一时不知道怎么办，这三个男人的钱都直往她的怀里塞，看样子不是做样子，该收谁的呢？小妹似乎看出了名堂，三个男人抢埋单，都是冲着老头来的，小妹灵机一动说："三位先生，我知道你们都是想向这位老伯表达孝心，你们都抢着埋单，可我只能收一个人的钱啊！我看不如这样，你们的钱我都收下，不过呢，这顿饭钱依然是两千六百五，剩下的钱，交给老伯吧，这样大家都表示了心意，你们看好不好？"

三个人都一愣，但很快表态，说这个办法最好。小妹将剩下的钱全都递给了老张，老张激动得手足无措，连声说"使不得使不得"，但三个男人态度坚决，说老伯你要是不收下，就是看不起我们。老张见盛情难却，只好揣上那一大摞钱，直感慨闺女落到蜜罐里了。

散场后，三个男人回到宿舍，又不好意思起来，大家没说什么，匆匆洗了一把，各自回到床上烙烧饼。

随后几天，三个男人鞍前马后地陪着老张父女游山玩水，个个争先恐后，体贴入微，各自又花了不少钱。

第五天晚上，柴小姐打电话给三个男人，说父亲第二天要回老家了，要他们一起到她家里去，听听老父亲的意见，三个男人的心顿时悬了起来。

不一会儿，三个人坐在老张的面前。老张很感激地说："孩子们，这几天你们受累了，也花了不少钱，我心里有愧啊！事先闺女也和我说了，要

我在你们三个人中选一个做我女婿。选谁呢？这几天来，我左右思量，觉得这个也好，那个也好，总之，你们都好。现在社会开明了，老辈也不能替儿女包办，所以我给一句话，你们三个人中，哪个做我女婿，我都没意见，具体选谁，你们商量着办吧！"

三个男人几乎要晕倒，转来转去，这又转回来了，这三凤求凰的连续剧要演到哪集才是大结局啊？

4.选择退出

老张把皮球踢给了柴小姐，柴小姐还是左右不定，让这场三凤求凰的游戏又有始无终，看不到尽头，三个男人的战争何时才能结束？

坚冰还是从内部打破，最先退出的是孙富贵。

老实说，这场闹剧从拉开序幕到现在，孙富贵一直是在忍痛表演。孙富贵献媚于柴小姐，可以说是迫不得已。孙富贵的老家在贵州的一个贫困山区，为了他读书考大学"跳农门"，整个家庭都付出了巨大的牺牲：父母卖血，姐姐早嫁，让人内疚的是他的哥哥，媳妇快进门那年，孙富贵考上了大学，为了让弟弟带着足够的学费跨入大学门槛，他把给媳妇家的礼金塞给了弟弟。婚事拖了不久，女方另攀高枝，哥哥错过了初一，再也没有等到十五，至今还是个单身汉。

孙富贵大学毕业后，发誓要在城里做一番事业，挣大钱，可干大事挣大钱，对于一个没有背景的小人物来说，何其艰难！在这种情况下，孙富贵遇到了柴小姐，他想通过委屈自己攀上高枝，走一条成功的捷径，拯救家族，可闹剧演到如今，自己已经没有财力和精力演下去了，放弃是唯一的选择。

这天晚上，三个男人下班回家，孙富贵大吼一声："老赵老钱，你们到客厅来一下，我有事情和你们商量。"

赵前进和钱多雨闻声来到客厅，孙富贵招呼他们坐下，清了清嗓门说："两位兄弟，我今天要说的这个事情，是关于柴小姐和我们三人的。柴小姐是个好女人，柴小姐说她没有什么家业，也没有什么企业公司，但我们都清楚，这是她低调，不愿意露富。现在的情况是，我们三个男人柴小姐都不忍心辞退，但归根结底，要有两个男人退出。我们三个人这么耗着，没意思！所以，我宣布，我退出争夺柴小姐的行列。"

赵前进和钱多雨大吃一惊，望着孙富贵，一时说不出话来。

"但是，我的退出是有条件的。"孙富贵接着说，"毫无疑问，我的退出，你们两个人从中得益了，起码是成功的概率从原来的百分之三十三点三三，增加到现在的百分之五十。既然你们是既得利益者，你们也应该为之付出代价！"

赵前进和钱多雨异口同声地问："什么代价？"

孙富贵不紧不慢地说："你们也知道，在追求柴小姐的过程中，我前后花了一万多块钱。现在，我退出追求柴小姐的行列，把机会让给你们，我的要求只有一个——你们把我花掉的一万块钱补偿给我。"

钱多雨尖叫道："我们凭什么补偿给你，你又不是花在我们身上。"

孙富贵说："你们要是不同意，我无所谓，继续和你们耗着就是。"

赵前进说："你耗着是什么意思？"孙富贵有些冲动地说"就是继续追求柴小姐！这鸟事情就像炒股，反正是赔了，割肉没意思，套在那里，看着它跌我也乐意！"

赵前进和钱多雨面面相觑，孙富贵见状，趁热打铁地说道："你们好好权衡一下，如果同意，就下楼取钱。不同意，就当我没说，咱们接着来！"说完，他叼着烟卷，趿拉着拖鞋回到自己的房间。

这个夜晚，赵前进和钱多雨的思想斗争很激烈，好久才入睡。

第二天早上，孙富贵上班的时候，发现茶几上有两个信封，打开一看，各装了五千块钱现金。孙富贵拍着信封，大声地对窝在房间里的赵前进和钱多雨说："兄弟们，老哥把钱收下，我说说话算数，祝你们心想事成！"

又花掉五千块钱，赵前进心痛，但转念一想，还是那句话，舍不得孩子套不住狼，五千块钱，让自己离成功更接近一步，值！而且，他想到对手钱多雨也付出了同样的代价，心理更平衡一些。现在的关键是，怎样打败钱多雨。

赵前进一直在思考着，有一天，赵前进终于想到了一个计谋，不过这事自己一个人完成不了，还得孙富贵来客串一把。

赵前进找到孙富贵，说了自己的计谋，请他帮忙。孙富贵起先不愿意，但赵前进说愿意出两千块钱的报酬，他答应了。

5.阴谋诡计

这天晚上，孙富贵按照计划找到柴小姐，寒暄过后说："柴小姐，虽然我现在退出追求你的行列，但是我一直还在关心你。我知道你现在对到底是选择赵前进还是钱多雨举棋不定，其实有一个办法可以让你做出选择。"

柴小姐问是什么办法。

孙富贵说："我假装绑架你，然后以绑匪的身份，分别给赵前进和钱多雨打电话，索要赎金。赎金不要太多，要在他们能承受的范围内。在电话里，我故意泄露你认识绑匪。按江湖规矩，既然你认识绑匪，绑匪得到赎金后，一定会杀人灭口。如果那两个男人中的某一个真的爱你，他一定会支付赎金，为什么呢？明知道你会被杀，他也不放弃最后一丝希望，这不是真爱是什么？如果他们都选择不支付赎金，说明他们并不是真的爱你本人，而是另有所图。当然，这不是真绑架，这是爱情大考验，就像我市电视台的纪实栏目——全是假的。这个我们事先要写个协议，免得以后有麻烦，你看好不好？"

柴小姐想了想，认为这是一个好办法，同意这么干。于是两人写了一份协议，开始演戏。

紧接着，孙富贵马上到外面买了张手机卡，装到自己的手机上，拨通了钱多雨的电话，他故意哑着嗓门，恶狠狠地说："你是钱多雨吧，别问我是谁，告诉你，你的马子柴小姐现在在我手上。老子现在缺钱，想问你借点。老子也不想为难你，要得不多，就一万块。你要是答应给钱，柴小姐就安然无恙；要是不答应，我就撕票！"

钱多雨接完电话，正激烈地思想斗争着该不该给钱，忽然听见电话里传来柴小姐的声音："吴大头，你怎么这样？我平时对你不薄……"话没说完，忽听"噗通"一声响动，大概是绑匪吴大头击倒了柴小姐，随即，又传来绑匪的声音："钱多雨，你明白我的话没有？我限定你在半个小时以内，把一万块钱打到柴小姐的卡上，否则，我马上撕票！我还要告诉你，你不要报警，我们对你的情况了如指掌。你住在花园小区809房，你老家在安徽安庆，你有个妹妹在合肥上大学。你要是胆敢报警，坏了老子的好戏，你和你的家人没个好！"

如果说先前钱多雨还在矛盾，那么听完手机里刚才的一段动静后，钱多雨已经不矛盾了：柴小姐已经被控制，银行卡已经被绑匪拿到，巨额的存款肯定没影了；最关键的是，绑匪是柴小姐的熟人，无论自己给不给赎金，她都是一个死。自己追柴小姐，并不是真正爱她本人，爱的是柴小姐能给自己带来的钱财。现在柴小姐已经没价值了，再也没有必要为她干傻事了！

于是，钱多雨回道："好汉，我没

有钱，你想对柴小姐怎么样就怎么样吧，反正我没有钱。我不会报警，请你也别伤及无辜。"

挂了电话，钱多雨没有按时给赎金，也没有报警。他疲惫地靠着沙发，反思着这些天来的荒唐。帅气的钱多雨自然不肯委身于比他大好几岁的肥胖女人，之所以假装痴情柴小姐，是为了放长线钓大鱼。钱多雨过够了这紧巴巴的日子，他已经和几个朋友商定好，筹资开一家公司，可几个朋友都是穷光蛋，没有启动资金。发现柴小姐这个巨大的金矿后，他和那几个朋友商量，从感情上摆平柴小姐，火候到了，再水到渠成地找她借钱。所以，钱多雨这些日子花在柴小姐身上的钱，都是几个哥们的集资款。事到如今，哥几个的血汗钱只好打水漂了，怎么向穷哥们交代啊……

赵前进当然是有所准备，他早就躲在一个偏僻的地方，等着搭档孙富贵打来的电话。终于，手机响了，接通电话，手机里传来孙富贵沙哑的声音，那言辞自然和刚才的一样，柴小姐也做了相同的表演，但不同的是，赵前进做出惊慌失措的架势，撕心裂肺地大声说："兄弟，一切都好说，我马上把钱打到卡上。兄弟，你千万不要伤害柴小姐，你提什么条件我都答应！"

孙富贵挂了电话，频频点头对柴小姐说："柴小姐，患难见真情，谁才是真正爱你的男人，你清楚了吧？"

柴小姐含着眼泪点着头，自然，这份激动是献给赵前进的。

半个小时后，柴小姐的卡上多出一万块钱，孙富贵的戏演完，告别了柴小姐，回到赵前进身边。两人击掌庆贺，随即先后回到宿舍，见钱多雨一副无精打采的样子，会心地相视一笑。

不一会儿，赵前进接到柴小姐的电话，柴小姐哽咽着说："前进，绑匪放了我，我现在安全到家了，你放心吧。这辈子能找到你这样的男人，我知足了。前进，明天你来找我，我们一起回我老家，跟我父母打个招呼，然后我们就结婚吧！"

赵前进像所有煽情电视剧的男主人公一般，表述着自己对柴小姐的关切和思念，又再三安慰柴小姐好好休息，约定明天不见不散。两人说不尽的甜言，道不尽的蜜语。

第二天，赵前进本准备一早就奔到柴小姐那里求婚，可公司临时有急事，耽误了一个上午。处理完公司的事务，他匆匆赶回来，直奔柴小姐家。

6. 利令智昏

赵前进手捧鲜花，怀着激动的心情，摁响了柴小姐家的门铃。很快，内门开了，隔着防盗门，柴小姐出现在他的面前。赵前进忽然发觉，柴小姐

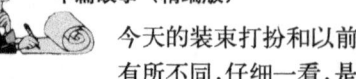

今天的装束打扮和以前有所不同,仔细一看,是更朴素了。他来不及多想,急吼吼地想进门,柴小姐朝他嫣然一笑,小声地说:"前进,稍等!"说完,她又转身走回去。

这时,赵前进才发现,客厅的沙发上还坐着一对中年男女,没等他细想,忽听见柴小姐恭恭敬敬地对那对中年男女说:"周先生,周太太,我出去一下可以吗?"

那个"周先生"只顾看着报纸,没有说话,周太太说:"也可以,不过要快点,我们刚回来,有点累,你过会儿带玛莎出去散会儿步吧,我怎么觉得玛莎瘦了呢!"

柴小姐恭恭敬敬地说着"好",转身要出门。赵前进早发觉势头不对,看这架势,这豪宅的主人是那对中年男女,那柴小姐是干啥的?赵前进不敢往下想,他一时失去理智,双手撞击防盗门,高喊道:"开门开门!让我进去!"

柴小姐大惊失色,不停地朝他使着眼色,示意赵前进不要冲动,可赵前进如何能不冲动?因为这势头不对啊!这时,周先生抬起头,威严地望着赵前进,又厉声问柴小姐:"怎么回事?他干吗在外面大喊大叫?"柴小姐小声地解释说"他是我未婚夫,找我有点事情。"

周太太走到赵前进面前,警惕地问:"你进来干什么?这可是我的家,你再这样胡闹,我要报警了!"

赵前进脱口而出:"你们是主人,那柴小姐呢?她和你们是什么关系?"

周太太不耐烦地说:"她是我们家保姆啊!这一个多月我和老公出国旅游了,留她看家,照顾玛莎,犯法吗?"

赵前进一下散了架子,双腿一软,"噗通"一声坐在水泥地上,撕心裂肺地嚷道:"你是个老保姆!你是个老保姆!你个老保姆怎么骗人呢?"

周太太发觉有问题,严厉地盯着柴小姐问:"柴二妮,怎么回事?我们不在家这段时间,你是不是打着我们的旗号招摇撞骗?"

柴小姐委屈地说:"我没有骗谁,我都实话实说的。他们问我老公哪里去了,我实话实说,他出车祸死了;他们问我有没有企业公司,我说没有;他们从来没有问过我是不是这家的主人。其实有好几次我都想跟他们说,我是个保姆,可是,看见他们那么喜欢我,我不敢说,我怕失去他们中间的任何一个人,你不知道,他们对我多好!"

周太太逼问道:"他们?这么说还不止一个,他们是谁?"

柴小姐继续"实话实说":"是和我男朋友住在一起的两个人。"

赵前进听了个明明白白,原来柴

小姐不是所谓的寂寞贵妇，他顿时怒火万丈："谁是你的男朋友？你没事穿着真丝睡衣在屋里走来走去干什么啊？你穿着名牌衣服拖着哈巴狗在外面干什么？"赵前进瞪圆了眼睛，朝着柴小姐暴吼，"把骗我的钱还给我！"

柴小姐小声地说："前进，我没有骗你啊！打麻将的钱我赢的，不要还了吧；吃饭的钱咱们是一起吃的，不要还了吧……不过你们给我爸爸的钱，我可以问爸爸要回来。"

周太太听出了名堂，脸色更严厉起来："柴二妮，我不在家的时候你穿我衣服，还穿我睡衣了？你胆子不小啊！"

柴小姐吓得瑟瑟发抖，哆哆嗦嗦地说："周太太，对不起，自从我老公死后，我还没有穿过新衣服呢，哪个女人不爱美？我下次再也不敢了……"

这个时候，周先生走到防盗门外，看着赵前进，说："小伙子，我基本上明白这是怎么一回事了。我想对你说一句话，这句话是——利令智昏！三个大老爷们，看见一位住豪宅的妇女，就理所当然地认定她是贵妇人，就想把贵妇人追到手，为此不惜代价！是什么让你们这么弱智，闹出这场笑话？是你们想不劳而获的急躁心理！"

接着，周先生又说了起来："小伙子，你抬起头来，看看我和我太太，估计我们有多大？"

赵前进抬起头来，看着中年男人和中年妇女，疑惑地说："说这些干吗？"

中年男人说："你猜猜嘛，猜完了，再听我说，或许对你有好处。"

赵前进想是不是主人愿意替保姆赔偿他的损失呢，观察了一会，说："你们大概四十五六岁吧？"

中年男人说："错了，我三十八，我太太三十五。为了住上这样的房子，我和我太太付出的努力你可能想象不到。和你们一样，我们也是草根，对我们来说，天上不会掉馅饼，我们从来也没有指望天上掉馅饼。想过上好日子，不要奢望别人，得靠自己豁出命来搏！"

赵前进琢磨着周先生的话，不由自主地移动脚步，往电梯里走去……

（题图、插图：杨宏富）

动物最怕老师说什么

◇ 长颈鹿怕老师说：自从你转学过来后，"文明考场"的流动红旗就再也没到过咱们班，脖子长就偷看？你什么时候才能改掉探头探脑的毛病啊！

◇ 雄狮怕老师说：又要常规检查了，男生不允许留长发，你可好，头发都披散到肩膀上了，还弄了个爆炸式，装什么酷啊，这样的发型早过时了！

◇ 熊猫怕老师说：看看你，黑眼圈又大又重，是不是又去网吧玩通宵啦？跟你谈话怎么就不起作用呢？

◇ 猫头鹰怕老师说：你的成绩一直不错，但是白天上课的状态总不好。听说你喜欢开夜车，但是老师建议你还是提高白天在课堂上的学习效率为好！

◇ 螃蟹怕老师说：听说你练过铁钳功？那也不能仗着这个欺负同学呀，大家看着你走路就害怕，你还想称王称霸怎么的？

◇ 斑马怕老师说：听说你过马路从来不看红绿灯，这太不像话了！我们的安全教育白搞了？别以为穿个横条服就把自己当人行横道线，你要注意交通安全、珍爱生命，懂吗？

（**推荐者**：阳 子）

◇ 只有1块钱，渴望经常吃点面；只有10块钱，渴望吃点肉；有100块，渴望喝点酒；有1000块，渴望穿体面；有1万块，渴望早成家；有了10万，渴望坐宝马；有了100万，渴望住别墅；有了1000万，渴望成为亿万富翁；有了1个亿，渴望多子多福；有了10个亿，渴望探寻活着的意义；有了100个亿以后，渴望能够经常吃点面。

◇ 谷歌上输入"故事"，可以得到113000000条结果，但输入"结局"，却只能得到44900000条结果。可见，并不是每个故事，都有结局。

◇ 北京的房价：你要是年薪在300万元以上，二环内你爱买哪儿买哪儿；你要是年薪在100~300万元之间，二环至四环内你爱买哪儿买哪儿；你要是年薪在50~100万元之间，四环至六环内你爱买哪儿买哪儿；你要是年薪在10万元以下，你就给自己画个框，爱待哪儿待哪儿。

（**推荐者**：余长生）

◇ 回龙教，我国第一大教，教徒分布广泛，人数众多。教会活动集中在周末早上。据《回龙大法》第一章记载，"我再睡一小会"乃本教教义。

◇ 美女去菜市场买菜，准备买二斤猪肉。因为猪肉不够，于是老板便从猪脸上割下一小块补进去。美女见状不答应了，大声喊道："我不要脸！"

◇ 有次我和我爸看《珍珠港》，美军的船沉了，海里好多士兵乱扑腾，挣扎着。我觉得奇怪，于是问我爸："爸，怎么海军不会游泳？"我爸瞟了我一下，说："那空军就会飞了？"

◇ 阿尔伯特："老师，我忘带铅笔了，没法考试。"老师："阿尔伯特，你对士兵上战场不带枪怎么看？"阿尔伯特："那他准是当官的！"

◇ 语文课堂上老师问道："量词有时是不能随便省略的，哪位同学能举个例子？"小强马上抢答"比如'他给我一支枪'如果省略掉量词'支'，那我的命运就不一样了！"

（推荐者：江水碧）

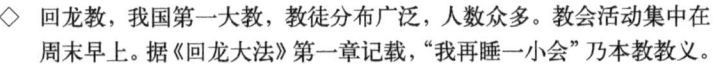

有趣的广告语

◇ 交通安全：系好安全带，阁下无法复印。

◇ 旅游：请飞往北极度蜜月吧，当地夜长24小时。

◇ 西门子公司：本公司在世界各地的维修人员都闲得无聊。

◇ 黏合剂：它能黏合一切，除了一颗破碎的心。

◇ 轮胎：任劳任怨，只要还有一口气。

◇ 汽车：它唯一的缺点是每小时跑100公里时，你仍听得见在后座的丈母娘唠叨的每一个字眼。

◇ 法国香水的广告：我们的新产品极易吸引异性，因此随瓶奉送自卫教材一份。

◇ 鸡饲料广告：如果"佩利纳"还没有使你的鸡下蛋，那它们一定是公鸡。

◇ 宠物食品广告：请把你家的狗拴牢，否则它会跑到卡斯克公司来。

◇ 餐馆广告：如果你不进来吃，我俩都要挨饿。

◇ 瑞士旅游公司的广告：还不快去阿尔卑斯山玩玩，6000年后这山就没了。

◇ 加油站广告：假如阁下烟瘾发作，可以在此吸烟。不过请留下地址，以便将阁下的骨灰送交家人。

◇ 高速公路广告：时速30公里，可到汽车修理厂；时速100公里，可以安全到家；时速150公里，可以到医院了；时速200公里，恭喜你，你可以见到上帝了。

（推荐者：韩文增）

（本栏插图：佐 夫）

魁星下凡

□ 凌可新

魁星，是我国古代神话中的人物，主文运，具有至高无上的地位，是古代读书人崇信最甚的神之一。今天要讲的故事和魁星有关……

1. 欠债还钱

明朝年间，登州府有户人家，主人马员外开着一家店铺，挺红火的，但因为一时运气不好，让人狠狠坑了一把，赔了。这一赔不要紧，欠下了城里好些人家的债务，加到一起，怕有两千两了。这些人家的银子也不是大水冲来的，全是一颗汗珠子摔八瓣挣来的，于是天天有人到马家讨债。这马员外是叫天天不应，叫地地不灵，出去躲债吧，躲不过去；不躲吧，天天得应付来讨债的人。这样的光景没维持多久，家业很快就败得差不多了，只剩下一个院子和一幢两层小楼可勉强居住。马员外只好天天把自己灌醉了酒，做一个糊涂虫。原本好好的一家人，日子艰难得很。

马家一共三口人，除了马员外，再就是妻子和儿子。马员外顾不了家，妻子只好纺线织布，赚点钱勉强生活。马员外的儿子名叫马起凤，十四岁了。家没败的时候，还能到学堂里读书，家道一败，没钱读书了。可是马起凤喜欢读书，尽管才十多岁，已经有点名气。读的书不知有多少，文章也写得很有章法。如果家里有钱，将来考个进士什么的自然不在话下。

对马起凤来说，母亲纺线织布挣下的钱，根本就不够家里用，况且还要想法偿还人家的债务呢。马起凤只好也出门找能赚钱的事情做，可他才多大年龄啊，根本就没人雇。后来还是一家小买卖行，缺个记账的，知道马起凤脑子聪明，认的字多，算术也好，就雇他过去，每天白天记记账，晚上回家，一个月给他一两银子。

一两银子一个月，不少了，但若想攒够了还账，门儿也没有啊，马起凤替父亲着急，可有办法吗？没有。

虽然有了个小职业，但马起凤在学业上丝毫也不懈怠，白天出去记账，晚上回来，马起凤就点燃一盏油灯，在楼上悄悄读书，读上一两个时辰方才睡觉，每天如此。他心里总存有一个希望，就是将来考上进士了，出去做官，赚了钱还债。父亲欠人家的债，老是还不了，让他愧疚得很。

马家店铺出事是春天，慢慢就到了秋天，债主们纷纷上门来讨债，但马家实在拿不出钱来，而这些债主又不相信，后来干脆就抱了被子过来，白天黑夜都在院子里守着，不走了。

马员外一看势头不妙，酒也不喝了，趁着茫茫黑夜，躲了出去。这下可苦了马起凤母子，他们两个，一个是性子软弱的妇女，一个是年方十四的孩子，哪里应付得了啊！于是，母亲便有了死的心，有一天趁人不注意，她找了根绳子，一头搭在梁上，一头系了个扣子，把自己一吊。幸亏讨债的人看得紧，把她救下来了，但讨债的人以为这是马家上演的苦肉计呢，救是救下来了，可就是不肯撤退回家。

这一天，马起凤给主人家记完账回来，知道母亲上吊自杀的事情，眼泪"刷"地就流下来了。他抱着母亲，苦苦哀求，说："娘啊，爹跑没影儿了，你要是再没了，我可咋办啊？"娘说："都怪老天不长眼，咋就让咱摊上这种事情啊？我是想死了，过去问问阎王爷啊！"

马起凤抬头看看天，说："娘，老天是长眼的，他不会不管咱们的。你放心，爹走了，还有我呢。只要你好好活着，我一定想法子了结这事。"

话是这么说，但办法有吗？马起凤想啊想，怎么也想不出来。

这天，马起凤出门去给主人家记账，路过城中戏台，正好碰到一个戏班子在演戏。马起凤也喜欢看戏，而且还认识戏班子里一个叫小五子的小戏子呢。虽然有事要做，他还是站定看了几眼。等看见小五子描着大花脸，穿着戏装，威风凛凛地出来，他的眼睛不由一亮，有了！

2. 灵机一动

这天记完账回来，马起凤特意来

到戏班子住的地方找小五子。小五子也是登州府人，住在离马起凤家一里路远近的地方。他年纪比马起凤大几岁，小时候还在一起玩儿过呢。小五子家里穷，马起凤不止一次周济过他。现在马家遭了灾，小五子也是知道的，只是知道了也没办法帮马家啊，见了马起凤，小五子忙拉了他的手问长问短。

马起凤把天天有人来要债的事说了，小五子惭愧地说："可惜我帮不了你，若是能帮你，我一定会帮的。"马起凤笑了笑，说："小五哥，你能帮得了我的。"小五子的眼睛"哗啦"亮起来，说："快说，我怎么帮你？"

马起凤问小五子这几天晚上有演出没有，小五子说"今晚就没有。"马起凤说："太好了。小五哥，你今晚就

帮我一下吧。"小五子说："怎么帮你，快说。"

马起凤说："你们戏班子有扮魁星的戏服吧？"小五子说："有啊，我不是扮过嘛。"马起凤"呵呵"一笑，说："这真是太好了。你哩，今天晚上扮成魁星模样，等天黑了后，我把后窗打开，你呢，悄悄进来。我在楼上读书，你呢，什么话也不要说，就站到我身后去。若是有讨债的人上楼，你什么都不要做，什么都不要说，只管站着。"

小五子看着马起凤，满腹狐疑：这就行了？马起凤告诉他，等上楼的人下楼后，他再悄悄下去，从后窗出去就是了，剩下的事他就不要管了。

小五子说："成！你放心，这事交给我，我保证做好。"这时，马起凤从怀里掏出一串铜钱，递给小五子，说"我现在能给你的就只有这一百文钱了，你买些点心什么的回去孝敬父母，等以后我发达了，不会忘记你小五哥的。"

小五子忙推辞，说："你家里都这么难了，我哪里能要你的钱？"马起凤把脸一沉，说："小五哥，你要是不要，就是不愿意帮我了。"小五子推

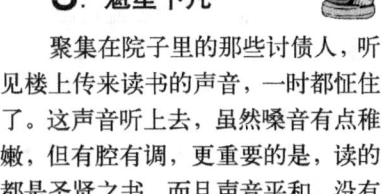

辞不掉，只得收下，他拍着胸脯说："放心吧，我今晚一定耽误不了你的事情。"

马起凤告别了小五子，又买了一支蜡烛，这才回家。在家里等着讨债的十几个人，都已经吃过饭了，正在院子里商讨怎样把马员外揪出来，怎样把债尽早讨回来呢。马起凤绕过他们进了屋，这当口，娘刚刚做了一盆米汤，马起凤喝了两碗，对娘说："娘啊，你早早歇息吧，我想到楼上读书呢。"娘说："儿啊，外面那么多人，你读得下吗？"马起凤说："儿读得下。"娘听了，又是心疼又是欣慰，然后就上楼去了。

这些日子，债主们赖着不走，马起凤夜里没读过书，一是没心情，二是担心人家笑话。这回上楼，他点燃了蜡烛，把书放在桌上。马起凤想了想，闭上眼睛，默默祷告道："魁星老爷，学生马起凤家中遭难，父亲现在生死不明，母亲险些丧命，学生我心里好生难过。今日不得不借助您的大名，想把这一段灾难消解过去，还恳请老爷您不要计较学生失礼之处啊……"

马起凤祷告的时候，感觉有人轻手轻脚上了楼，悄悄站在了他的身后。他知道是小五哥来了，就睁开眼睛，把四书五经打开，翻到一处，平静了一下心情，在昏暗的蜡烛光下，朗朗有声地读了起来……

3. 魁星下凡

聚集在院子里的那些讨债人，听见楼上传来读书的声音，一时都怔住了。这声音听上去，虽然嗓音有点稚嫩，但有腔有调，更重要的是，读的都是圣贤之书，而且声音平和，没有丝毫的杂乱之象。

大家虽然知道马员外有个十多岁的儿子，也天天见到过，却不知道他会读书，而且读得如此美妙，听着简直如同天籁之音。

马员外欠债最多的债主是宫员外，他不到四十岁，家财万贯。马员外足足欠了他八百两银子，原本宫员外并不缺这钱，但就是看不惯欠钱不还的人，而且他也认为马员外不是还不起，而是不想还，这才跟随着大伙一起来闹。现在听见楼上读书的声音，心里不禁一动，难道欠债不还的马员外的儿子，还会如此酷爱读书？

大伙一怔，随即议论纷纷。这宫员外想了想，对大伙说："各位且呆着，待我上去看看，到底是哪个在读书。"然后，他就迈着步子，轻轻进门，轻轻上楼。等上得楼来，还没走进里面，这宫员外就愣住了……

从门外望去，只见一个十多岁的清秀少年，正端坐在书桌后，手捧一本圣贤书，旁若无人地诵读着，更让宫员外惊讶的是，这少年的身后竟然还隐隐有着一个身影，在昏暗的烛光下，虽然看不真切，但朦朦胧胧地还能辨出大致模样，那、那可是魁星老爷呀，所以他只看了一眼，就不敢再看了，看多了，会亵渎了神灵。

魁星老爷是谁，读书人都知道。宫员外虽然读书不是很多，但他儿子正在读书，准备将来参加朝廷的考试，所以他对魁星老爷更是敬爱无比。因为正是魁星老爷，主宰着天下

读书人的命运，而只有将来能够考上状元的读书人，才有可能得到魁星老爷的青睐、护佑。

如此说来，眼前这位读书少年，将来一定是要考中状元的？

状元是什么？那可是天上的文曲星下凡啊！难道马员外的儿子，竟然会是天上的文曲星下凡？

宫员外走下楼来，立即做出了一个断然决定。他没有把看到的情景对大伙说，这是万万不能说出来的。他看了看等候在屋子里的那些债主，清了清嗓子，说"这么些日子咱们来讨债，没有一点收获，这说明马员外确实不是想赖掉咱们的银子，而是确实遭了难啦……"

不等大伙说什么，宫员外赶忙说："要不这么吧，马家欠的债，暂且先由我代替偿还了，至于日后如何处分，那就等我跟马家交涉了再说，也就是说，日后这欠债，不管大伙的事了，好不好？"

宫员外这话一出口，债主们全都傻了眼，你看我，我看你，大家都不知道宫员外为什么仅仅是到楼上看了一下，就会有如此天翻地覆的转变，但一听说有人替马家还债了，哪里还有不情愿的道理？大伙都纷纷说"好"。宫员外笑眯眯地说："既然如此，各位就带着欠条，跟我回家取银子吧。"

说完，宫员外就迈着八字步，走

出马家的院子，大伙跟随其后，很快，马家的院子里就空无一人了。

在楼上读书的马起凤，把宫员外的话听得清清楚楚，等院子里静下来后，他才长长地吐出一口气，他想谢谢小五哥，可转过头来一看，身后空荡荡的，小五哥不知什么时候已经悄悄离开了……

4. 峰回路转

第二天一早，马起凤想要出去给主人家记账，却见宫员外笑嘻嘻地来了，他一进门，先把马起凤上上下下打量一番，然后把一把欠条递过来，说道："昨晚听少年读书，清脆悦耳，就知道少年不是俗人。"

马起凤早知道宫员外是谁了，忙拱了拱手，叫了声"宫叔好"。

"好好好。"宫员外见马起凤彬彬有礼，乐坏了，"不知你父亲现在何处，可叫他回家了。你家这债，我已经替你们偿还了。你父亲若还想继续开店铺，我也可再借给银子。至于还期嘛，等赚了再说，不过我有一事相求，不知可否？"

马起凤知道是小五哥扮的魁星老爷起了作用，心里暗喜，但脸上还是平静如水，他先谢了宫员外，又问何事。宫员外说："我有一子，今年十五岁了，读书多年，也颇有长进，只是还缺一伴读，想请你出来，带他一同读书，一月付银十两，未知可否？"

马起凤一听有这样的好事，自然求之不得，但他还是沉吟了一会儿，然后展颜一笑，说："宫叔说笑了，一是宫叔有代偿债务之恩，粉身难报；二是既然一同读书，又怎可接受这一月十两的银子？"

宫员外见马起凤如此能说会道，又有礼有节，便对着马起凤的娘"哈哈"笑道："还有一事，我也一起说了罢。我有一女，今年十二岁了，长相有目共睹，且也聪慧。若令郎不嫌，倒可订下终身，如何？"

马起凤的娘一早起来，就被这宫员外弄得目瞪口呆，现在又听宫员外说要将小女许配马起凤，更不知如何说起，想要拒绝，马起凤从后面轻轻扯了她一下，她方才醒悟过来，说道："这事情大，我一妇道人家做不了主，等我丈夫回来，再做商量吧。"

宫员外又是"哈哈"一笑："这就可以了。令郎与小儿一同读书，自然会见到小女。若是令郎不喜，就算我没说过此话。"说着，宫员外取出一锭二十两的银子，放在桌上，说是先预付两个月。

宫员外离开后，马起凤的娘如在梦里，追问马起凤是怎么回事。马起凤不敢跟娘说实话，就说自己也不知道。娘想想这事好得不得了，跟登州府的大户宫员外都是一家人了，心情是何等的畅快啊！

没几日，宫员外也得到了消息，

他满脸羞愧地回家了。

马起凤的娘把事情从头到尾一说，马员外也惊讶万分，不过有这样的好事自己跑上门来，又如何拒绝得了？于是，马起凤便很快和宫家小女订了亲，随后又到了宫家，和公子宫习玉一同读书。

宫家早就聘请了当地最好的私塾先生，马起凤就无忧无虑地读起了书；再说那宫家小女，有时也有意无意地到学堂来，马起凤一见，果然天仙般的美貌，心里自然高兴。

马起凤一高兴就思量着要报答报答小五哥，可是不知怎么的，小五哥一见到他，就急忙躲开了，这是怎么啦？马起凤一直满腹狐疑，后来因为学业紧张，慢慢地，也就把这报答的心暂且放下了。

5. 原来如此

马起凤有了好先生，进步自然更快，宫家的宫习玉呢，因为有马起凤陪伴，相互切磋学问，比划文章，学业上也大有起色。马起凤十九岁那年，与宫习玉一起进京赶考，竟然真的考中了一榜进士，连宫习玉也考中了二榜进士。殿试时，马起凤被皇上亲自点了状元，轰动一时。

马起凤当初求小五哥救他一家人，并没有想到会弄假成真，当时想的只是借此吓退讨债的，给自家一个回旋的余地，哪里想到宫家会信以为真，不仅替他偿还了债务，还把小女许配给了他，一时觉得有坑骗之嫌，但是想到经过努力，日后能考个进士，让宫家小女做个进士夫人，也是一种报答。可那都是希望而已，哪里想到他马起凤真的会成为状元了呢？

好几日里，马起凤都晕晕乎乎的，如在梦中。这天，马起凤奉旨回家成亲，风光无限。

宫家小女嫁了状元郎，更是无上荣耀。宫习玉考中进士，宫家自然是喜上之喜。这宫员外天天乐得合不拢嘴巴，觉得自己幸亏那天夜里亲自上了马家的楼，这才有了今天的风光；再想想，宫员外也得意于自己的善心，若不是当初决意替马家还了债，哪里会有眼前的一切？自家小女又怎么会嫁了马家状元郎？哈哈……

新婚过后，马起凤又想起了小五哥，他派人给小五子家里送去白银二百两，并且叫小五哥马上过来见他，他一定要当面好好感谢一番。

那天，小五子惶恐地来到了马家。几年不见，小五子已经不在戏班里混了，而且长成了一个壮壮实实的男人。他一见马起凤，还没说出一句话来，却"噗嗵"一声跪下来，哭哭啼啼地说："大人饶命啊……"

马起凤很惊奇，说："小五哥，我得好好谢谢你哩，你这是为甚？"他走上前去，要扶小五子起来，可小五子怎么也不肯起来。马起凤急了，把脸一板，说："到底是怎么回事，你说出来，不管怎么，但说无妨。"

小五子不哭了，他抹了抹眼泪，把事情的真相说了出来。

原来，当初小五子收了马起凤的钱后，一路上急冲冲地想去戏班取装扮魁星老爷的服装。他走在街上，看到沿街各种各样小吃，嘴馋了。平时是没钱，嘴馋也只能忍着，现如今手头有钱了，他忍不住放开肚子吃了好几样，吃得太多了，肚子突然痛起来，赶紧回家，拉个不停，又痛得厉害，趴到炕上就起不来了。这一番折腾，直

到天快亮时才安静下来。所以说，那天晚上，小五子根本就没能装扮魁星去马家吓走那些讨债的人，就因为这，以后见到马起凤，小五子只能躲着，他怕因为自己误事而害了马起凤，哪里还敢见他啊！

马起凤一听，怔住了，那天晚上，他明明听见有人上楼的脚步声，明明感觉到有人站立在他身后……

小五子痛哭流涕的时候，宫员外就在一边，他全听明白了，原来当初马起凤是要小五子假扮魁星老爷，但小五子又说那天晚上他根本就没能过去，可是自己明明看见魁星老爷站立在马起凤的身后，若不是亲眼看见了，他也不会相信马起凤就是日后的状元郎呀，这到底是怎么回事？

到底是状元郎的岳父，宫员外很快就明白了：那天晚上他看见的，确确实实是真正的魁星老爷呀！

马起凤也很快明白了过来，他满含热泪，冲着苍天恭恭敬敬地鞠了一躬。上天如此厚爱他，他也只有努力做个好官，以此报答了……

（题图、插图：黄全昌）

故事会■新浪微故事大赛

4月优秀作品选登 （主题：爱的故事）

@季-群 他死后见到上帝，上帝说："你无法上天堂，因为你偷窃过，虽然是为了你的妻子治病。"他说："我愿意下地狱，我只想知道我的妻子在天堂还好吗？"上帝答："她也在地狱。"他愤怒了："为什么？她是个好人！"上帝说："她问我你死后会去哪，她要和你在一起，她说有你的地方才是她的天堂。"

@苏大英雄 大王和将军为生擒重伤的猛虎，均受了点轻伤。一郎中碰巧经过，便先给将军包扎起来，宰相斥之。郎中道："家师有言，医者之心，大爱无疆，将军伤重，理应先治！"大王敬之，问其师所在，便随郎中来到一山中草堂。忽见一鹤发童颜之老者持伤药推门而出，无视众人，径直向重伤猛虎而去……

@大其望 她离家出走，音讯全无，只留下满桌摆放整齐的钥匙。每把钥匙都系有标牌，注明别墅门面公司等，唯有一把钥匙没有。他思索了好久，试着驱车找到郊区一间无卫无厨的房子，他们租过，从这里开始北漂。插入钥匙，门开了。他欣喜，她淡定。"一晃18年，我们能否再从这里开始？"

@杨信社 神想选个有大爱之心的人，送他一笔财富，于是幻化成一个乞丐坐在路边。一个吃着汉堡包的年轻人走过，神说："发发善心吧，我快饿死了。"

年轻人摇头："这个不能给你。"加快脚步走了。神正惋惜，年轻人又拿着一个完整的汉堡包回来了："我不能把疾病传给你。"第二天，年轻人获得了健康。

@文坛初学者 小时候，他的偶像是爸爸，一次爸问他："长大后想当什么？"他天真地答："当爸爸！"逗得爸爸哈哈大笑。如今，他真当了爸爸，而父亲却永远离开了他。这天，儿子问他："爸，您这辈子最想当什么？"他久久抚摸着父亲的遗像，微笑着说："当儿子！"

@幸运的五斗米先生 某君高中时沉迷网络，常半夜翻墙外出上网。一日，他走到墙角下即拔足狂奔而回，面色古怪，问之不语。从此认真读书，不再上网。学校盛传他撞见鬼。后某君考上大学，有昔日同学重提此事，他沉默良久，说"那年父亲来送生活费，舍不得住旅馆，在学校的墙角下坐了一晚上。"

@船城过客W 父命难违，他只有娶她。结婚时她很想再要一件30元的红色上衣，他不耐烦地小声嘟囔了一句：你值30吗？她听到后，噙着泪走了。几十年过去，她病重，弥留之际他和儿女们围在床边。她拿出一张纸，上面写着：30？他泪如雨下，紧握她的手在30后面加0。她微笑着合上了眼，他的0还在加……

（大赛启事请见P21）

要命的干净

□ 王春迪

在苏北一个县城里，很多老街上的爷儿们，常把上茅厕戏称"去白爷家"。这话乍一听，会让人摸不着头脑，这蹲茅房，咋蹲到别人家里去了？

原来，他们说的这个白爷，是清末时候老街上的一个布行老板。白爷有洁癖，特爱干净。按理说，做生意的，讲究结交四海宾客，可白爷极少出门，为啥？怕外面脏。偶尔出去，回家立马更衣，衣服还必须让家人用竿子挑给他，否则重洗！像白爷这种人，朋友自然很少，偶尔来个人，屁股没坐热就想走，原因是白爷那双眼睛老是直溜溜地跟着你，让你的手脚放哪儿都不合适。你刚出门，他这边就要用碱水把你摸过、坐过的地儿擦洗一遍。

一次，白爷的岳父顺道来看女儿，一不小心在椅子上放了个屁，白爷那个沮丧啊，待岳父出门，愣是把椅子送伙房劈了。那可是正儿八经的红木官帽椅啊，名贵着呢！岳父死压着火，没吱声。

白爷的岳父是何许人？人送外号"贺半街"，意思是整个老街有一半都是他老贺家的产业！贺爷临走时，转过脸去，冷笑着对白爷说道"姑爷别嫌弃咱，是人都有狗屁不如的时候。"

这话，还真被贺爷说中了。

白爷布行的生意，自打父辈传给他，便似秋后的西风，一天比一天冷。你说买布的人，不摸不拽不比划，还能抱起一卷布就走？总得挑挑拣拣吧？可白爷，就是看不惯别人在他的布上摸来摸去，嫌脏，有时忍不住会说句不中听的，于是惹恼了买布的街坊，前来买布的越来越少，就这样，白

爷的生意每况愈下，日子越过越紧巴。

白爷的老婆想请娘家的人接济点，娘家人告诉她："让你爷们儿亲自过来！"

白爷只好硬着头皮去见贺爷，一进门，发现贺府大厅里的椅子全撤了，压根儿没地儿坐。白爷知道其中的意味，嗨，那是记着红木椅子的事呢，白爷脸憋得通红，站到中午。他岳父也没见他，最后管家出来说，去找贺家的几个少爷吧，他们自有安排。

白爷听了这话，便去了贺家大少爷那里。大少爷是做古董生意的，看到白爷来了，很客气地请他上座，看茶。白爷说明来意，可大少爷东扯西唠，就是不谈钱的事儿。白爷觉得再聊下去也是白搭，便起身告辞。

这时，大少爷拍拍手，指着白爷桌前的那个杯子，对下人说："来呀，把给白爷用的这个杯子，包好送给白爷！"

白爷一听，气愤无比。《红楼梦》里的妙玉，曾因乡下来的刘姥姥用了她的成窑杯而想把杯子毁弃，今儿个，他贺家大少爷也想唱这一出啊，所以，白爷接过杯子，顺手一丢，"啪"的一声碎了。

白爷冷笑道："抱歉，没拿住。"

大少爷也不气恼，说"想必白爷不识这杯子，此乃康熙爷的珐琅彩茶杯，买你一套宅院绰绰有余，既然白爷看不上，那恕我无能为力，送客！"

白爷出门之后，又气又悔又羞又恨。他又找到二少爷，二少爷是一个大屠宰场的掌柜，全县的猪牛羊狗，大半都在这儿宰杀。白爷来的时候，二少爷还在场里忙活，白爷嫌臊气，说明来意后，便捂着鼻子在厅堂里候着。半晌，一伙计挟着一股子血腥气出来，身着黑皮衩，像是刚宰完生猪，浑身是血。那伙计左手拎着一串猪腰子猪大肠，用稻草系了；右手提着一大包银子，那包银子的布上，满是黑红相间的血污。

伙计把东西往桌上一放，抱拳道："咱爷正忙，让俺出来把这个给白爷。"

青楼妓院！三少爷摩挲着桌上托盘里的银锭，笑道："这些娘儿们，可都是咱们的衣食父母啊！"

白爷沉吟片刻，说："那是您的，不是我白某人的，告辞了！"

银子不脏，来路太脏，也不能要！白爷心想他岳父也忒损了，为出一口气，伙着他仨儿子来取笑人。白爷低头正想着，忽然闻到一股子恶臭，抬头一看，一架粪车从身边擦肩而过，路上颠簸，像是有几点粪水沾上了衣裳，白爷可受不了啦，把外衣一脱，用烟杆挑着回了家。

时值隆冬，回来之后，白爷就患了伤风，诱发肺炎，一病不起。

贺爷得知了白爷的病情后，觉得自己和仨儿子对姑爷的确有些过分了，便花重金请名医，为他开方配药。

可白爷嫌这药太脏，死活不肯喝，最终恶变成肺痨，一命呜呼。这药脏在哪里？喏，这方子当中有一味药，名叫"地龙"，其实是贺爷派人从峨眉山上买来的大蚯蚓干尸，通体黑色，身长一尺有余。

白爷死了，甚至可以这么说，他就是因为干净而死的。有趣的是，白爷死后，不知什么时候，他开布行的地方偏偏造了厕所，变成了最脏的地方，于是人们每次上厕所，都会调侃说是去"白爷家"，自然，这是后话了。

（题图、插图：安玉民 梁 丽）

白爷当时就要吐了，一边摆着手，一边往外跑，一直跑到百米之外，白爷才稍稍缓过气来，他愤愤地说道："欺人太甚！"

最后，只得去贺家三少爷那儿。三少爷开茶馆，卖茶水能赚几个钱？加上三少爷平日里挥金如土的，应该剩不了几个子儿，所以，白爷没抱多大希望。

哪知三少爷早备好一托盘的银锭，厚厚的一摞，堆得跟小山一样。三少爷见了白爷，笑吟吟地说："知道白爷爱干净，银子都用碱水洗过了。"

白爷很高兴，便和三少爷聊起了天，正说着话，一群姑娘嘻嘻哈哈地从堂前经过，一个个举止放荡。

白爷一问，才知道这些都是烟花女子，三少爷这茶馆，说白了就是一

热恋中的
房产

□ 王 茜

林山是一家公司的项目经理，在图书馆认识了老师杨丽佳。

一个月后，两人确立了恋爱关系，三个月后就开始计划着购房结婚的事。经过一番筛选，他们看中了莘松路上一套房子，总价170万元。

当时，热恋中的林山为表其对杨丽佳的爱意，用个人积蓄付了60万元的首付款，并以其个人名义向银行贷款110万元，每月贷款也由林山偿还。更让杨丽佳感动的是：在自己分文未出的情况下，林山毅然将房产登记在两个人的名下。

眼看一件好事大功告成，却不料中间起了波澜。

原来，林山的母亲去世得早，父亲为了照顾孩子，一直没有再娶。如今照顾孩子的任务即将完成，他开

始考虑起自己的事了。这一天，父亲把林山叫回家，郑重其事地告诉儿子："三年前，我在小区早锻炼时认识了李阿姨，噢，就是楼下的李阿姨。她也是单身，我们在一起很合得来，所以我打算年前就把你李阿姨娶进门。"

这事太突然，林山还没回过神来，父亲开始唠叨了："你李阿姨吧，也挺不容易的，儿子媳妇孙子成天挤在一个屋檐下生活，媳妇儿又是个脾气大的主儿，李阿姨成天受她的气，这日子也不好过啊……"说罢，他眼圈竟然还红了。

林山是个孝子，见事已至此，也就顺了父亲的意，还干干脆脆地说：

"爸，我跟丽佳很快就要结婚搬到新房住了，这房子是您买的，您就作婚房用吧。"

父亲似乎还有难处，吞吞吐吐地说："李阿姨跟她媳妇儿已经撕破了脸，见了面就吵，以后楼上楼下这，这……"

"那……您看，我该做点什么？去李阿姨家劝劝？"林山还是一头雾水。父亲似乎下了决心，说："儿子，你不是刚买了新房嘛，要不先借我住几天，等事过去了，就还你。"

"这……"林山犯难了，这可是新房，人家都是啃老，眼前这位倒好，啃小了！但林山毕竟是孝子，他犹豫了一下，婉转地说："爸，这可是新房，丽佳会不会有想法？"

老爷子的脸色一下子很不好看起来，说："这不是临时借一下嘛，要不以后我贴钱，你们再买一套。"父亲后面又加了一句，"你爸这么大年纪了，还能活多久？"

这话厉害，林山只得点头答应。

事后，林山见到杨丽佳，说起父亲的要求，她当即就跳起来"这怎么行？新房可以让给人家先住吗？以后再买，以后的事谁能保证？"林山听了不高兴，顶了一句："那不是人家，那是我爹！"

当晚两个人就为这个事情大吵了一架，过后林山又去找父亲商量，可是父亲也是倔脾气，说这事已告诉了

李阿姨，不能再变了。

就这样，林山和杨丽佳为了房子的事，天天见面就吵，最终决定分手。

按理说，两人未登记结婚，应该没什么财产纠纷，但杨丽佳拿出了那份房产登记证，两个人共同名义下的房产权这下就发生了纠纷。林山认为这事没什么争辩的，房产首付款和每月贷款都是由他全额支付，杨丽佳没有出资，该房产自然应归自己所有。而杨丽佳则认为，两人虽然没有结婚，但该房产登记在双方名下，应为双方共有，双方各享有该房产50%的

老谋深算 （崔东豪　编绘）　　　（《故事会》漫画版精品选登）

份额，她坚持要回属于自己的份额。

一对恋人变仇人，最终一起走进法院。法院审理后认为：该房产登记在林山和杨丽佳双方名下，这是事实，应视为双方共同共有，但考虑到林山对共有财产的贡献较大，法院酌情判定林山享有房产80%的份额，杨丽佳享有房产20%的份额。

律师点评：

《热恋中的房产》故事涉及的法律问题，即不动产物权登记实名制原则及由此引发的分家析产的相关规定。法律规定，恋爱期间共同购房，一方未出资但产权登记为两人共有的，析产分割时，不动产物权以登记为原则，确定为双方共同共有。当恋爱共有关系终止时，有协议的按协议处理，没有协议的，则考虑共有人对共有财产的贡献大小，合理确定未出资方份额，出资方一般占70%以上，未出资一般占10%到30%份额为宜。

特别提醒：恋爱期间的大宗投资，一定要有约定或协议，这样，万一分手也可依约作出合理处置。

（题图、插图：安玉民　梁　丽）

怀柔政策

□ 刘祖光

吴嫂最近很生气，因为她的儿子刚升高三就早恋了。吴嫂决定让儿子跟女生断绝关系，丈夫提醒说："千万别贸然行事，咱儿子脾气又犟，又叛逆，咱还是采取怀柔政策，你用未来婆婆的架势关心那个女生，让女生提前进入'媳妇'角色，现在一些婆媳大战的故事多得去了，女生心里还不发毛？"

吴嫂茅塞顿开，开始实施。她先把儿子和女孩约出来，表示支持两个人交往，但由于迎考期间，一定要以学业为重。两个孩子高兴地答应了。

然后，吴嫂主动要到女生的手机号。早上，她会给女生发短信表示关怀："天气凉了，要及时添衣服哦。"女生回复："知道了，阿姨，谢谢你的关心。"中午，她则给女生打电话："午餐一定要吃好啊，别怕胖，太瘦了将

来会影响生小孩。"

吴嫂这样说，貌似是关怀，但"生小孩"对女孩来说绝对是个恐怖的话题，女生果然声音变弱了："知道了，阿姨，生孩子的事还早着呢。"

就这样，吴嫂坚持了两个月，可女孩并没有知难而退，反而在学校更公开化了，因此班主任打电话给吴嫂，说："我批评你儿子早恋，他却说家长已经同意了，这事是真的吗？"

吴嫂哑然了，挂了电话，气愤地责备老公出了个馊主意。丈夫说："班主任那是危言耸听，你的'准婆婆'角色演得那么逼真，难道女生就一点也不觉得恐怖吗？"

吴嫂觉得有理，半夜时，吴嫂躺在床上辗转反侧，为了儿子的前途，她爬起来给女孩发短信："你们快要考试了，这是人生大事。他毛毛躁躁的不懂事，你可要端正态度，督促他好好学习，认真备考……"

不一会儿，女孩回复，只见手机上写着："知道了，妈！"

排队秘笈

□李大勇

关旭和周杨同在一家企业工作，中午到食堂打饭，食堂规定，不允许插队。可是，有政策就有对策，食堂没有说不允许替别人带饭呀，所以一到打饭时间，十几个窗口都排起了长长的队伍。

这天中午，关旭很早就去排队，排了好长时间，周杨才到食堂，可奇怪的是，周杨很快在另一个窗口早把

饭打好了，关旭奇怪地问他："你比我晚来多了，怎么比我先打上了？"

周杨若无其事地说："今天运气好，前面没带饭的，一会儿就排到了。"

第二天，情景重演，周杨来得晚，可是等关旭打完饭，发现周杨已经吃上了。关旭问："前面又没人带饭？"

周杨笑笑说"当然了，一个挨一个特别的快。"

隔天中午，又到了打饭的时间，关旭决定弄个明白，为什么周杨总是那么巧，排在他前面的就会那么自觉，不替别人带饭？一会儿，周杨来了，关旭走了上去，说："跟你屁股后面沾点光。"周杨乐了，说："行，保证沾上光。"

周杨四下看了看，然后排到一个队伍后面。人们排队的时候都前后左右地聊天说笑，轮到的时候竟然都十分自觉，每个人都打一份饭就走，哇塞，周杨这小子真神呀！

不长时间，关旭和周杨都打上了饭，他俩找了个位子坐下，关旭说："周杨，你必须老实交代，你是怎么知道排在前面的没人带饭的？"

周杨示意轻声，说："我告诉你一个排队秘笈，以后打饭就不用着急了。"关旭问："什么秘笈？"

周杨得意地说："你跟在领导的屁股后面排队，前面就没人敢带饭了。刚才我们前面排的是谁？"

关旭恍然大悟："张厂长！"

走后门

□ 张玉芬

胡导是个三流导演，每次拍戏，由于他底子薄，请不起明星大腕，只好找那些过了气、但又有些实力的演员。

这次，新电视剧的主要人物是个老先生。胡导思来想去，决定上门去找老演员贾信正出演。贾信正的爱人是个二十出头的美人，一直也想拍电视当明星。胡导寻思着：如果给贾信正开个后门，让他老婆也出演一个角色，不但能给他一个人情，又能节省开支。胡导把这个想法告诉了贾信正，贾信正抬头看了看他，说："我告诉你，这个后门不能开！以后这事儿就甭提了，我不会答应的。"

胡导被说得一愣一愣的，笑着说："好，就听贾老师的。我们先说说戏，要不我们现场来一段？"

就在这时，贾信正的爱人回来了，贾信正便抓过她的手，转向胡导，信心百倍地说："胡导演，既然你叫我

现场表演一段，那我恭敬不如从命，就来上那么一小段。"贾信正一站起身，就进入了戏中，演了一小段，那一招一式，真叫一个棒。胡导大喜，当即和贾信正签了合同。

片子很快就开机了。和贾信正配戏的是个年龄较大的过气女演员，也不知咋地，镜头前，贾信正再也找不到感觉了，胡导急了，质问贾信正到底怎么回事。

贾信正回答道："那天我排戏时，你有没有注意到一个细节？你去找个年轻漂亮的女孩来，我就能保证把戏拍好。"

胡导将信将疑，但还是安排人去叫来了剧组里一个年轻漂亮的女孩。贾信正抓过女孩的胳膊，来回摸了摸，说："好了，开拍！"

这一次一举成功，拍得相当好。在一旁观看的胡导哭笑不得：难怪贾信正这老头子当初不让走后门，原来是为了方便他自己走后门。

不能发的财

□金 波

老祥头是个无业人员，一次在街上溜达，迎面走来两个小伙子，硬要把广告纸塞到他怀里。老祥头原本很生气，但看到广告纸，不由眼前一亮。他曾听收破烂的说，现今废纸收购价又上浮了，而像16开的广告纸，可以生产再生纸，收购价格高，收这些废纸岂不是一份满意的工作吗？

老祥头顺着马路边、站牌前、天桥下寻找发广告的小伙子们，十里长街不知不觉走到了尽头，老祥头掂了掂广告纸，两三公斤分量不成问题。

老祥头往回走时，如法炮制，又收获了两三公斤废纸。

这一招很好用，老祥头靠收废纸，钱包慢慢鼓起来了。一天，老祥头收到一张广告纸，上面写着"长期高价废纸回收，有意者请到花园街106号。"

老祥头一看就愤愤不平起来，心里想：好小子，坐在家里就有人送钱来，比我老祥头强啊！不行，我也是个有钱人了，哪能永远做苦力？想到这里，老祥头便也托人印制了1000份广告，花钱雇人散发。广告上写明大量高价收购干净广告废纸，每公斤一元五角，并注明了收货地点。

做了老板的老祥头正待在家里等货上门，不想都过去三天了，门前仍然冷冷清清。正在犯愁时，有个人闯了进来，肩上扛着一大捆废纸。老祥头欣喜万分，立即跳起来，问："就这么多？""还有呢，正在车上，我这就去取。"

"慢！"老祥头扒开废纸一看，眼睛都瞪直了，"这些纸你是哪里弄来的？""是十字路口上，那些散发小广告的人送给我的呀！"

老祥头一屁股坐到地上，原来，这些纸全是他托人散发的小广告。

（本栏题图、插图：顾子易 包丰一）

513

2012
SEMIMONTHLY
下半月刊

6月
STORIES

欢迎登录本刊主办的"故事中国网"（www.storychina.cn）

2012年6月
下半月刊·绿版

何承伟：社 长·主 编

夏一鸣：副社长

吴 伦：常务副主编（兼绿版负责人）

姚自豪：副主编（兼红版负责人）

本期责任编辑：黄美舟

电子邮箱：piggybank81@sohu.com

绿版发稿编辑：

朱 虹 刘迎曦 颜轶超

美术编辑：李宝强

电脑制作：郭瑾玮

本社办公室电话：021-64375030

上半月刊编辑部电话：021-64332325

下半月刊编辑部电话：021-64336469

（上海市绍兴路74号 邮编：200020）

主管、主办：上海文艺出版（集团）有限公司

出版单位：《故事会》编辑部

发行范围：公开

出版、发行总监：张 凯

电话：021-64313938

广告业务：上海故事会文化传媒有限公司

广告总监：张 淮

广告业务：021-34010383

广告投诉：021-64333738

广告经营许可证

沪工商广字3100320080016号

发行：中国图书进出口上海公司

寻酒

位女士给出租车公司打电话："我的一瓶洋酒丢在你们公司的出租车上了，请问司机有没有将它送到你们失物招领处？"

服务人员回答说："是有位司机在后座发现一瓶高档洋酒。"

女士非常高兴，打算马上赶过去向那位司机道谢。这时，只听服务人员补充说："您先不用过来，这位司机现在满嘴酒气地睡在警察局呢，他刚才酒驾了。"

（李成师）

（本栏插图：包丰一）

更 吉 利

妈妈准备早餐，对上初三的儿子说："今天你们学校要考试，妈妈给你煮挂面和鸡蛋，挂面和两个鸡蛋看起来就是100分，这多吉利呀！"

儿子听了，不以为然地说："我看还是吃'统一100'方便面更吉利。"

妈妈不解，儿子急忙解释说"这表示我各门功课都能考100分。"

（李贵海）

实现承诺

对夫妇结婚好几年，有一天，老婆质问老公说："咱俩谈恋爱时，你曾对我说过，我要是嫁给你，就算是想要天上的月亮，你也会摘给我。现在我已经嫁给了你，可你答应我摘的月亮呢？"

老公望了望窗外说："不是我不实现承诺，问题是月亮它老在夜里出来，而你又一向不赞成我晚上出去。"

（常宝军）

出息了

妈妈年纪大了，经常说话混乱，词不达意，爸爸了解妈妈，就负责解释。

这天，女儿回到家，兴奋地对妈妈说："我升职啦！"

妈妈十分激动地说："姑娘，妈相信你一定会有人头落地的一天！"

爸爸听见了，无奈地纠正道"出人头地。"

（李明哲）

解除咒语

一个人去找女巫，说他被可怕的咒语折磨多年，问女巫能否帮他解除。

女巫翻了一下眼睛说："可以，但我必须先知道那句咒语是什么。"

那人沮丧地说："我记得非常清楚，那咒语是'你们已经完成了法律程序，我宣布你们为合法夫妻'。"

（徐大勇）

聪明的狗

老李去公园遛狗，不料在一僻静处晕倒，不省人事。

幸亏他的狗及时叫来了医生，才使老李转危为安。

事后，许多人都夸老李的狗聪明。老李却无奈地说："聪明什么呀，其实那天它叫来的是一名兽医。"

（李 爽）

节约用水

夏天用水紧张，爸爸决定开个家庭会议强调节水。

妈妈表示以后洗好菜的水用来浇花。爸爸打算用洗脚水冲马桶。

家庭会议结束后，女儿扯扯爸爸的衣角说："爸爸，你怎么没给我提要求呀？"

爸爸说"你年龄还小，不需要做什么。"

女儿一脸不平地说："我想好了，节约用水人人有责，今后摔跤不管多痛，我都保证不掉眼泪水。"

（胡万晴）

方法不灵

有一个酒鬼，老是醉酒误事。朋友给酒鬼出主意说："你得约束一下自己了，譬如在酒瓶子上划道线，每次别喝过就行。"

酒鬼觉得这个方法好，于是就回去照做了。

一周后，两人再次相遇，酒鬼无奈地说："这个方法不灵，每次没等到喝过那道线，我就不省人事了。"

朋友问："这是怎么回事？"

酒鬼说："我每次都把线划在酒瓶最底端。"

（黄荣俊）

误 会

晚上老公嫌屋里太热，非拽着老婆去公园散步。走累了，两人找了张椅子坐下来。这时，走过来一个中年男人，冲着他们俩热情地挥手道："走吧，回家喽！"老婆看看老公，问："你同事？"老公撇撇嘴道："我不认识，我觉得人家是和你说话呢。"老婆和老公对视一笑，认定那个人认错人了。

中年男人转了一圈又回到夫妻身边，指指远处的大门说："你们再不走，我可关大门了啊！"

（李世才）

鸟 名

一个人对鸟的叫声非常熟悉，只要听到鸟叫，就能说出这是种什么鸟。

他的妻子对此非常佩服，希望他能够教她这个本领。

这个人就去买了个小巧可爱的闹钟。这个闹钟每到整点时，都会发出不同的鸟叫声，然后，他告诉妻子，这些都是哪些鸟的叫声。

这天，两人正在院子里干活，屋里的闹钟传出一阵鸟叫声，丈夫就问妻子："正在叫的是什么鸟？"

妻子想了想，回答道："五点钟。"

（吴乐晚）

无辜者

某日，一个年轻的厨师杀鸡时祷告道"鸡啊，请原谅我的罪过。不是我要杀你的，是客人要吃你的。"

一名顾客听了连忙解释道："不是我要吃你的，我只是为填饱肚子。"

上帝闻言笑道："不是你们的错，以前它做人时，也是这样欺骗别人的。"

（乐 群）

不哭的原因

一男士参加婚礼，见新娘拜谢父母养育之恩的时候，母女俩都泪流满面，令人感动不已。

这位男士对身旁的人说："我结婚时，我岳母一滴眼泪都没有流，对女儿也没有依依不舍之情。"

身旁的人觉得奇怪，就问："这是为什么呢？"

这位男士说："我太太脾气暴躁，岳母把麻烦转嫁给我了。"（黄久寿）

资深球迷

小明是个资深球迷，他在半夜看了一场足球比赛转播，第二天上数学课时便一直在打瞌睡。

这时，老师正在讲解方程式，讲完后问大家："这个方程好不好求？"

小明一下子被惊醒，说："好球？谁踢进的？"

（陈 旭）

大户型

老婆有孕在身，她看了眼大腹便便的老公，又摸着自己肚子说："孩子呀，真该让你爹怀你，你妈的肚子也就是个经济适用房，你爹那肚子可是个大户型！"

老公一拍圆圆的大肚腩苦笑道："那是建筑面积，里面脂肪占的面积太大，实际居住面积没多少。"

（赵书诚）

（本栏目欢迎原创作品、翻译作品，来稿可从邮局寄发，也可从网上传递。如为电子邮件，请发以下信箱piggybank81@sohu.com）

砍掉没用的手臂

离我们这儿不到五十里，有一位专治骨折的医生，他医术精湛，远近闻名。他给人接骨时能减轻患者的痛苦，绝不会强行拉开骨折的地方再接上。

这天上午，从医院回到家不多时，本村的一个樵夫找上门，说："医生，我今天早晨上山挑柴，脚下一滑，右手骨折了。"

医生来到樵夫面前查看伤情，樵夫说："我右手骨折了，有很多人说，要想接好骨头，必须将折断处拉直，然后

接好。拉直接骨，又要痛死一次。我请您不要拉，只要您用药让这手不痛就行了。"

医生边查看，边说："你放心，我绝不会将你折断的手再用力拉直，这样会给你造成更大的痛苦。你跟我去厨房，我给你倒点水，让你吃点药，减轻疼痛之苦。"

来到厨房，医生突然从柴火旁拿起一把斧头，说："你这手折断了，不愿拉直接骨，那这只手就没用了，我帮你砍掉算了。"说完，举起了斧头向折断处砍去。就在这时，樵夫使劲把手往回拉，急忙说："别砍我的手！"

说时迟，那时快！医生扔掉斧头，双手迅速使劲捂住折断处，高兴地说："谢谢你的配合，恭喜你，折断处接好了。"

樵夫这才明白过来，说"您不愧为名医，我一点痛苦都没有。"

（作者：吉 瑞；推荐者：邓卓睿）

世界上最好的木匠

前总统施政失败，国民支持率急剧下滑，只能下台，人们说他是国家有史以来最差的总统。

有记者问前总统："您现在是不是很灰心？以后打算去做什么？"

前总统回答说："绝对不会灰心，

我离开了总统的位置，但换一个岗位就会做到最好。"

前总统回到住所，找出保存多年的锛凿斧锯，拣起了年轻时熟练的木匠行当。他每周都有两三天穿起工装，系上木工围裙，骑着三轮车到贫民区免费为居民修理门窗和家具。居民们谁也没认出他是前总统，只是从这位工作勤恳的老木匠口中得知：他叫詹姆斯，是房产局派来的。

转眼过去两年，贫民区几乎无人不晓手艺高超的"詹姆斯"，齐誉他是世界最好的木匠。这年年底，贫民区的老百姓到房产局要求嘉奖詹姆斯，房产局的官员很奇怪，因为他们从没向那里派过木匠。

当弄明真相，引来媒体的关注，前总统回答记者提问时说："我讲过，我做总统失去了民众的支持，但换一个岗位我就会做得最好，我现在是民众支持率最高的木匠。"

（作者：周文洋；推荐者：张书珍）

———个冬日的下午，我在路边看见一个在寒风中瑟瑟发抖、默默长跪的乞丐。我走到离他只有几步之遥的报摊，要买一份杂志。我拿了我要的杂志，掏出五张一元的钞票，交到店主的手上。就在这一刹那，猛地刮起冷风，店主手一松，其中一张一元钞票被吹走了。说来也怪，那张钞

票竟正好落在乞丐的膝盖旁。

这时，店主失望地说："糟了！这下肯定拿不回来了！"我的脑子没反应过来，只是朝着乞丐望着。只见乞丐拿起了膝前的钞票，跟着起身，一步一步向我们走近。他一言不发，伸出沾满污垢的手，将那张钞票交还给我。

我很感动，将钞票又塞回乞丐的手中。他的手迟疑地停顿在半空中。我轻声地说："这是你的，这是老天的意思。"他嗫嚅地说声："谢谢！"拿着这一块钱，又蹒跚地走回原地，跪在街头。

望着店主讶异的眼神，我从口袋掏出另一张一元钞票，补给店主"他是个好人！"店主紧紧握着失而复得的钱，说："你也是个好人！"

我笑了笑，冬日微弱的阳光，照在我身上，也照在乞丐的身上。

"贫"和"贪"，这两个字看起来很像，意义却迥然不同。

（作者：周浩然；推荐者：吴本慧）

（本栏插图：安玉民 梁 丽）

贫和贪

学写作文，从读故事开始

故事会2012年6月下半月刊·绿版 **9**

拾到
□ 刘庆元
二十万

我是单位里的水暖工，大家都叫我老徐。我每天午饭后，都习惯沿单位马路散步。这天，经过宿舍楼时，我忽然发现一个黑色的皮包躺在马路上。

马路丢包的骗局实在太多了，我没有贸然上前。我观察了一会儿，确信没人留意，才动作麻利地拾起包，感觉沉甸甸的，"嗞"地拉开链子，钞票晃得我的眼睛都花了。我数了数，吓了一大跳：二十万啊！

我的心"嘣嘣"跳到了嗓子眼。我是单位里的小人物，平常有些小家子气。我把包往怀里一揣，可一想，电视里常说：捡到贵重钱物要还，若据为己有，属不当得利，弄不好也会坐牢的。

我犹豫了，原地徘徊了一阵，一咬牙一跺脚，"咚咚"地一路小跑，跑到了单位办公楼里的保卫科，把钱交给了保卫科长老卫。

老卫一看厚厚的一摞钱，佩服得直点头："老徐啊老徐，真看不出来啊，捡到这么多钱你居然能交公。"我听着不舒服，生气地说"这话什么意思啊，我不想做小人！"

老卫感慨地把钱交到了党办，党办主任眼睛倍儿亮，这不是典型的好人好事吗？他立刻在单位广场的电子大屏幕上打出了一则激情澎湃的表扬信，往我脸上贴不少金。我觉得脸上特有光，但也听见有人背地里骂我傻。

大屏幕上写了寻包启事。两个小时后，一个黑胖的包工头满头大汗地跑到党办，原来他是马路边在建宿舍楼的项目经理。他一看二十万一分没少，激动得嚷嚷着，一定要见我，当面重谢！

我被叫到党办，包工头毫不犹豫地抽出一万块就往我手里塞："老徐师傅啊，二十万是民工的工资啊。我从的士上下来，手里提了几个包包，却把最重要的包包掉了。如果不是您，这个年我没法过了，民工兄弟也没法过了。无论如何这一万块，您得收下。"

我说："谁掉了钱不急啊？我是将心比心。"包工头感慨地点头："说得好啊，我就急得差点跳河了。"

我死活不收包工头的钱，包工头感动得掉泪，立即给电视台打了个电话，电视台派记者来采访。在镜头前，我学了名人样子，憨厚地谦虚了几句。节目当晚就播了，我一下子成了单位红人，连领导碰见我都主动点头。

我每天仍保持散步的习惯，建宿舍楼的民工，老远朝我挥手，有的跑过来，塞给我一把红枣或栗子什么的；包工头见到我，立即停车，下车递给我一支烟点上。这一切，让我感觉像是做梦。

一天，保卫科长老卫忽然叫住了我"你跟我来，给你看一样东西。"见老卫神秘兮兮的样子，我特奇怪，就跟着他去了保卫科，老卫请我坐到一块屏幕前，调出了一段监控录相。我看着看着，脸发烧，额出汗。

录像里，我拾起钱包，来回走动，

跺一下脚，蹬上办公大楼。整个过程就像演电影一样，清清楚楚演示了一遍。

老卫干笑两声："没想到监控刚装上不久就派上了用场。"

我尴尬了一阵，忽然"哼"了一声："要换了你，钱早拿回家了，肯定不带犹豫的。"老卫叫起来："我没讽刺你的意思啊。我是说你幸亏上交了，我挺敬佩你的。"我长舒了一口气：当初自己下的决心真没错，否则就是坐牢的结果。

宿舍楼完工了，最后一批民工也走了。老卫和我一起走进了宿舍楼，我们都在楼里买了房。因为合同里说了是毛坯房，所以水管、电线只接到门口，墙面地面都是水泥色，阳台是空的。我和老卫挨家挨户看着，可当走进我家时，吃了一惊：水管接进了厨房，电线牵进了房间，墙面刮了瓷，地面整了水泥，阳台装了铝合金，要住要装都方便，墙上一张纸条吸引了我们的目光，只见上面写着：

老徐师傅，得知您在这儿买了房，于是我和民工兄弟们商量了一下，给您这套房子初装了一下，材料费是我出的，民工兄弟们出工，正好用了一万，以此方式感谢恩人！

署名正是那个包工头。我心想：顺手做了件好事，竟得到这么重的感谢，真不敢当啊。

（题图：安玉民 梁 丽）

寻找搭档

□〔英国〕基姆·罗泽

秋 石 编译

丽塔是一个小偷，两年以来，她一直在"街上购物中心"大厦作案，但从没被人怀疑过。为什么呢？因为她偷盗技术高超，相貌清纯且十分自信，根本不像小偷。

偷窃并不是那么容易的，不仅要躲过售货员锐利的目光，还不能让保安发现。如果保安觉得她可疑，就会搜查她的包。细心的丽塔注意到，每次搜查怀疑对象都是在购物中心外面进行的，那样人赃并获，小偷根本找不到借口。

这天，丽塔偷完东西刚要离开购物中心，发现后面有人跟着她，她转身一看，是大厦的保安。保安叫她停下。

丽塔镇静地问道："什么事？"

保安很平静地说："对不起，小姐，我需要搜查你的皮包。我怀疑你偷了东西。"

"偷东西？"丽塔睁大了眼睛，"你居然认为我是小偷？"

保安说："对不起，这是我的责任。"

丽塔装做很愤怒的样子说："哼，好大的胆子。"

保安仍然坚持着自己的判断。丽塔环视着周围的环境，她现在被保安困在购物中心外面的墙角里，她分析如果不把包给保安，保安就会采取强制行动。

丽塔向后退了一步，质问道"我偷了什么东西？"

保安说"一架相机，一只昂贵的打火机，可能还有别的。所以，为了证明你是清白的，你最好把包打开让我检查一下。"

"好吧。"丽塔说着，把皮包从肩上拿下来。

保安正要接包，就在这时，一个人影突然蹿了出来，夺走了丽塔的皮包，还没等保安反应过来，人影就在拐角消失了。

保安叫道："该死！"

丽塔也大声地叫起来："抓贼呀，快来抓贼啊。"

保安用锐利的目光打量着丽塔，他怀疑刚才的那个人就是丽塔的同伙，但他又没有任何证据证明。

丽塔嘲讽地看着保安。保安低头想了一会儿，只能不甘心地对丽塔说："小姐，很抱歉，希望你能找回你的包。"

保安的怀疑是正确的，那个抢包的人正是丽塔的同伙，叫哈利。等丽塔回到公寓的时候，哈利已经把包里的东西倒在桌子上，而且正在研究照相机。

看见哈利平安把东西带回来，丽塔开心地说："你的速度可真快，时间算得也准。只是我该换一家购物中心了，现在已经被怀疑了。"

哈利点点头说："对，到另外一家没人知道你的购物中心去。这些东西，我尽快拿到市场上处理掉。"哈利说着便把照相机、打火机、手表和其他的东西放在一只小皮袋子里。

临走时，哈利警告丽塔："以后做这种事要特别小心。今天我救了你，必要时，我会再救你一次，但第三次我就不会再行动了，不然，我们会一起翻船。"

听到他的话，丽塔的心里第一次感到沮丧。但哈利朝丽塔笑了笑，丽塔的心情又好了些。

经过这次事件，丽塔将目光移到了"坎伯兰购物中心"，这家购物中心在城区的另一边。丽塔花了一个星期熟悉环境，在各个店铺看了看，选择

最有利的出口，观察哪些人是监视者。她看见经常有四个保安在巡视，他们都戴着帽子、穿着制服，看上去一模一样。

很快她又开始偷东西了，干得很顺利。哈利也很高兴，这种生活又平静地继续了一段时间。

一个月后的下午，丽塔在"坎伯兰购物中心"偷了一些精美的首饰，她把首饰装进皮包里，刚刚走出购物中心。突然，有人从背后拍了她一下。

丽塔转过身，镇定地问："什么事？"

那位保安个子高大，身材很好，但戴着帽子，看不清他的长相。保安

也镇定地说："对不起，我必须搜查你的皮包。我怀疑你偷东西。"

丽塔隐约记起上次在购物中心被保安拦住，要搜查她的皮包的情景，接下来的对话和上次一模一样，连保安的说话口气都是一样的。

丽塔很淡定，她认为最终的结局也会与上次一样。于是她从肩上拿下皮包要送给保安。只听从远处传来一阵脚步声，有人冲过来，打算抢走丽塔的皮包。丽塔知道肯定是哈利又来接她了。但就在这时，保安抓住丽塔的手腕，同时一脚踢向哈利，哈利被踢飞了起来，摔倒在水泥地上。

保安的动作很大，他的帽子掉了下来。

"是你，"丽塔叫道，他就是上次险些抓到丽塔的那个保安，"你怎么也到这儿来了？"

保安说："自从你从我手里溜走后我就申请调职，开始查还有哪些购物中心可能是你下一个目标。"

丽塔说："你为什么总和我过不去？抓到我对你有什么好处？你要是放了我，就会得到一大笔钱。"

保安的嘴角向上扬了一下，说："但我想得到更多。"

丽塔不解地问："什么？"

保安说："我看好了一家珠宝店，可我缺少一个有技巧而又自信的女搭档！"

（题图、插图：安玉民 梁 丽）

□ 胡秀欣

这钱够不够？

王丽慧是社区主任，这天上班，她远远地就看见办公室门口站着一个人，走近一看，是傻子刘柱。

这刘柱是社区的一个居民，因小时候脑袋受过伤，落了病根，人也傻傻的。三十多岁了，至今说不上老婆。他住在父母过世前留下的一套面积不大的房子里，虽说人傻，倒是有几分力气。

王丽慧掏出钥匙，边开门边问："刘柱，你有什么事？"

刘柱"嘿嘿"地傻笑着，跟着王丽慧进了办公室。说："我来娶媳妇，他们说社区来媳妇了，发给低保户的，我要一个……"王丽慧一听，差点乐喷了，心想，这准是哪个无聊的人又在捉弄他，于是强忍住笑说"社区没有媳妇，想要媳妇得自己挣钱

娶，你懂不懂？"

刘柱一听，忙将手伸进衣兜，掏出一把钱来，说："我有钱，给粮店扛粮挣的，你看够不够？"王丽慧看他手里握着的，能有一千多元，摇摇头说"这钱不够，你先攒着，等攒够了，再娶媳妇。"刘柱连连点头："好，好，我听你的，攒钱、攒钱……"刘柱乐呵呵地走了，王丽慧摇头直叹：真是人的本能，傻子也知道要媳妇！

大约过了一个多月，刘柱又跑进了社区办公室，手里攥着一把钱，往王丽慧面前一摊，兴奋地说："主任，我又挣了钱了，你看够不够娶媳妇？"王丽慧一看，又能有一千多元，于是摇摇头说"不够，攒着，别着急，得慢慢攒。"就这样，每隔一个多月，刘柱就来一趟社区，手捧着刚挣到的

钱，问王丽慧够不够娶媳妇的。王丽慧只好告诉他，不够，继续攒，心里却暗叹：这样攒钱娶媳妇，刘柱大概要攒一辈子了。可话又说回来了，就是真有了钱，谁又愿意跟个傻子呢？

这天，一个居民气喘吁吁地跑进王丽慧的办公室，进门就喊："主任，傻子刘柱不知得了什么病，晕倒在广场上了。"王丽慧心里一惊，连忙起身，带了几个人，直奔广场。

刘柱此时仰面躺在地上，身边围了不少居民，王丽慧近前，见他双目紧闭，满脸灰尘，不由得眉头一皱，才不到一个月没见着他，这刘柱怎么瘦了一大圈呀？来不及多想，她急忙让人将刘柱抬到社区医疗服务中心。

医生给刘柱做了检查，说："没啥大毛病，就是营养不良，饿晕的，打几瓶营养液，回家养几天就没事了。"

"饿晕的？刘柱不至于吃不上饭呀？"王丽慧心里算着：刘柱每月低保金加困难补助，就有三百多元，再加上他自己出憨力挣点儿，怎么也不至于饿着。他拿到社区给她看的钱，累积起来也有几千块钱了，他把钱都弄到哪儿去了？

打上针，刘柱很快就醒了过来。王丽慧问他："刘柱，医生说你是饿晕的，你一天吃几顿饭？"刘柱伸出一个食指，咧了咧嘴说："一顿。"

王丽慧吃惊地叫道："什么？你一天吃一顿饭？"

刘柱傻笑着说："省钱，攒着，娶媳妇。"王丽慧一听这个，生气地说："刘柱呀刘柱，我说你什么好呢？你就是再想娶媳妇也不能不要命呀！你是真傻呀！"

打完针，王丽慧带人将刘柱送回了家，让他好好休息，然后把手伸到刘柱面前说："刘柱，把你攒的钱都拿出来给我看看，我让人去给你买些吃的补一补，饿坏了身子谁来伺候你？"

刘柱连连摆手："我、我兜里没钱，在媳妇那攒着、攒着。"

刘柱前言不搭后语的话，将王丽慧弄糊涂了，脱口问道："你说什么？你有媳妇了，是谁？"

刘柱又"嘿嘿"地傻笑起来，一脸幸福的表情，很是陶醉的样子。王丽慧急了，故意变着脸喝道："快说，你钱到底给了谁？"

"发廊里的，红姐，她是我媳妇，等钱攒够娶她……"王丽慧还没等刘柱说完，就一屁股瘫坐在椅子上了。明白了，他的钱一定是被风尘女人骗去了，她心里又是气又是急，这样下去，傻刘柱不被这种风骚女人榨干骨髓才怪呢。这女人怎么这么缺德，去骗一个傻子的血汗钱，还有没有点人味了。王丽慧越想越来气，她一把揪住刘柱说："走，你领我去见见你媳妇。"

刘柱领着王丽慧左拐右转，来到了一条小巷里，进了一家很不起眼的"美美发廊"。一进门，刘柱就嚷着找红姐。有人喊了一嗓子，不大一会儿，从楼上下来一个女人。

王丽慧打眼一瞧，这女人，能有三十多岁，长得不算漂亮，脸盘还算端正，但看上去非常憔悴。说心里话，王丽慧打心眼里对这些人没好印象，更何况她连个傻子的钱也骗，所以，对她更是冷眼相看。刘柱却很是兴奋，上前一把抓住女人的手，傻笑着说："红姐，主、主任来了。"女人一听这话，脸色一惊，连忙摆脱了刘柱

的手，目光转向王丽慧，流露出不安的神情，低声问道"你找我有什么事吗？"

王丽慧点点头，表情严肃地说："我们单独谈一下好吗？"

女人点了下头，转身向里面房间走去。王丽慧摆手对刘柱说"你在这里等我，不要跟进来。"说完，随女人进了一个房间。

进屋关上门后，王丽慧单刀直入，不客气地问"刘柱说把挣的钱都给你了，是不是？"女人点点头，没言语。王丽慧又接着说"你知不知道他是个傻子？他钱都给了你，自己饿得晕过去了！"女人一惊，抬起头来，怯怯地说："他硬要给，我不要都不行……"

女人说，刘柱第一次来的时候，别人看他是个傻子，穿得很脏，谁都不愿意理他。自己年纪大，长相差，也揽不着多少客，当时孩子病了，又急需用钱，所以她接待了刘柱。没想到这刘柱一根筋，认准了她就是自己的媳妇，挣了钱就往她这儿送，说让她给攒着……

见女人实话实说，没有狡辩什么，王丽慧的语气稍稍缓和了些，问"你一次收他多少钱？"女人摇摇头，说："没、我们没做那事。"

"什么？没做那事他把钱都给你了，你也真会骗个傻子，这钱你就花得那么安心吗？"王丽慧又是一脸

怒气。

女人满脸的委屈，说："不是我不让，我也不忍心，每回来我要和他上床，他都不干。他说，主任说了，钱还不够，等攒够了钱，才能娶媳妇。"

一听这话，王丽慧哭笑不得，刘柱呀刘柱，你真是个傻子呀！她稍稍稳了稳情绪，对女人说："既然是这样，那你把刘柱给你的钱都退回去吧，他一个傻子挣钱不容易。"一听这话，女人抹起了眼泪，哭诉了起来……

女人叫李红，是一个乡下来的未婚妈妈，男朋友在她怀孕期间抛弃了她，至今音信皆无。她一个人带着儿子生活了十年。可儿子身体不好，动不动就闹毛病住院。自己生孩子时落下了腿疼病，干不了重活，被逼无奈才做了发廊女。刘柱给她的那些钱，

都给孩子看病用了，现在她实在是还不上……

听完李红的身世，王丽慧也觉得心里酸酸的，她的确也挺不容易的。可再不容易，也不能就这么白花一个傻子的钱，不行，自己必须帮刘柱把这钱讨回来。

王丽慧刚想再说点什么，李红又开口了："主任，我有个想法，这么长时间了，在这种地方，只有刘柱把我当人看，实实在在地想娶我。刘柱虽然傻点，但他身体好，能出力，知道挣钱，我们娘俩若跟着他，准饿不着。这样，我和儿子也有个归宿了。如果您同意，求您给做这个媒。"

王丽慧一听，顿时喜出望外。可又一想，面露难色地说："像刘柱这样的人是否符合婚姻法的规定，能不能结婚，这个我要去咨询一下。"

李红苦笑了一下说："我也不打算再生孩子了，我只是想能在一起，可以照顾他，刘柱是个好人，我们要互相扶持。"

王丽慧的眼里，流露出赞许的目光。她没想到，李红竟是一个有情有意的女人。王丽慧心里这一高兴，竟然忘了自己的矜持，冲着外屋的刘柱就喊了起来："刘柱，你钱攒够了，可以娶媳妇了！"

（题图、插图：张恩卫）

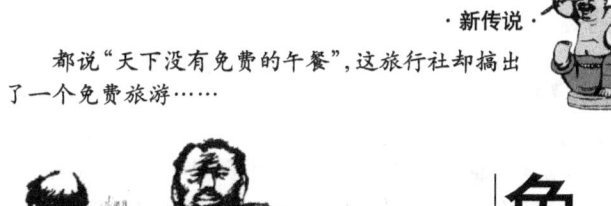

都说"天下没有免费的午餐"，这旅行社却搞出了一个免费旅游……

免费旅游

□陈 述

丽园小区有个老年活动室，平时，小区里的老人都喜欢聚在那儿一起娱乐休闲。

这天上午，一个长相秀气的女孩走进了老年活动室，她说自己叫张倩，是旅行社的导游。张倩告诉老人们：她特地来组织大家去锦绣山庄旅游，一切费用由旅行社负责，小区里的老人可以免费参加。

一听"免费"二字，正在闲聊的刘大伯和冯老太非但没有惊喜，反而皱起了眉头。

刘大伯心有余悸地说："免费的东西靠不住。上次我参加一个免车费、免住宿费的低价旅游团，可中途导游硬逼着我们去礼品店购物，不买的话，就不管我们了。结果便宜没占着，反被旅行社狠狠宰了一刀！"

冯老太频频点头，跟着抱怨道："去年重阳节，医药公司打来电话，说凭老年卡可以领一台免费理疗仪。我兴冲冲地赶了过去，谁知领理疗仪前先要听健康讲座，听讲座时我被他们好一通忽悠，稀里糊涂地就买了五千多块钱的保健品……"

冯老太话音刚落，其他老人也七嘴八舌议论开了，最后大家一致认为，天下没有免费的午餐，这免费旅游的背后肯定有猫腻。

张倩凝神静听，等老人们讲完了，她笑眯眯地说："现在，社会上坑蒙拐骗的事确实不少，提高警惕很有必要，但请大叔大妈们放心，我们旅行社推出的免费旅游绝对名副其实！"

那旅行社究竟图啥呢？活动室里

的老人们你看看我，我瞅瞅你，都觉得不可思议。见大伙儿仍心存戒备，张倩耐心地作了解释：锦绣山庄是旅行社推出的新景点，目前还在开发阶段。为了凝聚人气，也为了尊老敬老，旅行社决定，组织若干批老人去锦绣山庄免费旅游。

听了这番解释，老人们总算放了心，他们围在张倩身边，纷纷要求参加旅游团。张倩取出一叠报名表，让老人们一一填好。

第二天早上，旅行社的大巴车开进了丽园小区。在张倩的热情招呼下，等在那儿的老人们依次上了车。一个多小时后，大巴车开到了锦绣山庄。老人们下车一看，哇，这儿满眼青山绿水，到处鸟语花香，真是美极了！许多老人掏出相机，"咔嚓咔嚓"地拍了起来。

张倩笑着说："大家先别忙，山庄

里的景色更加优美，你们到那儿去拍吧。"

说着，她带头穿过一道气派的石拱门，进入了锦绣山庄。山庄里绿树成荫，亭台楼榭、小桥流水时隐时现，显得古朴而清幽。老人们对山庄的美景赞不绝口。

到了中午，老人们觉得肚子饿，纷纷拿出了随身带来的干粮。张倩见状赶忙制止，说已经为大家准备好午餐，就摆在山庄饭店。

随后，张倩领着老人们来到了山庄饭店。饭店的大厅摆着三桌丰盛的菜肴，张倩请老人们各自就座。

张大伯扫了一眼桌上的酒菜，突然一拍脑门，说："乖乖，原来在这儿等着我们啊，免费旅游高价午餐！"

听了这话，冯老太像屁股上被人扎了一针，猛地从椅子上蹦了起来。她盯着张倩，结结巴巴地说："高，高价午餐，那，那我可吃不起！"

周围的老人们同时醒悟过来，一个个都站了起来。张倩见状，赶忙拍着胸脯保证道"请大叔大妈们放心，这顿午餐也是免费的！"

看张倩信誓旦旦，老人们这才重新坐到了椅子上。接着，张倩挨桌给老人们敬酒，祝他们健康长寿。老人们个个

的第一个房产项目。我们准备在这儿建一批高档别墅，设计图已经拟好，请大家随意挑选。

听完张倩的介绍，刘大伯"扑哧"一声笑了，他摇着头说："张小姐，我们都是退休工人，甭说高档别墅，就连经济适用房都买不起！"

张倩却笃定地说："没找错，锦绣山庄的高档别墅，大叔大妈们一定买得起！"说着，张倩伸出右手，同时跷起了大小拇指。

"六百万？啧啧，光听听价格就吓死我们了！"刘大伯吐了吐舌头。

张倩连连摆手："大叔误会啦，不是六百万，是六万块一套！"

餐厅里的老人们都听得瞠目结舌，不约而同地问："六万块买一套别墅，这怎么可能？"

张倩解释道："因为我们的别墅比较小，每套只有一平方米。"

"一平方米，这，这怎么住啊？"刘大伯差点把眼珠子瞪出来。

张倩嫣然一笑，甜甜地说："现在是住不下，但等到百年之后，就住得下了。"

老人们这才恍然大悟，原来，张倩是借免费旅游推销墓地啊。

（题图、插图：张恩卫）

都喜笑颜开，一致夸赞旅行社慷慨大方、诚实守信。

正当大伙儿吃得津津有味之时，张倩冷不丁地问道："大叔大妈们，请你们说句实话，这锦绣山庄的风光美不美呀？"

"美！"老人们异口同声地回答。

张倩又继续问："那么，你们想不想住在这儿？"

"想啊！"老人们纷纷点头。

张倩拉开皮包，取出厚厚一叠设计图，笑眯眯地告诉老人们：眼下，旅游行业竞争十分激烈，旅行社打算改行做房产生意，锦绣山庄是他们启动

百年浊酒

□ 楚横声

冯磊在外省读大学，暑期回家，一进家门，爷爷老冯头就喜滋滋地告诉他："今天是个好日子。"

原来，以前冯家是个大家族，人丁兴旺，财力雄厚。冯家有位先祖，尤好美酒。在他临终前，曾让家人在地下深埋了一坛老花雕，言明这坛酒百年之后，由子孙后代挖出后祭祖。如今，一百年过去了，作为冯家的后代，理应将酒挖出，一了先人遗愿！

这则传说很传奇，也令人产生好奇心，所以挖掘那天，老冯头家人声鼎沸。当然，冯磊的爸爸冯志远是县卫生局的局长，在县城里也有点能量，有些人自然是醉翁之意不在酒。

到了时间，冯家便挥动铁锹挖了下去。大约一个小时后，只听铁锹发出和硬物相撞的声音，他们挖出了一块石板。掀开石板，赫然露出里面的一个酒坛，酒坛古色古香，虽然密封

得很好，但还是有一股若有若无的酒香透了出来。

按照先人的遗嘱，冯家要开坛祭祖了。就在这时，有人一声惊呼："啊呀，了不得！"大家回头一看，是一个叫老古的，此刻他两眼放光，停了一会，居然摸出个放大镜，对着酒坛细细考察。

大家知道，老古是开古玩店的，对陶瓷还是有研究的。有人不禁问："老古，看什么呢？莫非这是古董不成？"

老古激动地一拍大腿："就是古董啊，这个瓷坛，年代远了去了，光酒就埋了一百年呐。"

现场顿时安静了下来，是呀，本县有着上千年的历史，有很多发现古董的事情。而这酒坛少说也在百年之上，还不是古董吗？

冯志远赶紧让儿子冯磊看住酒坛，然后轻声问老古："这玩意儿能值多少钱？"

老古肯定地说："如果你愿意的话，这件东西我出五百万收了。"

声音虽轻，但现场的人都听到了，顿时引来一片惊呼声。冯志远也惊呆了，好半晌才言不由衷地打了个哈哈，说："让你这么破费怎么好意思？你还是帮我运作拍卖吧，我按行规给你佣金。"

当晚，冯家爷仨都兴奋得不得了，冯磊尤其高兴，冯磊不久前和一个女孩儿谈恋爱，但女孩子觉得冯磊家庭太一般，没钱，所以把他甩了。这件事情对冯磊刺激很大，现在眼看就要有钱了，他忍不住向爸爸恳求，说想买辆宝马，开着宝马上学放学，气死那个女孩子！冯志远一听，连连点头。

这也叫乐极生悲，冯志远东西还没出手，却在几天后去市里开会途中出了车祸，当场就咽了气。老冯头听到这个消息后，突发心脏病住进了医院。冯磊的妈妈去年死了，现在爸爸也死了，爷爷病了，冯家一时乱了套。

这天，冯磊回家取换洗衣物，发现家里被翻得乱七八糟，妈妈死后留下的几件首饰也不见了。冯磊怀疑，

行窃者的目的不是偷几件首饰那么简单。冯家地下藏酒的事情早就传得沸沸扬扬，或许人家就是冲着酒坛来的。幸好他们早有防备，把酒坛藏在了医院里，要不然这次可就惨了。

冯磊心有余悸，简单地收拾了几件换洗衣服，拎着包刚下楼，一辆摩托车从他面前一掠而过，车后的人一把抢过他的包，转眼间摩托车就不见了踪影。冯磊追了几步没追上，随即醒悟到他猜得没错，这两人肯定是冲着酒坛来的，以为他会把酒坛放在包里带走，所以等在这里动手强抢。

那几个抢匪等他们发现包里没有

酒坛，会不会到医院去找呢？冯磊想到这里，心急如焚，打了个车赶紧回到医院。刚把发生的事情告诉爷爷，一个文质彬彬的人走了进来，自我介绍说他姓王，是省城一家拍卖行的，听说冯家有件古董，希望他们拿出来拍卖。

冯磊大喜，正愁这件东西没处藏呢，不如就交给拍卖公司，还能卖个好价钱。他刚想开口答应下来，却见老冯头面无表情地说："不卖！"

冯磊不明白爷爷的意思，着急地说："爷爷，那东西既不能当钱花，又不能当饭吃，还得费心保管，咱留着它干吗呀？"

王先生也鼓动如簧之舌，劝老冯头把这古董给他们。老冯头听着他们你一言、我一语，眼泪噼哩啪啦地掉了下来。冯磊吓坏了，急忙问爷爷怎么了，是不是觉得这是祖先留下的东西，舍不得？

老冯头擦了擦眼泪，对王先生说："拿去拍卖前，你是不是得鉴定一下东西的真伪啊？"

王先生赶紧点头，说当然当然，他是拍卖公司的资深鉴定师，这次来就是准备先鉴定一下的。老冯头缓缓点了点头，让冯磊将酒坛取出来。王先生急忙关上房门，拿出放大镜，刚要仔细考察，老冯头突然站起身，拿起酒坛，狠狠地摔在地上，酒坛顷刻间变成了四处飞溅的碎片。

"爷爷，您这是干什么啊？这可是古董啊！"

老冯头看都不看孙子一眼，只是死死盯着王先生，冷冷地说"你不是什么拍卖公司的，你和到我家偷窃、抢我孙子包的人是一伙的，我没说错吧？"

王先生瞪着老冯头，脸上一点点露出狰狞之意，也冷冷地问道："你怎么猜出来的？"

"我们家有古董的事，已经传开了，你们在我家里没找到酒坛，又不知道它到底藏在哪儿了，所以想了这么个馊主意，什么拍卖啊、鉴定啊都是胡扯，其实你们只是想找到它的下落。"

王先生这才明白自己操之过急，所以才露出了马脚，他气急败坏地说："就算我们不怀好意，你也没必要毁了它啊，难道你不知道它值很多钱吗？"

老冯头悲哀地说："人家说匹夫无罪，怀璧其罪。我儿子死了，我孙子又小，没能力保住这惹祸的东西，还留着干什么？今天就算我同意把东西卖给你，你会付钱吗？如果我不卖，恐怕你就要动刀子抢了吧？"

王先生眼中冒凶光，好像随时要扑上去咬人一样，过了半天，才不甘心地说："老家伙，你真聪明，可你怎么知道我不会恼羞成怒，给你两刀呢？"

"因为你也是聪明人，不惹没必

要的麻烦。"

看老冯头一副笃定的样子，王先生还真无计可施，骂骂咧咧地离开了。冯磊松了口气，可一想到发财机会就这么没了，心里难受极了，忍不住流下泪来。老冯头低声说："孩子，别伤心了，其实爷爷刚才说的都是假的，不过是骗那个混蛋罢了。"

冯磊又惊又喜，激动地说："爷爷，您刚才摔的不是真的啊？可心疼死我了。真的藏在哪儿了？什么时候藏的？我怎么不知道？"

老冯头缓缓地说："小磊，刚才爷爷摔的，就是从咱家地里挖出的那个酒坛。但那根本就是仿制品，是老古帮忙弄来的，是你爸爸和我两个人亲手

埋进地里的。"

冯磊大惊，半天没说出话来。原来，冯志远是个贪官，他贪污受贿弄了很多钱。冯志远又很谨慎，怕反贪局找上门来，真成了有钱不敢花的主。为了摆脱群众的怀疑和举报，他反复做父亲的工作，最后又用孙子的前途要挟，终于让老冯头答应配合。他们编了一则百年藏酒的故事，又用钱收买了老古，通过老古的宣传，让大家都知道，老古重金收买了冯家的古董。通过这样的洗钱方式，以后冯家就可以光明正大地享用那些不义之财了。

老冯头擦了擦眼泪，继续说："但人算不如天算，你爸爸突然就那么走了，这个计划没法继续下去了。就算真有人肯出大价钱买，爷爷也不敢把这假东西卖给人家，那不自找麻烦吗？而且现在还被不知内情的抢匪知道了。通过这件事，我算是彻底明白了，亏心事不能做，亏心钱不能要。反倒是摔了这件东西，一了百了，以后谁都不会惦记了。只是你爸爸贪来的那些钱，咱们要是知道在哪儿的话，悄悄匿名捐出去，也算替你爸爸赎一点罪，可这短命鬼连句遗言都没留下来啊。"

冯磊听得目瞪口呆，原来，百年藏酒的家族轶事不过是一场洗钱的闹剧。

（题图、插图：谭海彦）

城里的

女孩

□廖　静

农村青年李俊大学毕业后，留在了大都市，经过一番打拼，当上了一家大公司的副经理，事业一帆风顺，就是婚姻不顺心，原来母亲自作主张地为他选了个农村姑娘。

李俊心里不愿意，但对老母亲还是要孝顺的。为了尽孝，李俊把母亲接了过来，因为买的房子还在修建中，他就给母亲租了套房子暂时居住，他自己则住在公司宿舍。

李大婶进了城，看见儿子为她租的房子，问过租金后，李大婶惊得瞠目结舌："这房租贵了去了！咱可住不了这金炕，回乡下才能睡得安稳，我要回乡下去！"

李俊好说歹说挽留母亲，并提出一建议：寻求合租者，这样可以减少一半的房租水电费，便宜多了。母亲这才勉强同意了。

第三天，李俊告诉母亲，说是找

到靠谱的合租者了。那是位二十多岁的女孩儿，长得跟细瓷娃娃似的，女孩叫杜茵，在外企工作，身份证上显示她是城里人。

杜茵一住进来就拖地打扫，并买来一堆半熟食品进行加工，邀请李俊母子一起吃饭。

李大婶悄悄对儿子说："她每月能挣几个钱？你看看她这么浪费。看她打扫卫生，一看就知道是没干过重活的。这城里的女孩啊……"

李大婶一向认为大都市女孩都奢侈娇气、好吃懒做，还个个势利眼，精于算计。不过，李大婶话是这么说，但同住一个屋檐下，即使再怎么看不惯，还是得相处不是。

第二天，李俊发现：杜茵和母亲挤在厨房里，母亲在手把手帮她切菜炒菜，杜茵不好意思地说："我太笨了，怎么也切不好。"

母亲客气地说："现在城里的年轻女孩有几个会做饭的，你能这样已很不错了。"李俊心里笑了，在母亲的观念里，女人就得会做家务、会伺候老人和丈夫。

没事干的时候，李大婶就在高楼林立的大街上闲逛。这天，她在一个小店购得一个电饭煲，因为是清仓的，只要五十块。李大婶抱着电饭煲回家烧饭，谁知电饭煲竟然漏电。

李大婶去找商店理论，老板却说："这本来就是有问题的电器，所以才会减价清仓。"李大婶无可奈何，打电话找儿子诉苦，李俊不耐烦地说："不就五十块钱嘛，扔了吧。"

五十块钱那可以买两斤肉吃好几天呢，李大婶呕得直吐气。杜茵得知后，双手一叉腰："哪能便宜了那帮奸商？绝不能放过他们！"

杜茵抱着伪劣电饭煲跟老板一通好吵，她说话字字句句都有分量有道理，还惊动了消费者协会和电台记者，老板害怕了，不但赔偿了损失，而且保证立刻让伪劣电器下架。

李大婶对儿子啧啧赞叹："这女娃平时看上去娇娇弱弱的，遇到事可真不是好惹的。"

"那是，城里的女孩子维权意识可比家乡女孩高得多。"

李大婶话锋一转，说："那谁娶了她也真够倒霉的，厉害得跟母老虎一样，半点亏不吃，你可千万别找这样的女孩。"

李俊撇撇嘴，说看妈扯到哪去了。

合租一个月，李俊母子和杜茵慢慢熟络了。杜茵帮着李大婶报名参加了老年歌舞团，李大婶有副好嗓子。能粉墨登场参加表演了，她的精神头都跟从前不一样了。

这天，杜茵神秘地对她说："阿姨，有个退休的吴老师，看了您的表演，看上您了。"

李大婶老脸红了，说都一把年纪了，谁还指望这个？

杜茵笑着说"别不好意思，要是我婆婆寡居，我早给她相个好老头了，要不我给您做个媒？"

李大婶嘴上没吭声，心里却甜滋滋的，吴老师是她在社团见过的，人挺不错的。

第二天，杜茵就拉着吴老师来了，两个孤单的老人相谈甚欢，相见恨晚。事后，李大婶心想：这城里姑娘思想前卫，能体谅老人的心。自己家的邻居大姐搞了黄昏恋，媳妇们背后都骂她老不正经呢。

李俊得知母亲有了对象，高兴得不得了，兴奋地说"妈，您要是嫁了，我一定送个大礼。"

李大婶羞红了脸："要结婚也得你先结。"再逼问儿子的婚事，李俊索性说："妈，实话告诉你，我有喜欢的人了。"

至于女孩是谁？李俊不肯说。李俊的意中人是谁，成了李大婶的心病，她留心观察，很快就发现：李俊和杜茵眉来眼去的好像有点意思。难道儿子的意中人是杜茵？虽然李大婶也挺喜欢杜茵，但这女孩太聪明太有心计，今后儿子是要受欺负的。为了将"星星之火"消灭在萌芽之中，李大婶决定不和杜茵合租了，她自作主张地联系到了新房子。

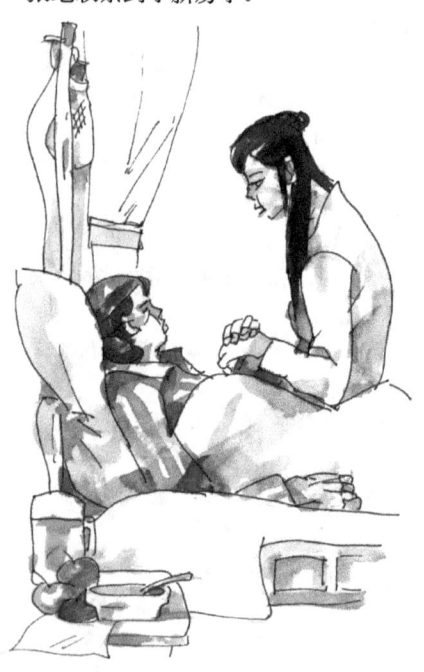

想着马上要离开杜茵了，李大婶有些舍不得，特意准备了几个菜，拉着姑娘的手说："好孩子，以后记得常联系啊，你条件好，千万别找个跟俺儿子一样的，找个农村来的，你过不习惯，他也受罪。"

"为什么不行？只要有爱，真正的爱情是不问出身的。"

"过日子可没那么简单呐，看着挺好，还真不一定能过到一起去。咱先人都说呀门当户对，这最重要，听大婶的没错。"

大概晚餐吃得多了，到了半夜李大婶突然肚子疼得难受。杜茵忙不迭地把她送到了医院，垫付了医药费，还守在她身边照料她，连医生护士都以为她们是母女呢。

李大婶感激不已，心想：这女娃心地还是很善良的，要是她也是农村或小城镇出来的，那该多好。

李大婶给儿子打电话，他的手机一直不通。杜茵专门跑了一趟他的公司，回来告诉老人："他有紧急任务去了外地，这是他公司经理的电话，不信您问问。"

儿子不在，幸好有杜茵在身边悉心照料，看着她趴在自己床边入睡的样子，老人心潮起伏。

几天后李俊回来了，此时李大婶已经出院了，她一个劲地夸杜茵，说这次生病幸好有她帮忙。

李俊眼睛一转"妈，我要是娶茵

茵做媳妇，你愿意吗？她可是大城市长大的富家女孩，爱打扮爱花钱，又不怎么会做家务。"

李大婶沉吟着不吭气，杜茵就躲在门外偷听，她忍不住冲进来："阿姨，我一定不会比农村女孩差的，城市女孩和农村女孩其实没什么两样，都能吃苦耐劳、孝敬老人。"

哟！这城里姑娘就是和乡下女孩不一样，敢正面出击，一点也不害羞啊，李大婶此时却情不自禁喜上眉梢，认可了两人的恋爱。几个月后，李俊和杜茵准备结婚了。

一天，吴老师跟李大婶闲聊，一时兴起露了底：杜茵正是李俊所在公司经理的女儿，两人早有好感，他们知道母亲不喜欢大城市富家女，才采取"合租"这种曲线救国的方式。让李大婶和杜茵多接触。

吴老师笑着说："你这媳妇啊，真是如来佛，你孙猴子再厉害也逃不出她的手掌心。"

李大婶脸都僵了：合租的主意肯定是杜茵出的，她能串通吴老师，当然也能串通李俊。当初自己生病时，李俊一定是假装出差。杜茵帮自己做媒，只怕也没安什么好心，一定是想提前把自己踢出家门。

李大婶勃然大怒，大城市的女孩果然心眼多，居然敢把婆婆当猴子耍，这样的媳妇谁敢要啊？

儿子跟杜茵的婚期都定在五天后

了，再反对也是不可能的了。李大婶认了，于是，她收拾行装，留下了出走的书信。

傍晚，李俊跟杜茵有说有笑回到家，看到母亲的留书，李俊吓坏了："妈反对我们的婚事，嫌你是城里女孩，心眼又太多，怎么办？"

"那赶紧找她回来啊，去你老家看看吧。"

可是，婚礼五天后就要举行，五天内哪能去老家赶个来回？杜茵咬咬牙："干脆我们宣布取消婚礼吧，我跟你一起去你家乡找你妈，老婆再重要，也没有妈妈重要；结婚再重要，也没有敬孝重要。我心眼是多，可每个心眼里都是真心，相信阿姨总有一天会认可我的。"

里屋突然传出呜咽声，其实，李大婶没有走，她藏在里屋。她思前想后，舍不下儿子、舍不下吴老师，也舍不下已有了感情的杜茵。

李俊刚想开口，杜茵叫道："妈，我们刚才看您写的东西，怎么那么像一段戏剧台词呢？"

李大婶好容易转过神来，忙说："哦，是、是我们社团马上要排的戏。"

李大婶心想：唉！这辈子自己和儿子算是结结实实栽在这女娃手上了，不过，她现在也的的确确喜欢上这个聪明儿媳妇了，只要是真心相待的，多一点心眼又有什么呢？

（题图、插图：谭海彦）

贱卖

□ 顾文显

陆山河是个画家，出名后，各种头衔接踵而至，在这座城市算得上是个人物。这天清晨，他照例出门健身。刚走出小区大门，见有一青年男子在马路边上摊开一幅旧画，嘴里喊着："贱卖了，贱卖了！"

看到这情形，陆山河先是一愣，紧接着气不打一处来："这么好的画是怎么存放的呢，烟熏火燎，还有屋漏水的痕迹。谁装裱的？也忒差劲了。瞧瞧，这儿还破了一块……"

话没说完，小青年就抻直脖子呛他一句："你老爷子管那么多干什么？就这破玩意儿，难道还要我供着它？但凡是瞧上眼的东西，换你，你舍得甩卖掉啊。"说话间，起了点风，那小伙子站起身来，顺手从旁边的树根下捡过两截底部还沾着湿泥巴的破砖头，往那画上一压。

陆山河如今是名声显赫，他什么时候受过这个气？见小伙子那神态，

火直冲上脑门，他说："有你这么对待文化的吗，拿砖头压画？"

小伙子抬头斜他一眼："有完没完？就这破玩意儿，难道用玉玺压？卖不了，我上厕所揩屁股用。"

此时，陆山河的两条腿哆嗦得不亚于踩到了电门。他怎么气成这样？原来，那张画恰是他未成名时的作品。眼前这小子居然口口声声"破玩意儿"，不但"贱卖"，还要揩屁股，真正是是可忍，孰不可忍！这时，有人路过，好奇地问了句："多少钱？"小伙子头不抬眼不睁："这种平庸之作，给四千块钱，您拿去吧。"

平庸之作？陆山河伸手指点着年轻人："你画一张我看看？"

"画不出，我就不许说平庸了？我踢不了球，就不准骂国足了？这破

烂儿，谁给四千就归谁。多卖了，我就是坑人。"

"这画至少值一万！"陆山河咬着牙根说。

"四千顶天了。"年轻人针锋相对，"谁超过这个数，他就是脑残！"

陆山河气得眼前一片模糊。身边人越聚越多，好多是熟人。陆山河终于丢下一句"你等着，我取钱去。"不大工夫回来，把四千块钱拍在画上，"你数好了，我这是真钞。"说着，拿开砖头，小心翼翼地把画卷起来。

小伙子数也不数，把钱揣进裤兜里："我这画可是假的，您也看仔细了。"说罢，转身离开。

小伙子叫杜德全，拿着钱去找朋友郝明，一见面就说："成了，我还正大光明告诉他是假的。我用了三天，就摸清他的行踪，画物归原主了。"

郝明叹了口气："这老头曾经是我爸的徒弟，那画就是当年向我爸交的作业。谁知道他怎么摇身一变成了国画大师，狂得他地球上都搁不下了。如今他竟在画室挂上了'润笔每尺五千'的条幅。瞧把他猖狂的。你在他的家门前当众贱甩他的大作，他怎么受得了？"

"一张假画弄他四千块，有点那个了吧？"杜德全说。

郝明嘴一撇"你以为他那大师是真的？无孔不入地巴结，厚颜无耻地炒作，欺世媚俗，手段所不用其极。"

"自己的画，陆山河会看不出真假？你给我的不会是真品吧？"杜德全突然反应过来，"我拿回去好几天，怎么就没研究出哪儿有假。"

"进入高科技时代了。兄弟，连人都可以克隆呢。"郝明哈哈大笑，"别看我玩真的没本事，可造假能气死大师。那陆山河的画在我家还收留着另一张，我近日仿制了几幅，哪天你还要如法炮制，再敲他点酒钱。"

说罢，郝明从瓷桶里抽出一捆画，展开，这回他自己却吃惊不小："坏了，昨天酒喝得太高，把原作跟复制品混在了一块，我自己怎么也分不清楚真假了呢？"

杜德全上前弄了半天，根本无法分辨，便抱怨："你怎么不小心点，哪怕是背面做个记号，也不至于……"

这时，郝明的电话响了。他瞅了一眼，拿起话筒，问："爸呀，啥事？……噢，又收电费、卫生费呢，两百多块？那么点呀，等会儿我往您卡里打一千。"

放下电话，郝明冲杜德全做了个鬼脸"我家老爷子，那是真正的艺术人儿，想让他随波逐流媚俗什么的，等于是掘祖坟。要不怎么穷得连水电费都得向我要呢。哎，把你的嘴管住了啊，老爷子若是知道我干这个，他能跟我拼命！"

（题图：安玉民 梁 丽）

·新传说·

拆迁拉锯战

□ 黄 胜

刘三为人精明，是个有便宜就占，打死都不肯吃一点亏的主儿。

他所在的东关村以前属于城郊，这些年城市飞速扩展，日新月异，没几年工夫，东关村就被高楼大厦包围，成了"城中村"，拆迁指日可待。刘三和大多数村民一样，整天眼巴巴地盼望着拆迁，拆迁除了能住上新楼，还能获得高额的补偿款，发一笔横财。

不出意外，今年年初，东关村终于开始拆迁了，但让刘三失望的是，拆迁补偿标准远远低于他的的预计。刘三就感到自己吃了大亏，他不甘心错过这个发财的机会，为了获得更多的补偿，就决定当钉子户，抗拒拆迁。其他村民有的对补偿比较满意，有的虽不满意但不想多事，大部分都搬走

了，还有一小部分人跟刘三一样，也当上了钉子户，以谋取更大的利益。

接下来的日子，开发商通过一家一家做工作，软硬兼施，逐个达成了拆迁协议，钉子户就越来越少了。但刘三软硬不吃，不达目的誓不罢休，开发商派人到过他家三次，因为谈不拢，都被刘三给轰出了门。

到最后，全村只剩下了五户钉子户。

开发商发出最后警告：我们已经把补偿标准提高到最高限度了，如果你们剩下这几户再无理取闹，狮子大开口，我们就将实行强拆。

可刘三不怕：你们吓唬谁呢？国家有明令规定，不许强拆，你们有种就来拆拆试试？

这天早晨，刘三一出门，就看到

自家的山墙上，被人用白漆写了个大大的"拆"字，不用问，准是开发商派人干的。刘三心中暗暗冷笑：这是在向我示威呢，哼，我不签字，你们说拆就拆了？他气不过，立马跑到五金油漆店，买来了油漆、刷子，在拆字前面写了个大大的"不"字，变成了"不拆"，以示自己态度之坚决。

不过，别看刘三表面上不在乎，说有法律撑腰不怕强拆，但心里也很紧张。他知道现在有些开发商黑了心，什么缺德事都做得出来。前些日子报纸上还报道过一件事，说开发商趁一钉子户出门的时候就把人家的房子给拆了，钉子户追究他们强拆的责任，他们却说是拆错了，不好意思，是"误"拆，简直让人没地儿讲理去。所以刘三也紧锣密鼓地做好了防拆准备，时刻提高警惕，严防死守，绝不给开发商可乘之机。

过了两天，到了开发商规定的最后期限，这天上午，刘三出门时发现山墙上的字被人动过。看清楚之后，他的鼻子差点给气歪了，原来"不"字被人加了个"走之"旁，成了"还"字，合起来成了"还拆"。刘三气坏了：这是跟老子叫板啊！他正琢磨着要把字给涂掉时，就听到有人喊，强拆的来了！

刘三一抬头，就看到街头出现一队人马，铲车、推土机打头，向自己门前开来，声势逼人。

刘三浑身一阵紧张，忙转身回家，叮嘱老婆孩子在屋里守着，没有自己命令不许离开半步。而后，他提了一小桶汽油走到门外，在门口大马金刀地叉腿一站，拧开油桶盖，右手拿着一个打火机，冲着强拆队伍大喊：都给我站住，今天哪个敢靠前，老子就跟他同归于尽！反正老子活够了，大不了把事情闹大！

对方的头儿见状，赶紧打电话向老板汇报、请示。开发商听到汇报后，担心出事，亲临现场指挥。他赶到后，见刘三如此泼皮，死活不肯让步，也没辙了！这个开发商是斯文人，信奉和气生财，并不想闹出人命来，他见几个手下吵吵着要往前冲，准备强攻，权衡一下利弊后，就伸手制止住，说算了，先不管他，去拆其他户吧。

一个手下说："老总，这家伙绝对是虚张声势，想吓唬咱们的。不信我过去试一试他。"说着，不知死活地向刘三走去。

刘三见状，牙一咬，心一横，举起汽油桶，将一半汽油浇到了自己身上，然后举起打火机，眼睛盯着这人，冷笑着说："走快点！我等着你呢！"

开发商见状，怕出人命，忙大声喝止住手下："回来，不要逼他了。"

刘三见对方被唬住，大是得意，他转身进门，很快又出来，手里拎着上次没用完的那桶白油漆。

众人不知他又拿出了什么厉害武器，"哗"的一声，不约而同地都往后退了几步，远远小心地看着刘三。

却见刘三大步走到山墙下，弯腰用刷子沾了油漆，挥动胳膊，刷刷刷，就在墙上"还拆"两字后面写了个"不"字，并刷了一问号，变成了"还拆不？"然后他将刷子一扔，拎着剩下的半桶汽油，一步一步走到开发商面前，气势汹汹地问："还拆不？"

开发商看着他满身的汽油，心中发怵，忙说："好、好，你冷静点，你要是不想拆，我答应你，真的不拆了！"

刘三获得大胜。

开发商还真说到做到，接下来再也不来做刘三的工作了，而是专攻其他钉子户，瓦解刘三的盟友。这样又过了个把月，村里其他的钉子户都陆陆续续被拔掉，到最后，只剩下刘三一家在继续坚守了。

随后几个月，开发商仍不来找刘三。

这期间，村里陆续开进各种大型机械，没日没夜地拆房、挖坑、动工建设。开发商还放出风来，说尊重住户选择，不会再让刘三拆迁了，因为剩下一户半户根本影响不到工程建设，大不了重新调整设计方案，把刘三家的位置给单独空出来。

有一天，开发商来工地视察，遇到刘三，还笑嘻嘻地主动打招呼，让刘三放宽心住着，自己决不会来强拆。

这下子，反倒是轮到刘三着急了——人家根本不再搭理自己，就像没自己这钉子户一样，而自己家周围现在成了大工地，昼夜施工，热火朝天，自己住不安宁，行不方便，孤零零呆在这里算什么事啊？他心里天天念叨：开发商啊开发商，你倒是再来找我谈判啊，现在只要稍微提高一下补偿条件，不，不提高也行，老子马上签字搬家。

老婆也天天埋怨他，说当初就该适可而止，不该提那些额外要求，别

人都满足了，怎么就你的胃口那么大呀？她让刘三主动去找开发商谈判，降低条件。但刘三却感到拉不下脸来，闹到这一步，此时自己主动低头，岂不就前功尽弃了？

唉，现在的他，实在是进退两难啊！

如此又过了些日子，刘三实在是靠不住了，这天晚上，他又拿起刷子，拎着油漆桶出去了。

第二天一早，工地的工人们上班，经过刘三家时，惊奇地发现山墙上的字又有变化，"还拆不？"的"拆"字和"不"字之间，加了一个粗粗的对调符号，读起来成了"还不拆？"

开发商接到手下的汇报后，心里就有数了，知道刘三这是在找台阶下，他吩咐手下：不用理他，再耗他一段时间。

又过了几天，墙上的字又变了，"还不拆？"前面又加了两字，变成了"怎么还不拆？"其热切急迫之心表露无遗。

开发商听说后，觉得好笑，他吩咐手下，去把"怎么还"和"？"全给涂掉，结果又变成了：不拆。

刘三真的没辙了，在老婆的催促下，他只好厚着脸皮主动去找开发商谈条件，当然，打死他也不敢再狮子大开口了。好在开发商还算厚道，没怎么为难他，跟其他钉子户相比，刘三也没算吃什么大亏，当然也没占什么便宜，只不过，他这几个月的罪算是白遭了。

签好合同回到家，刘三拎着油漆、刷子又出门了。老婆急忙拦住他，训斥道："你又要干什么？赶快搬家，千万别再生事了。"

刘三推开老婆："你别管！"

他出门走到墙壁下，刷子蘸足油漆，在墙上一阵涂抹，完毕后，一声长叹，将刷子一扔，冲老婆说"好了，搬家吧。"

老婆看了看墙壁，松了口气，原来，他只是把"不"字和对调符号给涂掉了，墙上仅剩一个大大的字：拆。

（题图、插图：张恩卫）

争夺骨灰盒

□汤明月

家住江西的陈娟接到从北京打来的电话，说她丈夫突患脑溢血死了。听到这个消息，陈娟马上赶到了北京。

陈娟的丈夫李文波是北京一家公司的总经理，那天追悼会上来了不少朋友。其中有一个女人，她找到陈娟，自我介绍道："陈姐，我叫刘小丹，是李总的好朋友。"见陈娟反应不强烈，她又说道，"李总生前有在北京长住的想法，所以我想李总的骨灰盒就由我来保管吧，我会经常来给他献花，把他的骨灰盒打扫干净。"

陈娟终于忍不下去了，她早就听说过这个刘小丹，以前是自己丈夫的秘书，也是自己丈夫的小三。由于刘小丹的加入，他们的夫妻关系名存实亡，一直长期分居。

陈娟一拍桌子，气愤地骂道："真不要脸，我毕竟是他的妻子，你凭什么要保管我丈夫的骨灰盒？"

刘小丹冷笑一声："你也算是他妻子？你们有什么感情？我可以明白地告诉你，我和李总也有了孩子！"

刘小丹的话，像一把剑，刺痛了陈娟的心，二十多年来的委屈、痛苦以及愤怒一下子爆发出来。陈娟一赌气，就把李文波的的骨灰盒扔给了刘小丹。

在回家的列车上，随着车轮有规律的转动，陈娟慢慢开始冷静下来。她越想越不对劲，不管有多少原因，但自己和李文波的婚姻是有法律保障的。刘小丹凭什么保管自己丈夫的骨灰盒？再说，扔了丈夫的骨灰盒，回到家乡，怎么向亲朋好友交代？陈娟后悔了，她决定回家处理完事后，马上再回北京。

几天后，陈娟带上自己的身份证、结婚证又回到北京。经了解，丈夫的骨灰盒放在殡仪馆。

陈娟立即赶到殡仪馆，要求取回丈夫的骨灰盒。可是，殡仪馆工作人员查阅了相关手续后，拒绝了陈娟的要求："骨灰盒是一个叫刘小丹的送来的，经过了正规的合法程序。你要取走李文波的骨灰盒，必须得到刘小丹的同意，要出示相关证据。"

取自己丈夫的的骨灰盒，难道还要得到他人的同意？陈娟觉得不可思议。但无论陈娟怎么解释，殡仪馆就是不给。

无奈之下，陈娟一纸诉状将殡仪馆告上了法庭，要求殡仪馆归还丈夫的骨灰盒。陈娟心想：妻子要回丈夫的骨灰盒是天经地义的事，也是符合国家物权保护法的有关规定的。然而，令人费解的是法庭居然驳回了陈娟的诉讼请求。

为此，陈娟是既气愤又不解，这也太荒唐了！她决心再次上诉，要不回丈夫的骨灰盒，就决不离开北京！

这一次，陈娟听了朋友的劝告，特地请了一位姓王的律师。王律师看了法庭的判决和陈娟的相关材料后，微微一笑，劝她放弃上诉。陈娟一听急了："天底下就没说理的地方了？"王律师让陈娟冷静，说："你起诉对象错了，应该起诉刘小丹归还你丈夫的骨灰盒，让殡仪馆协助刘小丹返还你丈夫的骨灰盒，这才有打赢官司的可能。"

于是陈娟按照王律师的要求，重新确定了起诉对象。结果，法庭支持了陈娟的诉讼请求。刘小丹尽管长期和李文波共同生活，并有了孩子，但这是婚外情，不受法律保护。法院判决刘小丹将李文波的骨灰盒返还给李文波的合法妻子陈娟。

律师点评：

《争夺骨灰盒》所涉及的是：物权保护和准确认定诉讼主体。首先是物权保护，骨灰是人体的转化物，凝聚着死者与亲人的情感，故只有近亲属和妻子才有保护和保管的权利；其次是诉讼主体认定必须准确无误。诉讼中，被告必须是直接侵权者，而与侵权者和侵权对象存在一定关联的则是第三人。故事中，陈娟对丈夫的骨灰拥有保护、保管权，但由于此案的直接侵权人是刘小丹而不是殡仪馆，故导致陈娟的第一次上诉请求被法院驳回。

（题图：刘斌昆）

一文钱

□ 陈效平

看相算命

宁波城南有座天封塔，清道光末年，一个叫朱大发的小贩常在那儿卖烧饼。这朱大发名字虽然叫大发，可活到三十多岁连一笔小财都没发过。朱大发人穷志短，越穷越抠门，平时把一文钱看得比磨盘还大。

这天，朱大发和朋友刘二毛一起去城隍庙赶集，半路上碰见刘二毛的侄子刘俊，刘俊正想去集上买点笔墨纸砚，于是三个人便结伴而行。

来到城隍庙，远远瞅见庙门口围着一大圈人。朱大发他们挤进去一瞧，只见里头坐着个五十来岁的中年汉子，身旁有块木牌，上面写着：看相算命，一吊钱一卦。

"孙半仙！"刘二毛脱口而出。

朱大发也想起来了：常听人讲，城隍庙门口来了个孙半仙，看相算命一说一个准。三人决定让孙半仙算上一算。

首先轮到的是刘二毛。孙半仙给他相了相面，立刻笑道："你府上要添个大胖小子！"刘二毛的老婆已怀了六个月身孕，听了这话乐得嘴都合不拢，高高兴兴付了卦钱。

接着轮到刘俊。孙半仙仔细观察他的面相，又问过生辰八字，然后掐着手指算起来。片刻之后，孙半仙满脸堆笑，冲刘俊拱手道："恭喜恭喜，少则一二载，多则四五年，小官人必定科场得意！"刘俊听得心花怒放，许愿说："若果真如此，小生一定重礼相谢！"孙半仙拍着胸脯保证道："如果在下看走了眼，小官人只管来砸这算命摊！"刘俊乐滋滋摸出一吊钱，双手捧给孙半仙。

最后轮到朱大发，孙半仙同样给他相了面，并问过生辰八字。随后，孙半仙闭上眼睛，开始认真掐算。过了好一会，孙半仙突然站起来，拍着手说："这位仁兄的命相更了不得，若干年后要发财当大官！"一旁的刘俊和刘二毛连连惊呼，对朱大发羡慕不已。朱大发却撇撇嘴，半信半疑地问："我一个卖烧饼的，还能发财当大官？"

孙半仙吃了一惊，凑近朱大发仔细瞧了瞧。朱大发被瞧得心里直发毛。好一番端详后，孙半仙又问："你是不是在天封塔下卖烧饼？怪不得看着眼熟，原来是你！"孙半仙自言自语道，"你脸上贴了块大膏药，刚才没认出来。"

朱大发嗫嚅着问："半仙是不是要改口，说我命里发不了财，当不了官？"

孙半仙连连摆手，斩钉截铁地说："没算错，你命里有财运，也有官运！不过你虽然会发财、会当大官，但最后要死在一文钱上，而且死得很惨！"

听了这番倒霉话，朱大发马上瞪起三角眼骂道："什么狗屁半仙，我看就是个江湖骗子！"说完，朱大发一文钱未付，气哼哼走了。

朱大发没把孙半仙的话当真，很快就将此事丢到了脑后。可是，三个月后刘二毛的老婆真就生了个大胖小子。第二年秋天，刘俊参加乡试，考中了头名举人。整座宁波城顿时轰动了，人们奔走相告，都说孙半仙料事如神。

升官发财

刘俊中举的消息把朱大发吓坏了。这孙半仙真的料事如神，看来自己非死在一文钱上不可。朱大发越想越着急，越想越害怕。琢磨来琢磨去，最后他决定从此不再碰一文钱。

过去，朱大发又吝啬又抠门，把一文钱看得比磨盘还大。但从那天起，他不再计较蝇头小利，做生意时常把一文钱让给顾客。这么一来，朱大发的人缘变好了，烧饼生意也越做越红火。

没过多久，朱大发有了点积蓄，他不再卖烧饼，改行做起了水产生意。卖水产时，朱大发仍把一文、两文的零头让给顾客，赢得了好口碑。水产生意也做得很成功，几年下来朱大发攒了一大笔银子。

鸦片战争后，宁波成了五口通商城市，头脑活络的朱大发瞅准时机，跟英国人做起了洋布生意。在卖洋布的过程中，朱大发恪守和气生财的原则，继续把小利让给客户，博得各方一致好评。洋布生意利润丰厚，朱大发赚了个盆满钵满。

此时太平天国运动爆发，战事愈

演愈烈，朝廷连年增加军费，国库日渐空虚。为了筹措银子，吏部悄悄出售官爵。江南一带，不少财主买了吏部签发的委任状。

有个阔少借了朱大发一笔钱，用一张知县的委任状作抵押。后来阔少还不出银子，委任状便归了朱大发。朱大发上下打点，用这张委任状补了个七品知县，风风光光上任去了。

上任后朱大发原形毕露，因为乌纱帽是拿银子换来的，所以他拼命搜刮当地百姓。三年任满，朱知县不仅捞够了本钱，还狠狠赚了一大笔。见当官来钱更容易，朱大发索性弃商从

政，花重金买了个实缺的宁波知府。啥叫实缺知府？就是交完银子立马上任。

上任后，朱知府贪赃枉法，变着法子鱼肉百姓。老百姓个个恨得咬牙切齿，背地里叫他朱扒皮。财也发了，官也当了，孙半仙的话句句应验，朱大发对一文钱更加恐惧。平日里，谁要在朱知府跟前提起一文钱，那后果可相当严重。有一回，朱家的小丫头无意中说到"一文钱"三个字，恰好被路过的朱大发听见。朱大发暴跳如雷，亲自动手，把那小丫头打得半死。

时间一长，朱扒皮的这块心病渐渐被百姓们知道了。

预言成真

不久，太平军东进，攻破了宁波城。朱大发化装成小商贩，趁乱溜到了城外。逃出去没多远，后面追来了太平军。朱大发拼命往前奔，一口气跑到了江边。

江边泊着一只小木船，船上有个老艄工。朱大发连滚带爬上了船，对老艄工说："老，老人家，快，快渡我过江！"

老艄工把面前这个胖子仔细打量，认出他是人见人恨的朱扒皮。

"渡江可以，先交钱来！"老艄工慢条斯理地说。

朱大发忙从怀里摸出一大锭银子，双手捧给老艄工，催他迅速开船。

老艄工瞧瞧银子，不屑地摇了摇头。朱大发以为他嫌少，赶忙又掏出一锭金子。老艄工瞥了一眼，依旧摇头。

此时太平军的喊杀声越来越近，朱大发慌了。他咬咬牙，掏出身上所有的金银财宝，全堆在老艄工面前。

老艄工捻着胡须说："这些我全不要，我只要一文钱。"

听说要一文钱，朱大发吓得冷汗直流。这十几年来他从未碰过一文钱，身上更没有带过一文钱。

"难道，一大堆金银还比不上一文钱？"朱大发不解地问。

老艄工认真地点头："朱扒皮，我要的就是一文钱！"

听到"朱扒皮"这三个字，朱大发啥都明白了，老艄工不要金银，要的是自己的命！

当天下午，太平军把朱大发押到府衙门口，一刀一刀活剐了他。围观的百姓成千上万，大家个个拍手称快。

转眼到了清明节，朱大发的老婆去给丈夫上坟，路上碰见了孙半仙。朱大发的老婆走上前，泪汪汪地对孙半仙说："您确实料事如神，拙夫果然死在了一文钱上。"

孙半仙长叹道："看相算命全是蒙人的，朱大发死在一文钱上，那是咎由自取！"见朱大发的老婆一脸茫然，孙半仙道出了内中的缘由：

当年算命时，孙半仙说朱大发能升官发财，那全是奉承话。后来，朱大发说自己是卖烧饼的，这勾起了孙半仙的回忆。有一次，孙半仙饥肠辘辘，正好经过天封塔下的烧饼摊。烧饼三文钱一个，可孙半仙的口袋里只有二文钱，于是他就跟卖烧饼的商量，打算先赊账一文钱。不料卖烧饼的朱大发把一文钱看得比磨盘大，不但不肯赊，还说了许多难听话。孙半仙又羞又恨，饿着肚子回了家。当孙半仙认出朱大发时，他把算命的结论拐了个弯，说如果不改改秉性，朱大发会死在一文钱上，这全是报复的解气话。巧合的是，后来朱大发真的发财又升官，最终还死在了一文钱上……

听到这儿，朱大发的老婆目瞪口呆。愣了好一会儿，她又不解地问："那么，刘二毛喜得贵子，刘俊乡试中举，您咋都算准了？"

孙半仙呵呵一笑，继续解释说："那时，刘二毛的老婆常去城隍庙烧香，她挺着个大肚子，而且不断作呕。孕期反应大往往生男孩，据此，断定刘二毛要喜得贵子……我每天去城隍庙摆算命摊，来回都要路过刘俊家，常常看见刘俊埋头苦读。刘小官人又聪明又勤奋，所以，我定他早晚会科场得意……

最后，孙半仙意味深长地说"命运这东西，三分天数，七分人为！"

（题图、插图：黄全昌）

□ 江永年

老师你好

路遇乞讨者

这天傍晚，县广播电视台记者刘文风吃过晚饭，带着儿子小鹏去附近的超市。走到超市的小广场，便看到那里围了好多人。

刘文风走近一瞧，原来是一个三十左右的男人坐在一条小马扎上，怀里还抱着个四五岁的小女孩，在他们面前铺着一张白纸，上面写着几行毛笔字。因为隔着好几层围观的人墙，刘文风看不清上面写了些什么，但他觉得有些奇怪，这几年假借乞讨者骗钱的事，大家早已熟视无睹。今天为什么有这么多人围观呢？

正想着，忽然听见旁边有个中年妇女幽幽叹了口气，道"他们父女俩真的好可怜，这做爸爸的还是个老师哩！"

骗子水平越来越高了，竟扮老师在这里行乞，难怪有这么多好奇的人围观。刘文风拉着小鹏挤到前面，才看清纸上的字。

白纸上的毛笔字就像这个男人怀里的小女孩一样清秀：我是一名来自贫困山区的代课老师，我爱人今年春天不辞而别跟别人来到贵地打工，学校刚放暑假我便带女儿寻找妈妈来了，可是现在我们身无分文，仍然没有找到她。恳请好心人施舍，为我们父女凑齐八百元回家路费。好人一生平安。

看到这些，刘文风不禁鼻子一

酸。因为他以前在乡下也干过三年代课老师，每月拿着不到正式教师三分之一的工资，上的课却也十分多。虽然教学成绩优秀，但从来没拿过一分钱的奖金。好在几年前，自己通过努力，考进了县广播电视台当上了一名新闻记者，总算从困境中走了出来……

刘文风想帮帮这位"同病相怜"的外地代课老师，但他又怕上当。虽然这男人还在白纸旁摆着身份证和代课教师证明，但这年头招摇撞骗的人实在太多了。于是刘文风咳了一声，问那一直低着头的男人："这位老师，请问你在学校里代什么课呀？既然你是有单位的，在外面碰到了难处为什么不打个电话回去向学校领导求助？"

男人这才抬起头，满脸涨红地回答："上学期我在学校教初一年级三个班的数学，下学期我跟班教初二。不瞒你说，我们父女这回出来的大部分路费都是我们校长和几位好心的同事赞助的，现在我哪还好意思再向他们张口要钱呀！"说完又低下了头。

真是巧了！儿子小鹏今天做暑假作业有几道题不会做，刘文风特地去请教了他的一位老同学，解题方法就

在身上带着。这下正好可以测试一下这个人。刘文风赶紧把题目拿出来，然后递给男人道："这位老师，我儿子刚上完初中一年级，这里有几道题他不会做，请你帮忙找个解题方向好吗？"

男人听了两眼一亮，当即接过纸条，把小女孩放在身旁，然后掏出笔，看了看纸上的题目，就低头刷刷地写了起来。

不到三分钟，男人就把数学题的解析方法写好了，信心十足地递给刘文风道："这几道题不算太难，关键是解析方向。"

刘文风向他道了谢，然后掏出一张十元钞票塞在了对方手里。男人连声感谢道："谢谢、谢谢！明后天晚上我可能还在这里，你儿子要有什么不

懂的，只管让他来问我……"

看到这一幕，一些原本心存质疑的围观者也纷纷伸出援助之手，把一枚枚硬币投进了男人面前的小铁碗里。

众人施援手

这天晚上，刘文风躺在床上辗转返侧，爱人半夜醒过来问他有什么心事，他笑了笑说："这回我一定要帮那代课老师一把！"

第二天刘文风就扛着摄像机，找到那个带着小女孩行乞的代课老师。那男人吓得赶紧低下头道："大哥，求求你，给我留点脸面，别拍我好吗？要不是走投无路了，我也不会带着女儿向好心人乞讨路费呀！"

刘文风赶紧解释道："老师，你误会了，我以前也当过代课老师，所以我一定要帮你的忙。"说着掏出八百元，"你现在就可以回家。但我想你先缓缓，我把你带着女儿来这里寻找爱人的事儿放上电视新闻，你爱人看到后，一定会打电话给我们，然后与你们父女取得联系的……"

那男人听了，才决定配合采访。他告诉刘文风：他叫徐小根，他的爱人方细妹因不满自己是个代课老师，觉得生活太苦，竟离家外出打工。后来徐小根从岳父母家得知细妹的打工地，就利用暑假，不远千里来这里寻找。可是一星期过去了，徐小根抱着女儿兰兰找遍开发区所有的工厂，但仍然没找到他爱人方细妹……

拍摄采访结束后，刘文风又主动提出让徐小根老师带着女儿兰兰搬到他们家闲置的车库去住，还说来这之前，他已经同小区十几位初一年级学生的家长谈好了，也到教育部门备了案，明天上午就请徐小根为他们的孩子补习数学，每人每天交十元钱。这样，徐老师可以一边教书，一边找爱人，住宿和生活费的问题都解决了。

徐小根不禁感激涕零。刘文风把他们父女俩带回了家，让爱人下了两碗热腾腾的水饺。等他们吃完后，又搬出了以前睡的木板床、床单、床垫和一些生活用品，然后把他们送到底楼的车库里过夜。

第二天一大早，刘文风又借来了十几副旧桌椅、一块黑板、两盒粉笔，上午八点钟，一个临时的数学补习班就算开张了。刘文风又扛着摄影机，拍下了徐小根为十几名学生上课的场景。

当天晚上，这些镜头就上了县电视台的晚间新闻。县电视台领导们还答应，这则新闻还将在黄金时段循环播放一周。

又过去了一个星期，代课老师徐小根已在县城家喻户晓，但刘文风和电视台的值班人员却没有接到徐小根爱人方细妹打来的电话。

倒有不少初一年级学生的家长，纷纷打来电话要求让儿女进这个特别补习班。只可惜，车库里已放不下多余的桌椅了……

时间过得真快，一转眼不少日子过去了，方细妹一直杳无音讯。徐小根怀疑她早已离开此地，不然她又怎么狠得下心来不见他们父女俩呢？他决定再教一个星期，就带着兰兰回陕西榆林老家。

在平时的聊天中，刘文风知道方细妹嫌丈夫每月才九百元工资，她要丈夫和自己一起去外地打工。但徐小根舍不得他的学生，方细妹一怒之下不辞而别的。

徐小根的教学水平，刘文风看在眼里，很想劝他留下，于是说道："依我看，你爱人出来打工，打电话告诉了家里，目的就是想让你找到她，然后跟她在这里一起打工挣钱。我敢肯定，过了9月1号，她一定会主动来找你们父女俩的。"

徐小根点头同意刘文风的分析，他知道，过了9月1日，学校就开学了。徐小根为难地说："可是，9月1日之前我必须赶回老家，因为那里还有两百多名学生，他们都等着我去给他们上课哩……"

刘文风一时说不出话来。

老师快回来

几天后的一个上午，刘文风忽然抱着一沓考卷走进了车库。他对徐小根说："我有个朋友，是一所私立中学的校长，他的数学老师出了一份试卷，我想检验一下你这些天以来的教学成果怎么样……"

徐小根将考卷发给学生。一个半小时后，这场突击考试结束了。刘文风抱走了所有考卷，说要拿回去请那位出卷的老师亲自批阅。

第二天上午，刘文风不但带回了批阅过的考卷，还带来了一位红光满面的中年男人。刘文风介绍说："这就是我的朋友，私立中学的校长李先锋，昨天的考卷是他们初一数学提高班的考核试卷，他们的平均成绩是七十八分，而你们却达到了八十分，我们查过这十几个学生期末考试的成绩，他们的进步完全超过了我的预期。"

刘文风刚说完，李校长就上前握住徐小根的手，说："徐老师，我一直在默默关注你，你的确是一位优秀的数学老师！我想聘请你来我们学校教初中数学，月薪三千元，解决住宿问题，教得好年底还有奖金！"

月薪三千，这比徐小根老家的正式教师工资高了许多呀！第一次得到这样的评价和认可，徐小根不禁感动得热泪盈眶。

但平静下来后，徐小根又面露难色道："我很感谢刘大哥和李校长对我的赏识，但我还得打电话回去问问我们校长，如果他们能请到其他数学老师替代我，那我才能留下来。"

刘文风当即掏出手机递给他："徐老师，你现在就打电话给你们学校的校长，我们李校长今天亲自登门，真的是求贤若渴呀！"

徐小根拨通了老家学校校长的电话，把自己来这里寻妻不遇以及刘文风好心相助的经过简单说了，最后才嗫嚅地道出李先锋校长要聘请他在这教学的事儿。

那边的校长一阵沉默后，才回他道："我现在不能答复你，明天中午十二点你等我电话吧！"说完就把电话挂了。

刘文风又当起了说客，说"徐老师，你爱你的学生我很敬佩，但在哪里教书不是教呀！我敢断定你爱人目前还在我们县城，只要我把你决定留在这里当老师的新闻播出去，你爱人很快就会出现在你们父女面前！

这条件真的是非常诱惑人，但徐小根却坚持道"虽然我现在非常缺钱，但做人要讲诚信，我要等明天中午得到老校长的答复，才能最终决定是否留下来……"

第二天中午，刘文风把摄像机带来了，还请来了同事协助他拍摄。快到十二点钟时，李先锋校长也带着大红的聘请书赶来了。

十二点整，徐小根再次用刘文风的手机拨通了老家中学校长的电话。没想到，对方接到电话马上就提出，让徐小根赶紧去网吧，找一台有摄像头的电脑，说好多学生都想通过视频向他问好哩！

刘文凤忽然有种预感，那个校长不简单，这一手太狠，看来徐小根不可能留在这里了！无奈之下，刘文凤还是叫来李先锋校长，然后跑上楼取来了笔记本电脑，插上电源打开电脑加了徐小根记下的QQ号码。

五分钟后，视频连接上了。只见百十名衣着破旧的学生挤在那边的摄像头前，向这边的徐小根喊道："徐老师，您快回来吧！我们想您！我们都离不开您！我们的爸爸、妈妈都说了，只要您回来教我们，他们愿意一起出钱给您加工资……"

徐小根的眼泪流出来了，好一会儿他才哽咽着回答："同学们好！老师过两天就会回来，请代老师向你们的父母说声谢谢！"

刘文凤和同事噙着眼泪拍下了这组镜头，李先锋校长轻轻拍了下徐小根的肩膀，叹息道："徐老师，虽然知道留不住你，但我还想请你收下这本聘书，只要你哪天想回来，我们学校的大门随时为你敞开着！"

真的好想你

当晚，县电视台新闻节目即时播出了这段催人泪下的师生视频，好多观众都看得热泪盈眶。

节目快结束时，刘文凤深情地呼唤："我们多么希望方细妹能看到这段视频，更希望她能理解徐老师的追求。明天中午十一点半，徐老师就要带着女儿返回陕西榆林老家了，因为在那里还有两百多名求知若渴的学生等着他啊！请你一定要现身，哪怕只是来向你的爱人和女儿道个别……"

第二天中午十一点十分，刘文凤、李校长，还有一些补习班的学生和家长们，一起把徐小根父女送到了长途汽车站。

徐小根放好行李后与大家一一话别，几个学生都拉着他的手，求他明年暑假再来为他们补习数学。

发车的时间快到了，但刘文凤企盼的奇迹始终没有出现，他多想看到徐小根的爱人细妹能在这一刻突然出现，带给徐小根父女一份欣慰，也带给大家一个惊喜！

时间无情地流逝着，十一点半到了，司机关上了车门，徐小根把头探出窗外，噙着热泪向大家挥手告别。

就在这当口，刘文风的手机忽然响了，他刚按下接听键，里面就传来了一个女人的哭喊声："刘记者，我是徐小根的爱人细妹，我看到你们了……"

刘文风赶紧拦下了已经启动的汽车，向司机大喊一声："快停车，还有人没上车哩！"

正喊着，一辆黑色的小轿车拦在了客车前，车门打开后，一个年轻的女人提着大包小包钻了出来，哭喊着："兰兰，妈妈跟你们一起回家！"

谢天谢地，徐小根的爱人细妹总算在最后一刻赶到了！已听过刘文风解释的司机打开了车门，让细妹上了车。

看到他们一家三口久别重逢、抱头痛哭的场面，车上车下的人们都一齐鼓起掌来。车站领导得到消息后，也赶来表示祝贺，还特许这趟客车迟发十分钟。

细妹是饭店老板林超开车送过来的，他告诉大家：细妹已在他们饭店打工半年多了，手脚勤快的她现在已当上领班，每月工资加到了两千元。

可最近一个月来，大家发现她的情绪很不稳定，老一个人躲在旁边偷偷抹眼泪。直到半小时前，林超才得知，她就是电视新闻里那位代课老师的爱人……

正说着，徐小根抱着女儿兰兰走下了车，细妹也跟了下来，一家三口一起向大家鞠躬道谢。当他们回到车上，又探出车窗使劲地向大伙挥手。汽车开远了，刘文风一帮送行的人还站在原地眺望。

半个月后，徐小根从老家打来长途电话，告诉刘文风，当地教委已经为他加了工资，而且还把细妹安排到学校食堂工作。

听着那边徐小根开心的语气，刘文风却一点也高兴不起来。你说这么优秀的一位数学老师，哪所私立学校不欢迎啊。沉默好久，他才回答道："恭喜徐老师！祝你们一家平安快乐，日子越过越红火！更盼望明年暑假你能来我的车库继续为孩子们补习数学……"

说到这里，他的嗓音哽咽起来。电话那边，也传来了啜泣声……

（题图、插图：张恩卫）

绿版编辑部各编辑邮箱：

吴 伦：wulun54@126.com
朱 虹：zhong98305@sina.com
刘迎曦：liuyingxi1203@163.com
颜轶超：yanyichao1004@sina.com
黄美舟：piggybank81@sohu.com

2012年"劳动·创造·奋斗——青春励志故事"征文大赛

为贯彻落实胡锦涛总书记"七一"重要讲话和党的十七届六中全会精神，引导青少年形成健康、积极、向上的人生观和价值观，特举办2012年"劳动·创造·奋斗——青春励志故事"征文大赛。

一、举办单位

主办：共青团中央宣传部　上海市嘉定区人民政府　上海文艺出版集团

承办：《故事会》杂志社

二、征文要求

青少年根据自己成长中亲历或者所见所闻的青春励志故事，以纪实或虚构的方式创作作品。作品主题积极健康，有故事性，结构完整，语言流畅，情感真挚，篇幅3000字以内。

三、征稿时间

2012年2月22日到12月31日。

四、参赛对象和方式

参赛对象为全国青少年，可个人参赛也可由单位或团组织集体组织进行参赛。网上来稿，可投以下信箱：lidan090@gmail.com；邮局投稿，可投以下地址：上海绍兴路74号《故事会》杂志社，邮编：200020。稿件后请注明作者姓名、地址、通讯联系方式等，并署名"青春励志故事"征文大赛字样（详情请见中青网、故事中国网）。

五、评比和奖励

征集结束以后由《故事会》杂志社邀请有关专家组成评审委员会对作品进行评比，结果在中青网、《故事会》杂志、故事中国网等媒体上公布。

奖励措施

1. 本次大赛，由共青团中央宣传部、上海市嘉定区人民政府、《故事会》杂志社等单位联合颁发奖状，并对优秀作品颁发奖金。奖项设置：特等奖10名，奖金各3000元（含税）；一等奖20名，奖金各1500元（含税）；二等奖40名，奖金各1000元（含税）；三等奖60名，奖金各500元。对指导未成年学生参赛成绩突出的老师，颁发优秀指导奖，共30名，奖励《话说中国》一套（特精装，1980元）。

2. 获奖作品将收入《青春读本：感动中国的100则励志故事》一书（暂名），内容经团中央宣传部审定后由上海文艺出版集团负责编辑出版。

3. 部分优秀作品在《故事会》杂志上优先刊发，并按国家有关标准支付稿酬。

4. 组织故事讲述者选取优秀作品向进城务工青年、学生等群体进行宣讲，并通过媒体对活动进行宣传。

金 狐

□汪培君

狐 仙山上有一个洞，直上直下，足足十几米深。下去之后，里面是四通八达的巷道，而且还不是很黑。有一天，一个樵夫从井口路过，突然听到井底传来吱吱的叫声，他不由得往里一看，竟是一只纯金的狐狸！等他回家拿来绳子下到井底，却怎么也找不到了。消息传开，自然吸引许多人下去寻找，但都没有找到。

也不知道过了多长时间，当地有了新的传说。说是要想逮住金狐，必须是亲兄弟十人，齐心协力挽一个绳套，把绳套送下井底，就能够套住金狐，把它拉上来。

无巧不成书，山下就有这样一户人家，弟兄十个，个个身强力壮。除了老大憨厚，九兄弟都是精明有加，因此他们谁也看不起老大。老二首先听到了这个消息，他急忙把弟弟们召集在一起，商量出一个方案，带上绳

子，然后去叫老大。却不料老大怎么也不去，说老爹不见了，他得出去找老爹。

他们的老爹精神不正常，出去就回不了家，每一次，都是老大把他找回来。

九兄弟看着这样一个见钱不知道下腰的傻瓜，既生气又无奈。老二正想着怎么能多得一份，于是就自己当老大，让他的岳父当老十。老十站得离井口最远，估计金狐分辨不出来。

十个人来到井口，做了个绳套放下去，一溜排开，渴也忍着，饿也忍

着，就这样坚持了三天三夜。正在大家精疲力竭想回家时，绳子突然抖动起来，老二以为是金狐进套了，急忙大喊一声："拉!"可是拉上来一看是空绳，只是下面的半截绳子被套叠在了一起。叠与爹谐音，显然指的是老二的岳父，看来金狐知道有人冒充老大。

金狐看不到上面，老二猜测人的血缘不一样，释放出的气味就不一样，金狐就是根据气味辨别的。如果是与自己沾些血缘的堂兄弟，金狐肯定辨别不出来。于是，老二叫上一个堂兄弟，再次来到井口。

又忍饥受饿了三天三夜，老二突然听到下面有声音传来，以为是金狐过来了，急忙伸长耳朵细听，却是"咣、咣……"的锣声。十个人立刻泄了气，金狐知道他们是堂兄弟了，自然不会上套。

老二仍不死心，与八个弟弟一商量，决定把老大强行弄来。于是九兄弟先回家吃饱喝足，然后到老大家里集合，逮住老大，不由分说，抬的抬拽的拽，往山上走去。

不想走了一半，迎面碰上了县太爷。县太爷以为遇上了绑匪，急忙拦下询问，老二只好如实交代。县太爷听了冷冷一笑，说"你们带金子来吗? 金狐是吃金子长大的，得有金子引诱，它才会出来。"县太爷说完，撇下他们走了。弟兄们一听都泄了气，只有老二不信，说这是县太爷自己捞不着，也不想叫咱捞着，编出来骗咱的。

他们再次来到井口，没想到也就是一袋烟的工夫，绳子就开始抖动了，老二说了声："拉!"弟兄十人一起用力，竟然真的有重的感觉。急忙拉上来一看，不由得大吃一惊：拉上来的不是金狐，而是一个老人，再仔细一看，这老人还不是别人，竟然是自己的亲爹! 老二气急败坏地问："你怎么在这里? 金狐在哪里?"

看着十个儿子都在跟前，老人不回答，只傻乎乎地笑。其他人只关心金狐，只有老大检查父亲的身体。看看老人不仅没有受伤，反而精神比以前还好，他才放下心来。

老二再问金狐，老人说他从来没有见过。既然抓不到金狐，也不能带个累赘回家呀，老二的鬼点子多心又狠，过去抓住老人说："爹，你在下面有吃有喝，你还是回去吧。"说着猛地一推，把老人推进了井里。

老大一把没抓住，老人掉下去了。其他九人倒是松了一口气，可是他们忽略了一个细节：既没有给老人解开绳套，自己都还紧紧地抓着绳子。因此老人急速下落的刹那间，似乎有神助一般，把他们也全部带了下去。

好半天，弟兄们才爬起来，虽然没有受伤，可是怎么出去呢？只有老大抱着爹，问摔疼了没有？老二则和八个弟弟，绝望地大声痛哭。等他们都哭得嗓子哑了，老人的精神好像也正常了，才告诉他们一个办法：兄弟十个搭人梯上去，老大身体最壮在下，老二第二，以此类推。为了活命，兄弟们只好依计而行，很快就搭成了一个人梯，老大在最下面，老十在最上面，不想人梯排好了，离井口还差一米多，根本上不去。老人说："只好我上去救你们了。"于是带上绳子，抓住十兄弟的衣服，一口气爬出了井口。

老人首先把老十救上来，还没来得及喘口气，就被老十拉到了一边，说："爹，别救他们了，等他们死了，

你告诉我金狐在哪里……"老人没听完就气得浑身发抖，恨恨地扇了他一巴掌。老十自觉羞愧，灰溜溜地走了。

老人不管他，送下绳子让老九抓住。谁知老九与老十的想法一样，老人也把老九扇了一巴掌……最后被救上来的老大一看九个弟弟都不在，就知道他们都走了，于是蹲下身子说："爹，我背着你回家。"

回到家里，老大弯腰让父亲下来时，却突然从怀里滚出一只金狐狸。老大惊喜地说："爹，金狐狸跟着咱来了，咱有钱了，以后你想吃什么，尽管说吧。"

不料高兴了还没一会儿，就被老二知道了，他立刻带上弟弟们前来讨要。老大不给，老二就带着弟弟们把老大告到了县衙。县太爷不紧不慢地问："我不是已经告诉你们了吗？金狐得有金子引诱，你们带没带？"兄弟九个面面相觑，谁也不吭声。县太爷扫了他们一眼，说"你们既然没有带金子，金狐自然就没有你们的份，都回去吧。"老二不服气，告诉县太爷，老大当时也没有带金子。县太爷回答说，他们兄弟十个，只有老大带了金子。老二一听不服气地辩白："老爷，我们兄弟十个属他最穷，我们都没有金子，他更没有金子！"

县太爷一笑说："他有，他孝顺，孝就是金！"

（题图、插图：黄全昌）

唐纳德·奥尔森，美国著名悬念小说之王，创作了几百篇精彩的悬念小说，多次获得各种大奖，包括"爱伦·坡短篇小说奖"、"最受读者喜爱的作家奖"、"最佳作品奖"等。本故事根据其作品《纪念品》改编。

房东是个雕塑家

□谷永庆 编译

海伦是个三十多岁的独身女子，父母留给她一栋市中心的楼房，她靠着房租过着吃穿不愁的日子。海伦在巴黎读书时，曾跟着一个雕塑家当过几个月的学徒，所以，她闲着没事儿的时候，就喜欢给身边的人做雕塑。

几天前，刚住进来一个叫汤姆的年轻房客，是个刚毕业的大学生。他看到海伦专门有个房间放了很多雕塑，就多看了两眼。海伦自豪地说：

"这些都是我的作品。"出于礼貌，汤姆说："都挺漂亮的。"海伦高兴地说："要不，哪天帮你做一个？"汤姆点点头，说："等我找好工作吧。"

这时大门响了，传来了一阵男女的嬉笑声，海伦皱起了眉头。过一会儿，一个中年男人和一个年轻女人相拥着进来了，汤姆给他们让了路，打了招呼，并且做了自我介绍。男人醉醺醺地说："你好，我叫费斯特。"然后指着女人说："她叫琳达。"女人笑着朝汤姆点点头，俩人从汤姆和海伦身边过去了。在以后的日子里，汤姆隔三差五地和他们碰面，也知道了费斯特是话剧团的演员，琳达则是一个

歌手，他们也不是夫妻，只是先后住进来的房客。费斯特住了快两年了，而琳达是在几个月前住进来的。

经过一个多月的奔忙，汤姆终于在附近找到了一份工作。海伦比他还高兴："帅哥，找到工作了，哪天给你做雕塑？"汤姆这才想起来当时答应房东的事，就说："星期天吧。"

周日上午，海伦早早地敲开了汤姆的房门。汤姆出来一看，海伦已经把材料和工具都在院里摆好，就等着自己这个模特了。汤姆一坐下，海伦就开始忙碌起来。头像塑了一个多小时了，还是个模模糊糊的圆球，汤姆忍不住了，有些不耐烦。海伦不断地安慰他："差不多了，已经有形状了。等这个作品完成了，我请你吃海鲜。"

汤姆高兴地说："一言为定。喝酒吗？"海伦忽然想起来一件事，问："你这两天见费斯特那个酒鬼了吗？"汤姆摇摇头，说："没看到。他不是经常和琳达在一起吗。"海伦自言自语地说："这两人的房租都该交了。"

又塑了一会儿，汤姆脖子发酸，实在撑不住了，说："咱们下星期继续做吧。"海伦有些意犹未尽，但见汤姆这么说，只好答应"那下周我再找你吧。"

一个星期后的早上，海伦又早早地把汤姆叫出来当雕塑模特。刚做了没一会儿，房门被敲响了，进来了一个四十来岁的妇人。妇人开口问："请问，贵宅的主人是不是一位叫海伦的小姐？"海伦抬起头答道："对，我就是。你有什么事情吗？"

妇人问："一位叫费斯特的先生是在这儿住过吗？他是个话剧演员。"

海伦没回答她，反问道："你是？"妇人答道"我是他的妻子。"海伦把妇人请进屋，让了座。原来，费斯特的老婆和孩子都在另一个城市。上个星期，费斯特寄给妻子一封打印的信，说他不再爱她了，决定和一个叫琳达的女孩一起去浪迹天涯，去寻找真正的爱情。

海伦一边做着雕塑，一边对费斯特夫人说："这两人都是我的房客，但我已经十来天没见到他们了。"一旁的汤姆也点点头说："是这么回事

儿。"费斯特夫人说:"能让我看看他住过的房间吗?"海伦说:"可以。"

她们一起走进费斯特先生的房间,看到了几件简单的家具和一些没来得及带走的衣服。费斯特夫人拿起一件外套看了看,海伦说:"不好意思,费斯特先生现在不在,我不能让你拿走这儿的东西。"

费斯特夫人看了一会儿,和海伦一起走出了房间。她们出来时,经过了那个半敞着的房间,里面放着许多石膏头像。费斯特夫人被吸引住了,停住了脚步。

海伦说:"那是我的工作室。"费斯特夫人说:"这些雕塑,都是你做的吗?"海伦点点头:"是的。刚才你也看到了,我在给那个小伙子塑头像。"

说着话,她请费斯特夫人进了工作室。费斯特夫人目不转睛地看着一个男人的头像,赞叹说:"真像他!"海伦说:"你说的是你丈夫的头像吧,这是我花了好几天才做好的呢。他旁边这个年轻女士的头像,就是琳达。其他这些,基本上都是我曾经的房客,还有我的朋友和亲戚。"

费斯特夫人停了一下,突然问:"我丈夫的这个头像,能卖给我吗?"海伦迟疑了片刻,说:"我做的东西,不是用来卖的……"费斯特夫人说"可这是我丈夫的头像啊。我很想把它带回家做个纪念,你说个价钱吧,我们可以商量。"海伦叹了口气,说:"既然你真想要,就拿去吧,我也不收你的钱。"

费斯特夫人千恩万谢地抱起了丈夫的头像,海伦给她找了个纸盒,又指着旁边琳达的头像问费斯特夫人:"这个你不想一起带走吗?"费斯特夫人苦笑着说:"恐怕还没拿出你家门口,我就忍不住摔了。"

送走了费斯特夫人,海伦继续给汤姆塑头像。汤姆说"那个琳达的头像真漂亮。你给我塑的,就没有给她塑得好。"海伦笑着说:"还没经过最后加工呢。等塑成了,比他们那些人的都好。"

又过了一个星期,汤姆的头像终于塑成了,他左看右看,说:"我感觉没有琳达的塑得像。"海伦说:"人都是这样,看自己的样子怎么都不像。我倒觉着,你的比她的还像。"

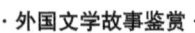

过了一年多，汤姆找了一份新工作，在城市的另一边。由于上班不方便，他就重新找了一处房子。临走前，他找海伦要了自己的头像。海伦说："那个琳达的头像，你不是一直觉着好看吗，给你一起拿走吧，留个纪念。"

汤姆的新居面积很小，很多东西只能挤在一起放着。这天他收拾东西时，不小心碰倒了海伦送给他的那两个头像，两个头像都掉到了地上，碎了。他惊奇的发现，自己的头像是整个裂成了几块，而琳达的头像，只是被摔脱落了一层壳，里面竟然还有一个头像。他拿起琳达的头像，不禁毛骨悚然 原来，头像里的这个"头像"，居然是个完整的人头骨!

汤姆一下子明白了为什么琳达的头像比自己的头像更加神似的原因。这个塑像，就是在琳达本人的头颅外面抹了一层石膏。汤姆想起了另一个和琳达摆在一起的头像：费斯特先生! 那个头像也很逼真，难道也和这个一样? 汤姆报了警。

几天后，海伦在警察局交代了一切。原来，生性风流的费斯特先生住进海伦的房子不久，就勾引上了这位单身女房东。海伦为了讨他的欢心，答应免了他的房租。可费斯特，这只不过是逢场作戏罢了。所以，当年轻漂亮的琳达一搬进来，费斯特立即就转移了目标。没过多久，两人就双双出入了。海伦看着昔日的情郎当着自己的面跟别人卿卿我我，不禁怒火冲天。面对着她的指责，费斯特嬉皮笑脸地说："免去房租是你自愿签字的，你不能因为这个强求我只喜欢你一个人。"

终于有一天晚上，海伦找到一个机会，把费斯特和琳达都麻醉了，然后割下他们的头颅，制成了塑像。至于打印的"私奔信"，自然也是出自海伦之手，目的就是为了让费斯特夫人相信，自己的丈夫只是到远方去了。

现在，费斯特夫人终于可以放心了：她的丈夫其实并没有和其他的女人远走高飞，而是躲在他自己的头像里，每天晚上都在陪着她。

（题图、插图：佐 夫）

杀胡口传说

□冯晓纯

姐姐浑身胆

右玉县七十里外有个叫杀胡口的地方。明朝中期，这杀胡口一时成了匪徒杀人劫货的发财地。这伙劫匪心狠手辣，从来不留一个活口。当地官府虽然也进行多次围剿，可官兵一动，他们就消失得无影无踪，官兵一撤，他们又卷土重来。

万历年间，朝廷派王历清到右玉任县令，要他在半年内将劫匪一网打尽，还天下太平，否则，革除官职，以通匪罪名灭九族！

君命不可违，王历清忧心忡忡地到了右玉县。这王历清只是个手无缚鸡之力的书生，哪儿懂得剿匪之事？好在他的女儿王娇自小习武，练得一身好功夫，就是青壮男子，三五个也

近不得她身。也真是艺高人胆大，王娇便自告奋勇，说："爹爹，您不必多虑。俗话说：邪不压正。女儿过些日便去将那伙恶贼擒来！"

一旁的捕快马丁听了，神色一动，趋步上前，抱拳在胸，说："大人，小的愿随小姐一同前往！"

可是，王娇和马丁率领众兵卒在杀胡口转悠了大半个月，连个劫匪的影子也没看到。王娇就向马丁请教。马丁沉思了一会儿，说："不瞒小姐说，咱们官府这么多的兵马出动，那劫匪早闻风藏匿起来。咱在明处，他在暗处，如何寻得到他们？"

王娇心急，问："那，应该如何才是？"

马丁想了想，摇摇头，说："只有让武艺高强的人扮作单身富人赶路，

引那劫匪出窝，然后……"

王娇略一思忖，道："我愿意赴汤蹈火，为百姓除害。"

"不可！不可！"马丁连忙摇头，说："王大人只你一脉香火，万一……"

王娇张了张嘴，又闭上了。为什么呢？她原本想说："我还有一个弟弟。"原来，王历清还有个儿子，名叫王冒。这王冒虽然是个男儿，却长成了一副女儿身板，而且一天到晚足不出户。他天天热衷于做女红，画丹青，

他的画功，甚是了得。王历清早已对这个不像是个男子汉的儿子失去信心，可王娇却对弟弟疼爱有加。

王娇回到家，把自己的打算对父亲一说，王历清自然坚决反对，但左思右想，也没有其他良策，只好含泪点头。正这时，王冒突然从里屋窜出，手上捧着一张他刚刚画好的画，边挥舞边说："姐姐，你看看！你看看！"

生死关头，王历清不由怒从心头起，一把夺过王冒的画，"刷刷刷"就撕了。那王冒急了，躺在地上撒泼打滚。王娇就把弟弟哄起，又将那被撕破的画一一粘好。展开一看，原来王冒画的就是姐姐王娇。画上人的一颦一笑，宛如活人。王娇十分感慨，说："弟弟，如果姐姐遇到不测，这画就是姐姐的遗像了。"

王冒大笑，说："姐姐竟说胡话！我不让姐姐不测！"

第三天，王娇扮做一商人模样，大摇大摆地直奔杀胡口。

王历清在家中从早到晚焚香祈祷，祈祷女儿马到成功，但愿女儿平安归来。可是，事与愿违，王历清等来的却是死尸一具。走时王娇风华正茂，回来时却是阴阳两隔，王历清大叫一声，便昏死了过去。

弟弟不争气

当王历清悠悠醒来时，看到身旁夫人哭成了泪人，而那马丁在床前一

个劲儿唉声叹气。

王历清怒火中烧，责问马丁："你是如何保护小姐的？"

马丁不敢抬头正视，只是喃喃道："在下一直藏在小姐不远处，可那劫匪不按常规出牌，劫住小姐后，二话不说，先杀后抢，待卑职赶过去时，那伙劫匪早已跑得无影无踪。"

马丁退下后，王历清便想一死了之。夫人劝道："你这样死去，不被百姓耻笑吗？"

"可，可我又有什么法子完成圣命呀？"

夫人听了，也只能陪着落泪。这时，里屋的门帘一挑，走进一个人来。这人不是别人，正是王历清的儿子王冒。王冒看了看父母，说："娘，我饿了，我要吃饭。"

王历清这才想起，已经一天没吃什么了，也感到肚子空空。可是，他心头怒火"呼"地燃起，对王冒吼道："你姐姐死了，你怎么竟然无动于衷？真是个废物！"

谁料，王冒竟说："我在帘后已观察多时，听到了你们的对话。我姐姐依仗着武功高强，盲目乱闯，怎么能不送死。"

王历清一听，更是火冒三丈，抄起床前的宝剑就要刺去。

那王冒却一点不惧，冷冷地说："劫匪为何不留活口？是因为怕有人认出他们来。"

王历清一听，愣了。是呀，此话有道理。但转而一想，这与我剿匪又有何干？劫匪不除，我王家九族就难免一死，于是又大哭不止，摇摇头道："王冒呀王冒，我们家是在劫难逃了。看来天要灭我王家。今夜你就赶快离开这儿吧。"

王冒说："我不走。我走，也只能饿死。爹，您让我吃饱了，明儿，我去替我姐报仇！"

王历清哭也不是，笑也不是，挥挥手，对夫人说："罢罢罢，你先去弄些饭吧，我也饿了。"他又扫了一眼王冒，说："你这个不争气的吃货！"

谁承想，第三天一早，王冒失踪了。夫人急得不行，可王历清却没事儿一般。他劝夫人道："这个不争气的儿子，怕是前晚说了大话后，无法兑现，他又不愿意死，只得自寻活路去了。也好，如果老天垂怜我王历清一生清白，就给我留下一脉香火吧！"

匪地难求生

那王冒到哪儿去了呢？他还真的去杀胡口了。他会武功？不会！他能言善辩，想用口舌劝说劫匪放下屠刀，立地成佛？他也没那本事。那他去干啥？是去逞能送死吧？

王冒还真是要送死。他心里抱着一个念头：死，也要死在姐姐遇难的地方。你看他，身背一个沉甸甸的褡裢，穿得油光闪亮，一看，就是个有

钱的公子哥儿。唉，这不是招贼吗？

几十里路，王冒走了大半天，当他疲惫不堪地走到杀胡口山岔，正准备到一片小树林吃点东西时，突然感到眼前的树木一阵乱动，还没容他寻思，就听一声口哨，紧接着从天而降，从树上跳下三个彪形大汉。一个劫匪打量了一眼王冒，笑着说："怎么地，给爷留点钱喝酒吧！"

王冒"刷"地出了一身冷汗，他双眼盯着三个劫匪，一眨不眨，但是嘴里吐出的话却是战战兢兢的："是，是。"说着就解下褡裢，要从中掏出钱来。这时，一个劫匪"嗖"地抄走褡裢，说："不费你的事儿了！"随后翻了翻，满意地说："行，是头肥猪！"

一个劫匪抽出大刀，"呼呼"一挥，说："对不住了，小哥，记住，明年今日就是你的忌日！"

王冒吓得"扑通"跪倒在地，"噗"地拉了一裤子屎，立时让那劫匪倒退了三大步，边退边捂鼻子，骂道："妈的，真是个软蛋！"

那王冒不管不顾，一个劲儿地磕头，磕得脑袋都冒出了血，他边磕边哭着说："爷爷，钱您都拿去了，就饶我这一条小命吧，我上有七十老母，下有一个瘫痪弟弟，全家都靠我一人。如果我死了，老娘和弟弟都得死，三条人命呀。"

为首的劫匪叹口气，说"我想放你，可不能放。因为，日后你认出我们来，那不是……"

那王冒也是求生心切，听了这话，边磕头，边"呼"地从地上拿起一根坚利的树枝，随后猛喊一声，"噗"地将树枝刺向了自己的双眼。立时，王冒双眼流出血来，痛得他在地上一个劲儿地打滚。

这意想不到的惨烈一幕，让三个劫匪一下子愣了。

王冒边流着血泪边喊"爷爷，我眼瞎了，都看不到你们了，你们就饶了我吧！"

那为首的劫匪盯着满地打滚的王冒，骂道："真他妈是个怪物！滚！"

可怜那自己把自己双眼扎瞎的王冒，跌跌撞撞，磕磕绊绊地赶路，时不时地摔倒在地，跌得是鼻青脸肿，满身是泥。

就这样，也不知走了多久，王冒摇摇晃晃地来到了朔州，来到了大同府。此时的他，破破烂烂，满脸污泥，一双赤脚，脓水直流，连个乞丐也不如。他一路打听，来到了大同府官衙，摸索着击打开了鸣冤鼓。

姐姐得安慰

鼓声一响，引出了值班的衙役，喝着："去去去！瞎子！这儿是大同府官衙，岂是你胡闹的地方。"

王冒说："军爷，我有天大的冤屈，我要面见府台大人。"

衙役一笑："喝，口气真大呀。我们老爷是你想见就能见的吗？"

王冒不说话，用耳细细听听周围的动静，这才解开贴身的内衣，从中撕下一块布来，双手递给衙役，说："军爷，你把这个交给府台大人，他自然会召见我的。"

那衙役将信将疑，接过一看，愣了，急急飞步回到内院禀报去了。

王冒给衙役的是什么呢？是一块写着"此人乃王历清之子也"的布，而那布上盖着右玉县的官印。

再说说那王历清，他压根不知道自己的官印什么时候偷偷地被王冒盖了。他只知道儿子逃了，是死是活，浑然不晓得。他现在是扳着手指头在算日子，算算距天子要求的剿匪期限还有多少时间。

这一天，突然有人造访。来人神神秘秘，到了王历清的内室，看看内外无人，又仔细听了听窗外确实无人。这才压低声音道"府台大人要我保护你立即去大同府！"

"何事如此急？"

来人点点头，又摇摇头，说："大人不必多问。而且，大人不要让任何人知道。半夜时分随我走就是了。"

那王历清提心吊胆，到了半夜，悄悄地起了床，跟随着那个人从后门出了官衙。

待到了大同府，王历清见到了自己的儿子王冒。但是他一时竟然不敢相认了。这怎么可能会是自己的儿子王冒？风华正茂的王冒什么时候变成了个双眼烂糊糊的瞎子？王历清差点晕了过去，他问："儿呀，你、你、你何以如、如此？"

王冒倒十分冷静，将自己路遇劫匪一事淡淡讲了一遍，然后说："爹爹，劫匪已然在我心中。我姐姐的仇即将要用贼人的头颅来偿还！"

"啊，真的？那劫匪是谁？"

王冒摇摇头，说："我不知道。"

"那你怎么？"

王冒一笑，说："但孩儿我已经将他们的脸记在心中了。"

"唉，这有何用？"

王冒也不再说。这时，府台大人已经让手下把宣纸、笔墨准备好，只见那王冒站在纸前，边思考边一笔笔画出了几个人的脸来。一个时辰后，两张人物肖像出来了。原来，王冒的画工早已炉火纯青，练就了一个绝活儿，即使不用双眼，作画也可一气呵成。王历清看后大为惊骇，因为画中的一个人竟是他身边一个姓刘的捕快。

王历清道："原来如此，我的捕快班里竟有劫匪内线，不，他们就是劫

匪！我要拿马丁是问。"

"爹爹，那天戴着黑头罩的人大约就是那个马丁。"

"你何以判断出的？"

"孩儿听他的口音，和那天我躲在门帘后听到的一样，也就是那天将姐姐遗体背回来的那人。"

王历清听罢，更是大为惊骇。他心中念道：阿弥陀佛！如果冒儿不是天天深藏内室足不出户，如果那天马丁知道冒儿已经听出他的声音，冒儿哪能活下来呀？

大同府派兵丁随着王历清回到右玉，一举将马丁拿下。那马丁大喊"冤枉"。这时，王历清将王冒叫出来，问"你认识他吗？"

马丁摇摇头。王历清冷冷一笑，说："他是我的儿子！"

马丁一听，立时瘫了。

杀胡口的劫匪被正法了。万历皇帝看罢奏折，唏嘘不已，对王冒大为赞赏，认为王冒虽然外表软弱，内心却无比刚强，且有勇有谋，于是下旨将王冒调入刑部任职，令王冒专门为全国一时捉拿不到的疑难犯人画像。那王冒呢，只要听了他人的口述，就能十拿九稳地将疑犯画出来，一时，全国的罪犯纷纷落网。

王冒一直活到八十八岁，死前念念自语："姐姐，弟弟来了。"杀胡口后改为杀虎口，沿用至今。

（题图、插图：谢　颖）

62

爱情和房子，关系很紧密，来看看无房青年二胖的爱情……

□ 柴兴志

就有房 | 追到姑娘

1. 生了儿子欠了债

居委会主任老郝，近来为儿子结婚要买房，愁得茶不思饭不想。想当年生儿子时乐得屁颠屁颠的，现在才知道是欠了他的债！

为多存些钱帮儿子买房，老郝平日里省吃俭用，今天早点涨了价，四元一碗的馄饨变成了五元，老郝没舍得买，中午的盒饭倒是没涨价，可打开盒来一看，里面的鸡腿变成了鸡蛋！

节假日值班的盒饭是政府补贴的，当然不好为了一只鸡腿发牢骚。他叹口气刚要拿筷子，对面伸来一双手，连盒饭带筷子一起搂了过去，老郝吃了一惊，急忙抬头一看：原来又是二胖！二胖看着盒里的饭菜直撇嘴："怎么连个鸡腿儿都没有？唉，要饭吃，不嫌次，凑合着填肚子吧！"说着呼呼啦啦地吃了起来。

看二胖这副赖皮相，老郝哭笑不得。

二胖并不胖，人长得有模有样，原本是杂技团的小丑演员，两个月前下班回家，看见一辆摩托车撞倒了一个老人，骑车人不顾人家死活调头就逃。二胖义愤填膺，就在摩托车从身边掠过的一瞬间，他使出了杂技功夫，一个飞脚把骑车人踹下车来。肇事者倒是逃不掉了，可是失控的摩托车撞开了隔离栏，把一个行人撞成了重伤，二胖也被飞起的隔离栏砸伤了腿。

事情闹到法院，法官考虑到二胖的动机良好，但是以危险方式拦截肇事车辆，导致无辜行人重伤，应当承担民事责任，经过调解，二胖得赔偿伤者的经济损失。

二胖既要赔偿又要治伤腿，内外交困没了辙。老郝不能眼看他挨饿，便给他申请了低保。可是最近物价上涨，二胖的日子更是不好过。俗话说会哭的孩子有奶吃。二胖索性接着演小丑耍赖皮，三天两头跑来要救济，现在发展到吃霸王餐了！

老郝虽然讨厌二胖的作派，但知道他确实困难，每逢政府给困难户发补助，总是尽可能多关照他一些。

盒饭里顺口的东西吃完了，二胖拍拍肚子走了……

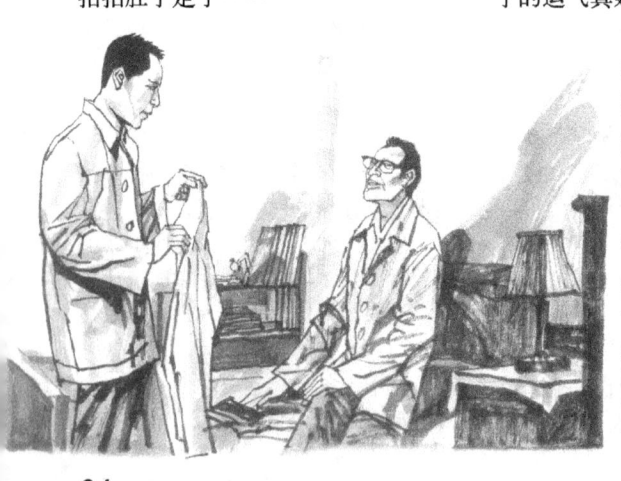

晚上下了班，老郝刚要锁门回家，儿子小郝打来了电话，说他和女友看中了一套二手房，地点就在本社区，爸爸是居委会主任，人熟地熟好说话，帮他去看看房砍砍价。

老郝一听感动地想：多懂事儿的孩子呀！让他感动的不是儿子，而是儿子的女友。这姑娘又漂亮又是高学历，配儿子绰绰有余。现在的女孩子爱攀比，老郝听说过她们的择偶条件：身高一米八，房子一百八。儿子身高倒是一米八，老郝最怕的就是那个房子一百八，没想到人家姑娘居然同意买二手房，简直就是爱上穷小子的七仙女！

提起房子老郝就惭愧，自己和老伴儿都是工薪阶层，房改时买下了单位分配的一室一厅，后来就全力供着儿子上大学，哪里有钱改善住房？儿子的运气真好，碰上七仙女了！

老郝不敢怠慢，赶紧按地址找到这家住户，看那脏兮兮的门有些眼熟，敲开门来一看：里面竟是二胖！

二胖撇起了嘴说："不就是吃了你一盒饭嘛，怎么还找上门来了？"老郝顾不得听他耍贫嘴，着急地问"你要卖房？是不是要去睡桥洞子？"二胖显露出可怜相说："我要赔偿人家钱，又要治腿伤，这钱都是借的，不卖房子咋办？"老郝劝道："欠债慢慢还嘛，卖了房你连窝儿都没了！"二胖又撇起了嘴"慢慢还？你要是债主儿就好了……咦？你怎么知道我要卖房？哦，那个要买房的小郝是你儿子吧？怪不得看着面熟呢！好，看在你的份儿上，我给你打九折，三天内给我回信，过时不候！"

老郝还想再劝几句，二胖"砰"地关了门。

二胖要无赖只为了多吃奶，但他心里可是明明白白，他知道老郝家里的困难，也没忘记老郝对他的关照，做人总该知恩图报，所以才咬着牙打了九折。老郝心里也明白，二胖给的房价真优惠，可就是不能领他这个情，二胖父母早亡没有依靠，如今已二十大儿的小伙子，如果再卖了房子，哪个姑娘肯嫁他？老郝不忍心买他的房子，生怕他无家可归。

老郝回到家里，儿子和女友已经到了，老伴儿正喜笑颜开地张罗着做饭。儿子看到老郝回来，赶紧问房子的事儿，老郝讲了二胖的情况，挺为难地对儿子说："你爸爸是党员，又是居委会主任，帮不了二胖已经很惭愧了，如果图便宜买下他的房子，这不是趁人之危吗？"

儿子默默无语了，老伴儿也没有吱声儿。老郝很满意自己义正词严，

无声就是赞同嘛！哪知道儿子的女友却小声嘟囔了一句："咱不买别人也要买。"

此话若是儿子说的，老郝一定会骂他是来讨债的，可是对准儿媳就没法儿开口，七仙女也不能风餐露宿，董永还有一间寒窑呢！

2. 过了这村没这店

事情虽然过去了，老郝还是惦记着儿子买房的事儿，冷静下来想想，七仙女说的不错，咱不买别人也要买。老郝决定再去劝劝二胖不要卖房，如果实在劝不动的话，与其便宜了别人，不如……

老郝正打算去找二胖，困难户孙厚来到了居委会，这个孙厚长得尖嘴猴腮，又爱说白话又有点儿多动症，街坊们都叫他孙猴儿。孙猴儿听说市里的廉租房指标分配下来了，赶着就来申请登记。登记过后还不肯走，围着老郝转来转去，掰着手指头一条一条地讲他的困难，缠着要老郝表态，哪怕只有一套房也非他莫属。

老郝哪里敢表这种态，推说要去区里开会摆脱了孙猴儿，转个弯儿直奔二胖家。

二胖正在家里啃着烧鸡喝酒，一见老郝登门，乐得直拍手说"正想你你就来了，真不禁人惦记！"老郝哼哼鼻子说："惦记我干啥？我的盒饭里可没有大烧鸡！"二胖撇起嘴来：

"烧鸡算啥好东西？"边说边拿了一张纸递过来，"有份报告请批示，回头我请你下馆子。"老郝接过来一看：原来也是申请廉租房！

这不是跟着瞎起哄吗！气得老郝骂起来"混小子，吃烧鸡撑糊涂了？你现在住的是狗窝呀？"二胖哈哈大笑道："对对，马上就要变狗窝了！"说着变戏法似的又递过一份《房屋买卖协议书》。

老郝打开来一看：卖房的是二胖，买房的正是自己的儿子！

二胖挤眉弄眼地说："别管这儿是不是狗窝，反正我没地方住了，政府总不能让我当流浪狗吧？"老郝一把夺过协议书："你想拿它换廉租房呀？我可没这么大权力，这份协议不算数，你也别打如意算盘！"说着就要撕，二胖又撇起嘴来："哟，真像财大气粗呀！你看清楚了，撕了它五万元定金可就归我了！我看你是好人才提这个醒儿，要是换了别人，我巴不得他撕呢！"

老郝不敢撕了，丢下协议书就要走，二胖耍起了赖皮，抓住老郝的胳膊不放，硬把廉租房申请往老郝手里塞："你儿子有了房，我也有了住处，这可是两全其美的事儿，你回去好好琢磨琢磨，过了这村没这店！"

这事儿怎么琢磨也行不通，老郝甩开二胖就出了门。

二胖哪里知道老郝的难处，眼下政府提供的廉租房有限，整个社区只给了三个名额，可是提出申请的困难家庭就有二十多户，大家都要按困难程度排队，为了排名先后争得不可开交，老郝也成了大家争取的目标。昨天夜里孙猴儿来送礼，老郝从门镜里看到他提着大包小包，吓得连门都没敢给他开。

回到家里，老郝马上给儿子打电话，儿子还是七仙女那个说法：咱不买别人也要买。老郝气得吼起来"谁买你也不能买，他为啥给你打九折？就是想让我给他搞廉租房！"

儿子劝道："他卖房是因为欠债，又不是故意占国家便宜，您就按规定给他申请呗！"老郝喝道："你懂个屁！廉租房是政府补贴困难家庭的，他一个光棍儿算啥家庭？头一项就不够条件！"儿子笑道"不够条件就创造嘛，反正申请不到也不能怪您，如果违反协议就怪咱们了，五万元定金白给他了，那可是您的全部家底儿呀！"

老郝听了一愣："怎么是我的家底儿？"儿子没言声，老伴儿在旁边怯怯地说："儿子急着用钱，我把咱的存款给他了。"老郝狠狠地摔下了电话，气得两眼发花，老伴儿怕他气坏了，赶紧说宽心话："唉，就当是咱们上辈子欠他的吧！"

是呀，老两口儿省吃俭用，一直

供到儿子大学毕业找到了工作，如今才有了这点儿存款，本来也是要帮儿子买房的，早给晚给都一样，可是他不该买二胖的房，不该瞒着老子暗度陈仓！

生气归生气，老郝觉得还得面对现实：二胖的遭遇令人同情，为还债卖房也是出于无奈，可是廉租房的政策是明摆着的，就算他创造了申请条件，也要按困难程度排队呀！

老郝猛地又想到二胖打九折卖房给儿子，是不是变相送礼？是不是指望自己给他插队加塞儿？可是困难户的眼珠子都瞪得溜儿圆，谁敢给他走这个后门！灯不点不亮，话不说不明，老郝决定再找找二胖，把申请廉租房的条件讲清楚，再说说自己的苦衷，他不敢卖房了，自家的定金不就退回来了嘛！

老郝又来到二胖家，先给他讲了申请廉租房的条件，这回二胖没撇嘴，眼珠子滴溜溜地乱转，不知又在打什么主意。老郝也不问他还要不要卖房，反正廉租房的如意算盘泡了汤，不信他真的要当流浪狗！

二胖眼珠子不转了，拍拍胸脯说："政策是死的，人是活的，不够条件就创造嘛！"老郝一愣，想起儿子刚才也这样说过，莫不是他给二胖出了什么馊主意？老郝警告二胖："你爱怎么创造怎么创造，就是别走歪门邪道！"二胖撇起嘴来"条条大道通北京，我为啥偏要走邪道？老天爷饿不死瞎眼的雀儿！"

老郝懒得听他瞎胡说，只要他别瞎折腾就阿弥陀佛。

断了二胖申请廉租房的念头，可是断不了二胖卖房的念头。老郝心里捉摸起来：二胖的小丑角色已经被别人顶替了，应该尽快帮他找一份合适的工作，那样就算儿子买了他的房，他有了收入也能租房安身，再帮他找个对象成了家，也算是对得起他了！

老郝怕夜长梦多，回到居委会就发动大家帮二胖找工作，搂草打兔子，捎带也帮他物色个对象，这就叫

未雨绸缪，第一步落实工作，第二步落实媳妇，社区里也少了个不安定因素。

到底是人多办法多，大家当天就给二胖联系到了工作，可二胖竟然不愿干。老郝知道他想找个挣钱多的活儿，就是不想想自己除了玩杂技别无所长，应该让他撒泡尿照照自己，不要这山望着那山高，现在找工作可不容易，也是过了这村没这店！

3. 闺女大了不由娘

转天一早，老郝去街上吃早餐，刚刚走到半路，本社区的杨大婶追上来报告，她的小卖部昨天夜里被盗了！

这不是老糊涂吗！老郝埋怨道："当时为什么不报警？"杨大婶说："我怕警察不信呀！"老郝又好气又好笑："被盗就有损失，警察怎么会不信？"

杨大婶告诉老郝，正是因为损失问题才不好意思报警，门窗没撬钱没丢，就是丢了一只烧鸡一瓶酒，倒像自己吃了解馋，人家警察能信吗？

虽然这事儿透着蹊跷，可是老郝相信她不会说瞎话。杨大婶是个强硬人，自己的养老金本来就很低，还有一个神经兮兮的女儿，可人家就是不朝政府伸手，只是请老郝帮忙办了一个执照，在自己家里开了个小卖部，挣点儿零碎钱贴补日子。

是谁那么缺德，黄鼠狼偏咬病鸭子？

老郝挠挠脑袋，突然想起了二胖在家里喝酒吃烧鸡，莫不是这小子干的缺德事儿？但没有证据不好瞎猜，还是先去看看现场再说。

老郝跟着杨大婶来到小卖部，杨大婶的女儿小云呆呆地坐在窗前，不停地摩挲着手腕上的一串佛珠，对周围的一切都无动于衷。

老郝叹了口气：唉，挺好的一个孩子，就因为男友移情别恋，就变成了这个样子。听杨大婶说，那佛珠是两个人从庙里求来的，每人一串作为定情物，如今物是人非，也就成了小云的精神寄托。老郝也曾请了心理医生给她疏导，可是心病还要心药医，小云就是认准了原男友，空口白话都当了耳旁风，医生也是无力回天。

老郝觉得小云的事儿自己没法儿管，还是看看被盗现场吧。于是，他在屋里仔细察看了一遍，找不到一点儿盗窃的蛛丝马迹。感到这个贼的盗窃手段实在高明，可是为何只偷一瓶酒一只鸡呢？实在让人想不通。他想如果真是二胖干的，他还算有点儿良心，知道杨大婶家里挺困难，只是偷点儿东西解解馋。

老郝劝慰杨大婶，好在损失不大，今后多注意就是了。

出了小卖部，老郝先去保安队提醒他们加强防盗，忙活完了才想起还没吃早餐。老郝赶快来到快餐店，填饱了肚子刚走出店门，只见一男一女挽着胳膊，亲亲热热地迎面走来。老郝定睛一看：竟是二胖和小云！

小云一点没有痴呆相，笑着叫了声："郝伯伯早！"拉着二胖的手进了快餐店。

现在轮到老郝痴呆了，他站在路上好半天也没缓过神儿来。老郝原打算先帮二胖找工作，有了工作再谈对象，现在却是反了过来，反了也就反了，没想到对象竟是小云！

二胖是在创造条件吧？老郝怎么也想不明白：小云精神有毛病，被二胖哄了不算奇怪，杨大婶精神可没毛病，难道犯了老年痴呆？

老郝返身来到小卖部，看看杨大婶精神挺正常，干脆开门见山问道："小云和二胖是怎么回事儿？"杨大婶轻描淡写道："闺女大了不由娘呀！"老郝生气："啥叫不由娘？小云精神有毛病，你是监护人，怎么能一推六二五？"

杨大婶讲了事情的经过，听起来就像一出戏：

第一幕是稀奇：老郝刚走不一会儿，二胖打电话给杨大婶，说他昨天租到了一家棋牌室，要买点儿酒菜庆祝庆祝，正巧杨大婶不在家，就让小云给他拿了一瓶酒一只鸡，可是小云开口就管他叫什么浩浩，不肯收钱还拉着他的手不放，吓得他赶紧逃跑了。他不能沾这种便宜，过会儿就把钱送来。抢盒饭的不肯白吃鸡，你说稀奇不稀奇？

第二幕是惊异：二胖很快就来了，这小子穿了一身格子西装，竟然跟小云原男友的一模一样，手腕上还戴了一串佛珠，竟然也跟小云的一模一样，二胖的个头儿长相又跟小云的原男友差不多，乍一看就像真人回归，杨大婶惊异之后恍然大悟，难怪小云不肯收他的钱呢！

第三幕是意外：小云立马就跳了起来，连声喊着："浩浩，浩浩，你真的又回来了！"拉着二胖的手又哭又笑，杨大婶知道小云把二胖当作了原男友，可是又不敢硬把她拉开，怕刺

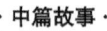

激了小云病情会加重。杨大婶麻了爪儿，急得骂二胖不安好心。

第四幕是巧合：二胖急忙解释，佛珠这事儿纯属巧合，为求菩萨保佑他找一份好工作，前几天才从庙里请来的。他本来就喜欢格子西装，当了小老板要装门面，所以才买了一套穿上，绝对没有刺激小云的意思。天下同样的东西多的是，杨大婶凭啥不准别人买？

第五幕是无奈：二胖要去吃早餐，可是小云就是不放二胖走。二胖只好跟杨大婶商议，索性就带着小云一起去快餐店，等她冷静下来再劝也不晚。这样僵下去也不是办法，杨大婶只好大撒把。

老郝听杨大婶这一说，觉得二胖不愧是当小丑的，演起来真像一出戏，只是没有结局，不知道是悲剧还是喜剧……

二胖到底要演哪出戏？老郝认真作了分析：小云大学毕业，人又长得漂亮，若不是精神有毛病，二胖也只好望着天鹅吞口水，看来他也懂得心病还要心药医，二胖果然能李代桃僵，不但吃到了天鹅肉，还能申请廉租房！这真是一石二鸟呀，二胖很可能是处心积虑，可杨大婶呢？难道真打算顺坡下驴？

老郝问杨大婶到底打算怎么办？杨大婶不接这个话茬儿，先夸起二胖来，说他变得又懂礼貌又勤快，照顾小云特别周到。又夸他脑瓜灵活会过日子，不但找门路租下了棋牌室，还要杨大婶多进些饮料糖果小食品，他可以顺手代卖，帮杨大婶多挣点儿钱。

老郝觉得尽管二胖有表演之嫌，可是他能奋勇拦截肇事者，这就是他本质好的表现，吊儿郎当耍赖皮固然烦人，但未必就是"灶灰糊不上墙"呀，也许是"浪子回头金不换"呢！

老郝正走神想着，二胖和小云回来了，小云偷偷捅了二胖一下，二胖觍着脸叫了声妈，乐得杨大婶脸上开了花。这是闺女大了不由娘吗？这是想当丈母娘呀！

看这个态势，二胖和小云的事多半儿要成功，可是申请廉租房不知要排到啥时候，如果他们急于结婚，肯定就不会卖房了，不过老郝可不敢先提出解除合同，二胖娶媳妇正用钱，真要把定金扣下来，这份儿礼也送太大了！

4. 人心都是肉长的

这份儿定金让老郝牵肠挂肚呀！

老郝思忖再三，觉得这样拖下去总不是个办法，为了这套房子闹别扭，儿子好几天没回家了，七仙女的心里也不会痛快，干脆就跟二胖当面锣对面鼓说说，卖不卖房一锤定音！

要办就快办，老郝匆匆去找二

胖，半路上遇到了巡逻的保安，说装修公司的人刚才去了二胖家。老郝一听，可高兴了，这就是不卖房了，不卖房得老老实实退定金，现在不能说我违约了吧！

老郝"噔噔噔"上楼推门一看，只见七仙女正在跟装修公司的人讨价还价！

"你、你……"老郝的舌头都短了，七仙女回头看见了老郝，"啊"了一声说："叔我怕您累着，装修的事儿我盯着吧！"老郝直磕巴："二、二胖怎么会……"七仙女笑道"二胖也不敢违约呀，否则双倍返还定金！房子的手续都办好了，贷款我们慢慢还，您就放心吧！"

老郝顿时张口结舌，心说：龟儿子真滑头呀，他怕我打横炮，搬来七仙女做挡箭牌，你不替二胖着想也就罢了，怎么就不替老爸我考虑考虑？你为了贪图房子便宜，就不怕二胖要赖皮，逼着老爸给他搞廉租房！

事到如今，还是要找二胖最后敲定，如果他真要反悔，把定金退回来就行，什么违约双倍返还，这事儿老子说了算！

这么一想，老郝急匆匆地来到了棋牌室，二胖一见老郝，就喜笑颜开地递过来一包糖果："先吃点儿喜糖吧，登了记再请您喝喜酒！"老郝推开他的手："喝喜酒？你们的洞房呢？"二胖掏出了一张纸"还是请你

多帮忙吧！"

老郝接过来一看：果然又是申请廉租房！

二胖连连道谢道："多亏你告诉我申请廉租房的规定，你看，我把条件都创造好了：我没房子，小云没工作，结了婚就是困难户，这不是歪门邪道吧？"老郝摇摇头："我看也不是正道，结了婚是困难户不假，可大家都知道你把房子卖了，都像你这样……"

二胖把嘴撇得像个瓢儿："怎么能都像我这样？他们是伤了腿还是欠了债？我不要廉租房怎么办？让我租私人的房子结婚，那么高的房租我交得起吗？"说着又嬉皮笑脸道，"嘻嘻，往后我们再有了孩子……"

"好了好了！"老郝打断了他的话，接过了他的廉租房申请。他觉得事到如今没了退路，既然二胖一定要提出申请，自己没权力一口否决，应该由居民委员们讨论决定，只是自己儿子不该买他的房，别人心里会怎么想？

老郝召集居民委员开会，拿出了二胖的申请，一五一十实话实说。

委员们一番议论之后，都体谅老郝的难处，二胖一定要卖房还债，小郝不买别人也要买。大家也觉得二胖本质挺好，他毕竟是为了拦截肇事者才惹的祸嘛！还有一点也值得赞赏，二胖虽然在小事儿上爱要赖，但欠了

债却不肯做老赖,如果他破罐破摔: 要命一条, 要钱没有! 你还能把他割了卖肉?

说到二胖要结婚,大家又同情起小云来,她能够重新找到爱情可不容易,谁不愿意成人之美呢? 人心都是肉长的,不看僧面看佛面吧! 居委会把讨论的结果上报了街道,街道按规定在本区公示,听取居民的意见。

这一公示可惹来了麻烦,孙猴儿首先跳了出来,他本来就担心自己排不进前三名,今天的公示又多了个二胖,怎能不气急败坏! 他认为二胖投机取巧占国家便宜,对老郝儿子买房更是不满,想起昨天送礼吃了闭门

羹,明摆是老郝要回报二胖,打算把自己挤下来!

孙猴儿越想越气,满肚子邪火没处发,怒冲冲来到居委会,跳着脚大喊大叫,声言不给房子就砸了居委会,委员们看他眼珠子通红,吓得赶紧报了警。派出所警察赶来劝说,孙猴儿还是乱跳乱骂,搅得居委会没法儿办公。警察亮出了手铐,警告他这是触犯了治安处罚法,再闹下去就要依法拘留。孙猴儿看到警察要动真格的,这才骂骂咧咧地收了兵。

孙猴儿闹事和居民的意见反馈到了街道,街道领导约了老郝谈话,老郝知道都怪自己管不住儿子,主动作了自我批评。领导考虑到居民的反映,压下了二胖的申请。

老郝担心二胖听到消息会闹事儿,决定先去给他打打预防针。

吃过晚饭,老郝溜溜达达来到了棋牌室,刚到门口就听到里面的吵闹声,赶紧跑进去一看,只见玻璃碎了,桌子翻了,孙猴儿和二胖扭在了一起。

老郝急忙跑过去拉架,二胖大叫:"他偏说我要把他挤出前三名,找邪火砸我的买卖!"孙猴儿大骂:"你他妈的把房子卖给老郝,又来插队抢我的房子,砸你的买卖算是轻的!"二胖撇起了嘴"你的房子? 你原先倒是有房子,可惜让你送进赌场了!"孙猴儿气急了,推开老郝又冲上去,二

胖何等敏捷，顺手牵羊把孙猴儿绊了个大马趴，孙猴儿爬起来要拼命，老郝急忙把他拖出了棋牌室。

孙猴儿不依不饶还要冲进去，老郝干脆撒开了手说："别忘了他是练杂技的，你冲进去找挨打呀？你去吧，我不管了！"孙猴儿也怕吃眼前亏，果然不敢冲了。老郝接着教训道："你对我有意见就给我提，凭什么砸人家二胖的买卖？"孙猴儿满肚子委屈道："以前我赌输了房子不假，现在我改邪归正了，打人莫找脸，说话别揭短嘛，刚才下棋二胖又拿这件事儿损我，你说我能不急眼吗？"

老郝也不想再揭他的短了。孙猴儿确实挺可怜，可怜之人必有可恨之处：去年他赌博输了房子，老婆孩子坐在居委会里哭天抢地，老郝心中实在不忍，便把居委会存放杂物的小屋借给他们存身，一家子挤在小屋里盼了一年，如今好不容易盼来了廉租房，也难怪他急了眼要拼命。

唉，人心都是肉长的，尽量帮他争取争取吧！

5. 狗急跳墙猴上树

上级催报三个廉租房指标的落实结果，老郝又召集居民委员开会讨论，大家选出了孙猴儿在内的四家困难户，可那三家都是生活困难买不起房，孙猴儿却是赌博输了房，老郝也没办法替他说话，孙猴儿落了榜。

讨论结果公示出去，老郝在居委会收集反馈意见，等了一阵儿没人来，正打算出去转转，二胖气喘吁吁地跑了进来："快快，猴儿上树了！"

老郝以为二胖落了榜心里有气，又跑来耍赖捣乱，没好气地训斥："什么猴儿上树？我看你要狗急跳墙！"二胖顾不得多说，拉着老郝就跑，快跑到棋牌室的时候，只见门前的大树下围了好多人，人们伸着脖子仰着头，冲着树上直嚷嚷。

老郝跟着仰头一看，只见孙猴儿站在了高高的树杈上！

大树足有六层楼高，孙猴儿几乎爬上了树梢，脚下的树杈只有胳膊粗，被他踩得不住地摇晃，吓得老郝冷汗直冒。

老郝朝孙猴儿喝道："快下来！这是好玩儿的吗？你要作死呀！"孙猴儿看见了老郝，扯开嗓子大叫："是你们逼得我作死，不把我排进前三名我就跳下去！"二胖叫起来："要死你到别处去死，别坏了棋牌室的风水！"孙猴儿大骂："都是你个混蛋把事儿搅坏的，我就是要坏坏你的风水！"

果然是狗急跳墙猴儿上树！老郝见过上楼顶的攀铁塔的，就是没见过爬树的，这些人为了达到某种目的，所以才制造轰动效应，其实真想死的没几个。猴儿嘛，爬树倒是他的长项，

只是在这么细的树杈上摇摇晃晃实在危险，搞不好就会弄假成真。

为缓和紧张气氛，老郝双手笼着嘴大喊："面包会有的，房子也会有的，这次没有等下次，不小心摔下来可就啥都没有了！"

孙猴儿根本不听："摔死算我倒霉，就是不等你那个下次！"

二胖想把孙猴儿骗下来，咧着嘴一本正经说，"别以为光是猴儿会爬树，哼哼，有本事你先下来，咱俩来一场爬树比赛，我输了就把棋牌室关了，那套房子白给你住！"

孙猴儿不上当："你哄小孩儿

呢？我一下去就别想上来了！"

二胖没辙了。老郝想想也没有别的办法，赶紧打了求救电话。

警察率先赶到了，一见树下围了这么多人，赶快拉起了警戒线，拿着喇叭劝说孙猴儿。孙猴儿态度坚决地叫喊，一定要把他排进前三名。老郝哪里敢答应，马上给领导打电话，领导听了也不敢答应，这个先例不能开，如果引起别人效仿，政府的廉租房政策形同虚设，还有什么公平公正可言？

消防队也赶到了，马上在树下铺开了救生气垫，孙猴儿生怕威胁失效，避开气垫爬到另一边的树杈上，消防队员忙把气垫拖过去，他又赶快爬回来，踩得树杈不住地摇晃，吓得围观的人们不住地惊叫。

人命关天呀！二胖看到消防车上有条安全带，悄悄拿起来挂在腰上，带着哭音儿给孙猴儿表演："你这是勾我伤心呀，呜呜……我的房子卖了，廉租房吹了，媳妇娶不上了，活着也没好日子过了，呜呜……你等我爬上去，要跳咱俩一块跳，见阎王也能有个伴儿！"没等警察和消防队员反应过来，二胖一头钻进了警戒线，三蹿两蹿就爬到了树半腰，他打算趁孙猴儿发愣的工夫把他拴在树上。

孙猴儿果然愣住了，怔怔地看着二胖边哭边往上爬，就在二胖爬到他脚下时，孙猴儿突然看到他腰里挂着安全带，急忙乱踢乱蹬起来，二胖猝不及防，被他一脚踢中了脑袋，头朝下跌了下来，在人们的惊叫声中，二胖急忙来了个空中转体，"扑通"跌在了气垫上！

消防队员急忙冲上去救援，小云哭叫着冲进了警戒线，警察正要阻拦，只见二胖一个鲤鱼打挺，纵身从气垫上跳了下来，稳稳地站在了小云面前。老郝见小云吓得花容失色，急忙叫杨大婶把她拉进了棋牌室。

这一来造成了轰动，后面的人都想挤到前面去看，推拥得人群步步向前，眼看就要突破警戒线，警察们顾不上孙猴儿了，慌忙迎上去劝导阻拦。

街道领导赶到了，孙猴儿下了最后通牒，要领导当众签字批准，看到街道领导不肯答应，孙猴儿加大给力，摆出了马上要跳的架势，消防队员赶快把气垫拉到他身下，孙猴儿又急忙爬到另一边，不料踩断了一根被虫蛀坏的树杈，只听"咔嚓"一声，仰面朝天跌了下来！

警察正在阻挡人群冲击，消防队员正忙着挪气垫，采取措施已经来不及了！

在这千钧一发之际，只见二胖一个箭步冲了上去，就在孙猴儿即将落地的一瞬间，他挺身撞了孙猴儿身上，只听"嘭"地一声，两个人一起斜飞出去，骨碌碌一直滚到棋牌室门口。

这一撞泄了力，孙猴儿撞断了胳膊，疼得鬼叫。小云从棋牌室冲了出来，看见二胖直挺挺地倒在地上，嘴角汩汩地流出血来，小云一声尖叫，昏倒在二胖身上……

6. 追到姑娘就有房

二胖和孙猴儿在手术室抢救，老郝在外面等候，护士出来找亲属，催交五千元手术费。

老郝一听就麻了爪儿，到哪里去找二胖的亲属呢？老郝盘算盘算，如果眼光向前看发展，小云倒是能沾边儿，可以跟她商量商量，大家一起把钱凑上，可是小云受了惊吓，正在输液观察，也不知道醒过来没有。老郝跑到观察室一看，小云不见了！

老郝大吃一惊，小云受了这么大的刺激，肯定又犯了病，这么糊里糊涂地跑出去，如果再出了意外，这个烂摊子可就没法儿收拾了！老郝赶紧给杨大婶打电话，杨大婶告诉老郝，小云刚才回来了，在屋子里翻腾了一阵又急匆匆走了，问她找啥她也没顾上说。

小云到底去了哪里呢？老郝正在手术室外面转磨磨，小云匆匆走来，递给老郝一张银行卡说："拿去给二胖交手术费吧！"

老郝先是一喜，随即又是一惊：二胖？她不是把二胖当作浩浩了吗？

老郝怔怔地盯着小云的脸，小云说："我像是做了一场梦。"老郝明白了：怪不得她分清了二胖和浩浩，原来是梦醒了，为什么会醒呢？她又受了一次重大刺激，唤醒了迷失的记忆！

往后会怎么发展？老郝没工夫瞎猜，不过嘛，她能帮二胖交手术费，总算没有翻脸不认人。

交过费回来，老郝估计二胖不会有生命危险，就劝小云先回家等消息，小云说："我们交往了一场，总要看到结果才放心呀！"听她这口气，老郝又担心起他们的婚事来：二胖的壮举令人震惊，可是也惊醒了小云的梦，唉，这出恋爱戏可能要变成悲剧了！

手术室的门开了，二胖被推了出来，老郝一看人家没给他蒙上脸，肯定进不了太平间。

小云追着医生问情况，医生夸奖

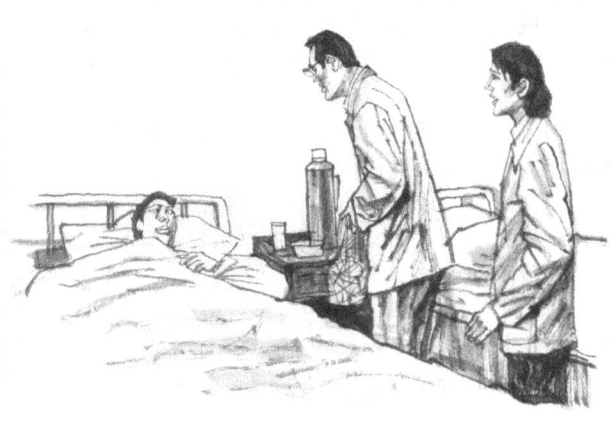

二胖的救人方式得当：一个人起码一百多斤，又从那么高的地方坠下来，重力加速度大了几倍，如果二胖冲到孙猴儿身下去接，不被砸死也要受重伤，从侧面撞上去就泄了力，孙猴儿只是撞断了胳膊，力大部分转到了二胖身上，不但撞断了三根肋骨，其中一根还戳伤了肺部，所以嘴里才会出血，经过手术已经脱离了危险。

老郝忍不住赞叹，孙猴儿砸了二胖的买卖，二胖却能不顾危险抢救孙猴儿，真是个见义勇为的好汉！

老郝想到现在小云清醒了，她还会嫁给二胖吗？

于是，老郝决定给小云放了只试探气球："二胖见义勇为舍己救人，确实是本质好啊！"小云哼了一声："别把他抬得那么高，他是练杂技的，当然懂得救人方式，换了别人也不会见死不救！"老郝一听，心说：唉，这个气球爆了。

老郝又给杨大婶放了只气球："二胖真是个好样儿的，有了这样的女婿多光彩呀！"杨大婶说："小云清醒了，我总不能再让她变糊涂吧？闺女大了不由娘啊！"老郝一听，觉得这个气球也爆了。

二胖的事迹上了电视，区里准备申报他为

见义勇为先进个人，老郝去填报材料，汇报了二胖勇救孙猴儿的经过，又讲了二胖和小云的恋爱戏。

区领导当然愿意看喜剧，眼下也正是好时机，他们刚刚得到消息："人大""政协"两会闭幕后，市里加快了"十二五"规划的落实，今年将增建两万套廉租房，分配名额增加了两倍，申请条件也放宽了，不但孙猴儿可以包括在内，如果二胖能和小云结婚，根据他们的实际困难和二胖的表现，不但合格还能优先。

政府真是下了及时雨呀！老郝觉得有了希望，又去帮二胖做说客，小云还是哼哼鼻子："人家当英雄了，我可不想沾他的光！"老郝费了好多口舌，小云还是模棱两可。

模棱两可就有一半儿希望，但首先要搞清二胖的恋爱动机，看看他是真爱小云还是为了搞廉租房？老郝又来到二胖的病房放气球，他没有提落实廉租房的事儿，只讲了小云的态度，问二胖打算怎么办？

老郝只怕二胖又要撇嘴，哪知二胖想也没想，嘴里蹦出了一个字："追！"果真是爱小云呀！老郝大喜，马上给他打气："狠劲儿追！追到姑娘就有房！"

（题图、插图：杨宏富）

·本刊信息传真·

故事会■新浪 微故事大赛

6月征集主题：恐怖故事

篇幅最短、含"金"量最高的故事，等待你的挑战！

《故事会》杂志和新浪微博（weibo.com）联合主办微故事大赛继续进行，邀请各路故事名家、草根英雄和世外高人展开较量！

本次大赛所有作品通过新浪微博平台征集（搜索＃微故事大赛＃），每月一个主题，当月设金奖1名，奖金1字10元（字数低于120的按120字计），银奖2名，奖金1字5元，另设年度奖项。优秀作品将在每月的《故事会》上刊登，并结集出版。4月爱的故事金银奖作者已公布，详情请登录故事中国网（www.storychina.cn）查看。

6月微故事征集主题：恐怖故事——恐怖并非单纯的感官刺激，好的恐怖故事有内在的逻辑，来源于现实，是一种对社会的映射和警醒，在让人内心战栗的同时，获得启示和感悟。正文字数在130字以下，力求情节出人意表，立意隽永深远，文字鲜明生动，当然，越恐怖越好！本月的微故事达人或许就是你！截稿日期：6月21日。（本期刊物特别选登5月微故事大赛优秀作品，详见P80）

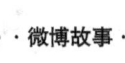

故事会 ■ 新浪 微故事大赛

5月优秀作品选登 （主题：青春绽放）

@悟能戒 高考临近，同学们个个劲头十足，唯恐落后于人。午休和几个哥们儿聊天，在谈及未来报考的学校时，答案竟出奇一致：当然是离家越远越好！大学毕业临近，大四的同学面对迷茫的前途，惶惶不知方向。一日宿舍聚餐，大家谈及毕业的就业分配，异口同声：当然是离家越近越好！

@四季春风80 小鹰站在悬崖边上惊慌地扑扇着翅膀，他的面前，一只老狼正在慢慢逼近……突然，老狼一声厉吼，小鹰张开翅膀，奋然一跃……"哈哈，我会飞啦！"天空中的小鹰兴奋地叫着。老狼转过身冲一棵大树上说：哪有你这样逼孩子的？树冠深处飞下一只老鹰，道：不把他逼到悬崖边上，他怎能学会自己飞翔呢？

@煦奠奠 初秋，深夜，微凉。昏暗的灯光下，他趴在桌子上入神地看着书。突然，一阵凉风刺背，他哆嗦着转过头来，原来是奶奶。"奶奶，你还没睡？""睡不着，给你扇会儿蚊子……别压力太大，明年考不上，大不了咱复读……"当着文盲奶奶的面，他内疚地收起武侠小说，暗暗发誓：明年一定考个好大学。

@年少的少年事 女儿最近总在练习舞蹈，想争取进入学校正排练的一个节目。看着她认真的样子，我决定帮她一把，于是打电话给女儿的老师。老师连声说：

"这个忙一定帮，原来小涵是您女儿！"我想到女儿回家激动的样子就开心。女儿回来，我问她选上了吗，她摆摆手：老师突然取消了小欣的表演，她不跳我也不跳了。

@鹰翔狼啸 迈克的父亲是著名拳王，这让他从小就立志学拳，要超越父亲。二十年后，迈克也成了拳王，记者采访他："是不是拳王父亲成就了你？"他正色道"是父亲激励了我 但不是拳王父亲，而是总受伤的父亲！他从不让我看他的荣誉，只是用一张张被人打成重伤的照片告诫我：不好好练拳就只有挨打！"

@良风阁 父亲是一名退役军人，每天早上六点都会起床看报纸。我终于按照他的意愿考上了省外的一所重点军校。早上七点火车就要开了，六点起床，父亲果然在看着报纸，连一句注意身体之类的话都没说，我拿起行李失望地准备离开，关上门那一刻，眼泪瞬间流出来，原来父亲手中的报纸拿反了。

@潜龙在天天潜龙 教育局长到某偏远贫穷的山村小学视察工作，问陪同的村长：还有失学的孩子吗？村长回答：有，有一个。局长大怒：都实行义务教育了，怎么还有孩子失学呢？村长指着正在上课的女教师说：十年前，她当老师的爸爸病倒了，让正读高中的她回来代几天课，没想到这一代，就让她失了学……

上帝的安排

□覃 旭

小倪出生后，从没长过头发，懂事后，感到自卑。爸爸就对她说："上帝不安排你长头发，肯定有他的用意。"

上幼儿园的时候，小倪和爸爸在广场走散了。人很多，互相找不到。爸爸急中生智，爬上广场旁边的商业大楼俯瞰，一下子就看见女儿亮闪闪的光头。爸爸冲下楼，很快找到小倪，抚摸她的头笑着说："你看，上帝是想让我在这种情况下尽快找到你，光头也不错啊！"

读小学的时候，女同学的家长早上都忙得像打仗一样，因为帮女儿梳头扎辫要占用他们不少时间。小倪的爸爸却不必这样，他可以从容不迫地第一个把女儿送到学校。当别的女同学匆忙赶到时，小倪已经坐在教室读过几遍课文了。爸爸说："知道了吧？上帝不给你头发，是为了让你有更多时间做自己喜欢的事。多了头发，也就多了一样东西要打理。"

是的，从小到大，小倪利用不必梳头洗发省下的时间，做了很多有趣有益的事。她最喜欢的是晨跑。

有一次在街上，父女俩看见一个女人被老公拖着头发，边骂边打，爸爸就笑着对小倪说："你看，将来就算你碰上了这种男人，也不会像这样的丢脸。"

读初中时去郊游，全班同学都没有带伞，全部被突如其来的暴雨浇透。大家疲惫不堪地回到学校。同宿

舍的姐妹还在排队打热水洗头或者在等待头发干爽时，小倪早已酣然入梦很久。

因为有了比其他同学更多的时间读书，小倪的成绩一直优秀。因为喜欢晨跑，她的体质非常好。

高中三年，她年年是校运会女子长跑冠军。有她参加的比赛，观众总是特别多，跑道上光头小倪一马当先，同学们都高喊："快看！快看！冠军小倪来了！这是货真价实的'闪亮登场'！"

读大学时，小倪参加了学校女子足球队。她身材高挑，速度超群，特别是头球攻门，势不可挡。她的光头，她的进球，让球迷一次又一次享受疯狂。

大学毕业后，小倪做了时装模特。她相貌平平，但气质超人。她牢记爸爸从小跟她说的话"笑容，只有发自心底喜悦的笑容，才是女人最好的化妆品。"

在T台上，小倪自然、淡定的微笑透着一股"舍我其谁"的气势，让她迅速走红。就连她的光头，也一时成为女性的时尚。小倪明白，身体缺陷并不代表心里缺陷。

（**题图、插图**：安玉民　梁　丽）

阿P
争最佳

□ 俞雯文

最近，公司为鼓励职员多创利，特意提高了效益奖的奖金。消息传出，阿P动起了脑筋。

他们科室的平头百姓一共三个人：阿P、阿精和阿憨。阿憨人如其名，每天只知道安分守己地做好本职工作；阿精就不一样了，经常背地里玩花样，心眼很多。看来要得最佳，首先要和阿精斗法。

这天早晨，三人一起向胡科长递交这周的策划案。其实三个人的策划案水平都差不多，但胡科长一抬头，发现阿精两眼通红，就问是怎么回事。阿精逮到机会了，滔滔不绝地说，本来策划案已经写完了，但为了进一步提升质量，自己是如何彻夜翻资料、修改，忙了一个通宵才重新定稿。末了，阿精还无比诚恳地说："我进公司时间还不长，经验比不上别人，策划案上自然要多花工夫了，这是应该的。"

胡科长听了大为感动，一个劲儿地夸阿精认真勤奋，顺手就把"周最佳"给了阿精，还要阿P和阿憨多多向阿精学习。眼睁睁看着一千元奖金落进了阿精的腰包，阿P真是气得火冒三丈，心里把阿精骂了个狗血淋头，可又无可奈何。

回到家，阿P向小兰抱怨道："那小子明明早就写完了，昨天下班我还看见他找了一帮狐朋狗友打牌。什么彻夜工作，我看明明是通宵赌博！那瞎眼科长居然还信了他的鬼话，真是气死我了！"见小兰一个劲地笑，阿P气得牙痒痒"不就是比眼睛红吗？好，今天我就看他一晚上电视，看看明天谁眼睛更红，谁工作更卖力！"

小兰听了，"扑哧"一声笑了出来："阿精已经用过这招了，你再用就不新鲜啦。"阿P想想不甘心，问："就

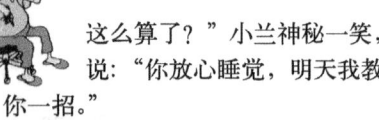

这么算了？"小兰神秘一笑，说："你放心睡觉，明天我教你一招。"

第二天一早，小兰在阿P耳边悄悄说了几句。阿P听罢，大声说好！到了单位，在向胡科长递交策划案的时候，故意手一抖，西装底下露出了缠着厚厚绷带的手腕。

胡科长一眼就看见了，关心地问："哟，怎么伤了？"阿P急忙把手藏到背后，严肃又声情并茂地说开了："昨天定稿的时候，我新来了灵感，觉得有更好的主意，于是就花了一晚上工夫重写了一份策划案，可能打字时间实在是太长了，今天早上手腕没活动了，估计是扭伤了。不过您放心，为了工作，我是'轻伤不下火线，重伤不上医院'！"说完，阿P还激昂地一挥拳，把胡科长感动得就差没流眼泪了。

果然，下一周的"周最佳"落到

了阿P的怀里，阿精心知肚明，但也无可奈何，只得酸溜溜地抛下一句："工作悠着点啊，何必呢！"就转身走了。倒是阿憨实心肠，问道："P哥，手没事了吧？""没事没事，我是轻伤不下火线，重伤不上医院！"

到了周末，阿P开开心心拿回一千元的奖金，又搂着小兰大大地夸奖了一回。

小兰没有被胜利冲昏头脑，她告诫阿P说："阿精那家伙鬼得很，你可不能放松，这病还得装下去！"

就这样，这一来二去的，阿P和阿精的病情都跟杀毒软件一样每天更新升级，今天你眼红，明天我手疼；今天你失眠，明天我扭伤；今天你头疼欲裂，明天我浑身无力。到了最后，两人都落了一身的"病"。两人光顾着"装病"，倒把工作放在第二位了。好在胡科长也实在是糊涂官，就喜欢面子工程，再加上两人演技精湛，收放自如，这"周最佳"的帽子像秋千一般在阿P和阿精之间荡来荡去，倒是一向认真工作的阿憨一次也没拿到。

年终奖励很快出炉了：不但有丰厚的奖金，夏威夷十日游，还允许带家属，吃喝拉撒公司全包。这下，阿P更加兴奋了。他得意地想：如果算"周最佳"的话，我拿了十次，阿精那小子才九次，我还比他多一次呢，这年终奖肯定是我的！再想起小兰的贡献，阿P决定带小兰一起去夏威夷好

好享受享受！

年终了，大红榜上的获奖名单贴出来了，阿P挤进人群一瞧，眼珠子都快瞪出来了：不是自己，也不是阿精，年终奖励居然给了阿憨！

这下阿P忍不住了，他直接冲到胡科长办公室，进去一看，阿精也在呢！胡科长自然明白两人的来意，清了清嗓子，说："照理说呢，你们俩的业绩都比阿憨好，年终奖应该给你们中的一个的。但是呢……"胡科长拖长了调，两人都竖起耳朵，只听胡科长道，"我转念一想啊，不行啊，你们的健康都不过关啊！这夏威夷远在美

国呢，乘飞机要倒时差，而且热气又重、温度又高，阿精是三天两头失眠，阿P你又关节不好，我怎么放心让你们去啊！我看，你们俩还是留在国内好好休养休养，这个机会就让给阿憨吧。"

这下，阿P傻眼了，再一看阿精，也跟吞了苍蝇一样难受，这真是聪明反被聪明误啊！

出了胡科长办公室，两人心情复杂地走着，突然阿精一停，对阿P说："哥们儿，明年咱们不来虚的，正正经经地竞争一回，怎么样？""好！"见阿精说出了自己的心里话，阿P爽快地答应了。

虽然没拿到年终奖励，但阿P转念一想：怎么说，今年"周最佳"我阿P拿得最多。明年就是真比实力、看业绩，这个年终奖也一定是我的！想到此，阿P又得意地吹起了口哨。

（题图、插图：顾子易）

·本刊信息传真·

2011年《故事会》中篇故事、职场故事征文大赛揭晓

中篇故事　最佳作品奖（1名）：《永远的白房子》（王兴菜），奖金：10000元（含税）。优秀作品奖（2名）：《妈妈在远方》（钱岩），奖金：5000元（含税）；《你必须道歉》（侯传金），奖金：5000元（含税）。

职场故事　最佳作品奖（1名）：《做一回经理》（杨汉光），奖金：3000元（含税）。优秀作品奖（2名）：《活得给力》（梁钰），奖金：1500元（含税）；《赚钱离婚》（刘自忠），奖金：1500元（含税）。

本刊将于6月在沪举办"春华秋实·今年故事更给力"笔会暨中篇故事、职场故事征文获奖作品颁奖活动，部分获奖作者将受邀参加。

维修电视 （崔东豪　编绘）　　（《故事会》漫画版精品选登）

坏了，电视屏幕变成二层了！

苍婆婆，给我换台电视吧！

用不着换，我修一下就行了。

瞧！修好了！还变成了宽屏的了。

2012年"山阳杯"全国幽默故事创作大赛征文启事

　　为进一步繁荣幽默故事创作，《故事会》杂志社与上海市金山区文广局、山阳镇人民政府决定联合举办2012年"山阳杯"全国幽默故事创作大赛，并面向全国征文。本次活动将于2012年5月开始，至10月31日结束，11月颁奖。

　　一、征文要求：1. 内容贴近生活；2. 情节生动有趣；3. 语言活泼，具有口头文学特点；4. 作品尚未在公开出版物上发表；5. 篇幅在1500字以内。

　　二、奖项设置：本次大赛设一等奖3名，奖金各3000元；二等奖5名，奖金各2000元；三等奖10名，奖金各1000元；创作奖10名，奖金各500元。优秀作品将陆续在《故事会》上发表，并结集出版。

　　三、征稿时间：2012年5月1日—2012年10月31日。

　　四、来稿方法：请在来稿中注明"山阳杯"幽默故事，发至各编辑信箱。

老李好酒，周末的时候，总喜欢和朋友们一起出去喝几杯，热闹一下。

一个周日的中午，老李和几个朋友来到一家饭店，坐下没多久，忽然看见儿子的班主任和另外几个老师走进对面一家网吧。

刚开始，老李他们还以为老师也爱去网吧上网，酒都顾不得喝了，心想：有这样的老师，怪不得孩子们都

理由相似

□ 黄 海

跑网吧上网。

于是，老李他们摇头叹息一阵，就把精力重新放回到酒桌上，推杯换盏地开始喝酒。不过，老李一杯酒刚下肚，目光往外一扫，脸色突变，站起来叫了一声："呀，那不是我儿子吗？这小子怎么在这儿？"一撂酒杯，气冲冲地跑了出去。

大家都扭头往外看，只见马路对面，从网吧里被赶出了十几个孩子，其中，果然有老李的儿子帅帅。原来，老师们是去网吧抓在里面上网的学生的。

老李揪着儿子的耳朵，气急败坏地将他扯进了饭店，让他立正站好，训斥道："你怎么回事？不是在家做作业吗？作业做完了？"

帅帅昂着头，满脸不服气"做完了。你不是说做完作业就可以上网吗？"

老李说"是可以，但我是让你在家里上啊。咱家里又不是没电脑，你怎么跑到网吧来上网？"

帅帅辩解说："网吧里面热闹，还有同学做伴儿，有上网的气氛。"

老李气极，恼道："胡说八道！上网还要什么气氛？都是上网，在哪里上不一样？"

"当然不一样。"帅帅一指桌上的酒瓶，理直气壮地问，"就像你，咱家里又不是没酒，你怎么还要跑到饭店来喝酒呢？"

防不胜防

□ 张仰发

阿丽是个全职太太，每天都把自己打扮得珠光宝气的。

最近，街上经常出现抢劫的"飞车党"。听说歹徒专找那些打扮光鲜的女人下手，原因是这些女人有钱。

为了安全起见，阿丽把身上所有的首饰都摘了下来，外出也不穿名牌。她还特地去地摊上买了一套衣服和一双布鞋，穿上后一点也看不出她是一个有钱人。

这天上午，阿丽在外地做生意的弟弟打电话向她借五万元周转。

接到电话后，阿丽赶紧换上"出门装"，卸去妆容，手里挎着一个廉价手袋，素面朝天地出了门。

出门不久，阿丽就碰到一对邻居夫妻。他们看见阿丽，先是没认出，过了好久才反应过来。然后，阿丽听到那女的边走边小声对她老公说："你看阿丽那落魄的样子，肯定是她老公的生意亏了。真是人生无常啊！"

阿丽听了，心里暗暗发笑。看来，就凭自己这身打扮，肯定不会有人"关照"自己了！

阿丽从银行取出钱，在回家的路上，与两个穿着花哨的男青年擦肩而过，其中一个男青年突然深深地吸了一下鼻孔，随后跟同伴说了一句话。随即，两人猛地转过身子，一把拽过阿丽的手袋，跑了。

阿丽赶紧大喊："抢包啦！"

路上的行人见了，赶紧追了起来。在大家的努力下，歹徒被抓住了。在去派出所的路上，阿丽满脸疑惑地问歹徒："我穿得如此寒酸，你们怎么还会认为我有钱？"

其中一个歹徒听了，鼻子里"哼"了一声，说道："一个用得起香奈儿香水的女人，会没钱吗？鬼才信！"

阿丽听了，顿时呆了。原来，这个歹徒说得一点都没错。自己每天用的，就是价值不菲的香奈儿香水。

"双喜"临门

□ 朱道能

富贵好吃懒做，年逾四十，却光棍一条。转眼过年了，他决定明年大干一番，添财进喜，娶妻入门。

在乡下有个迷信的说法，如果大年初一遇到好彩头的话，这一年就会万事顺心。富贵正在家琢磨怎样才能开门见喜时，却被门外的炮竹声一下子打断了思路。富贵冲出门一看，马上转怒为喜。原来在他门前放炮的，是邻居的六岁娃儿，名字叫双喜。

于是，富贵把双喜叫到家里，给了他一颗糖果，说："双喜，明天是大年初一，你大早就来敲叔叔的门。我问'是谁敲门呀'？你就回答'是双喜'。打开门后，我就说'双喜，快进门吧'，你就一步跨进我的大门。你进门后，叔叔给你一大把糖果，还给你八块钱压岁钱，怎么样？"

双喜一口答应下来。初一，天刚放亮，双喜就来到富贵家，用力敲门。

谁知富贵昨天晚上喝醉了酒，这时睡得正死，根本没听见敲门声。双喜急了，又抬起脚踢起门来。

一阵闹腾，终于把富贵吵醒了。他全然忘记了约定的事，所以便有些气恼地问："烦死了，谁呀？"双喜在外面冻得直流鼻涕，听了这话，也没好气地回一句："是我！"富贵一听是双喜的声音，脑袋一下子清醒了。于是，他赶紧下床，打开两扇大门，满面笑容地说："双喜，快进门。"双喜早已等得不耐烦，把手一伸说："我不进了，快把钱给我。"富贵心里暗暗叫苦：大年初一，不但"双喜"不进门，反而要开门蚀财，这不是自找晦气吗？想到这里，富贵就转身抓了把糖果塞到双喜手中，却只字不提钱的事。双喜见状，只好瞪了富贵一眼，转身离去了。

富贵还有些不甘心，就在后面大声地说："双喜，以后常来哈。"双喜听了，气呼呼地甩下一句话"还来个鬼哟！"

惊弓之鸟

□李 成

这天晚上，交警小王在路口查酒驾，突然听到紧急刹车声。他循声一看，只见一辆奥迪轿车停在不远处，车门打开，从车上慌里慌张跳下一个人，掉头就往后跑。

这人想逃避检查，小王大喊一声："站住！"拔腿就追了上去。

小王刚靠近那人，鼻中就闻到浓烈的酒气，就问："喝酒了吧？"

那人也不抵赖，大着舌头道："喝、喝了……警察同志，我坦白……我、我猪狗不如……"

这认罪态度倒是少见。小王忍不住想笑，说："行了，跟我过去测测你究竟喝了多少吧。"当下，就拉着他来到警车旁，拿过测酒仪，往他嘴边一伸，命令道："吹气。"

那司机很配合，熟练地含住测酒仪，一吹，顿时，测酒仪红灯闪烁。小王领着司机走到那辆奥迪旁，却发现驾驶座上还坐了一个人。

小王诧异道："你是谁？什么时候上的车？"

那人说"我是代驾的，一直在车上。"

"代驾？"小王疑惑地看了歪在后面的醉酒者一眼，"刚才是你开的车，他并没开车？"

"是啊。"代驾司机说，"他雇我开车送他回家，我见你在前面查车，随口就说了句又查酒驾了，没想到他一下子蹦起来，命令我停车，他开门跳下去就跑，拦都拦不住。"

小王半信半疑，盯着他厉声问："你是想耍花招替他开脱吧？你一定是趁没人注意刚上来的。"

代驾司机赌咒发誓，又一指在仪表盘上方贴着的白纸，说："我猜这位老兄以前大概因为酒驾被处罚过，今天喝得又太高，一听说查酒驾就给吓着了，以为是自己在开车呢，所以下车就跑。"

小王前后一想，还真有可能是这样，他看了看那张白纸上印着的话：猪狗本无德，喝酒才开车！

88

不该露一手

□ 张哲成

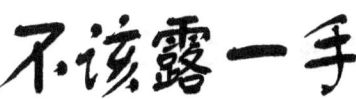

李老师为了防止别人在自己车库门前乱停车，就打算写上警告语：严禁停车！

写字可是李老师的强项，这两年，他专攻颜体，自觉小有所成，可惜还没机会展示，这次正好露一手。

李老师买来刷子、油漆，选了一个人多的时候，在车库门前扎稳马步，使出两年的功力，在门上写下漂亮的几个大字：车库前严禁停车！邻居们见了，纷纷竖拇指由衷地夸奖："一看就是有学问的人写的。"

不过，字虽然写上了，但车库门前却依然经常有人停车，有一辆桑塔纳还是常客。奇怪的是：他家左右几个车库门上也写着同样的字，却很少看到外来车辆停在他们门前。

为了搞清楚这到底是怎么回事，有天下午，李老师躲在阳台上观察。不一会，那辆桑塔纳又过来了，明明前面有个车库门前是空的，但车主好

像没看见，一个拐弯，直接停在了李老师家的车库前。

李老师飞快地冲下楼，大声喊住车主："师傅，你怎么乱停车，你没看见门上的字？"

车主好像没当回事："怎么啦？我很快就走的。"

李老师左右看看，说"我就奇怪了，你看其他不少车库前都空着，我看你好像是特意选在我的车库前停，到底为什么呀？"

车主理直气壮地说道："那些门上不是都写着严禁停车嘛。"

李老师更奇了："我的门上也写着啊。"

对方笑道"嘿嘿，不一样啊，"然后指着门上的字，"你看，你门上的字这么漂亮，一看主人就是知识分子，文明人，素质高，绝对不会干那些划车、放气之类的龌龊事。你再看别的门上的字，歪歪扭扭，一看主人就是没念过几天书的人，不知道素质怎么样，挡了这种人的道可不怎么保险。"

最佳结合

□ 赵守玉

刘经理的儿子叫冬冬，马上就小学毕业了，刘经理一心想让他上最好的初中，再选择一个最好的班主任。

刘经理打听以后，确定了四中的马老师，可一运作起来才发现，难度太大。马老师的那个班级已经被暗中安排满了。刘经理费尽心机，最终还是让冬冬进了马老师的班。

转眼到了期中考试，等考试卷发下来一看，冬冬各科都刚刚及格。

刘经理怎么都觉得不对劲，难道是马老师不关心他？想想自己还没拜会过马老师呢。于是，他联系到马老师，把马老师约到了酒店。

酒过三巡，刘经理提出了冬冬的问题。马老师长叹一声："冬冬成绩还是好的呢，班里平均成绩都没及格。"

刘经理一愣，说："马老师，别开玩笑了，谁不知道四中是重点学校，而你又是四中最有能力的老师呀！"

马老师苦笑一下，说"可就是因为这些，才让我的班成了最差班！班级原来定是四十个学生，可想把孩子塞进来的人太多了，学校扩了两次班，现在是八十个学生。学生个个有来头，都不服管束，不爱学习，你说，成绩能好吗？"

刘经理顿时僵住了。马老师接着说："冬冬是好孩子，跟他们不一样，如果环境好，成绩会升的！"

刘经理说："要不，给冬冬换个班级？"

马老师点点头："可以。不过，我也告诉你们一个消息，我们班现在已经走了二三十个学生了。而且，离开的孩子还在继续。"

刘经理眼睛一亮："那这些不认真学习的孩子都走了，这班级又好了。冬冬不换班，就跟定马老师了。"

（本栏插图：包丰一 顾子易）